Knaur

Von der Autorin sind außerdem erschienen:

Die letzte Frau
Die schöne Tote

Über die Autorin:

Penelope Evans wurde 1959 in Merthyr Tydfil geboren. Sie studierte Latein und Griechisch und danach Jura in London. Von 1984 an arbeitete sie zwei Jahre lang als Anwältin. Sie ist verheiratet, hat zwei Töchter und lebt in Sydney. Bei Knaur sind erschienen: »Die letzte Frau« und »Die schöne Tote«.

Penelope Evans

Die schweigende Tochter

Roman

Aus dem Englischen
von Hans-Joachim Maass

Knaur

Die amerikanische Originalausgabe erschien 2000 unter dem Titel
»First Fruits« bei Soho Press, New York

Besuchen Sie uns im Internet:
www.knaur.de

Deutsche Erstausgabe 2002

Redaktion: Ilse Wagner
Umschlaggestaltung: ZERO Werbeagentur, München
Umschlagabbildung: Getty Images Germany
Satz: Ventura Publisher im Verlag
Druck und Bindung: Clausen & Bosse, Leck
Printed in Germany
ISBN 3-426-61666-1

2 4 5 3 1

Für Anne Bryant Evans,
meine Mutter

Erstes Kapitel

Ich habe seit heute eine neue Freundin. Sie heißt Lydia. Jetzt frage ich mich, wie ich sie loswerden kann.

Das ist das Schlimme mit den neuen Mädchen. Sie versprechen mehr, als sie halten. Obwohl es so schlimm nun auch wieder nicht ist. Es kommt nur darauf an, wozu man sie braucht. Sehen wir nur Hilary an. Kaum das, was man ideales Material nennt, aber sie macht sich auf mancherlei Weise nützlich. Es ist nur so, dass ich, nun ja, auf mehr gehofft hatte.

Aber Lydia, die hatte Potenzial. Das dachte ich zumindest. Die Anzeichen waren alle da. Mrs. Chatto brachte sie ins Klassenzimmer, führte sie bei der Hand wie ein kleines Tier, das sie mit dem Lasso eingefangen und dann überwältigt hatte. Der Unterricht hatte noch nicht begonnen, und der Lärm war ungeheuerlich. Hilary war natürlich da und klebte wie üblich an mir; sie flüsterte mir die hundertundeins Dinge ins Ohr, die sie seit dem Aufstehen heute Morgen getan hatte. Dazu gehörten das Zähneputzen und das Zusammenfalten ihres Pyjamas. Sehen Sie das Problem?

Aber was soll ich machen? Wenn ich sie ziehen lasse, schließt sie sich nur Fiona McPherson und deren Bande an. Und das wollen wir nicht. Denn mit wem würde ich dann dastehen? Ich werde Ihnen sagen, mit wem: mit Moira MacMurray. Und dann – muss ich noch mehr sagen?

Es gibt also zwei Gründe, sich aufzurichten und aufmerksam zu sein; der erste, nur um von Hilary abgelenkt zu werden, und der zweite, weil man Lydia nur anzusehen braucht, um zu erkennen, dass es bei ihr einfach sein würde. Man spürte, dass sie in dem Moment hinfallen würde, in dem Chatto ihre Hand losließ. Ich meine, das Mädchen zitterte wie Espenlaub.

»Aufgepasst.« Mrs. Chatto zog ihre Hand weg, als wollte sie in die Hände klatschen, um uns auf sich aufmerksam zu machen. Verstehen Sie, was ich meine? Einen erstaunlichen Augenblick lang schien Lydia tatsächlich in der Luft zu hängen wie ein Baby, das man hat fallen lassen. »Mädchen, in diesem Halbjahr haben wir eine neue Schülerin, Lydia Morris. Lydia ist vor kurzem hergezogen, und zwar aus ...« Sie verstummte kurz, runzelte die Stirn und wandte sich an Lydia, die ihr Gleichgewicht wiedergewonnen hatte. »Woher noch mal, meine Gute?«

Das Mädchen neben ihr schnappte nach Luft. Sie trug eine dicke Brille, und man konnte sehen, wie ihre Augen hinter den Brillengläsern fieberhaft zu flackern begannen wie zwei Fische, die plötzlich in Panik gerieten. Sie brummte etwas, was keine von uns hören konnte.

Mrs. Chatto wandte sich wieder an uns. »Aus Hole. Lydia ist gerade von Hole in Devon hierher gezogen.« Es wurde still, und dann explodierte die ganze Klasse. Du liebe Güte, wir befinden uns schließlich in Schottland. Und hier würde niemandem einfallen, dass der Name Auchtermuchty dort unten, wo sie herkam, ebenso viel Heiterkeit auslösen könnte.

Mrs. Chatto hatte ihren Fehler natürlich erkannt. Sie klatschte erneut in die Hände. »Mädchen!« Sie hatte diesen bestimmten Ausdruck in den Augen, so dass wir zu lachen aufhörten – alle, mit Ausnahme von Moira MacMurray, und das aus dem einfachen Grund, weil sie gar nicht gelacht hatte – und stattdessen Lydia anstarrte. Und das war in gewisser Weise auch besser, denn man hätte es nie für möglich gehalten, dass ein Mensch so rot werden kann und dabei die ganze Zeit die Fußbodendielen anstarrt, als suchte sie nach einem Spalt, der breit genug war, sie aufzunehmen.

Verstehen Sie, was ich meine? Einfach.

Unterdessen musterte Mrs. Chatto die Klasse. »Lydia, ich denke, sitzen solltest du bei …« Ihr Blick landete auf Fiona McPherson. Gerade noch rechtzeitig erkannte ich, was ihr vorschwebte, und streckte die Hand in die Höhe.

»Mrs. Chatto«, rief ich. »Lydia kann hier sitzen, neben mir.«

Nach diesen Worten schnappte Hilary nach Luft. Sie hatte den Eindruck gehabt, dass sie neben mir sitzen würde, wie sie es schon immer getan hatte. Das geschieht ihr recht – soll sie sich doch ruhig neben Moira MacMurray setzen, weil sie gedacht hat, es sei selbstverständlich, neben mir zu sitzen. Nicht zu verachten war auch der anerkennende Blick von Mrs. Chatto; es hat noch nie geschadet, bei ihr ein paar Pluspunkte zu sammeln. Aber was am allerwichtigsten ist – sehen Sie, was ich getan habe? Ich habe die neue Schülerin Fiona McPherson direkt vor der Nase weggeschnappt!

Das Problem ist nur, dass es Fiona McPherson nichts auszumachen schien. Sie wischte sich mit großem Tamtam über die Stirn und tat so, als wäre sie erleichtert. Da haben Sie's; eine Freundschaft ist noch keine fünf Minuten alt, und schon muss man sich fragen, ob Lydia vielleicht nicht doch ein Fehler sein könnte. Ich meine, wenn Fiona sie nicht wollte …

Doch jetzt ist es zu spät. Mrs. Chatto hatte sich schon an Lydia gewandt. »In Ordnung, meine Liebe, du kannst dich jetzt neben Kate Carr setzen.«

Aber, man glaubt es kaum, Lydia bewegte sich nicht. Sie musterte mich und biss sich auf die Lippe. Und *das* ist der Dank dafür, dass ich die Hand hob, als in der ganzen Klasse keine Menschenseele sie haben wollte. Doch es kommt noch schlimmer. Jetzt waren alle im Klassenzimmer still geworden und sahen zu, als Mrs. Chatto Lydia sogar in meine Richtung schieben musste, bevor die bereit war, sich zu bewegen. Das war der Moment, in dem ich bemerkte, wie sie einen Seitenblick zu Fiona McPherson warf, als hätte sie gewusst, dass sie vielleicht dort hätte landen können, als täte es ihr Leid, dass es nicht so gekommen war.

Schließlich begann sie, allein zwischen den Tischen hindurchzugehen; sie stieß gegen Stühle und stolperte über Schultaschen und bewegte sich wie jemand, der doppelt so groß ist, wie sie tatsächlich war, obwohl man bei ihr von Körpergröße überhaupt nicht sprechen konnte. Stellen Sie sich einen Kopf mit widerspenstig abstehenden Fäden statt Haaren vor und einen Körper, der aus Pfeifenreinigern besteht. Haben Sie jetzt eine Vorstellung bekommen? Von all ihrer Schrecklichkeit? Jetzt haben Sie sich Lydia vor Augen geführt.

Hilary flüsterte mir ins Ohr: »Hast du je etwas so *Knochiges* gesehen?« Sie stellte sich aufrecht hin und streckte die Brust heraus, um zu zeigen, wie eine richtige Vierzehnjährige auszusehen hat. Als ob Hilary das je wissen würde.

Aber Lydia sah sie nicht einmal an. Sie stand jetzt neben dem Tisch und starrte auf den Fußboden. Bildete ich mir das ein, oder roch ich da plötzlich einen schwachen Hauch von Ammoniak in der Luft? Doch darüber verlor ich kein Wort. Ich lächelte nur und schenkte ihr das, was Hilary gern mein *bekopptes Grinsen* nennt. (Hilary liebt Wörter wie *bekloppt* und *bescheuert*.) Das bedeutet, dass ich jemanden mit jedem Quadratzentimeter des Gesichts anlächle, so dass sich die Augenwinkel in Falten legen. Das verfehlt nie seine Wirkung, zumindest nicht bei Hilary.

»Hallo«, sagte ich und tippte mit der Hand auf den Platz neben mir. Doch sie bewegte sich noch immer nicht. Vielleicht traute sie sich nicht, weil Hilary sie immer noch anglotzte. Ich griff mit einer Hand verstohlen nach Hilarys Taille und kniff sie einmal kräftig, soweit das möglich war. Hilary lächelte. Irgendwie.

Und schließlich setzt Lydia sich hin.

»Nun«, sage ich, »das ist nett.« Keine Antwort. Sie hielt die Hände gefaltet vor sich, so fest, dass man das Weiße der Knöchel sehen konnte. Gleichzeitig blicke ich hoch, und was sehe ich – Fiona McPherson, die quer durchs ganze Zimmer von einem Ohr bis zum anderen grinst. So, das war's dann. Und ich verlor alle Geduld mit ihr, mit Lydia.

»Woher kamst du noch, sagtest du? Ich glaube nicht, schon davon gehört zu haben.«

Hinter mir wieherte Hilary wie eines der Pferde, von denen sie immer behauptet, sie wünschte sich eins. Bei diesem Laut schienen Lydias Arme zu zucken, und etwas klirrte. Da bemerkte ich es, das Armband aus Metallgliedern, das wie eine Handschelle am Handgelenk hing. Ich hob ihren Arm hoch und sah genauer hin. Das Armband hatte einen dieser Anhänger, die man sich gravieren lassen kann so wie den hier.

»Alles Gute, Lydia«, hieß es darauf. *»Von allen deinen Freundinnen in der 2A.«*

Man stelle sich vor, sie hatte damals Freundinnen, bevor sie hierher zog ans oberste Ende des Landes. Ich wette, dass sie das Gefühl hat, als wäre das hundert Jahre her und tausend Meilen weit weg.

»Oh, das ist *wirklich* hübsch«, sagte ich. Dad sagt, wenn einem nichts einfällt, was man an einem Menschen loben kann, sollte man das loben, was sie anhaben. Dann kennt die Dankbarkeit keine Grenzen. »Du solltest es aber lieber abnehmen. Mrs. Chatto kann es nicht ausstehen, wenn wir Schmuck tragen.«

Nun ja, ich konnte nicht zulassen, dass ihr das Lob zu Kopf steigt.

Schließlich jedoch eine Reaktion. Lydias Kopf schoss hoch und sie sah mich an. Die Augenbrauen wölbten sich über ihrer Brille. »Oh«, sagte sie. »Oh?« Ihre Hand bewegte sich zu dem gravierten Anhänger, als wäre das alles, was sie tun musste, um Unheil abzuwehren. »Oh«, sagte sie noch einmal schwach.

Wie ich schon sagte, eine Reaktion – eine Art Reaktion. Aber das war wirklich nicht genug. Nicht nach der Mühe, die ich mir gegeben hatte. Nach der Pause wird sie sich neben Moira MacMurray wiederfinden. Dann werden wir ja sehen, ob sie dann nicht lernt, ein bisschen dankbarer zu sein. Was noch besser ist: Dann brauche ich sie nicht mehr anzusehen. Hinter Moira MacMurray kann man den Felsen von Gibraltar verstecken.

Nach dem Morgengebet und der üblichen Begrüßung der neuen Mädchen war das Geschichte. Wenigstens dieses eine Mal ignorierte uns Mrs. Chatto und fuhr fort, in dem zu lesen, was vor ihr lag, und das noch lange nachdem wir uns gesetzt hatten. Die Mädchen fingen schon an, Blicke zu wechseln.

Schließlich sah sie hoch und funkelte uns böse an. Erst da kam mir der Gedanke, dass das, was sie gerade gelesen hatte, sie in eine durch und durch üble Laune versetzt hatte, was immer es war.

»Mädchen«, sagt sie. »Ich sehe mir gerade den Bericht von Lydia Morris aus ihrer früheren Schule an. Vielleicht interessiert es euch, zu erfahren, ein wenig von dem zu hören, was hier steht. Es könnte euch nicht schaden.« Also mussten wir uns dieses ganze Zeug über Lydias Begabung für Geschichte anhören – von Mathe, Französisch und allen anderen Fächern unter der Sonne ganz zu schweigen. Und um alles noch schlimmer zu machen, war Lydias vorige Schule nicht mal eine Privatschule gewesen wie unsere. Nicht ein Penny hatte da den Besitzer gewechselt.

Natürlich prallt das an uns ab, wenn Chatto uns erzählt, wir müssten uns mehr auf den Hosenboden setzen, und dass wir unsere Eltern ein Vermögen kosteten – und wofür? Wir sollten mal Lydia ansehen, dann würden wir erkennen, was harte Arbeit auch bei uns bewirken könnte.

Das soll sie mal Moira MacMurray sagen, die arbeiten könnte, bis auf der Welt keine Tinte mehr übrig ist, doch sie könnte dann ihren Namen noch immer nicht buchstabieren. Mir ist sogar aufgefallen, dass Chatto wie üblich einfach über Moira hinwegblickt, als hätte das alles nicht das Geringste mit ihr zu tun. Das machen sie alle, alle Lehrerinnen. Ich glaube, bei Moira haben sie vor Jahren schon sämtliche Bemühungen aufgegeben. Würde das Schulgeld nicht so dringend gebraucht, hätte man sie wahrscheinlich schon längst in eine dieser Anstalten abgeschoben, in denen man nicht mal mehr versucht, Figuren wie der was beizubringen. Stattdessen lässt man sie Körbe flechten. So kommt Moira damit durch, mit hervorquellenden Augen einfach nur dazusitzen und nichts in sich aufzunehmen und nichts rauszulassen.

Unterdessen sieht jeder Lydia mit einer Art verängstigten Interesses an – mit der einzigen Ausnahme meiner Person. Dad sagt, dass man sich nicht beeindrucken lassen darf. Es gebe immer etwas, was man kritisieren könne.

Und wann hat er sich je geirrt?

Aber was ist mit Lydia? Was fing sie damit an, dass man sie über den grünen Klee lobte? Ich werde Ihnen sagen, was sie tat; sie saß einfach da und starrte den Tisch an, als versuchte sie, es zu ignorieren – Mrs. Chatto, das Starren der Mitschülerinnen, alles. Trotzdem muss ihr das insgeheim doch gefallen haben, so viel Aufmerksamkeit zu bekommen. Ich meine, dass muss es doch einfach. Mit Sicherheit.
Später, in der Pause, passierte das Unvermeidliche. Fiona McPherson betrat die Bühne. Lydia saß neben mir wie zuvor, aber jetzt gaben wir uns die größte Mühe, sie zu ignorieren und sie wieder auf den Teppich zu bringen, wohin sie gehört. Hilary beugte sich von hinten zu uns vor, atmete mir laut etwas ins Ohr und zwitscherte von diesem oder jenem drauflos. Und Moira ... Moira war natürlich einfach nur ... da. Moira.
Ich glaube, selbst Dad hätte nichts über Moira zu sagen gewusst. Nicht dass ich ihn gefragt hätte. Irgendwie kam es einfach nie dazu. Es gibt Dinge, über die man nicht sprechen will. In diesem Moment macht sie gerade den Mund auf, um sich ein Zitronendrops reinzuschieben, die Art Süßigkeit, die alle alten Damen in der Kirche essen, um ihren Atem zu versüßen, bevor sie Dad nach dem Gottesdienst umringen. Dad, der in diesen Dingen zum Schreien komisch ist, sagt, sie hätten in ihren Handtaschen Tee mitgebracht, den sie für ihn bereithielten, aber das ist natürlich nicht wahr. Man kann Teekannen nicht in einer Handtasche aufbewahren. Er will damit nur sagen, dass man alten Damen nicht entkommen kann, wenn sie entschlossen sind, einem Tee anzubieten.
Aber warum sollte jemand vorzeitig alt sein wollen? Moira möchte es. Oder vielmehr, Moira möchte es nicht. Das heißt, es ist ihr egal. Moira scheint überhaupt alles egal zu sein.

Wo war ich stehen geblieben? An Moira habe ich jedenfalls nicht gedacht, das steht fest.
Also *wo* war ich stehen geblieben? Ach ja, Fiona McPherson betritt die Bühne, auf der sie unerwünscht ist.
Und das Erste, was passiert, ist, dass Hilary ihr aus dem Weg schlurft, weil sich Leute wie Hilary immer von Fiona beeindrucken lassen. Aber Moira, Moira bleibt genau, wo sie war. Fiona muss um sie herumgehen, was sie auch tut, ohne dass es ihr etwas auszumachen scheint, als wäre Moira nichts weiter als ein Teil der Einrichtung. So wird Moira von allen behandelt. Aber Ihnen ist nichts aufgefallen, oder? Sie sehen nicht, was ich sehe, nämlich dass mit Moira etwas hochgradig nicht stimmt.
»Oh, Lydia«, sagt Fiona mit glattem Gesicht und glänzendem Haar. Lydia blickt hoch, und auf ihren Wangen beginnt sich eine zarte Röte auszubreiten. Ist ihr da, selbst nach dieser kurzen Zeit, ein Licht wegen Fiona aufgegangen? Dass sie eine Internatsschülerin ist und dass die meist drüben unterm Fenster bei der Heizung sitzen und nie ein Klassenzimmer durchqueren, für niemanden? Aber hier stand sie nun, und zwar direkt vor unseren zwei Pulten, ist nur hergekommen, um mit ihr zu sprechen.
»Lydia«, sagt Fiona erneut. »Wir haben dich in der Klasse eben kaum gehört. Du hast ein so zartes Stimmchen. Verstehst du, ich war nicht mal sicher, ob du auf die Frage, die Mrs. Chatto dir gestellt hat, richtig geantwortet hast.«
Lydia schob ihre Brille hoch. Plötzlich war sie nachdenklich, wie wir sie noch nie gesehen hatten. Was bedeutet, dass sie über Fiona *tatsächlich* Bescheid wusste. Wie kommt es, dass die Leute immer Bescheid zu wissen scheinen?
Unterdessen spricht Fiona mit verdächtig ruhiger Stimme weiter, mit diesem todschicken Edinburgh-Akzent, der je-

dem Wort ein bisschen zusätzlichen Schliff verleiht. »Wie war noch sein Name, der Name des Mannes, der von der Brücke sprang, um den Männern des Herzogs von Argyll zu entkommen?«

Lydia schluckte hart, machte den Mund auf, doch es kam nichts heraus. Machte erneut den Mund auf, und diesmal kommt die Antwort …

»Rob Roy.«

Oder vielmehr *Wob Woy.*

Der Raum, in dem es beim Anblick einer Fiona, die von dem Heizkörper wegging, still geworden war, explodierte plötzlich. Zu spät hat Lydia begriffen, was sie gesagt hat. Jetzt hat sie zum ersten Mal verstanden, wie sie sich anhörte. Sie hätte Kenneth McKeller im Radio aufmerksamer zuhören und von Moira Anderson und den Fernseh-Specials in Hogmanay lernen sollen, bevor sie überhaupt daran dachte, in den Norden zu ziehen. Sie wird knallrot im Gesicht, als sie um sich blickt und eine ganze Klasse lachen sieht.

Und das ist alles, was sie tun kann – starren, wohin sie den Kopf mit flammend roten Wangen, bleichen und zuckenden Lippen auch wendet. Bis – bis ihr Blick auf Moira fällt. Weil Moira wie üblich nicht lacht. Wie üblich hat Moira den Witz nicht mitbekommen. Doch irgendetwas an ihr zeigt Wirkung. Einen Moment später hört Lydia auf zu starren und zu zittern. Sogar ihr Erröten hört auf. Sie ist weniger bestürzt als verwirrt, und es kommt mir vor, als fragte sie sich plötzlich, weshalb Moira die Einzige ist, die hier nicht lacht.

Doch damit nicht genug. Die Verwirrung schien zu etwas anderem zu führen, einer Art unerwarteten Selbstvertrauens. Plötzlich hob sie den Kopf, reckte ihren langen mageren Hals und murmelte etwas.

»Was hat sie gesagt?« Das war Jackie Milne, die stocktaub ist, weil sie sich selbst in ihrem Alter die Ohren nicht sauber macht. Ich habe es jedoch gehört, und Fiona McPherson ebenfalls. Die nicht mehr lachte, sondern einfach lächelte. Sie wandte sich an Jackie. »Lydia sagt, wenn wir sie nett darum bitten, wird sie für uns den Spruch aufsagen, ›Round and Round the Ragged Rock the Ragged Rascal Ran‹. Nur für uns.«

Da endlich lächelte Lydia sogar. Und das war der Moment, in dem wir es sahen, das Gewimmel von Metall in ihrem Mund. Sie trug Zahnspangen, riesige Dinger mit Bändern, Klauen und Knöpfen, die Art, die einen fragen lässt, was für ein Mensch einem anderen so etwas angetan haben kann. Kein Wunder, dass sie bisher kaum den Mund aufgemacht hatte.

Nur gab es jetzt etwas anderes, worauf man sein Interesse richten konnte. Alle beugten sich vor, um richtig gut sehen zu können. Und wieder schien sie nichts dagegen zu haben. Das Lächeln wurde breiter, metallischer.

Wenn man sie jetzt beobachtete, hätte man schwören können, dass sie die einzige interessante Person im Raum war.

Das war der Moment, in dem ich aufsprang. »Hört auf damit, hört auf, alle. Hört auf, das arme Mädchen anzustarren, wie könnt ihr nur so unfreundlich sein? Sie kann doch nichts dafür, dass sie hässlich ist. Lasst sie einfach in Ruhe.«

Die Wirkung stellte sich unmittelbar ein. Auf allen Gesichtern erstarb das Lächeln gleichzeitig. Einige Schülerinnen – wie Helen May oder Pamela Wilson – schienen sogar ziemlich bestürzt zu sein. Doch das war alles, was man sich nur wünschen konnte. Im Bruchteil einer Sekunde war Lydia ziemlich unsichtbar geworden. Die Aufmerksamkeit hatte jetzt einen neuen Mittelpunkt.

Mich. Verstehen Sie, mich starrten sie jetzt an – sogar Moira MacMurray. Und ich kann Ihnen verraten, dass nicht einmal

Lydia das geschafft hatte. Es ist ein Augenblick, den man wirklich genießen muss. Denn in Momenten wie diesem weiß man es, und es fällt einem wieder ein, was es bedeutet, *Es* zu haben. Etwas, das sonst niemand hat. Ich habe *Es* noch nicht erwähnt, und wie *Es* die Dinge verändert. Aber ich musste es auch nicht, oder? Es hat die Angewohnheit, ganz von allein auf sich aufmerksam zu machen.

Nach und nach machten sie sich dann unsichtbar, sogar Fiona McPherson, bis nur noch drei von uns übrig waren. Vier, wenn man Moira MacMurray mitzählt.

Hilary starrte mich jedoch immer noch an. Ihre Augen leuchteten, und ihre Nase war ziemlich rosig geworden. »Kate«, sagte sie, »Kate, ich habe noch nie etwas so Tapferes gesehen. Du warst gerade wie aus einem Buch entsprungen. Lydia, war Kate nicht tapfer ...?«

Sie sah sich um und hielt nach Lydia Ausschau. Doch sie konnte sie nicht finden, nicht sofort. Dabei war Lydia da, genau wo sie die ganze Zeit gewesen war, neben mir, in meinem Schatten. Es ist nur so, dass sie sich aus irgendeinem Grund wieder so klein und unbedeutend gemacht hatte, dass man sie kaum sehen konnte.

Wirklich traurig. Es gibt Menschen, die nicht für das Rampenlicht geschaffen sind. Besser für alle, wenn sie unsichtbar bleiben.

Nach dem Lunch redete Hilary unten auf der Toilette immer noch davon. Wie tapfer, sagte sie immer wieder. Wie eigensinnig, wie *beherrscht.* Sie hörte sich an wie eine zerbrochene Schallplatte. Trotzdem, es ist nett, anerkannt zu werden. Ohne Hilary würde das nicht passieren, nicht bei den Leuten, die wir in unserer Klasse haben. Das ist eines der Dinge, zu denen sie taugt.

Es hilft nämlich, verstehen Sie, wenn man jemanden hat, der einen daran erinnert, dass man was Besonderes ist. Dass man nicht nur einfach irgendjemand ist – oder Schlimmeres.

Denken Sie nur an Lydia im Klassenzimmer, als sie mich zum ersten Mal sah, als wäre ich etwas, das sie unter einem Stein entdeckt hatte. Biss sich auf die Lippe. Glauben Sie mir, schon eine unbedeutendere Person könnte den Wunsch haben, sie für einen Blick wie den bezahlen zu lassen.

Und das ist das Problem, vor dem ich stehe.

Ich habe etwas an mir. Leute können sehen, dass ich was Besonderes bin. Hat vielleicht etwas mit meinen Augen zu tun, etwas Ungewöhnliches. Etwas, was *er* dort bewirkt hat. Das ist der Grund, weshalb man nicht vergessen darf zu lächeln. Die Welt wird zu einem besseren Ort, wenn man lächelt. Man überrumpelt die Leute damit, und es wird leichter … mit ihnen fertig zu werden.

Und außerdem, warum nicht lächeln? Ich habe Grund zu lächeln. Ich bin *seine* Tochter. Das glücklichste Mädchen auf Erden. Mit Ausnahme dieser einen Sache.

Ich nehme an, dass ich es erwähnen muss. Wenn ich es nicht tue, wird es eine andere tun. Also mit Ausnahme meines Beins. Der einzigen Sache, die mich davon abhält, wie auf Wolken zu gehen, mich davon abhält, wie andere Leute zu gehen, wie Hilary. Wie Fiona McPherson.

Tatsächlich ziehen wir es vor, nicht darüber zu sprechen. *Er* mag es nicht. Und warum sollte er, da er es nicht ertragen kann, wenn etwas nicht vollkommen ist, am allerwenigsten ich?

Das ist der Grund, weshalb ich ihn nicht fragen kann, wie es passiert ist, dass bei mir ein Bein kürzer ist als das andere. Ein Bein, das kein Mensch sehen darf. Nicht mal ich. Das ist nun mal so. Jede Familie muss ihre Grundsätze haben. Es gibt eine

Art, sich anzuziehen, sogar ein Bad zu nehmen, ohne hinunterzublicken, ohne daran erinnert werden zu müssen. Ich werde so angezogen, wie *er* es mir gezeigt hat, damit ich nie etwas entdecke.

Obwohl ich *doch* immer etwas entdecke. Braune Streifen mit einem Anflug von Rosa. Und im Bett kann ich es fühlen, unterm Knie, da ist es weicher als beim anderen Bein, weicher als meine Fingerspitzen. Das passiert, wenn etwas brennt, wenn Haut Feuer gefangen hat und zu etwas anderem wird als Haut. Etwas, was sich nicht wieder gutmachen lässt. Etwas Verlorenes. Etwas, woran ich mich nicht mal erinnern kann. Etwas, was mir kein Mensch erzählen wird.

Denk nicht länger daran. Das tut dir nicht gut. Und ich kann doch gehen, oder etwa nicht? Ich könnte sogar laufen, wenn ich es wollte, so schnell und so weit, wie ich nur wollte, wenn ich nicht auch so glücklich wäre.

Und außerdem spielt das alles keine Rolle. Nichts davon. Ich habe ihn, und ich habe *Es.* Wenn man *Es* hat, zählt nichts anderes. Besonders, wenn man weiß, wie man *Es* benutzen muss.

Wie tapfer, Kate. Wie beherrscht.

Hilary wird bald damit aufhören müssen, darauf herumzureiten. Nicht mal sie kann das Thema ewig am Leben erhalten.

Ich habe Lydia gesagt, sie soll sich neben Moira setzen. Es hat einen Moment gedauert, bis es bei ihr ankam, doch dann tat sie, wie ihr geheißen. Sie war müde. Hinter ihren Glasscheiben wirkten ihre Augen eingesunken. Drei Stunden in einer neuen Schule hatten ihr den Mut genommen.

Doch nichts hätte fröhlicher sein können als mein Lächeln, als ich freundlich sagte: »Ich möchte gern wissen, was sie in dieser Minute in deiner alten Schule tun. Deine Freundinnen in der 2A. Sie müssen jetzt ohne dich auskommen, meinst du nicht auch?«

Da starrte sie mich nur an, aber ihre Augen schienen noch tiefer in ihrem Gesicht zu versinken, so wie Menschen langsam in Treibsand untergehen.

Hilary, die durchaus auf Draht ist, wenn es ihr passt, mischte sich ein. »Komisch, wie man einen Menschen vergessen kann, wenn er erst mal weg ist. In einem Moment sind sie da und im nächsten Augenblick nicht mehr, und dann ist es, als hätte es sie nie gegeben.«

Sie stieß mich an. Das ist Hilary, wie sie leibt und lebt. Dabei hatte *ihr* kein Mensch gesagt, dass sie dem armen Mädchen das Leben noch schwerer machen soll, als es ohnehin schon war.

Folglich ignorierte ich sie.

»Tatsächlich«, sagte ich – nett und deutlich, weil Lydia wegzublicken versuchte, »tatsächlich kann ich mir vorstellen, dass sie dich schrecklich vermissen.« Ich zeigte auf das Armband, das sie trotz all meiner Bemühungen immer noch trug. »Du musst *wirklich* beliebt gewesen sein, wenn man dir zum Abschied so etwas geschenkt hat.«

Ich sah mich um, und Hilary setzte ein so saures Gesicht auf, dass sie damit hätte Buttermilch machen können, und das ist unwiderstehlich. »Glaubst du, irgendjemand würde zusammenlegen, um *dir* ein Armband zu schenken, falls du gehen solltest, Hills?«

Natürlich würde das kein Mensch tun. Es sei denn, ich organisierte das Ganze.

Lydia ist jedoch diejenige, die man im Augen behalten muss. Dass ich Hilary einen Dämpfer gegeben habe, ist nicht ohne Wirkung geblieben. Dieses klitzekleine Aufblitzen von Metall war das Signal; da hatte sie zum ersten Mal gelächelt, seit

Fiona angefangen hatte, sich über sie lustig zu machen. Mit anderen Worten, das erste Anzeichen von Dankbarkeit, das ich den ganzen Tag zu sehen bekommen hatte.

Und wie Dad sagen würde, es hat keinen Sinn, zu viel von den Menschen zu erwarten. Nicht jeder hat das Zeug, mit der Situation zu wachsen. Man muss die Menschen so nehmen, wie sie sind.

Unterdessen ist es im Klassenzimmer plötzlich still geworden. Jemand muss auf die Zeit geachtet und den anderen ein Zeichen gegeben haben. Ja, es ist Zeit. Jetzt würde man keine mehr bei einer Bewegung erwischen, um keinen Preis der Welt.

Oder doch? Hinter mir ein raschelndes Geräusch. Völlig unerwartet. Ich drehe mich um, und ob Sie es glauben oder nicht, bietet Moira quer über den Tisch Lydia eine zerknüllte Tüte mit Zitronendrops an. Es ist, als hätte sie die Zeit nicht bemerkt. Oder als wäre es ihr egal.

Und um alles noch schlimmer zu machen, nimmt Lydia einen.

Unterdessen hört man in weiter Ferne, in einem entlegenen Teil des Gebäudes, das Geräusch von Schritten, die näher kommen. Und bilde ich mir das nur ein, oder höre ich auch das warnende Flattern von Gabardine, der in der knochentrockenen Schulluft knattert wie ein Schiffssegel? Da ist Gefahr im Verzug, und doch sind Lydia und Moira blind dafür, so sehr sind sie mit ihren Süßigkeiten beschäftigt. Lydia steckt ihren Drops in den Mund.

Geschieht ihnen recht, wenn die Tür plötzlich aufgeht und dann in der Türöffnung plötzlich der Grund steht, weshalb wir alle gewartet haben.

Die Tür wird zugeknallt, und eine giftige Wolke von Kreidestaub – zwanzig Jahre davon, die aus den gleichen schwarzen Gabardinefalten aufsteigen – bewegt sich durch den Raum und verstreut dabei Partikelchen. Mandy Edwards – sie schwört, sie sei allergisch – beginnt sofort zu husten. Das bringt ihr aber nichts. Inmitten der Wolke steht eine harte schwarze Gestalt – Miss Jamieson –, stampft mit dem Fuß auf, funkelt mit ihren Flintsteinsplittern, die bei ihr Augen sind, und wartet darauf, dass Mandy aufhört zu husten.

Schweigen senkt sich auf die Klasse. Dann ist Miss Jamieson wieder unterwegs. Diesmal schreitet sie zwischen den Pulten hindurch, bis sie vor Lydia ankommt. Dort bleibt sie abrupt stehen, so dass ihr schwarzes Kleid um sie herumwirbelt und sich schließlich legt. Lydia hebt langsam und unwillig den Kopf; sieht einmal lange hin – und schluckt. Sie hat ihren Zitronendrops soeben hinuntergeschluckt. Ganz.

»Lydia Morris«, sagt Miss Jamieson. »Neues Mädchen. Gut in Latein. Sehr gut in Latein. Nun ja, wir werden sehen, wir werden sehen.«

Wieder Schweigen. Miss Jamieson musterte Lydia und betrachtete sie von oben bis unten. Man könnte meinen, das Mädchen würde jetzt am ganzen Leib zittern. Doch da wartete eine Überraschung; nach der ersten unwillkürlichen Zuckung erwidert Lydia Miss Jamiesons Starren mit einem Blick, den noch keine von uns gesehen hat. Einem Blick, der teils Entsetzen ist, aber auch zum Teil ein Blick nackter Bewunderung, der Blick, den manche Leute aufsetzen, wenn sie ein Gewitter beobachten.

Miss Jamieson starrt weiter und nickt dann kaum wahrnehmbar mit dem Kopf. Da ist etwas zwischen ihnen passiert, zwischen Lydia und ihr. Ein Einvernehmen, könnte man sagen. Nicht dass jede der anderen Mädchen es bemerkt hätte. Man muss schon wissen, wie man richtig hinsieht, wenn man in den Blicken liest, die zwischen Menschen gewechselt werden. Kurz, man muss schon *Es* haben, um überhaupt etwas zu merken.

Im Moment ist Miss Jamieson jedoch energisch. Was immer zwischen ihr und Lydia vorgefallen ist, es ist ihnen nicht anzusehen. Miss Jamieson wendet sich ab und begibt sich an die Stirnseite des Zimmers. Es geht das Gerücht, sie sei katholisch, aber man sieht es ihr nicht an. Dad hat mir beigebracht, jeden Katholiken zu erkennen, dem ich je begegnen werde, hat mir gesagt, dass man ihnen zwar freundlich entgegenkommen, ihnen aber nie vertrauen darf. Weil sie alles falsch verstanden haben – oder etwa nicht – mit ihrer Götzenanbetung und weil sie sich wegen dieser Maria zum Narren machen, die letztlich nur eine Frau ist. Das hat er gesagt, und deshalb muss es wahr sein; aber trotzdem kann ich mir nicht vorstellen, dass Miss Jamieson sich für irgendjemanden zur Närrin macht.

Nichts von dem, was ich getan habe, hat je funktioniert.

Sie dreht uns den Rücken zu und fängt an, die Tafel mit dem Schwamm sauber zu wischen. Sie tut es mit ausgestreckten Armen, als wollte sie dafür sorgen, dass all dieser Kreidestaub in den Falten ihres Kleides gefangen wird. »Bücher aufschlagen, Mädchen. Buch Nummer drei. Lydia, du kannst anfangen.«

Und so fängt Lydia an. Liest das Lateinische und übersetzt es dann Satz für Satz in sicheres Englisch, unterbricht sich nie, um Luft zu holen oder auch nur nachzudenken. In der ganzen Klasse sehen sich die Mädchen viel sagend an und reißen in gespieltem Entsetzen den Mund auf. Hilary dagegen erträumt sich wieder eine neue eigene Taktik, steckt sich zwei Finger in die Kehle und tut, als wäre ihr übel.

Aber Lydia, die bemerkt gar nichts. Lydia machte das Ganze Spaß. Die Müdigkeit, die sie auf ihrem Stuhl hatte zusammensacken lassen, ist vollständig verschwunden. Es ist, als wäre jemand gekommen und hätte ihr Eiswürfel in den Halsausschnitt gesteckt, ihr Sauerstoff gegeben und ihr die Blasen wieder ins Gehirn gepustet.

Und die Wirkung hält an. Als andere Mädchen an der Reihe sind zu übersetzen, ist Miss Jamieson wie ein Krokodil, das sich schon satt gefressen hat und kleinen Fischen erlaubt, zwischen ihren Krallen hindurchzuschwimmen, ohne ihnen etwas zu tun. Immer wieder machen die Schülerinnen Fehler, und Jamieson sitzt einfach nur lächelnd da und reißt keiner Einzigen den Kopf ab. Man kann spüren, was die Mädchen denken: Lydia Morris ist ein Gewinn für die Klasse.

Es sei denn, natürlich, man ist Hilary, die Lydia nicht verziehen hat, dass sie den ganzen Morgen an dem Platz gesessen hat, der eigentlich ihr zusteht, und meine Zeit beansprucht hat.

Und noch ist es nicht vorbei. Als wir unsere Bücher verstauen, schlägt Miss Jamieson auf den Tisch. Sie hat eine Ankündigung zu machen. Sie erzählt uns, dass sie überlege, als zusätzliches Fach für alle, die Interesse hätten, Griechisch zu unterrichten. Sie brauche mindestens zwei Schülerinnen. Der Unterricht werde in Freistunden stattfinden und in einigen Mittagspausen. Ob jemand interessiert sei?

Wahrscheinlich hätte ich Hilary warnen sollen. Ihrem Kodex nach wissen Freundinnen alles, was es voneinander zu wissen gibt. Keine Geheimnisse. Aber da haben Sie Hilary, wie sie leibt und lebt. Sie versteht nicht, dass wir nicht vom gleichen Schlag sind, sie und ich, geschweige denn überhaupt irgendeine Ähnlichkeit miteinander haben. Als wäre es geplant, hebe ich die Hand, um mich als Erste zu melden. Miss Jamieson nickt nur.

»Ja, Kate, ich weiß alles über dich. Das ist mit deinem Vater besprochen.«

Verstehen Sie, es war *tatsächlich* geplant. Hilary sieht mich mit aufgerissenen Schweinsäuglein an. Ich wusste, dass diese Ankündigung kommen würde. Sie haben Ende des letzten Schulhalbjahrs darüber gesprochen, Miss Jamieson und Dad. Sie haben sich schon über alles geeinigt. Es war sogar Dad, der den Vorschlag machte; er war derjenige, der die Vision hatte.

Man sollte meinen, Miss Jamieson hätte dann ein bisschen Dankbarkeit zeigen und etwas Besseres zu Stande bringen können als ein Kopfnicken. Stattdessen blickt sie mit zuckenden Mundwinkeln direkt an mir vorbei und ist ungeduldig, weil sonst niemand die Hand gehoben hat. Ihr Gesicht ist brauner als sonst, das Haar lockiger, wenn auch ebenso grau. Wahrscheinlich ist sie gerade aus Griechenland zurückgekommen; sie fährt in den Sommerferien immer dorthin. Nächste Woche, wenn das Braun zu verblassen beginnt, wird sie ihre Fotos mitbringen. Das tut sie immer und reicht sie herum, als wäre das eine Art Belohnung. Sie sind aber immer gleich. Ruinen und Unmengen von blauem Himmel. Meist sind nicht mal Menschen zu sehen, die die Bilder interessant machen könnten – mit Ausnahme eines dicken Mannes, der aus seiner Freizeitkleidung platzt. Oder einfach gelegentlich diese eine Frau, die immer wieder auftaucht. Miss Jamieson sagt, die sei nur da, um ein Gefühl für die Größenordnung zu geben.

Unterdessen wartet sie immer noch auf eine weitere Hand. Aber wer, der seine fünf Sinne noch beieinander hat, würde seine Freistunden aufgeben, von den Mittagspausen ganz zu schweigen? In der ganzen Klasse ist keine, die einen Dad wie meinen hat, der sie in die richtige Richtung lenken könnte. Trotzdem bemerke ich plötzlich etwas von einer lokalen Schwierigkeit neben mir. Es ist Hilary, die immer wieder nach Luft schnappt, als quälte sie etwas.

Und Sie wissen natürlich, warum. Seit ich die Hand hochreckte, hat sie mit sich gekämpft. Ich kann ihre Gedanken lesen. Hilary *mag* ihre Mittagspausen. Sie mag sogar den Kartoffelbrei der Schule und den Reispudding, obwohl sie tut, als wäre es nicht so. Am besten ist aber, dass sie am liebsten absolut gar nichts tut – und selbst das fällt ihr schwer. Eine Mittagspause wird mit Klavierunterricht ausgefüllt, in einer anderen findet die Doppelstunde in Hauswirtschaftslehre statt, wo sie für Behinderte näht, und das macht sie, weil es dabei Kekse gibt.

Und jetzt ist es Griechisch. Dabei ist sie nicht mal in Latein zu gebrauchen. Doch Hilary hat all diese Bücher über Schulmädchen gelesen, die alles gemeinsam durchmachen und in allen Lebenslagen zusammenhalten. Kein Wunder, dass sie Probleme hat.

Und ich kann der Versuchung nicht widerstehen.

Ich beuge mich über den Tisch und flüsterte: »Ich dachte, du wärst meine Freundin.«

Nun ja, ein bisschen Spaß muss manchmal sein. Die arme alte Hills ist dafür gerade richtig. Ein langsamer, verzweifelter Blick zu mir hin, dann schießt ihre Hand hoch.

Miss Jamieson macht ein überraschtes Gesicht und schürzt die Lippen, die im Augenblick neben ihrem Teint bleich wirken, der so viel unschottische, um nicht zu sagen mediterrane Sonne abbekommen hat. Dabei fällt mir ein, dass sie ganz gut aussieht, obwohl man sich nicht vorstellen kann, dass jemand sich wirklich in sie verknallen könnte. Im Augenblick betrachtet sie Hilary fast freundlich, so wie man vielleicht irgendein armes Tier betrachtet, das überfahren wor-

den ist – bevor sie sich aufrafft und das arme Wesen von seinen Leiden erlöst. Miss Jamieson mag Tiere. Sie hat eine Katze namens Cassandra, von der sie gelegentlich spricht.
Dann fällt ihr ein, dass Hilary keine Katze ist, und sie runzelt die Stirn. »Hilary Cross, ich kann nicht glauben, dass du Zeit für Griechisch hast. Dann hast du keine Mittagspause mehr zum Spielen, Kind.«
Das nenne ich eine Überraschung, dass Miss Jamieson eine Schülerin so glimpflich davonkommen lässt. Dabei hätte sie doch mühelos sagen können: *Hilary Cross, du hast nicht den Grips für das, was Kate tut.* Hilary lässt die Hand sinken und beginnt vor schierer Erleichterung zu schwitzen.
Doch die Erleichterung währt nur eine Sekunde. Denn jetzt entdecken wir, wie hinter uns noch eine Hand in die Höhe geht und auf sich aufmerksam macht. Hilary erstarrt und zwingt sich dann, sich umzudrehen. Tatsächlich, Lydia hält ein knochiges Handgelenk hoch, als wollte sie die Windrichtung prüfen.
Miss Jamieson lächelt kurz. »Lydia?«
Doch der einzige Laut, der ihr antwortet, ist der dumpfe Aufprall, als Hilary den Kopf verzweifelt auf den Tisch sinken lässt.
Was Miss Jamieson ignorierte. Sie schreibt Lydias Namen auf und lässt das Thema dann fallen. Ich glaube, dass sie sowieso nicht mehr als zwei Schülerinnen wollte. Dies sollte ihr Geschenk an sich selbst sein, dass sie Griechisch unterrichten kann. Ist das zu glauben?
Dad weiß es bestimmt. Ein Gespräch, das war alles, was er brauchte. Er kann das, Menschen dazu bringen, ihm Dinge zu erzählen, die sie anderen nicht mal im Traum anvertrauen würden. Er wusste, dass Miss Jamieson darauf brannte, Griechisch zu unterrichten.

Das Problem ist nur, dass man sich dann fragen muss, warum ausgerechnet ich diejenige sein muss, die Griechisch lernen soll. Ich meine, wer entscheidet sich *freiwillig* dafür, Griechisch zu lernen, wenn er noch alle Tassen im Schrank hat? (Na ja, da ist natürlich Lydia. Aber die ist kaum das, was man normal nennt.)

Die Antwort ist einfach. Jeder kann in die Schule gehen und Französisch oder Deutsch oder sonst was lernen. Aber ich bin seine Tochter, und das ändert alles. Das sagt er jedenfalls. Es ändert *alles*. Das ist der Grund für den Griechischunterricht. Es ist wichtig, etwas Besonderes zu haben, etwas, was sonst niemand hat, etwas, was einen aus der Masse heraushebt. *Er* hat dies erkannt, als er vor Jahren selbst Griechisch unterrichtete, und übrigens auch Hebräisch.

Das ist also der Grund, weshalb ich Griechisch lernen werde. Griechisch wird uns mehr von den anderen unterscheiden, als es vorher schon der Fall war. Dann werden wir das Neue Testament gemeinsam in der Ursprache lesen können. Damit werden wir eine Klasse für uns sein.

Außer dass jetzt auch Lydia dabei ist. Da kann man schon ins Grübeln kommen. Vielleicht bin ich doch nicht die Einzige. Vielleicht ist da noch jemand mit einem Dad wie meinem.

Wie albern von mir. Das ist unmöglich. Ich weiß es sehr gut, besser als jede andere. Es gibt niemanden wie meinen Dad, nicht in der ganzen weiten Welt. Und ich bin seine Tochter und kann mich glücklicher schätzen als jedes andere Mädchen auf der Welt.

2

Zweites Kapitel

Zeit, nach Hause zu gehen, und Hilary – die schon seit zehn Minuten abmarschbereit ist – besteht darauf, auf mich zu warten. Sie will, dass wir gemeinsam, Arm in Arm, aus der Schule gehen, so wie die befreundeten Schulmädchen mit den rosigen Wangen auf den Umschlägen ihrer Bücher. Als ob sie es nicht wüsste, dass die Leute, da mein Bein nun mal so ist, nur einmal hinzusehen brauchten, um zu denken, dass sie mir helfen müsste.

Folglich wird Hilary, die auch weiterhin warten muss, ohne Begleitung gehen.

Was sie jedoch nicht verstehen kann, ist der Grund für das Warten, weshalb wir unfehlbar als Letzte herauskommen müssen. Und das ist der Punkt, an dem ich an Hilary verzweifle. Weil sie es nicht kapieren würde, selbst wenn ich es ihr sagte.

Er wird auf mich warten.

Mit anderen Worten: Es ist zwecklos, mit allen anderen rauszukommen und nichts weiter zu sein als noch ein Gesicht in der Menge. Dann könntest du genauso gut eine Ameise unter fünfhundert anderen Ameisen sein, sagt er. Wenn ich aus der Schule herauskomme, möchte er sehen können, dass ich auffalle und nicht zu verfehlen bin.

Wie er.

Das bedeutet, dass ich auch *ihn* warten lassen muss, doch das stört ihn nicht im Mindesten. Er parkt den Wagen dort, wo die Sechstklässlerinnen herauskommen und auf Beinen vorüberstaksen, die zu lang sind für ihre Röcke, die schon seit dem vierten Schuljahr nicht mehr gepasst haben. Na ja, Sie können sich vorstellen, wie sie aussehen. Doch er beklagt sich nie – und blickt auch nie zur Seite. Er starrt nur und starrt und lässt sie nicht aus den Augen. Er sagt, das sei eine gottgegebene Möglichkeit, Seelen zu entdecken.

Darauf versteht er sich sehr gut, wissen Sie, Seelen zu erkennen. Mein Dad kann sie schon aus hundert Meter Entfernung erkennen, die Leute, die für den Himmel bestimmt sind, und diejenigen, die es nicht sind – die Schafe und Ziegen. Obwohl man ihnen das natürlich nicht sagen kann, heutzutage nicht mehr, nicht mal in seinem Gottesdienst. Heute will niemand mehr hören, dass er in Gottes Augen nicht mehr ist als ein Stück Vieh. Aber genau darum geht es; und mein Dad kann im Wagen sitzen und sie entdecken, die Auserwählten ebenso wie diejenigen, die es nicht sind.

Die äußere Erscheinung hat nichts damit zu tun, nicht mal bei den Winzlingen, die immer noch die Hände ihrer älteren Schwestern festhalten, die direkt aus dem Kindergarten kommen und nur aus Locken und runden Wangen bestehen. Sie sehen schon wie Engel aus, nicht wahr? Doch das macht keinen Unterschied. Es ist entschieden. Wenn sie nicht auserwählt sind, werden sie den gleichen Weg gehen wie die anderen und erledigt sein, bevor sie überhaupt angefangen haben.

Und natürlich ahnen sie nichts. Schlechter Unterricht in den Kirchen, sagt er, sei der Grund, dass diese Mädchen in der Sechsten – die Mädchen, die ihm am nächsten kämen, genau die Mädchen, die das meiste zu lernen hätten – einfach weitergehen und so tun könnten, als wäre er nicht da. Aber *er* weiß Bescheid. Alles ist vergänglich. In der nächsten Welt könnte alles anders sein.

Ich wünschte nur, er würde mir erzählen, wer sie sind, diejenigen, die nicht auserwählt worden sind. Das habe ich schon immer. Als ich noch klein war, hatte ich die Idee, ich könnte herumgehen und sie warnen, da ich nicht begriff, dass das die schlimmste Sünde von allen war: der Wunsch, sich mit dem Willen Gottes Freiheiten zu erlauben.

Ich hätte ihm sagen sollen, was mir vorschwebte. Ich war alt genug, es besser zu wissen. Es war somit meine Schuld, als ich ihn zwang, Maßnahmen zu ergreifen und sicherzustellen, dass es nie wieder passierte. Manche Menschen müssen vor sich selbst geschützt werden, darunter auch sein Kind. Besonders sein Kind.

Doch sogar jetzt noch würde ich gern Bescheid wissen. Besonders was Fiona McPherson betrifft und wohin sie unterwegs ist. Es würde nicht mehr die Gefahr bestehen, dass ich mich dem Willen Gottes entgegenstelle.

Unterdessen glaubt Hilary heute wie jeden Tag, sie sähe den Wagen als Erste. »Oh, da ist dein Vater«, sagt sie in einem bemüht beiläufigen Ton. Als ob ich es nicht geschafft hätte, meinen eigenen Vater zu entdecken. Er sieht uns kommen und kurbelt die Scheibe herunter. Das macht ein scheußlich kratzendes Geräusch, so alt ist der Wagen. Eines der Dinge, über die man sich nicht aufregen darf

Hilary bückt sich und steckt den Kopf in die Öffnung. Ihr Hintern ragt in die Höhe und versperrt den halben Bürgersteig. Es sind solche Dinge, die Hilary gern vergisst. Einfach wie viel Platz sie beansprucht.

Und so muss ich warten, während sie sich Zeit lässt. Jeder soll sich Zeit lassen. Hilary, die alten Damen, jeder. Er wird niemanden abweisen. Und als sie sich wieder aufrichtet, ist ihr ganzes Gesicht rot. Sogar ihr Hals glüht. Und Sie wissen natürlich, weshalb. Ihm wird etwas eingefallen sein, was er ihr sagen konnte, etwas, was sie erröten ließ. Das schafft er mit den unwahrscheinlichsten Dingen.

Manchmal denke ich, dass das der wahre Grund dafür ist, weshalb sie nach dem Unterricht so trödelt. Nur wegen dieser paar Worte, die sie glauben lassen, sie sei etwas Besonderes, etwas, was sie sonst von niemandem bekommen würde. Mit mir hat das nichts zu tun.

Doch jetzt muss sie zurücktreten und zu ihrer Mutter und einem Leben zurückkehren, das so gewöhnlich ist, dass man sich fragt, wie sie es ertragen kann. Unterdessen fahre ich mit ihm los. Das glücklichste Mädchen der Welt.

Arme alte Hilary, sie steht immer noch da, als wir auf die Fahrbahn ausscheren. Autos hupen, und Scheinwerfer blitzen auf, doch das spielt keine Rolle. Uns rührt nichts an. Ich habe einmal gehört, wie Miss Jamieson zu Mrs. Chatto sagte: »Kate Carrs Vater fährt in Übereinstimmung mit seinen Überzeugungen.« Das waren ihre genauen Worte, und sie rümpfte die Nase, als sie sie äußerte. Als ob es zu missbilligen wäre, wenn man in Übereinstimmung mit seinen Überzeugungen fährt.

Währenddessen werfe ich einen letzten Blick auf Hilary, die unter ihrem Dufflecoat die Schultern hängen lässt, wehmütig schrumpft, als wir sie zurücklassen.

Doch noch ein Letztes, kurz bevor die Schule ganz verschwindet; ich entdecke Lydia. Sie geht mit einem kleinen Mädchen von sechs, vielleicht sieben Jahren. Die Kleine ist überall und hopst fröhlich über den Bürgersteig; sie besteht nur aus tanzenden Locken und Milchzähnen. Lydia trottet unterdessen mit einem Schmollmund hinter ihr her. Man sieht ihr an, wie widerwillig sie dafür ihre Zeit opfert.

Ich habe nicht gewusst, dass Lydia eine Schwester hat. Sind einander aber nicht sehr ähnlich, die beiden, oder? Doch das ist wirklich nur von flüchtigem Interesse. Dies ist nicht der Moment, sich von einer der beiden ablenken zu lassen. Ich muss jetzt an *uns* denken. Wir sind lange Zeit getrennt gewesen, den ganzen Tag lang, um genau zu sein. Er sorgt sich um mich; all diese schlechten Einflüsse. Diese schlechten Unterrichtsstunden, die ich erst wieder vergessen und dann neu lernen muss. Denk also hart nach, Kate. Sage das Richtige. Versuch zu vergessen, wann du etwas falsch verstanden hast, dann ersparst du dir wieder eine Lektion.

Am nächsten Morgen, als Lydia sich gerade neben mir hinsetzen will, knallt Hilary ihr Hinterteil vor ihr auf den Stuhl und funkelt sie böse an, damit sie es ja nicht wagt, ein Wort darüber zu verlieren. Lydia macht ein verwirrtes Gesicht und beißt sich dann auf die Lippe. Zufrieden breitet Hilary ihren Hintern auf dem Sitz auf. Sie stellt sicher, dass man zwischen uns nicht mal mehr einen Bleistift quetschen könnte.
Was bleibt Lydia da übrig, als sich umzudrehen und wegzugehen, um sich neben Moira zu setzen?
Die kein Wort dazu sagte. Ich nehme an, das ist das Beste, was man über sie sagen kann; Moira wird kaum je etwas sagen, es sei denn, man spricht sie an. Das muss das Einzige sein, was ihre Großmutter ihr nicht beizubringen vergaß. Über den Rest breiten wir lieber den Mantel der Nächstenliebe, wenn ich etwa an das Haarewaschen und das Wechseln der Strumpfhosen denke. Jeder weiß über Moiras Oma Bescheid. Man sagt, wenn man sie zu Hause besucht, werde sie einem saure Milch in den Tee gießen. Das sagen die Leute. Sie sagen sogar, dass nicht mal Moiras Mutter in die Nähe der beiden kommt, von Moira und ihrer Oma.

Das Lustige ist nur, dass ich sie gemeinsam habe weggehen sehen, weg von der Schule, zum falschen Ende der Stadt, Moira und ihre Großmutter, und sie sehen recht glücklich aus. Mehr als glücklich. Wenn man sie aus einiger Entfernung beobachtet, sieht es aus, als gingen da zwei alte Frauen statt nur einer. Beide mit Tragetaschen, beide auf dem Bürgersteig nach Hause trottend zu einer Tasse Tee. Ein vollkommenes Paar.

Zeit fürs Mittagessen, und Hilary schnuppert in der Luft. Etwas Fischiges und Gebratenes. Und natürlich Pommes frites.
»Komm mit«, sagt sie und bemüht sich, ihrer Stimme keinen drängenden Unterton zu geben. Außerdem achtet sie sorgfältig darauf, dass ihre Aufforderung Lydia nicht einschließt.
Woraufhin ich erwidere: »Du wirst ohne uns gehen müssen. Wir haben jetzt Griechisch, nicht wahr, Lyd?«
Und hinter uns richtet sich Lydia auf und errötet ein wenig. Es war dieses *Lyd*, das sich so vertraut anhört, so freundlich. Hilary hört es auch und zuckt sichtlich zusammen.
»Bist du fertig?« Jetzt wende ich mich wieder an Lydia. Hilary würdige ich keines Blickes. Uns erwartet eine Griechischstunde, und jeder weiß, dass Miss Jamieson es hasst, wenn man sie warten lässt.
Man kann spüren, wie Hilary uns beim Weggehen beobachtet, spürt den Unglauben, der uns folgt. Nur zum Spaß hake ich mich bei Lydia nach Schulmädchenart ein, damit keine Zweifel aufkommen; Lydia und ich sind die allerbesten Freundinnen. Lydia macht natürlich ein leicht überraschtes Gesicht und betrachtet den Fußboden, wobei sie stärker errötet als je zuvor.
Einen Augenblick später sind wir jedoch um die Ecke verschwunden und außer Sichtweite. Ich kann die Hand wieder zurückziehen. Hilary kann uns nicht mehr sehen.

In der Zeit, in der Miss Jamieson zu uns unterwegs ist, besteht Lydia darauf, sich zu beschäftigen. Sie leert ihre Federtasche, wechselt die Patronen ihres Füllers und arrangiert zwei pelzige kleine Tiere vor sich auf ihrem Tisch. Bei ihr ist es genauso schlimm wie bei Hilary, die eine ganze Herde weicher Spielzeuge braucht, nur um sich über eine Unterrichtsstunde zu retten.

»Du freust dich darauf«, sage ich zu ihr – und, ja, ich gebe es zu. Da war *tatsächlich* etwas wie Überraschung in meiner Stimme. Immerhin begegnet man nicht jeden Tag jemandem, der bei dem Gedanken, Griechisch zu lernen, in Begeisterung gerät.

Lydia schluckt und versucht, ein bisschen vorsichtiger zu sein. Sie lernt schon jetzt aus Hilarys Fehlern. Man darf nicht zu viel preisgeben. Sonst ist man verraten und verkauft. Dann können die Leute mit einem machen, was sie wollen. Doch es hilft nichts, die Sekunden vergehen, und das Lächeln schleicht sich wieder dorthin, wo es war.

Ich kann nur eines sagen: Ich wünschte, ich würde mich darauf freuen.

Aber wichtiger ist, dass mir allmählich die gleiche Frage in den Sinn kommt. Was Lydia angeht. Woher das Bedürfnis, Griechisch zu lernen? Hilary konnte ich verstehen. Sie hat die Hand gehoben, weil ich es getan hatte, wegen all dieser Bücher, die sie liest. Aber Lydia, was für einen Grund hat die? Manchmal muss selbst eine Person, die *Es* besitzt, gelegentlich eine Frage stellen wie alle anderen auch.

»Wie ist er denn?«

»Wer?« Lydia sieht mich an und blinzelt.

»Dein Vater, natürlich.« Du lieber Himmel, wen hätte ich sonst meinen sollen?

»Mein Vater?« Hör sich einer die Überraschung in ihrer

Stimme an. Man könnte schwören, ihr Vater sei der letzte Mensch, der ihr in den Sinn käme. Da fragt man sich schon, *was für eine Art Leben hat sie eigentlich zu Hause?*

»Dein Vater«, wiederhole ich. »Ist er der Grund, weshalb du die Hand gehoben hast, um dich für Griechisch zu melden? Erwartet ... erwartet er etwas? Von dir, meine ich?«

So wie meiner es tut.

Doch jetzt ist etwas geschehen. Lydia runzelt die Stirn. Gleichzeitig beginnt sie wütend mit der Spitze ihres Füllers zu fummeln und sticht sich dabei Tinte in den Finger. »Mein Vater ...«, sagt sie erneut. Dann unternimmt sie die größte Anstrengung, die sie seit Beginn ihrer Schulzeit gemacht hat. »Mein Vater erwartet gar nichts. Ihm ist es gleichgültig, was ich tue. Er ist viel zu beschäftigt.«

Kein Wort mehr nötig.

Das ist also die Antwort. Lydias Vater hat an wichtigere Dinge zu denken. Lydia und Griechisch sind sogar das Allerletzte, was ihm auf der Seele brennt.

Lydia will um ihrer selbst willen Griechisch lernen. Sie ist wirklich merkwürdig. Frage beantwortet. Trotzdem scheint es eine Schande zu sein, die Sache damit auf sich beruhen zu lassen.

»Du hast doch eine Schwester, oder? Ich habe sie gesehen. Hübsches kleines Ding.«

»Ja«, erwidert sie. Und damit hat es sich; das letzte Puzzlestück sitzt an Ort und Stelle. In einem kleinen Wort alles, was man über Lydia, ihren Vater und ihre Schwester wissen muss. Am Ende kann man in Lydia doch lesen wie in einem offenen Buch. Und ist das etwa eine Überraschung? An wen würden Sie lieber denken, wenn Sie ein Vater wären? An die arme, magere, gescheite Lydia – oder an dieses lockige, tanzende Kind, das ich auf dem Bürgersteig gesehen habe?

Wie froh ich bin, ein Einzelkind zu sein. So bekommt man die gesamte Aufmerksamkeit. Ohne Ende. Man braucht sich nie unsichtbar zu fühlen. Anders als Lydia.

Es sei denn. Es sei denn … oh, und da kommt mir ein Gedanke, der Wunder wirkt; was wäre, wenn ich nicht die Einzige gewesen wäre? Was ist, wenn es da noch jemanden gegeben hätte, den er im Auge behalten muss? Noch jemanden, der ihn von mir ablenken könnte?

Ein anderer, der Fehler machen kann? Wie seltsam, was ein einziger Gedanke bewirken kann, ein winziger Keim einer Idee, der das Gehirn plötzlich zum Kribbeln bringt. In einem Moment vernünftig, im Nächsten stellt man sich allerlei unmögliche Dinge vor – etwa, wie es wäre, wenn man nicht die Einzige wäre. Unsichtbar zu sein, weil geteilte Aufmerksamkeit halbe Aufmerksamkeit bedeutete …

Aber kaum ist die Idee da, wird sie auch schon wieder erstickt. Lydia ist vollkommen still geworden. Diesmal hat sie es vor mir gehört, das Geräusch von Schritten, die auf dem Korridor näher kommen.

Miss Jamieson bleibt vor unseren beiden Pulten stehen und blickt auf uns hinunter. Zusammen ergeben wir ein Dreieck, ein gleichschenkliges.

Sie wird uns zunächst eine Ansprache halten, ist vorbereitet und holt sogar dann Luft, wenn ich spreche. Als wir mit Latein anfingen, machte sie es genauso und hielt eine lange Ansprache über die Römer. Über die Gebäude, die sie hinterlassen haben, die Amphitheater und Viadukte. Zeug, das man schon kannte – es sei denn, man war Moira MacMurray, bei der alle Liebesmühe von vornherein vergeblich war. Ich musste es Dad wiederholen, nur damit er wenigstens einmal glücklich sein konnte. Manchmal bringen sie uns

die richtigen Dinge bei. Dinge, die seinen vollen und ungeteilten Beifall finden.
Hoffen wir jetzt nur, dass diese Ansprache nicht von diesen Göttern und Göttinnen handelt. Dieses heidnische Zeug mag er nicht, ganz und gar nicht. Dafür hat er nicht Griechisch gelernt.
Doch es stellt sich heraus, dass ich mir keine Sorgen hätte machen müssen – zumindest nicht wegen Heiden oder solcher Dinge. Es stellt sich heraus, dass Miss Jamieson anscheinend nichts über die Götter oder auch nur die Göttinnen sagen will.
»Die Griechen«, sagt sie stattdessen und holt erneut Luft, »sterben aus.«
Wie seltsam, damit zu beginnen. Da fragt man sich, ob man sie richtig verstanden hat. Die Griechen sterben nicht aus, das hätte ihr sogar Hilary sagen können. Sie sind schon ausgestorben. Tot wie die Dinosaurier, könnte man sagen.
Aber sowie ich versuche, Lydia auf mich aufmerksam zu machen, sagt Miss Jamieson es erneut.
»Die Griechen sterben aus.
Ihre Gedanken, ihre Sprache, ihre Geschichte – kurz, alles, was uns daran erinnert, dass sie trotz der vielen vergangenen Zeit nie sehr viel anders waren als wir – sind dabei zu verschwinden. Und warum? Weil das Griechische selbst stirbt, diese bemerkenswerte Sprache, die jeden ursprünglichen dem Menschen bekannten Gedanken umfasste. Die Menschen lernen sie nicht mehr. Sie sagen, sie sei schwierig, oder, was noch schlimmer ist, es komme auf sie nicht mehr an, sie sei irrelevant. Sie sagen, wir brauchten sie nicht mehr, nicht heute, nicht in dieser Zeit.«
Sie drehte sich um und griff nach einem Stuhl, den sie direkt an Lydias Pult heranrückte, und setzte sich dann, womit sie

die Form dessen veränderte, was ein gleichschenkliges Dreieck gewesen war.

»Aber ihr könnt mir glauben, dass die Leute sich irren. Weil Menschen, die keine Kenntnisse von den Griechen haben, Menschen mit Amnesie sind, die alles vergessen haben, was vor unseren Tagen geschehen ist. Menschen, die die Griechen nicht kennen, sind wie Kinder, die nie ihre Eltern gekannt haben.« Sie lehnte sich auf das Pult und beugte sich zu uns vor, auf Lydia zu. Tatsächlich war bis jetzt fast jedes Wort, das sie gesprochen hatte, an Lydia gerichtet gewesen.

»Denkt darüber nach. Stellt euch vor, was ihr seid, aber ohne jede Erinnerung an eure Eltern, an die Menschen, die euch eure ersten Wörter beigebracht haben, die euch liebten, die euch zeigten, wie ihr die Welt sehen müsst. Stellt euch vor, ihr wüsstet nichts über sie. Jedes Wort, jeder Gedanke, den ihr habt, spiegelt sie wider, aber ihr könnt euch nicht an sie erinnern. Ihr wisst nicht einmal, wie sie ausgesehen haben. Und da habt ihr das Problem. Ihr seht, aber woher sollt ihr wissen, ob ihr mit den Augen eurer Eltern seht – oder mit euren eigenen? Ihr denkt, aber woher sollt ihr wissen, ob die Gedanken ihre sind oder eure? Kurz, wie könnt ihr euch je euch selbst erklären? Ihr wärt ein Rätsel, ein vollkommenes Mysterium. Und doch ist es genau das, was ich meine. Die Griechen helfen uns dabei, uns selbst zu erklären.«

Bei diesen Worten lachte Lydia laut auf. Es war ein leises, glucksendes Lachen. Es ist der Gedanke, ein Rätsel zu sein. Die arme Bohnenstange wäre nichts lieber als das.

Aber ich lache nicht. Miss Jamieson spricht, als stünde es in der Macht jedes Menschen, sich selbst zu kennen, dabei könnte jeder ihr sagen, dass das nicht möglich ist. Es gibt nur eine Person, die einen zu dem gemacht hat, was man ist. Es gibt nur eine Person, die einen kennt. Miss Jamieson sollte

daran denken, öfter in ihrer Bibel zu lesen. Oder in den Gottesdienst zu gehen und sie sich erklären zu lassen.
Und jetzt ist da etwas anderes, worüber ich mir Gedanken machen muss. Wie soll ich *ihm* das alles erzählen? Dad, meine ich. Das hier ist nicht das, was ich seiner Ansicht nach lernen soll.
Manchmal muss man wissen, wann man einer Sache Einhalt gebieten muss. Lydia, zum Beispiel, sitzt absolut grün und unerfahren da, bereit, alles zu glauben, was man ihr erzählt. Und man sieht ihr an, dass es noch schlimmer werden wird. Miss Jamieson kommt erst jetzt allmählich in Fahrt.
Es musste also etwas unternommen werden, und ich weiß, dass *er* mit meinem Handeln einverstanden sein würde. Nur, was sollte ich tun? Tatsächlich ist es kein Problem, da niemand mir zusieht. Miss Jamieson ist ausschließlich mit Lydia beschäftigt und zufrieden damit, dass da jemand ist, der jedes Wort von ihr in sich hineinschlürft. Ich könnte hinübergreifen, den Zirkel aus meiner Federtasche ziehen, ihn unter der Tischplatte von einer Hand in die andere gleiten lassen …
… Und ihn Lydia ganz behutsam in die Seite stechen.
Einen Augenblick später quiekt sie wie ein Ferkel und springt fast vom Stuhl. Miss Jamieson hält völlig überrascht mitten im Satz inne. Da sitzt Lydia schon wieder sehr still da und weiß kaum, wohin sie blicken soll.
»Lydia?« Es kommt mir vor, als wäre Miss Jamieson aus irgendeinem glücklichen Traum erwacht – wahrscheinlich ging es darin um unverhoffte Mysterien und Rätsel. Das hier wird ihr nicht gefallen, dass sie mitten in ihrem Vortrag unterbrochen wird.
Jetzt ist nur die Frage, ob Lydia verraten wird, was gerade passiert ist, und mit dem Finger auf mich zeigen wird? Aber nein. Sie muss die gleichen Bücher gelesen haben wie Hilary

in der nebelhaften und fernen Vergangenheit, bevor sie mit französischen Verben und Raketenwissenschaft anfing. Sie murmelt etwas von einem unerklärlichen Schmerz im Magen. Miss Jamieson macht ein ungläubiges Gesicht, doch es gibt nichts, was sie tun kann.
Und so wendet sie sich unendlich misstrauisch an mich.
Aber ich habe doch gar nichts gemacht, oder? Ich habe den Unterricht nur wieder aufs richtige Gleis gesetzt.
Denn jetzt ist Lydias Aufmerksamkeit abgeschweift, und Miss Jamieson hat viel von ihrer Konzentration verloren. Sie fängt wieder an und versucht, über die Ideen zu sprechen, an denen sich einige dieser Griechen versucht zu haben scheinen, doch nach einigen Augenblicken gibt sie auf. Spricht anschließend stattdessen über die Olympischen Spiele. Und das ist viel besser, genau das, was ich Dad werde wiederholen können.

In dem Moment, in dem Miss Jamieson den Raum verlassen hatte, fiel Lydia über mich her. »Warum hast du dieses *Ding* in mich reingesteckt?«
Du lieber Himmel, jetzt ist sie urplötzlich die kleine Miss Wüterich.
»Aber hör mal«, sage ich. »Oh, aber *hör mal.* Ich konnte doch nicht wissen, dass du keinen Scherz vertragen kannst. Menschenskind, ich meine, *Menschenskind,* Hilary hätte sich halb totgelacht. So was macht ihr *Spaß.* Ich hätte bei Hilary bleiben sollen.«
Da sieht Lydia mich an. Sieh sich einer nur ihre Augen hinter ihrer Brille an. Sie ist schnell, schneller als Hilary. Man braucht ihr nicht alles vorzubuchstabieren, was immerhin für sie spricht. Schon jetzt denkt sie über die Konsequenzen der Tatsache nach, dass sie keinen Spaß verträgt. Dass Hilary und

ich Spaß haben, und zwar nur wir beide. Und was bleibt da für Lydia?

Moira MacMurray, wer sonst.

Ich warte geduldig, weil Geduld mein zweiter Vorname ist, und sage kein weiteres Wort.

Und dann kommt es. Sie schließt die Augen und macht sie dann wieder auf. Der Funke ist erloschen. Schließlich bringt sie ein Lächeln zu Stande – eine Art Lächeln. Ein Teil ihrer Lippe hat sich an ihrer Zahnspange festgehakt. »Ha«, sagt sie, und das Wort scheint sie halb zu ersticken. »Hahaha. Du hast Recht. Was für ein Witz, hahaha.«

Und das bedeutet, als Hilary uns entdeckt, als wir uns zu unserem verspäteten Lunch begeben, dass wir uns halb totlachen wie Leute, die noch nie so viel Spaß gehabt haben. Als wäre Griechisch das lustigste Fach der Welt.

Später, bevor Hilary Zeit hat, sich nach der Stunde zu erkundigen, sage ich: »Wie wär's, wenn ich heute Nachmittag zu dir komme, Hills?«

Es ist ein Mittwoch. Mittwochs holt mich Dad kaum je ab. Und es gefällt ihm, wenn ich zu Hilary gehe.

Hilarys Gesicht glüht, und so strahlend hat sie den ganzen Tag nicht ausgesehen. »Natürlich kannst du das, Kate. Natürlich.«

Dann verdüstert sich ihr Gesicht, als sie sich zu erinnern versucht, ob dies der Tag ist, an dem ihre Mutter zusätzlichen Klavierunterricht arrangiert hat. Aber das ist er natürlich nicht. Ich kenne die Tage von Hilarys Woche, auch wenn sie es nicht tut. Ihr Gesicht hellt sich auf. »Natürlich kannst du das«, wiederholt sie, diesmal lauter.

»Fabelhaft«, sage ich und stoße ihr freundschaftlich gegen den Arm, so wie man es in ihren Büchern tut. »Ach ja, *und* Lydia«, füge ich hinzu. »Wir können Lydia nicht ausschließen.«

Lydia hebt überrascht den Kopf. In ihrer Nervosität bringt sie noch ein Lächeln zu Stande, während Hilary finster dreinschaut.

»Kommt rein, ihr Lieben«, sagt Hilarys Mutter. »Kommt einfach rein.«
Das sagt sie jedes Mal, aber man sollte nicht versuchen, das wörtlich zu nehmen. Sie sorgt sich um unsere Schuhe. Hilarys Mutter hat beigefarbenen Teppichboden im ganzen Haus und lebt in Angst vor dem, was durch die Tür ins Haus kommen könnte. Man stelle sich ihr Gesicht vor, als Lydia, der nicht klar ist, dass manche Aufforderungen nicht wörtlich genommen werden dürfen, direkt in den Flur trampelt – *und nicht stehen bleibt, um sich die Schuhe auszuziehen.*
Mrs. Cross schluckt einmal, dann zweimal, sagt aber kein Wort. Das kann sie nicht. Es ist bisher noch nie nötig gewesen. Es liegt jetzt an mir, die Situation zu retten.
»He, Lydia. Zieh dir die Schuhe aus.«
Ganz einfach. Lydia dreht sich überrascht um, nickt dann ohne ein weiteres Wort und zieht sich die Schuhe aus. Mrs. Cross wirf mir einen Blick ewiger Dankbarkeit zu. Das ist doch gut, oder? Nichts ist so nützlich wie Dankbarkeit.
Hilary bringt uns nach oben. Sie ist stolz auf ihr Zimmer. Tagesdecken und Gardinen sind mit Volants besetzt, und auf ihrer Frisierkommode finden sich weitere. Pinkfarbener Teppich, pinkfarbene Kissen. Dass sie überall Frösche hat, ruiniert den Gesamteindruck wirklich, Frösche in jeder Gestalt und Größe. Hilary wird erzählen, dass sie sie sammelt. Aber das liegt nur daran, weil ich ihr zu jedem Geburtstag und Weihnachten welche schenke, was es offiziell macht: Hilary sammelt Frösche.
Sie gibt Lydia durch ein Kopfnicken zu verstehen, dass diese

sich auf den Hocker vor der Frisierkommode setzen soll. Unterdessen lümmeln sie und ich uns ein paar Meter entfernt auf den Fußboden. Kein Zweifel, wer hier ausgeschlossen wird.

Einen Augenblick später erscheint ihre Mutter mit einem Tablett mit wässrigem Orangensaft in geschlossenen Bechern mit Trinkhalmen. Sagt uns, wo die Kekse sind, falls wir welche wollen, aber wir müssten uns an den Küchentisch setzen, um sie zu essen. Der Teppichboden, verstehen Sie. Immer der Teppichboden.

Keine von uns bewegt sich jedoch, nicht mal Hilary. Sie wartet, bis ihre Mutter verschwindet, und wendet sich dann an mich: »Los doch, mach schon. Erzähl mir alles darüber. War es schrecklich? Hat Miss Jamieson mit einer Peitsche über euch gestanden? Hat sie euch Massen von Arbeit aufgebrummt?«

Ich mache den Mund auf, als ob ich alles herausströmen lassen wollte, jedes kostbare Detail, das Hilary direkt ins Bild setzen würde. Dann mache ich ihn wieder zu. Und seufze.

»Ich weiß nicht, Hilary. Ich weiß einfach nicht, ob es die Art Thema ist, über das wir sprechen sollten. Was meinst du, Lyd?«

Ich habe mich umgedreht und sehe zu Lydia hinüber, die dasitzt und sich an den Seiten von Hilarys Hocker festhält, als liefe sie Gefahr herunterzufallen. Wir haben sie so auf Abstand gehalten, dass ich nicht glaube, dass sie auch nur ein Wort von dem gehört hat, was wir gesagt haben. Jetzt allerdings reckt sie den Kopf in die Höhe. Es war wieder dieses *Lyd*, so ... freundlich.

Aber da sie nicht weiß, wovon wir sprechen, fällt ihr nichts zu sagen ein, so dass es an mir ist, die Konversation fortzusetzen. »Verstehst du, Hilary, ich glaube, dass Griechisch irgend-

wie privat sein wird. Etwas nur für uns beide – Lydia und mich. Ich meine, wir fragen dich doch auch nicht dauernd nach deinem Klavierunterricht, oder? Obwohl wir das auch gar nicht wollen.« Ich lasse ein leises Lachen hören, um uns daran zu erinnern, dass wir alle Sinn für Humor haben, selbst Lydia, wenn sie nur daran arbeiten wollte.
Unterdessen starrt Hilary mich nur an und wird dann knallrot. Sie erkennt, wie es von nun an sein wird, und es lässt sich unmöglich sagen, was der Schock mit ihr anrichten wird. Um ehrlich zu sein, sie sieht aus, als würde sie gleich einen Wutanfall bekommen.
Und das ist auch genau das, was ihre Mutter denkt. Weil sie nämlich in genau diesem Augenblick ins Zimmer spaziert, um die Becher abzuholen. Sie wirft einen Blick auf Hilary, der das Atmen schwer zu fallen scheint, und fällt vor Entsetzen fast in Ohnmacht. Im nächsten Moment liegt Hilary im Bett, und Lydia und ich werden aus dem Haus gescheucht.
Doch das macht uns wirklich nichts aus. Am Bürgersteig wartet ein vertrauter Wagen, dessen Seitenscheibe heruntergekurbelt ist. Ich habe gar nicht gesagt, dass ich zu Hilary wollte, aber er scheint immer zu wissen, wo ich bin. Es ist, als hätte man jemanden im Kopf eingeschlossen. Etwas, was sonst niemand hat – am allerwenigsten Lydia, deren Vater alles egal ist.
Mein Vater hat Lydia natürlich bemerkt. Er steckt den Kopf aus dem Seitenfenster und macht Miene, ein wenig zu plaudern. Er hat sie vor heute nicht gesehen, so dass er natürlich interessiert sein wird. Doch dann passiert etwas sehr Seltsames. Lydia wirft einen Blick auf den Wagen und natürlich auch auf den, der darin sitzt, und schaut dann zur Seite.
Und damit hat es sich. Sie hat nicht mal den Gesichtsausdruck gewechselt. Nach diesem einen schnellen Blick mur-

melt sie mir ein Auf Wiedersehen zu und trottet die Straße davon, niedergedrückt von einer riesengroßen Schultasche, die schwerer aussieht als Lydia selbst. Doch sie muss ihn gesehen haben, meinen Dad, der sie durch das Seitenfenster anlächelt, bereit, ihr alle Zeit der Welt zu schenken. Wie hätte sie ihn nicht sehen können?

Es ist schockierend, wie egozentrisch manche Leute sein können. Hilary, die hätte jetzt ihren rechten Arm dafür hergegeben, nur einen Blick auf ihn zu werfen. Aber Lydia, die war nicht interessiert, schenkte ihm nicht mal einen zweiten Gedanken, als wäre er gar nicht da, als wäre er irgendjemand. Sie sah einmal hin und ging dann weg.

Es ist der Schock, der mich weiter hinter ihr herblicken lässt, wie sie mit gebeugten Schultern und ihren dünnen Stöckchenbeinen, die immer dünner und dünner werden, dahintrottet. Dann höre ich ein Geräusch. Es ist die Seitenscheibe, die heraufgekurbelt wird, so schnell, dass sie mit einem dumpfen Knall oben anstößt. Was mich daran erinnert, dass ich schon längst hätte einsteigen sollen.

Heute Abend wird es mir schwer fallen, das Richtige zu sagen. Sie hat alles auf den Kopf gestellt, diese Lydia, als sie einfach so davonmarschierte. Ihn einfach nicht zu beachten. So zu tun, als wäre er niemand. Ein absoluter Niemand.

Noch bevor ich in den Wagen einsteige, beginnt das schlimme Bein zu schmerzen, wie es zu solchen Zeiten immer der Fall ist, als wollte es mich an andere Zeiten erinnern, als alles schief ging. Es ist aber wichtig, nicht zu humpeln oder es sich sonstwie anmerken zu lassen. Tu nichts, sag nichts, was daran erinnert. Weniger als vollkommen, nicht vergessen. Jetzt weniger vollkommen als je zuvor. Er wird denken, dass es meine Schuld ist. Meine Schuld, dass sie ihn nicht bemerkte, meine Schuld, dass sie kein Wort sagte. Sie ist seit zwei Tagen in der Schule, und ich habe noch kein Wort über ihn erzählt. Nicht zu Lydia.

Und es hat keinen Zweck, ihm zu sagen, dass der Grund, weshalb ich ihn nicht erwähnte, der war, dass sie nicht gefragt hat. Dass sie sich nicht dafür interessierte. Dass sie einfach einer dieser Menschen ist, die nur an sich selbst denken können.

Mit anderen Worten: Es war ganz und gar nicht meine Schuld.

3

Drittes Kapitel

Doch andererseits verstand sich niemand so gut auf Überraschungen wie mein Dad. Auf Überraschungen für mich.
Es muss etwas gewesen sein, was an Lydia anders ist, daran, wie sie an uns vorbeiging. Bevor er den Wagen angelassen hat, hat er bereits begonnen, Fragen zu stellen, *und keine davon betrifft mich.* Stattdessen will er wissen, wer sie ist, woher sie kommt und warum ich sie bisher nicht erwähnt habe. Kurz, er wollte alles über sie wissen.
Doch erst als ich ihm vom Griechischunterricht erzählte und sagte, dass sie sich sogar freiwillig gemeldet habe, passierte etwas, was tiefer ging. Plötzlich war er so still, dass man ihm unmöglich ansehen konnte, ob er froh war oder bestürzt. *Dann* erzählte ich ihm, dass ihr Vater nichts damit zu tun habe. Dass es ihm gleichgültig sei, was sie tue. Und dann verstummte auch ich, damit er sah, dass *ich* diese Ungeheuerlichkeit erkennen konnte. Ein Kind, dessen Vater es gleichgültig war, was seine Tochter tat. Ein Vater, der einfach wegsah.
Doch selbst dann hielt das Schweigen nicht an; einen Augenblick später hat er schon wieder losgelegt, stellt eine Frage nach der anderen, so dass am Ende nur die nahe liegende Frage ungefragt bleibt. Die eine Frage, die ich nicht beantworten konnte.
Wie sie einfach hatte davonspazieren können, ohne ihm einen zweiten Blick zu gönnen.

Doch er stellte die Frage nicht. Etwas Unerwartetes ist passiert. Mein Dad vergisst nie, Interesse zu zeigen. Das ist das Geheimnis seines Erfolgs, der Grund, weshalb Hilary und die alten Damen sich in ihn verknallen. Er hat sie überzeugt, dass sie etwas Besonderes sind, obwohl nichts weiter von der Wahrheit entfernt sein könnte als das. Und er schafft das, ohne es überhaupt versuchen zu müssen.

Aber Lydia ist anders. Lydia hat ihn nachdenklich gemacht, und das hat nicht mal Miss Jamieson je geschafft. (*Die* hat er auf seine spezielle Weise eingewickelt, nicht wahr, indem er ihre wunden Punkte berührte, nämlich das Thema Griechisch.)

Aber jetzt haben wir es mit Lydia zu tun, und das ist nicht das Gleiche. Das Interesse ist real. Und urplötzlich hat sich hier im Wagen auf dem Nachhauseweg etwas beruhigt, wenn auch nur für einen Moment. Etwas hat sich geändert. Als würde ein Lichtstrahl, der auf Kate Carr gerichtet sein sollte, plötzlich die Richtung ändern und einen anderen in den Mittelpunkt rücken und mich …

… unsichtbar machen.

Mir ist nicht bekannt, dass dies bisher je passiert ist. Und natürlich ist es nicht von Dauer, kann nicht von Dauer sein. Aber es bringt einen schon ins Grübeln. Was würde passieren, wenn sie einander richtig kennen lernten, Lydia und mein Dad? Auf wen würde er sich dann konzentrieren?

Am nächsten Tag geht der Kampf zwischen Hilary und Lydia wieder los. Beide erwarten, neben mir zu sitzen, oder, anders ausgedrückt, keine der beiden möchte neben Moira sitzen.

Nun, den Konflikt habe ich gelöst. *Ich* setzte mich neben Moira.

Das hatte ich sowieso vor. Es gibt Dinge, die man gelegentlich

tun muss, und eines davon ist, dass ich daran denke, mich neben Moira zu setzen, nur um zu zeigen, dass ich es kann.
Nun könnte sich das so anhören, als hätte ich irgendwelche Schwierigkeiten damit, neben Moira zu sitzen, als gäbe es ein Problem. Tatsache ist jedoch, dass nichts weiter von der Wahrheit entfernt sein könnte. Nein, das einzige Problem, das sich stellt, wenn man neben Moira sitzt, ist, dass sie riecht. Es ist eine Art Gemüseduft wie der Mief, der sich am Boden eines Sacks mit Kartoffeln ansammelt. Feucht, modrig, fleischig. Das ist das eine Problem mit Moira.
Das und ihre schiere Größe.
Und selbst die Größe ist kein Problem, jedenfalls nicht für sich genommen. Edel ist, wer edel handelt, sagt Dad. Und Freundinnen mit dieser Art von Handicap sind fast die besten Freundinnen, die man haben kann. Auch hier wieder Dankbarkeit. Man braucht nur ein bisschen Interesse zu zeigen, dann können die Leute ihr Glück kaum fassen. Ich meine, Sie sollten mal die Gestalten von einigen Leuten sehen, die beim Gottesdienst auftauchen. Die wird man nie dabei erwischen, dass sie Dad den Rücken zudrehen.
Also würde man meinen, dass Moira ein bisschen Dankbarkeit zeigt, aber das passiert nicht. Und *dann* ertappt man sich bei der Frage, ob sie überhaupt weiß, dass es ein Problem gibt – oder ob ihre Großmutter ihr vielleicht erzählt hat, ich meine nur vielleicht, dass sie gut und perfekt ist, so wie sie ist.
Nein, wenn es eine Schwierigkeit damit gäbe, neben Moira zu sitzen, wäre es nicht ihre Größe. Es müsste ihre Reglosigkeit sein. Gott hat wohl keinen von uns so erschaffen, dass wir so reglos sind, als hätten sich Zeit und Bewegung in all diesem Fleisch verlaufen. Das ist die Reglosigkeit von Moira. Etwas, was nicht ganz wach ist – aber richtig schlafen tut es

auch wieder nicht. Etwas, was man nicht ganz ignorieren kann, falls …

… Nun ja, falls.

Mich stört es allerdings nicht. Nichts an Moira stört mich. Nicht mal die Art und Weise, wie sie starrt.

Moira starrt mich ständig an.

Ich erwarte immerzu, dass jemand bemerkt, wie sie nie den Blick von mir wendet. Doch es fällt niemandem auf. Weil nämlich niemand je einen Blick auf Moira wirft. Das scheint nie jemandem einzufallen; ich habe beobachtet, wie die Blicke über sie hinweggleiten, als wäre sie ein Teil der Einrichtung. Und *das* ist der Grund, weshalb es noch nie jemandem aufgefallen ist. Während niemand Moira ansieht, sieht sie mich an.

Sie beobachtet mich mit Augen, die keinen Mittelpunkt haben, wie Tabletten, die sich gleich auflösen werden.

Na wenn schon! Was soll's, wenn sie starren will. Mich stört es nicht. Nicht im Mindesten. Und nur um zu zeigen, wie sehr es mich nicht stört, werde ich daran denken, mich von Zeit zu Zeit neben sie zu setzen. Um es mir neben dieser Körpermasse und Reglosigkeit und dem leichten Gemüsegeruch gemütlich zu machen. Sie kann starren, bis die Kühe in den Stall kommen, bis sie gesehen hat, was sie zu sehen erwartet. Doch das hat nicht das Geringste zu sagen. Es stört mich einfach nicht.

Wenn ich mich neben Moira plumpsen lasse und sie mich mit diesem langsamen, sich auflösenden Lächeln anblickt, biete ich ihr das fröhlichste Gesicht, das man sich vorstellen kann. Der Botschaft würde sich keiner verschließen: Moira und ihr Starren können Kate Carr gestohlen bleiben.

Unterdessen glauben Hilary und Lydia, dass ich einfach wundervoll bin, weil ich mich so opfere. Sie sollten sich aber beeilen, den Augenblick zu genießen. Nach der Pause werde ich mich wieder auf meinen eigenen Platz setzen, und dann werde ich auch entscheiden, wer von ihnen neben Moira sitzt. Ich denke, es wird Hilary sein müssen. Sie ist größer und nimmt mehr Platz ein – ist viel besser gebaut, um Moira und ihren Augen den Weg zu versperren.

Dann ist es wieder Mittagszeit, und wir müssen erneut zu unserer Griechischstunde bei Miss Jamieson los. Lydia zittert fast vor Vorfreude. Sie hat mir von ihren Schularbeiten erzählt. Das ganze griechischen Alphabet auswendig gelernt und dazu noch ein paar Dutzend Wörter.

Hoffen wir, dass sie für uns beide hart genug arbeiten kann. Nach der Aufregung, die sie gestern Abend verursacht hat, war es Schlafenszeit, als ich schließlich dazu kam, mir das Alphabet anzusehen. Und selbst dann herrschte noch keine Ruhe. Manchmal schienen sich die Dinge gegen einen zu verschwören und halten einen davon ab, das zu tun, was man tun sollte, und so zu empfinden, wie man es sollte.

Mit anderen Worten: Ich hatte wieder den Traum. Den Traum, von dem ich immerzu glaube, dass er verschwinden wird. Schließlich soll wohl niemand immerzu und immer wieder den gleichen Traum haben. Deswegen legen sich die Leute nicht schlafen.

Eigentlich ist es kaum wert, dass man darüber spricht. Aber ich werde es jetzt erwähnen, nur dieses eine Mal, nur nebenbei, selbst wenn es mich wie Hilary aussehen lässt, die das ständig tut und hartnäckig jeden Traum schildert, den sie je geträumt hat. Meistens haben sie mit Prüfungen zu tun oder mit dem Spielen auf einem Klavier, das nicht stillhalten will.

Allerdings ist es nie der gleiche Traum. Ich habe sie mal ge-

fragt, und das törichte Mädchen warf mir nur einen komischen Blick zu, als ob sie die Frage nicht verstünde.
Also zu meinem Traum. Ich bin klein und leichter als eine Feder. Aber mein Vater ist ein Riese, der mich an die Brust drückt, während er durch ein Haus schreitet, in dem die Wände auf uns zu stürzen drohen. Doch nichts berührt uns. Und während er geht, leuchtet er, erhellt durch die leuchtendsten Lichter, die auch mich anstrahlen, so dass wir beide leuchtend strahlen. Um uns herum flackert reines Licht auf.
So viel Licht, und seine Arme um mich. Es müsste sein wie im Himmel. Doch es kommt mir nie so vor. Und das ist vielleicht das Schlimmste daran. Zu wissen, dass ich dankbar sein sollte, und trotzdem – nichts zu fühlen.
Ist es da ein Wunder, dass ich jedes Wort vergessen habe, das ich zu lernen versucht habe, wenn Dad kommt, um mich auf die gewohnte Weise zu wecken? Nach einem solchen Traum ist es harte Arbeit, sich daran zu erinnern, wer *ich* bin, von ein paar griechischen Buchstaben ganz zu schweigen.

Die beiden letzten Stunden des Tages, und dann trotten wir hinaus in die Kälte zum Turnen. Mich geht das alles allerdings nichts an. Niemand könnte von mir erwarten, dass ich mit einem Bein, das mir nicht gehorcht, auf einem Netzballfeld herumrenne. Ich setze mich an den Spielfeldrand und tue so, als verfolgte ich den Spielstand.
Wer will in unserem Alter noch Ball spielen? Bei Fiona McPherson und Jackie Milne ist das anscheinend der Fall. Es muss die Stupidität des Spiels sein, das mich so starren lässt, wie ich hier neben dem Zaun sitze und sie so unverwandt beobachte, dass etwas mit meinen Augen nicht zu stimmen scheint und ich das Gefühl habe, sie in Zeitlupe zu sehen.

Wenn sie laufen, kommt es mir vor, als tanzten sie, als würden ihre langen Beine Muster in die Luft treten, während der Ball von einem Faden an ihren Fingerspitzen zu hängen scheint. Füße, die das tun, was man ihnen sagt. Als ich sie beobachte, fängt das verletzte Bein an zu pochen. Doch selbst dann kann ich nicht zur Seite blicken.

Nur ist es heute anders. Moira ist angewiesen worden zu spielen.

Miss Botham muss endlich energisch geworden sein und dieses Gerede von Moiras Großmutter ignoriert haben, Moira habe Asthma und sei zu zart, um zu spielen. Moira, *zart!* Ich könnte allerdings wetten, dass Miss Botham das jetzt schon bereut. Moira steht überall im Weg wie ein Möbelstück, das jemand aufs Spielfeld geschleift hat; etwas Massives – etwa ein doppelter Kleiderspind –, das im Weg ist und alles behindert.

Und dabei habe ich Lydia noch gar nicht erwähnt, die sich jetzt zu ihrem allerersten Netzballspiel auf dem Feld befindet. Sie steht da, kilometerweit von allen anderen entfernt, aber trotzdem unmöglich zu übersehen. Ihre Arme und Beine pulsieren, als würde ihre Zahnspange unsichtbare Signale empfangen und sie an jeden Nerv in ihrem Körper übermitteln. Sie hat all die Finger und Zehen, die ein Mensch sich nur wünschen kann, aber kann sie was damit anfangen? Fragen Sie lieber nicht.

Aber der komischste Anblick von allem ist Miss Botham. Sie muss sehr tief an die Segnungen des Sports glauben. Verstehen Sie, obwohl es für jemanden in meiner Lage unmöglich ist, je zu spielen, hätte sie mich gern auf dem Spielfeld. Das erkenne ich daran, wie sie mich von Zeit zu Zeit ansieht – als hätte sie vorübergehend den Ball und Moira und Lydia und alles andere vergessen. An manchen Tagen wie etwa heute

scheint Miss Botham den Blick nicht von mir abwenden zu können.
Besonders wenn ich sie auf diese besondere Art anlächle, mit diesem Lächeln, das ich nur für sie reserviere. Das sie ganz nervös macht, so dass sie sich schnell abwendet.

Nach der Schule ist Hilary geduscht, abgetrocknet, umgezogen und steht neben mir, bevor einige andere auch nur ihre Turnschuhe ausgezogen haben. Das schwarze Zeug, das sie sich um die Augen geschmiert hat, ist Mascara, von dem ihre Mutter nicht weiß, dass sie es besitzt. Es ist der Abend des Gottesdienstes in der Stadt, und wieder wird Dad mich nicht abholen. Ich werde einen Bus von der Aberdour Street Station nehmen, und Hilary wird wie üblich mitkommen, um mir Gesellschaft zu leisten. Ich würde sogar so weit gehen, zu sagen, dass das Mitkommen zur Bushaltestelle der absolute Höhepunkt ihrer Woche ist.
Das könnte auch bei mir der Fall sein. Wir können die Schule zur gleichen Zeit verlassen wie alle anderen. Es besteht keinerlei Notwendigkeit, irgendwie aufzufallen, nicht heute Abend. Niemand sieht zu. Das Zweitbeste nach der Unsichtbarkeit.
Was die anderen Dinge angeht – was an diesem geschäftigen Ort stattfindet, der Bushaltestelle, wocheein, wocheaus – das ist einfach Übung, eine Art, sich genau ins Gedächtnis zu rufen, was es bedeutet, *Es* zu haben.

Am nächsten Morgen jedoch ist das Unmögliche passiert. Lydia ist sogar ein noch weniger hübscher Anblick als sonst. Ihre Brille sitzt ihr ganz schief im Gesicht, und eines der Gläser hat Sprünge. Hilary schnaubt und flüstert, was sie am Abend zuvor in den Umkleideräumen gesehen hatte. Lydia war unter der Dusche niedergekniet und hatte in all dem Dampf nach ihrer verlorenen Brille getastet, während alle anderen daneben gestanden und vor Lachen gekreischt hätten. Unglaublich, dass Hilary nicht geblieben war, um sich auch noch das Ende anzusehen. Aber dazu liebte sie die Bushaltestelle zu sehr.

Lydia muss ihre Brille gefunden haben – aber wie sieht die jetzt aus. Und wie sieht sie selbst aus. Das Fleisch gewordene Urbild des Jammers. Und das alles wegen einer Brille.

Oder ist da etwas anderes? Wenn ich eine Hand unter ihren Arm gleiten lasse und ihr *Wir haben jetzt Griechisch* ins Ohr flüstere, rührt sie sich nicht. Scheint nicht einmal zu hören. Sie starrt einfach nur weiter in die Ferne, soviel ich weiß, fasziniert von einer Welt, einer durch den Riss, der durch das Brillenglas läuft, in zwei ungleiche Hälften geteilten Welt.

Doch wie Dad sagt, gibt es nichts Schlimmeres als Leute, die nicht zuhören, und so versuche ich es natürlich erneut.

»Lydia, was ist bloß mit dir *los?*«

Und schließlich lässt sie sich herab, mir Beachtung zu schenken. »Nichts«, erwidert sie, wenn auch mürrisch. »Nichts ist mit mir los.«

So sehe ich sie nur an.

Und tatsächlich, einen Augenblick später sprudelt sie es hervor: »Es sind meine Eltern. Sie haben gesagt, dass sie nächste Woche verreisen müssen, nach Venedig. Dort findet eine Konferenz statt. Daddy wollte erst nicht, aber er hat es sich anders überlegt, als sie immer wieder anriefen. Sie sagten, ohne ihn wäre es nicht das Gleiche.«

»Wozu wollen sie ihn denn dabeihaben?«

Das ist Hilary, die sich da einmischt, wie immer neugieriger, als ihr gut tut. Ich hätte mir lieber die Zunge abgebissen, als zu fragen. Mein Dad wird ständig zu Konferenzen eingela-

den. Du lieber Himmel, erst letzte Woche noch war er in Scarborough.
Bei Lydia kann man sich allerdings darauf verlassen, dass sie eine Antwort parat hat, als ob es darauf ankäme.
»Trompetto. Sie wollen, dass er über Trompetto spricht.«
Es überrascht mich, dass sie mit all diesem Metall im Mund das Wort überhaupt herausbringt. Und sieh an, Hilary kommt nicht mehr mit.
»Tromp-*wer*?«
»Er ist ein Maler, du dumme Nuss«, kläre ich sie auf. »Sieh an, du weißt das also nicht.«
Es muss allerdings gesagt werden, dass ich es unter normalen Umständen auch nicht gewusst hätte. Bei uns zu Hause sind wir nicht für Bilder. Es sind die Katholiken, die dieses Zeug mögen, Jesus und Maria und so weiter, und so zu tun versuchen, als wäre immer Weihnachten. Ein schlimmer Fall von Götzenbildern, sagt Dad. Aber immerhin ist da noch dieses Bild über dem Schreibtisch in seinem Arbeitszimmer, das Bild, das ich kenne, seit ich ein kleines Mädchen war. Es zeigt Moses, wie er vom Berg herunterkommt und entdeckt, dass die Israeliten falsche Götter anbeten. Dieses Bild ist von ihm, diesem Trompetto. Sein Name steht darauf. Und so, sehen Sie, weiß ich alles über ihn. Trotzdem hat mich kein Mensch gebeten, nach Venedig zu fahren, um eine Rede zu halten.
Aber hören wir uns Lydia an. »Mein Vater weiß mehr über Trompetto als sonst jemand in der ganzen Welt.«
Plötzlich ist dieser Tonfall in ihrer Stimme unverkennbar. Stolz. Eine der sieben Todsünden.
»Also was ist das Problem?«
Lydias Gesicht, das sich eben noch aufgehellt hatte, wird wieder jämmerlich, wie es sich gehört. »*Ich* muss zu unserer Tante Jane fahren und bei ihr bleiben. Bis nach Carlisle.«

Da haben wir's. Ihre Eltern wollen sie loswerden – wenn auch nur eine Zeit lang. Und wer könnte es ihnen verdenken? Wenn man auf Anmut aus ist, wird Lydia immer diejenige sein, die zurückbleibt, die erste Person, die über Bord gekippt wird. Diejenige, die kein Mensch vermissen würde.
Dennoch sollte man die angenehme Seite der Angelegenheit beachten, selbst wenn es um ihretwillen geschieht.
»So schlecht kann es doch nicht sein«, wende ich ein. Und das ist wahr. Sie würde die Schule verpassen und *außerdem* nicht in Schottland sein, dem Land, in dem sie nicht den Mund aufmachen kann, ohne sich wie eine Ausländerin anzuhören.
Aber davon will Lydia nichts wissen. »Doch, ist es. Es ist schlimm. Ich meine, *Laura* liebt es, aber das liegt daran, dass sie klein ist. Sie hat nichts gegen die Katzen oder dagegen, dass Tante Jane so einen Wirbel macht. Ihr sind sogar Tante Janes Freundinnen egal. *Sie* mag sie sogar. Sie geben ihr fünfzig Pence und sagen ihr, dass sie ein wundervolles Mädchen ist.«
Wie dumm von mir. Ich hatte Laura vergessen. Auch hier wieder die clevere Laura, die den Wert alter Damen kennt. Cleverer als ihre große Schwester, das steht fest. Hör sich einer ihr Gezeter an, sie schimpft immer noch weiter und beklagt sich über den Geruch, die Zugluft und Käsemakkaroni in Dosen. Als ob dies das Schlimmste wäre, was einem passieren kann.
Sie war eine richtige Jammerliese.
Dann schaltet sich plötzlich aus heiterem Himmel eine Stimme ein und hält sie davon ab, auch nur ein weiteres Wort zu sagen.
»Warum bleibst du dann nicht im Pensionat, wenn es so schlimm ist?«

Das ist Fiona McPherson, die aus dem Nichts aufgetaucht ist, eiskalt dasteht und ein zusammengefaltetes Exemplar von *Just Seventeen* unter den Arm geklemmt hat. Sie muss jedes Wort mitgehört haben. Aber wer kann das so einfach behaupten? Ich werfe ihr einen meiner besonderen Blicke zu, einen von der Art, die Hilary die Beine unter dem Körper weghauen würde. Die Art von Blick, der auf Fiona keinerlei Wirkung hat.

Stattdessen hat sie selbst Wirkung.

»Wie bitte?«, sagt Lydia mit einer Stimme, die kaum noch zu hören ist. »Was hast du gesagt?«

Fiona setzt ein Lächeln auf, die Art von Lächeln, das andere fünf Mal pro Abend vor dem Spiegel üben müssten.

Eiskalt, aber mit dem genau richtigen Anflug von Wärme – *wenn* man die richtige Person ist. »Ich sagte, du könntest deine Eltern doch dazu bewegen, dich eine Weile im Internat unterzubringen, hier an der Schule. Das tun andere auch. Du könntest in unserem Schlafsaal schlafen.«

Sie zieht eine Augenbraue hoch (gezupft, das sieht man) und verstummt kurz, während sie auf eine Antwort wartet. Aber Lydia ist sprachlos. Fiona lächelt, diesmal sogar noch kühler, und legt als letzte Geste die Zeitschrift auf Lydias Tisch. »Die ist für dich«, sagte sie *sehr* beiläufig. »Es ist die Ausgabe von dieser Woche. Und sprich mit deinen Eltern wegen des Internats.«

Dann war sie verschwunden – während Hilary und Lydia die Zeitschrift anstarrten, als wäre sie ein Geschenk des Himmels.

»Nun«, sage ich forsch, als ob nichts gewesen wäre. »Nun, ich muss *wirklich* sagen …«

Doch es ist schlimm. Denn keine der beiden scheint mich gehört zu haben. Hilary streckt die Hand aus, berührt die Zeitschrift, zieht sie dann zurück, da ihr einfällt, dass das Blatt nicht für sie gedacht war.

»Lydia«, haucht sie. »O Lydia, würdest du …?«

Diese Bücher, die sie immer weiter lesen wird, zeigen Wirkung. Mitternächtliche Schlemmereien und Unterhaltungen bis tief in die Nacht. Alle Mädchen zusammen, die ihren Spaß haben. Am besten aber ist, dass sie dann tagein, tagaus mit den Internatsschülerinnen drüben am Fenster sitzen kann.

Und Lydia? Sie antwortet nicht mal. Sie ist zu sehr damit beschäftigt, *Just Seventeen* anzustarren. Ihre Augen blicken hinter den zerbrochenen Brillengläsern verträumt drein, und ein feines Lächeln umspielt ihre Lippen. Du lieber Himmel, es ist wie eine Krankheit, es hat sie schlimmer erwischt als Hilary. Man sieht, dass es zwecklos wäre, jetzt etwas zu ihr zu sagen. Genauso gut könnte man versuchen, mit der Wand zu sprechen.

Ich habe das Gefühl, wir könnten sie verloren haben. Und sie war gerade dabei, so viel Potenzial zu entwickeln. Geteilte Aufmerksamkeit wäre vielleicht halbe Aufmerksamkeit gewesen. Jetzt wird Dad nie seine Chance bekommen, sie kennen zu lernen, und ich werde sie nie zusammen sehen. Nur noch wir beide werden da sein, wie es immer gewesen ist. Ich werde für ihn auf ewig die Einzige bleiben.

Es sei denn.

Es sei denn, ich unternehme etwas dagegen.

Viertes Kapitel

Ein Anruf, mehr war nicht nötig.

Montagmorgen, und Lydia ist wieder normal. Keine verträumten Blicke mehr, kein heimliches Lächeln in Richtung Fenster, als wäre sie schon sicher dort, als gehörte sie zur Bande dazu. Ein einziges Telefongespräch, und Lydia ist wieder sie selbst, eine von uns, wohin sie gehört.

Aber weiß sie es zu schätzen? Gerettet vor ihrer Tante Jane, davor bewahrt, bei Fremden schlafen zu müssen – wer würde sie übrigens haben wollen –, und weiß sie es zu schätzen?

In dem Moment, in dem sie die Toilette betritt, kann man sehen, wie es sich verhält. Kaum in der Lage, ein Lächeln aufzusetzen. Und das nach allem, was ich für sie getan habe. Sie denkt immer noch an diese mitternächtlichen Schlemmereien und das Geplapper und einen Platz am Fenster. Dinge, die es einfach nicht geben wird.

Aber ich nehme es ihr nicht übel, jedenfalls noch nicht. Stattdessen gebe ich ihr einen freundlichen Rippenstoß und sage: »Ist es so nicht am besten? Du kommst jeden Abend mit mir nach Hause. Kannst du dir vorstellen, wie viel Spaß wir haben werden?«

Hinter uns ragt eine vertraute Gestalt auf, der Umriss eines näher kommenden Dufflecoats. Ich muss jetzt die Stimme heben, nur ein wenig. »Die arme alte Hilary. Sie wird *so* eifersüchtig sein.«

Hilary bleibt wie angewurzelt in der Tür zur Toilette stehen, erstarrt, da sie Ärger riecht.
»Was?«, sagt sie. »Weswegen werde ich eifersüchtig sein?«
Zeit für einen Seitenblick auf Lydia. Sie wird wohl kaum widerstehen können. Sie braucht nichts weiter zu tun, als sich den Ausdruck auf Hilarys Gesicht vorzustellen, wenn sie es ihr sagt.
Doch Lydia äußert kein Wort. Ich glaube, sie hat nicht einmal zugehört. Das alberne Mädchen hat immer noch keine Ahnung, was für ein Glück sie gehabt hat. Fast das glücklichste Mädchen der Welt.

Oben im Klassenzimmer legt Fiona McPherson leicht eine Hand auf Lydias Pult. »Nun, hast du mit deinen Eltern gesprochen?« Sie lächelt, weil sie die Antwort zu kennen glaubt.
Und Lydia erstarrt. Armes Ding, ich werde für sie sprechen müssen. »Lydia kommt nicht ins Internat. Sie hat andere Vorkehrungen getroffen. Sie wird bei mir wohnen. Mein Vater hat alles geklärt.«
Der Ausdruck auf Fionas Gesicht ist unbezahlbar. Oder wäre es gewesen. Tatsächlich zuckt Fiona mit keiner Wimper. Das tut sie nie. Das ist ihr Geheimnis. Sie zuckte nur die Schultern und ging weiter zu den anderen am Fenster. Lydia starrt ihr nach, aber Fiona sah sich nicht um, und weshalb sollte sie auch? Lydia hat ihre Wahl getroffen.
Oder vielmehr ihre Eltern haben es. Dad sagt, sie seien so überrascht gewesen, dass sie eine Freundin habe, dass sie nicht mal glaubten, sie fragen zu müssen.
Lydia wird bei uns wohnen. Trotzdem ist es wichtig für Lydia, zu erkennen, was für ein Glück sie gehabt hat – und es zu zeigen. Damit jeder sie ansehen und dann Bescheid wissen kann.

Letztlich könnte nichts einfacher sein. In der Französischstunde fängt es an. Hilary sitzt direkt neben mir, und als ich ihr das Briefchen gebe, denkt sie natürlich, es sei für sie. Da irrt sie sich allerdings; es ist an Lydia gerichtet. Sie reicht es weiter und tut, als konzentrierte sie sich auf ihr Lehrbuch. Doch das ist zwecklos, weil ich ihr gleich wieder ein Briefchen zum Weiterreichen gebe, dann noch eines und ein weiteres, bis die Zettel nur noch so auf sie niederprasseln. Und das alles direkt vor Mrs. Chattos Nase, was nicht ganz einfach ist.

Es dauert nicht lange, da hat selbst Lydia den Geist der Sache erfasst. Wer könnte Botschaften widerstehen wie *Ich hoffe, Du schnarchst nicht* und *Kommst Du nicht, wenn Du Fußgeruch hast?* Das ist ein Vorgeschmack auf kommende Dinge, ein Spaß, den nur wir miteinander teilen können. Und sollte selbst das nicht genug sein, braucht sie nur Hilary anzusehen, um zu erkennen, wie es ist, ausgeschlossen zu sein.

Am Ende der Stunde hat es den Anschein, als wäre bei Lydia der Groschen gefallen. Ich vermute, dass ihr inzwischen das Herz brechen würde, wenn sie nicht kommen könnte. Auftrag ausgeführt, könnte man sagen.

Doch das muss sich erst noch zeigen. Man kann nichts für selbstverständlich halten. Nicht mal ein Geschöpf wie Lydia. Wir sitzen gerade im Griechischunterricht, als Miss Jamieson beschließt, Ärger zu machen.

»Kate, ich habe schon lange nicht mehr gehört, dass du den Mund aufmachst. Wir schlafen doch nicht etwa?«

Das war gottvoll. Ausgerechnet sie sagt das, die sich von der ersten Stunde an so verhalten hat, als wäre Lydia die einzige Person, mit der es sich zu sprechen lohnt.

So starre ich sie einfach nur an, statt ihr zu antworten.

Was in diesem Fall alles schlimmer macht. Jamiesons Augenbrauen krümmen sich nach unten, was immer ein schlechtes Vorzeichen ist. »Kate Carr, ich möchte die Verben hören, die du an diesem Wochenende gelernt hast.«

Wieder starrte ich sie nur an. Was gab es da zu sagen? Ich kannte keine Verben. Es stellt sich heraus, dass Griechisch schwieriger ist, als ich gedacht habe. Ich brauche aufmerksame, besondere Zuwendung, etwas, was mich anspornt. Die Art Aufmerksamkeit, die Dad für mich erwartet hat. Die Art von Aufmerksamkeit, die Lydia immerzu bekommt. Jetzt wird er betrogen.

Doch das Schweigen zeigt Wirkung. Miss Jamieson fängt an, mühsam zu atmen. Ich vermute, das sollte mich besorgt machen. Tut es aber nicht. Man könnte es damit vergleichen, wie sich ein erfahrener Seemann draußen auf dem Meer fühlt, den eine unbewegte See und sanfte Winde langweilen. Hilary ist einfach, Lydia ist einfach. Manchmal braucht der Mensch eine *Herausforderung*. Manchmal ist das alles, was er wünscht.

Dann passiert etwas. Etwas Unerwartetes. Ich werde auf Lydia aufmerksam.

Ihr Arm berührt meinen, und auf der ganzen Körperseite kann ich spüren, wie ihr Körper sich anspannt. Mehr als anspannt; das Mädchen hat sogar aufgehört zu atmen, als könnte jede Bewegung, jeder Laut gefährlich werden. Also was ist los? Es ist natürlich Hilary, die ihr den Kopf mit Geschichten über Miss Jamieson und deren legendäre Wutausbrüche voll stopft. Und mit Geschichten über Leute, die nie wieder sie selbst werden – na ja, zumindest nicht für ein paar Tage. Aber weshalb sollte sich *Lydia* Sorgen machen? Es hat doch nichts mit ihr zu tun. Hier geht es um mich. Und Miss Jamieson erweist mir schließlich die angemessene Aufmerksamkeit.

Dann trifft mich die Erkenntnis, und ich sehe den Grund für ihr Zittern. Sie denkt nicht an sich. Angst hat Lydia schon, das stimmt schon. Aber nicht um ihrer selbst willen, sondern meinetwegen.

Bei Hilary wäre es anders. Hilary würde vor Entzücken zittern. Sie gehört zu dem Publikum, das früher die römischen Amphitheater füllte, von denen Miss Jamieson uns erzählt, zu den Leuten, die von dem Anblick des Blutes anderer Menschen nie genug bekommen können. Es gibt nur eines, wovor sie sich fürchten würde, dass nämlich Miss Jamiesons Wut wie ein Sturm plötzlich unkontrollierbar in ihre Richtung abbiegen würde. Aber Lydia ist anders. Lydia verhält sich wie jemand, der auf meiner Seite steht.

Plötzlich weiß ich kaum, was ich als Nächstes tun soll. Es ist der Überraschungsfaktor, könnte man sagen, der die Dinge kompliziert.

Doch zurück zu Miss Jamieson. Sie steht sehr still da, hat die Hände flach und mit gespreizten Fingern auf den Deckel meines Pults gelegt und stützt sich so ab. Es sind die Hände, die man im Auge behalten muss. Bei anderen Lehrern kann man sehen, wie sie ihren halben Wutanfall damit verbrauchen, indem sie nur mit den Händen herumrudern – und allem anderen, was sie zufällig an sich haben. Aber nicht Miss Jamieson. Das muss *ihr* Geheimnis sein; sie hält die Hände still, und nichts wird vergeudet.

In gewisser Weise ist es interessant, dass ich jetzt gezwungen bin, sie zum ersten Mal richtig zu bemerken. Ihre Hände, meine ich. Sie sind zwar klein, aber mit diesen starken braunen Fingern. Irgendwie sehen sie überhaupt nicht aus wie die Hände einer Frau. Wie Männerhände aber auch nicht. Sie sehen nur, wie soll ich sagen, nützlich aus. Ich wette, sie bastelt sich ihre Regale selbst. Nicht einmal Dad schafft das.

Es hat also was mit ihren Händen zu tun. Etwas, was mich dazu bringt, den Kopf zu heben und ihr direkt in die Augen zu blicken. Und zum ersten Mal überhaupt setze ich dieses gewisse Lächeln auf, dieses Lächeln, das ich bei Miss Botham anwende.

»Es tut mir Leid, Miss Jamieson. Ich habe keine Verben gelernt. Aber es wird nicht wieder passieren. Versprochen.«

Das Wort »versprochen« führt meine Lippen wie zu einem eigenen Versprechen zusammen. Ich kann spüren, wie es passiert. Es hat was damit zu tun, dass ich *Es* habe.

Miss Jamiesons Augen weiten sich, und eine lange Sekunde fahren wir fort, einander anzustarren. Dann plötzlich bewegt sie sich rückwärts, weg vom Pult, weg von mir. Einen Augenblick später säubert sie die Tafel, sammelt an Armen und Kleidung Wolken von Kreidestaub, und ihre Hände sehen nicht mehr braun oder fest aus.

Der Sturm ist in sich zusammengefallen, einfach so.

Neben mir hält Lydia allerdings immer noch den Atem an. Sie weiß noch nicht, dass es erledigt und vorbei ist. Dabei spüre ich einen höchst seltsamen Drang, ihr etwas ins Ohr zu flüstern, ihr zu sagen, dass alles gut sein wird und dass sie sich meinetwegen keine Sorgen machen soll.

Und selbst als die Stunde vorbei ist und Miss Jamieson das Klassenzimmer verlassen hat, habe ich immer noch das Gefühl, als wäre da etwas, was ich sagen müsste. Etwas Wichtiges.

»Hör mal«, beginne ich, »hör mal …« Und dann muss ich innehalten. Na ja, es ist nicht leicht, verstehen Sie, etwas zu tun, was keinen Sinn ergibt, nicht mal für einen selbst. »Hör mal, du musst absolut nicht zu mir nach Haus kommen, verstehst du? Nicht, wenn du nicht willst. Nicht, wenn du lieber woanders wohnen würdest.«

Denn wenn sie käme, wäre es der Beginn von etwas. Nichts wird dann noch für Lydia das Gleiche sein, danach nicht mehr. Jetzt gebe ich ihr die Chance, es zu beenden, bevor es überhaupt angefangen hat.

Aber sieh an, sie zwinkert mir zu. Lydia mag eine Menge über Griechisch wissen, hat aber nicht eine Unze von dem, was ich habe. Sie hat *Es* nicht. Man gebe ihr eine Situation, dann stolpert sie blind hinein – und kommt auf der anderen Seite wieder raus, ohne zu wissen, dass da was gewesen ist.

Folglich sage ich es erneut, diesmal mit anderen Worten, aber mit dem gleichen Sinn. »Was ich meine, ist Folgendes: Du brauchst nicht zu mir nach Hause zu kommen. Du könntest stattdessen im Internat unterkommen, wenn du willst. Ich … ich hätte nichts dagegen.«

Bitte, jetzt müsste doch alles sonnenklar sein. Aber selbst jetzt noch scheint ihr nichts einzufallen, was sie sagen könnte. Stattdessen sieht sie mich nur an – und beginnt zu erröten. Was bei mir – fragen Sie mich nicht, warum – das Gleiche bewirkt. Ich fange auch an zu erröten. Vielleicht liegt es daran, dass Hilary dies nicht tun würde, nicht im Traum. Hilary würde mich nicht auf eine Antwort warten lassen. Ich weiß sogar, was Hilary sagen würde. Obwohl für Lydia das Gleiche gilt. All diese Botschaften, wissen Sie noch? All dieser Spaß.

Schließlich flüstert eine Stimme: »Aber es ist zu spät. Ich kann jetzt nicht mehr alles umstoßen.«

Was heißen soll, sie würde, wenn sie könnte. Alles umstoßen. Oh. Oh, wie sehr kann man sich irren? Es macht ihr nichts aus, meinetwegen Ängste auszustehen, aber wenn man Lydia nur die kleinste Chance gibt, ist sie auf und davon, immer noch darum besorgt, eine aus der Truppe zu sein, eine Freundin Fionas mit einem eigenen Platz am Fenster.

Es geht nichts über das Erkennen des wahren Charakters eines Menschen. Ich weiß jetzt, was ich falsch angefangen habe. Es ist der alte Fehler, den ich schon früher gemacht habe, als ich glaubte, den Dingen einen anderen Verlauf zu geben, als ihnen zustand. Nun ja, ich kann es nicht. Niemand kann das. Und außerdem erwartet *er* sie. Dies ist der Beginn von allem. Lydia Morris wird bei uns wohnen.
Was mehr ist, als sie verdient. Trotz all ihrer Fehler und Schwächen steht dieses Mädchen jetzt davor, das glücklichste Mädchen der Welt zu werden.

Fünftes Kapitel

Warum aber so nervös? Dies ist der Beginn von etwas, und ich sollte darüber froh sein.

Es ist Sonntagabend, und jemand in Lydias Haus hat angerufen und gesagt, sie seien unterwegs. Doch das war vor eineinhalb Stunden, und inzwischen hätten sie da sein müssen.

Das muss der Grund für meine Nervosität sein. Niemand sieht es gern, wenn man ihn warten lässt.

Ich nehme an, sie haben sich verirrt. Hier verirren sich die Leute oft. Wenn sie aber entschlossen genug sind, schaffen sie es immer, sich zurechtzufinden. Suchet, so werdet ihr finden, sagt Dad. Ihm macht das Warten nichts aus. Er hat alle Zeit der Welt. Die Leute, die ihn sprechen wollen, scheinen ihn schließlich immer zu finden.

Aber was ist, wenn Lydia und ihre Familie jemanden suchen? Was ist, wenn sie es sich anders überlegt haben?

Er hat ihnen am Telefon selbst letzte Anweisungen gegeben. Eine Kurve, eine Senke und dann eine Kirche. Unsere Kirche. Er hätte ihnen sagen können, sie sollten auch nach Autos Ausschau halten. Heute ist schließlich Sonntag, und die Leute kommen trotz des Schlamms und der gewundenen Landstraßen aus großer Entfernung, obwohl sie eigene Kirchen haben – wahrscheinlich direkt vor der Haustür.

Es gibt noch andere Gottesdienste, die sie während der Woche besuchen könnten, aber sie kommen heute, weil Sonntag ist und weil jeder weiß, dass er dann in Höchstform ist, als wäre die ganze Woche eine Art Vorstufe davon. Hinterher, beim geselligen Beisammensein in der Halle, muss noch mehr von ihm die Runde machen als sonst. Mehr von der Wärme, mehr von den Scherzen. Kein Wunder, dass sie nicht nach Hause gehen wollen. Sie werden, nachdem er weggegangen ist, noch lange an der Teemaschine herumlungern, nur weil es draußen ganz besonders kalt zu sein scheint, nachdem mein Vater und seine Wärme nicht mehr da sind.

Das ist der Grund, weshalb selbst jetzt draußen Wagen stehen werden – sie gehören meist den Fischern. Die mögen den Sonntag besonders. Während der Woche haben sie da draußen, wenn sie kilometerweit vor Peterhead auf den Wellen dahintreiben, keine Zeit, an ihre Seelen zu denken, und nichts kann sie retten, wenn das Wetter ihre Boote kentern lässt und die See sie ganz verschlingt, was oft zu passieren scheint. Besonders um diese Jahreszeit. Kein Wunder, dass er beliebt ist. Sie brauchen alle Hilfe, die sie bekommen können. Sie müssen erfahren, dass sie auf gewisse Weise schon jetzt gerettet sind.

Wenn Lydias Vater also jetzt ankommt, wird ihm als Erstes der schwache Fischgeruch auffallen, der in der Luft schwebt. Und eine Menge rostiger alter Autos. Man stelle sich vor, was er denken wird, Lydias Vater, meine ich.

Ich weiß genau, was er denken wird. Er wird denken, dass wir nicht anders sind als sie. Und es wird keine Möglichkeit geben, es so zu erklären, dass er es versteht; *wir* wählen *sie* nicht. Sie wählen uns.

Dann ist es also etwas, wofür wir dankbar sein müssen; sie haben beschlossen, im Konvoi loszufahren. Der letzte der Wagen fährt los, irgendeine alte Rostlaube mit stotterndem Motor. Sie sind alle alt, die Wagen dieser Leute, sogar älter als unser Auto. Um Dads willen wäre es schön, der Abwechslung halber mal ein neues, glänzendes und teures Fabrikat zu sehen, nur gelegentlich – ein Zeichen, dass er auch eine bessere Klasse von Menschen anziehen kann. Doch das passiert nie.

Und immer noch nichts von Scheinwerfern aus der entgegengesetzten Richtung zu sehen. Da draußen ist jetzt überhaupt kein Licht mehr, mit Ausnahme der Sterne, die aus weiter Ferne hart und kalt leuchten. Das ist die Art Licht, das ich mag. Fern und kalt. Letzte Nacht hatte ich wieder den Traum, und das Licht schien strahlender und näher zu sein als je zuvor, als er mich durch das Haus trug. Diesmal konnte ich die Hitze spüren, die uns umströmte, als er ging. Zu viel Licht, zu viel Hitze – und ich wie eine Feder in seinen Armen. Ein Stück Anmachholz.

Haben andere Menschen das Gefühl, als könnten sie ewig die Sterne betrachten? So schwach und weit entfernt.

Sie kamen erst nach einer weiteren Dreiviertelstunde an. Wir saßen in der Küche und wollten gerade zu Abend essen. *Sie* sagte, man dürfe ihn nicht mehr warten lassen. Er muss essen, wann die Natur es für richtig halte. Sie kann es nicht ausstehen, wenn sich etwas zwischen ihn und das stellt, was sein soll.

Sie wollte also gerade auftragen, als es an der Haustür klopfte. Ich hatte vergessen, es ihnen zu sagen, Lydia und ihrem Vater; die Vordertür ist versiegelt – mit Nägeln befestigt, damit sie geschlossen bleibt, und Klebeband sperrt die Zugluft aus. Ich hätte ihnen sagen müssen, dass sie hinten herum gehen sollen, trotz der späten Stunde und obwohl es keine einzige Lampe gibt, die ihnen den Weg weist. *Sie* sieht mich an, was bedeutet, dass ich später noch davon hören werde.

Es ist meine Aufgabe, zur Vorderseite des Hauses herumzulaufen – und da sind sie, in der Dunkelheit gerade noch zu sehen. Aber etwas stimmt nicht. Obwohl da zwei von ihnen zu stehen scheinen, könnte ich schwören, dass keiner davon ein Mann war. Vielleicht sind sie es gar nicht.

Dann ruft eine Frauenstimme etwas und macht einen dröhnenden Laut, als prallte sie von dem frostigen Granit unseres Hauses ab.

»Hallo, ist jemand da?«

Das muss Lydias Mutter sein. Wie dumm von mir. An die habe ich nie gedacht. Irgendwie habe ich mir immer vorgestellt, ihr Dad würde sie herbringen.

Dann ertönt Lydias Stimme. »Bist du das, Kate?« Sie hört sich an, als wäre sie in Tränen aufgelöst, als wäre die Dunkelheit zu viel für sie.

»Natürlich bin ich das, Dummkopf.« Man beachte den freundlichen Tonfall in meiner Stimme. Lydias Mutter – die immer noch eine Überraschung für mich ist – wird mich hören und wissen, was sie zu erwarten hat, selbst im Dunkeln. Einen freundlichen Menschen, einen normalen. Ganz anders als Lydia.

»Ist da … ist da sonst noch jemand bei dir?« Ich habe das Gefühl, fragen zu müssen. Man weiß nie, ihr Dad steht vielleicht im Schatten und sieht zu, wartet auf seine Zeit, so wie es … So wie es meiner tun würde.

Ihre Mutter antwortet. »Noch jemand …? Oh, ich verstehe, Lydias Vater. Nein, er ist nicht bei uns. Er fährt Lydias kleine Schwester gerade zu ihrer Tante. Ich könnte mir vorstellen, dass er dazu weniger Zeit gebraucht hat als wir.« Jetzt zieht sie ihren Ärmel hoch, um auf ihre Armbanduhr zu sehen, und vergisst, dass sie im Dunkeln überhaupt nichts erkennen kann. Dumme Frau.

»Zwanzig vor acht«, sagt sie mit schockierter Stimme. »Wir sind zwei volle Stunden unterwegs gewesen.«
Sie muss ein Leuchtzifferblatt haben. Daran hatte ich nicht gedacht.
»Eine Schande«, sage ich, obwohl es kaum meine Schuld ist. Und ich sage kein Wort darüber, dass wir zwei volle Stunden *gewartet* haben. Meine Stimme ist immer noch nett und fröhlich. »Folgen Sie mir.« Dann führe ich sie um das Haus herum. So wie sie gleich hätten gehen sollen.

Die Hintertür war natürlich wieder geschlossen. Eine Tür aufzumachen, irgendeine Tür, ist kein Grund, kostbare Wärme entweichen zu lassen. So sieht *sie* es zumindest.
Es gibt keine schnelle Möglichkeit, dies zu tun. Ich stoße die Tür auf, trete zur Seite und bete im Stillen, sie mögen vernünftig genug sein, schnell einzutreten. Wenigstens konnte ich Lydia einen guten Stoß geben, ohne dass jemand es bemerkte, mit dem Ergebnis, dass sie praktisch über die Schwelle springt und gegen ihre Mutter stößt, die vorangeht. Das ist zwar nicht richtig, beschleunigt das Ganze aber erheblich. Eine Sekunde später sind wir alle im Haus.
Aber selbst das ist nicht schnell genug.
»Die Kälte, wozu lässt du die Kälte ins Haus?«
Die Stimme überrumpelt sie. Lydia macht einen Satz und fährt fast aus der Haut, allerdings nicht so sehr wegen der Worte, sondern vielmehr wegen der in ihnen enthaltenen Panik (und Wut). Und weil sie nicht sehen kann, woher sie kommen, jedenfalls nicht gleich. Ich habe schon gesagt, dass *sie* das Abendessen zubereitet. Auf dem Herd stehen vier köchelnde Kochtöpfe, von denen jeder eine dicke Dampfwolke an die Decke schickt, die sich der dort schon vorhandenen dicken Schicht zugesellt und da oben wie eine Gewitterwolke

rollt. Jetzt, wo sie eine kritische Masse erreicht hat, beginnt das ganze Ding unter der eigenen Last zu sinken, was den halben Raum unsichtbar macht. Mr. Jones, der Physiklehrer, sollte eine Feldexkursion in unsere Küche arrangieren, nur um etwas über Konvektion zu erzählen.
Die beiden brauchen also einen Moment, um sie zu erkennen, wie sie am Herd steht, den Grund für den Dampf und das Scheppern der Töpfe – und Lydias Panik.
Es ist natürlich Gran. Meine Gran, *seine* Mutter. Ich hatte sie genau in dem Augenblick in die Küche geführt, in dem sie in einem der Kochtöpfe nachsalzte und die Schachtel neigte, damit die Kristalle ungehindert in den Topf fallen konnten. Jetzt steht sie mit gebeugtem Rücken da, aber wie ein Fels in der Brandung, und hält die Schachtel, während das Salz wie Stein aus dem steinernen Gefäß einer Statue strömt.
Kein Wunder, dass kein Mensch auf mich achtet. Gran scheint unsere Gäste selbst in Stein verwandelt zu haben, als wäre sie ein Stück griechischer Mythologie. Muss was mit dem Zungenbrecher zu tun haben und dem wütenden Starren. Alles bringt sie dazu, wütend zu funkeln, die Welt und jeder Sterbliche darin. Lydias Mum kann den Blick nicht von ihr wenden – obwohl es nicht so sehr Gran, sondern das Salz ist, das sie beobachtet. Es strömt natürlich immer noch, ein langsamer, konstanter, faszinierender Strom, der erst dann abgebrochen wird, wenn Gran entscheidet, dass es genug ist.
Benutzen sie denn bei Lydia zu Hause kein Salz?
Trotzdem gibt mir das Gelegenheit, sie richtig anzusehen, Lydias Mum. Sie ist klein und ein ganz klein wenig pummelig, mit dunklem lockigem Haar und braunen Augen. Und weich. Ich kann mich nicht erinnern, je etwas so Weiches wie sie gesehen zu haben, eingehüllt in einen so daunenweichen Man-

tel, der so warm ist, dass sie aussieht, als kuschelte sie sich darin ein wie irgendein seltener, schön gefiederter Vogel.
Arme alte Lydia, kann ich da nur sagen, wie sie so neben ihrer Mutter steht und ihr Kopf oben aus ihrem Dufflecoat hervorragt, besteht sie nur aus Ellbogen und Knien und beschlagener Brille. Man würde nie darauf kommen, dass sie verwandt sind, nicht eine Sekunde.
Und die arme alte Gran. Andere Frauen mag sie nicht einmal dann, wenn sie bestens aufgelegt ist. Und hier ist auch noch eine der schlimmsten Art, hübsch und gut gekleidet – anders kann man es nicht beschreiben –, und steht jetzt mitten in ihrer Küche. Kein Wunder, dass das böse Funkeln zu einem konzentrierten Starren geworden ist, das ein Loch in ein Blatt Papier brennen könnte.
Aber so können wir nicht weitermachen, einander nur anzustarren. Jemand muss etwas sagen. Ich räuspere mich. Mrs. Morris zuckt ein wenig zusammen.
»Du lieber Himmel, es tut mir Leid. Ich habe das Gefühl, wir sind vielleicht zu einem schlechten Zeitpunkt gekommen.«
Gran grunzt nur. Mrs. Morris zögert. »Ich ... ich fürchte, wir haben uns ganz entsetzlich verfahren. Wir haben eine Karte benutzt, obwohl doch jetzt sonnenklar ist, dass wir einfach nur ihren Anweisungen hätten folgen sollen. Arme Lyddie, so schlau in allem, aber völlig ratlos, wenn sie sich zurechtzufinden versucht.«
Lydia macht den Mund auf, als wollte sie protestieren, macht ihn dann aber abrupt wieder zu. Und damit hat sie Recht. Ihre Mutter kritisiert sie nicht. Niemand kritisiert einen anderen in diesem Tonfall. Die Stimme ist so weich, wie sie nur sein kann, einfach wie alles andere an ihr. Und falls es noch eines weiteren Beweises bedurft hätte, dass keine Kritik beabsichtigt ist, nehmen wir diesen: Plötzlich dreht sich Mrs.

Morris um und berührt ihre Tochter leicht am Ohr. »Lyddie, Liebste, du und ich. Wir sind ein schreckliches Paar, nicht wahr?«

Und das ist ein Schock; diese Sanftheit. Und die Wörter, die sie begleiten. Sagt sie jedem, sie seien *ein Paar.* Versucht nicht mal zu verbergen, dass sie was miteinander zu tun haben. Plötzlich ertappt man sich bei dem praktisch unmöglichen Gedanken: dass Lydias Mutter sie vielleicht *liebt.*

Na schön. Man kann mir meine Überraschung nicht verdenken. Jeden Tag ist Lydia mit demselben Ausdruck zur Schule gekommen, dem eines unerwünschten, ungeliebten Mädchens, dem einer Tochter, die kein Mensch vermissen würde. Das ist der Eindruck, den sie vermittelt, der Grund, warum der Umgang mit ihr so *einfach* ist. Und jetzt kommt ihre Mutter daher, berührt ihr Ohr und erzählt aller Welt, sie seien ein Paar.

Noch nie hat mich jemand so getäuscht. Kein Mensch. Es genügt, einen daran zweifeln zu lassen, ob man *Es* überhaupt hat, um das eigene Urteil in Frage zu stellen.

Aber hat jetzt jemand vielleicht die Güte, mir Lydia zu erklären? Ihre Mutter streicht ihr übers Ohr, und Lydia steht einfach nur da. Schlimmer, sie beginnt finster dreinzublicken, schüttelt die Berührung ab und tut so, als wäre nur eines wichtig, dass sie nämlich ihre beschlagene Brille abwischt.

Mrs. Morris seufzt. Dann wirft sie mir einen Blick zu. »Du bist also Kate.« Sie versucht zu lächeln.

Sie ist nicht glücklich. Aber das liegt nicht an Lydia. Man braucht die beiden nur zu beobachten, um zu sehen, dass sie an ihre Tochter gewöhnt ist. Es ist Gran, die selbst jetzt noch nicht zu starren aufhört – und auch kein Wort gesagt hat.

Dennoch, ich kann das zurechtrücken. Ein Lächeln kann alles wieder gutmachen, selbst Gran. Ein besonderes Lächeln diesmal, so warm und strahlend wie nur möglich – und so anders, als sie es bei ihrer mürrischen Tochter je sehen würde. Also lächeln.

Aber aus irgendeinem Grund mache ich was falsch. Es ist zu viel. Ich lächle, und Mrs. Morris blinzelt, als hätte ich eine Taschenlampe genommen und den Strahl unerwartet auf ihr Gesicht gerichtet. Es folgt eine spürbare Pause.

»Nun, es ist schön, dass Lydia es geschafft hat, so schnell eine so gute Freundin zu finden. Ich bin sicher, dass sie viel Spaß haben wird.«

Die Worte sind in Ordnung, aber was ist mit ihren Augen und der Art, wie ihr Blick über Lydia hinwegschweift und Gran ausweicht, mir übrigens auch? Stattdessen nimmt sie den Anblick der Küche in sich auf, mit all ihrem Dampf und all der allgemeinen Feuchtigkeit; den aufgequollenen Schubladen, die sich nicht schließen lassen, und den Linoleumzungen, die sich vom Fußboden abschälen, als wollten sie die Wände ablecken.

Urplötzlich kommt *Es* ins Spiel, und ich weiß genau, was sie denkt. Sie fragt sich, ob sie ihre Tochter wirklich hier lassen will, ob sie nicht einfach hinausspazieren und ihre geliebte Lydia mitnehmen und die Aufregung einfach in Kauf nehmen sollte. Tatsächlich *wird* das passieren, das spüre ich. Alles steht kurz davor, schrecklich schief zu gehen. Und es wird nur ein Mensch da sein, an dem die Schuld hängen bleibt. Ich.

Aber zum Glück ist jemand da, der all dem ein Ende machen kann. Jemand, dessen Anwesenheit sie noch gar nicht registriert haben, der alles beobachtet und alles hört. Es ist natürlich der Dampf, ganze Wolken davon, die im Weg sind und die Sicht auf ihn versperren. Nicht einmal ein Laut macht sie darauf aufmerksam, dass er da ist.

Aber dafür ist auch niemand so still wie Dad, wenn er es sein will. Aber schließlich reißt wie immer die Wolkendecke auf, und eine Stimme dröhnt klar durch all die Unbeholfenheit und die Zweifel hindurch und lässt Dampffetzen nutzlos in die hinteren Ecken verschwinden, wohin sie gehören.

»Kein Grund, ein so ernstes Gesicht zu machen, Missus. Dieses kleine Mädchen hier wird den Spaß ihres Lebens haben.«

Diesmal ist es nicht nur Lydia, die einen Satz macht. Wenn man ihre Gesichter beobachtet, deren Augen sich plötzlich stärker weiten, als man für möglich gehalten hätte, könnte man glauben, dass sie doch Mutter und Tochter sind. Die Überraschung scheint die Ähnlichkeit in ihnen ans Licht gebracht zu haben.

»Sie haben mein Wort darauf. Ein paar Tage bei uns, und Sie werden unsere Lydia nicht mehr wiedererkennen. Nicht wahr, meine Liebe?«

Er zwinkert Lydia zu und streckt die Hand zu ihrer Mutter aus. »Carr«, sagt er. »Keith Carr, zu Ihren Diensten.«

So stellt er sich immer vor. Die gleichen Worte, die viele Menschen benutzen. Aber Dad ist anders, weil er sie meint. Das muss auch der Grund dafür sein, dass Mrs. Morris die Farbe wechselt, wenn auch kaum wahrnehmbar, als er ihre Hand in seine nimmt. Gleichzeitig hält er ihren Blick mit dem seinen fest, und das ist der Moment, in dem man weiß, dass sie verloren ist.

Die Augen meines Dads sind blau, wo man sie braun erwartet, und ihre Mitte ist von einem ganz eigenen Licht umgeben. Es ist das Licht, das den Leuten einen Schock versetzt, Licht, wo man es am wenigsten erwartet, das gleiche Licht, das es ihm erlaubt, den Blick eines anderen Menschen zu fixieren und festzuhalten, als wollte er ihn nie loslassen. Dieser Blick verspricht die Erde, während die Welt sich um die

Menschen herum auflöst. Und das alles mit einem einzigen Starren. Nein, es gibt keine Menschenseele auf der Welt mit Augen wie denen meines Dads.

Jetzt sieht er Lydias Mutter an, und da haben wir es wieder: Wir beobachten das gleiche alte Wunder, das Wunder, wie jemand fällt, um nie mehr zu sein wie zuvor.

Tatsächlich? Sie erwidert den Blick einen Moment lang und zieht dann ruhig und ohne ein Wort ihre Hand zurück. Noch überraschender ist, dass sie ein, zwei Schritte zurücktritt, um ihn von oben bis unten zu mustern, als brauchte sie die Distanz zwischen ihnen, um sich zu entscheiden.

Ich verstehe es nicht. Sie verhält sich nicht so, wie sie sollte. Sie fällt nicht. Oh, da ist zwar eine kaum wahrnehmbare Ahnung, dass Federn zittern und sich aufplustern, aber von Fallen kann keine Rede sein.

Und Dad, was ist mit ihm? Merkwürdigerweise scheint er nicht im Geringsten aus der Fassung zu geraten. Eher könnte man sagen, dass sein Lächeln genau um dieses kleine Stück breiter wird, um die Kluft zu überbrücken, die sie zwischen sie gelegt hat. Nicht einfach nur breiter, sondern wärmer. Man kann die Hitze von ihm spüren, die auf sie übergreift, bereit, sie einzuhüllen …

… und sie tritt nur einen weiteren Schritt zurück und zieht den Mantel enger um sich, als könnte sie nichts außer Kälte spüren.

Vielleicht ist es sein Aussehen, das sie irgendwie abstößt. Doch sie sollte daran denken, dass man ein Buch nicht nach dem Umschlag beurteilen darf. Er mag nicht hoch gewachsen sein, aber zeigen Sie mir einen hoch gewachsenen Mann, der auch nur einen Bruchteil seiner Präsenz hat, oder einen dünnen Mann, der auch nur einen Anflug der Kraft hat, die mit einem massigen Körper einhergeht. Nicht dass Dad dick wäre. Mein Vater würde sich nie erlauben, dick zu werden, denn was würde das über ihn aussagen? Doch er füllt einen Raum, diesen Raum, so mühelos wie das Tweedjackett, das er so gern trägt. Davon sollte sie sich beeindrucken lassen, wenn schon durch nichts anderes. Davon, wie dieser Raum von ihm erfüllt ist.

Aber immerhin *ist* sie ja beeindruckt, oder etwa nicht? Warum würde sie sich sonst so zu einem Lächeln zwingen, wie sie es jetzt tut? Es dauert einen Moment, es zu verstehen, aber dann wird es sonnenklar. Es ist wirklich recht einfach. Sie mag beeindruckt sein, aber sie mag ihn nicht. Lydias Mutter mag meinen Dad nicht. Nicht im Mindesten.

Folglich ist es keine Überraschung, zu sehen, wie sich ihre Hand nach Lydia ausstreckt. Auch keine Überraschung, zu sehen, wie sich die Worte schon auf ihren Lippen formen. Man kann sehen, was sie vorhat, etwas, was ihrer Meinung nach vielleicht nicht ganz leicht sein wird, aber möglich. Es wird für Mrs. Morris ein Schock sein, wenn sie Lydia schließlich bemerkt.

Es war sein Zwinkern, was es bewirkte. Mehr war nicht nötig. Ein Auge, das sich mit Bedacht schloss. Denn Sie wissen schon, was dieses eine Zwinkern Lydia sagte. Es zeigte ihr, dass er beide Augen zumachen würde. Dass er sich für die Tatsache blind stellen würde, dass sie klein und hässlich war und absolut unbedeutend, wenn er sie betrachtete, das, was alle anderen an ihr bemerkten.

Und jetzt sieh sich einer an, was das Ergebnis ist. Die Augen strahlen, die Wangen glühen rosa, Lydia ist verklärt. Ja, sie ist fast hübsch. Das trifft es schon eher. Das ist es, woran wir gewöhnt sind.

Dann bemerkt Mrs. Morris sie schließlich, und das ist ein fast komischer Anblick. »Lydia«, murmelt sie. »Lyddie, Liebes.«

Ein bisschen wird sie sich aber schon anstrengen müssen. Lydia hat sie nicht einmal gehört.
»Darling …«, versucht Mrs. Morris erneut. Diese schwache Farbe ihrer Wangen vertieft sich schnell und wird zu einem Pink, das ihr gut steht und sogar hübscher ist als das ihrer Tochter. »Darling, ich weiß, dass dies absurd ist – aber mir fällt gerade ein, wie bestürzt und durcheinander Tante Jane sein wird, wenn du woanders wohnst. Ich weiß nicht, ob sie je darüber hinwegkommen wird. Doch es ist noch nicht zu spät, und ich bin sicher, dass Mr. Carr und alle verstehen würden, wenn …«
Wenn … was? Wenn sie ihre Tochter jetzt von uns wegschleifte, nachdem alles arrangiert worden ist? Ich glaube nicht, dass Lydia irgendwo hingehen wird, diesmal nicht. Dad hat Lydia den Arm um die Schultern gelegt. Sie schrumpft in den Raum hinein, den er für sie geschaffen hat, würde sogar so klein werden, dass sie in seine Tasche passen würde, wenn er es so wollte. Was ihre Mutter betrifft, glaube ich nicht, dass Lydia auch nur einem Wort von dem gelauscht hat, was sie sagte.
Das hat übrigens kein Mensch. Jedenfalls nicht so, dass es darauf ankäme. Dad wendet sich jetzt an Lydia. Zumindest *denkt* sie, dass er zu ihr spricht, doch es ist ihre Mutter, die ihn hören soll. Damit sie weiß, wie der Hase laufen wird. Er hat Lydia um die Taille gefasst und kitzelt sie ein wenig, so dass sie zappelt und kichert, aber nicht zu sehr. »Was ist das hier?«, sagt er. »Du bist ja gar nicht zu spüren, Lyddie-Liebes. Was geben sie dir zu Hause zu essen? Gartenbohnen? Dagegen werden wir etwas unternehmen müssen, meinst du nicht auch, Mutter? Müssen die Kleine ein bisschen aufpäppeln.«
Bei diesen Worten zwinkert er Gran zu, die ernst dasteht. Sie hat den Schöpflöffel mit einer Hand genommen und hält ei-

nen Topfdeckel in der anderen bereit, ob Mrs. Morris nun da ist oder nicht. Sie macht den Eindruck, als könnte sie jeden ebenso leicht mit Schlägen traktieren wie ihm etwas zu essen geben.

Gleichwohl ist sie bereit, genau das zu tun, was er sagt. Das sind wir alle, auch Lydia. Besonders Lydia.

Sie sehen also, dass Lydias Mutter jetzt nichts anderes übrig bleibt, als zu gehen. Sie hat ihre Tochter hergebracht, und jetzt wird sie sie hier lassen müssen. Das ist es, was jeder will. Sogar Gran. Selbst *sie* braucht nur einen Augenblick, um zu verstehen, dass Lydia keine Bedrohung darstellt. Wegen Lydia wird kein Mensch eine Mahlzeit verpassen.

»Lydia«, Mrs. Morris versucht es ein letztes Mal und betont den Namen ihrer Tochter mit Nachdruck – damit andere aufhorchen, kein Zweifel. Sie hatte nicht damit gerechnet, dass mein Dad so geistesgegenwärtig dieses *»Lyddie«* aufgreifen könnte, wie er es getan hat.

Doch alles, was sie damit gewinnt, ist ein kurzer Zusammenprall von Köpfen, als Lydia ihrer Mutter einen Abschiedskuss erlaubt. Einen Moment später findet sich Mrs. Morris an der Tür wieder, wo sie sich wahrscheinlich fragt, wie sie überhaupt dorthin gekommen ist. Trotzdem zögert sie noch und weigert sich zu gehen, wohl in der Hoffnung, dass Lydia es sich noch einmal überlegen wird.

Doch das passiert nicht. Stattdessen schenkt mein Vater Mrs. Morris ein weiteres Mal sein besonderes Lächeln, wie es selbst ganze Nationen befrieden könnte und alte Damen wie Tauben wieder in den heimischen Schlag zurückflattern lässt. Doch aus irgendeinem dieser seltsamen Gründe, über die ich mir nicht klar werden kann, hat das keinerlei Wirkung auf sie. Mrs. Morris bewegt sich nicht. Am Ende muss es Lydia sein, die ihre Mutter plötzlich unter dem Arm meines Vaters hervor anblickt, die Stirn runzelt und mit den Lippen dieses eine kleine Wort formt.

Geh.

Was bleibt ihr dann noch, als genau das zu tun?

Mehr noch: Am Ende wird sie sich wahrscheinlich wieder verfahren. Und jetzt hat sie nicht einmal mehr Lydia bei sich, die nach Schildern Ausschau halten könnte. Lydia bleibt bei uns.

Sechstes Kapitel

Jetzt sind nur noch wir vier da, so wie es geplant war, so wie es jemandem von außen erscheinen würde – etwa einer Mutter, die verstohlen durchs Fenster ins Haus blickt, um zu sehen, was mit der Tochter passiert ist, die sie aufgegeben hat.

Wir wissen genau, wie es von außen aussehen würde. Dad und ich, wir haben beide eine Ader dafür – Bescheid zu wissen –, ein gottgegebenes Talent, könnte man sagen.

Aber jetzt bahnt sich Gran mit einem dampfenden Kochtopf mit den Ellbogen einen Weg zwischen uns hindurch und knallt den Topf laut auf den Tisch. Aber selbst dann noch passieren wundervolle Dinge – wundervoll, wenn man Lydia heißt. Dad führt sie zu einem Stuhl und gibt sich die größte Mühe, ihr einen Platz gleich neben sich anzubieten – wo normalerweise ich sitzen würde. Und immer noch kann Lydia nicht den Blick von ihm wenden, beobachtet ihn hinter dem milchigen Glanz ihrer Brille, als hätte sie Angst, er könnte verschwinden.

Es ist natürlich die Aufmerksamkeit, die ihr zu Kopf steigt, so dass sich bei ihr im Kopf alles dreht. Schenkt man ihr denn zu Hause keine Aufmerksamkeit? Noch am Morgen hätte ich gesagt, natürlich nicht. Aber jetzt bin ich mir nicht mehr so sicher.

Es sei denn, es ist so, dass Laura immer mehr bekommt, egal,

was Lydia tut. Die lockige kleine Laura, die nie eine Zahnspange brauchen wird, der Augapfel ihres Vaters.
Nun ja, hier kann keine Rede davon sein, dass Lydia die Aufmerksamkeit teilen muss. Dad hat mich seit fünfzehn Minuten nicht ein Mal angesehen. Natürlich ist er beschäftigt gewesen. Aber es ist ein äußerst eigenartiges Gefühl. Es ist so … Es ist so, als wäre ich unsichtbar.
Ist es das, worüber Lydia sich zu Hause beklagt? Dass die Leute wegblicken und vergessen, dass sie da ist? Wenn das der Fall ist, kann ich nur sagen, dumme kleine Lyddie, dämliche alte Lyddie-Liebes.
Und da fange ich einen Blick von Gran auf. Ich bin also doch nicht unsichtbar. Da ist immer noch Gran, nicht wahr? Gran und ihre Nase, die ewig in meine Richtung schnüffelt. Gran ist da, um mich im Auge zu behalten. Gran vergisst nie. Sie ist seine Mutter, und so hat auch sie zwangsläufig Talente.
Doch wenigstens diesmal mache ich nichts falsch. Es wird nichts geben, was sie melden könnte. Sie wird nicht einmal sagen können, ich sei eifersüchtig, als ich die beiden beobachtete, Lydia und ihn, die prima miteinander auskamen. Sie plappert unentwegt über Griechisch, und *er* verspricht ihr, schon bald mit ihr in sein Arbeitszimmer zu gehen, nur sie beide, und zusammen Griechisch zu lesen. Das Neue Testament, um genau zu sein. Genau das, was er für mich vorgesehen hatte.
Oh, dies ist besser, als ich mir je erträumt habe. Gran mag mich beobachten, aber *er* tut es nicht. Lydia ist da und nimmt seine ganze Aufmerksamkeit in Anspruch, plappert drauflos über griechische Verben, über Miss Jamieson, über die Bücher, die sie gern liest. Bücher, mit denen man mich nie ertappen würde. Unterdessen hat Gran das Gas abgestellt, und die Dampfwolken lösen sich auf wie Nebel an einem Sommertag.

Lydia muss sich fühlen, als säße sie in reinstem Sonnenschein. Alle sind glücklich. Sogar er.
Doch leider müssen alle guten Dinge einmal zu Ende gehen. Langsam dreht er den Kopf, und das Licht, in dem wir alle gebadet haben, verblasst – nur ein wenig. Plötzlich weiß ich, was jetzt kommt.
»Kate, meine Liebe. Ich habe dich noch nie über Griechisch sprechen hören, kein einziges Mal.«
Verstehen Sie? Ich hatte Recht. Aber kein Grund zur Panik. Es gibt auf alles eine richtige Antwort. Alles, was ich brauche, ist ein Moment zum Nachdenken.
Aber dann, bevor ich merke, was passiert, meldet sich Lydia, die plötzlich für mich antwortet. »Oh, ich glaube nicht, dass Kate Griechisch mag, Mr. Carr. Ich glaube, sie würde lieber was anderes machen.«
Was? *Was?* Ist ihr nicht klar, was sie gerade gesagt hat? Anscheinend nicht. Sie lächelt mich an und denkt, alles sei noch genauso wie vor fünf Sekunden. Sie weiß es nicht. Sie kann Dads Augen nicht sehen, um mal damit anzufangen. Und selbst wenn sie es könnte, würde sie nicht verstehen. Alles, was sie sieht, ist das Lächeln. Aber ich weiß. Während Lydia strahlt, sagt mir das Licht in Dads Augen, dass wir später darüber sprechen werden, wenn wir allein sind. Er denkt, ich hätte vergessen, was von mir erwartet wird, als müsste man mich daran erinnern. Seine Tochter, verstehen Sie?
Er braucht nicht einmal Worte zu benutzen. Dad und ich, wir sind einander so nahe.
Und das ist alles ihre Schuld, Lydias. Sie werden es also nicht erleben, dass es mir Leid tut, was als Nächstes passiert. In der Lücke, die sie in die Unterhaltung gerissen hat, beschließt Lydia, dass es Zeit sein müsse, etwas zu essen. Sie schaufelt eine Gabel mit Grans Essen zusammen und stopft sie in den

Mund. Und dann passiert es. Ihr Gesicht verändert sich, was unvermeidlich ist, wenn ihre Zunge zusammenschrumpelt und ihr das Salz in die Wangen sickert. Das einzige Geräusch, das zu hören ist, kommt ihr hinten aus der Kehle, kaum vernehmbar wie das Quieken einer Fledermaus.

»Ist was, meine Liebe?«, fragt Dad. Er hat begonnen, die Stirn zu runzeln. Undankbarkeit, die schlimmste Sünde. Dann lässt er einen Ausruf hören und schlägt sich mit der geballten Faust gegen die Stirn. Das Runzeln ist verschwunden.

»Natürlich, Lydia, meine Liebe. Was für ein Mädchen du bist. Und zu höflich, um ein Wort zu sagen.«

»Was ist, Keith?« Schon ist Gran halb aufgesprungen, das ganze Bündel aus Haut und Knochen strafft sich, um zu handeln. Wenn es etwas mit ihrem Essen zu tun hat, würde sie jeden Bissen einsammeln und alles ohne ein weiteres Wort wegwerfen. Wieder von vorn anfangen. So ist sie. Allerdings nicht für jeden. Nur für ihn, nur für Dad.

»Das Tischgebet, Mutter. Ich habe das Tischgebet doch glatt vergessen. Und die junge Lydia hier erinnert mich daran.«

Und er grinst Lydia an, die immer noch erschüttert und verständnislos ist und sich die größte Mühe gibt, das Lächeln zu erwidern. Das Essen bleibt brennend in den Wangentaschen.

Und selbst jetzt begreift sie nicht, nicht einmal, als er die Augen schließt und die Hände faltet. Muss ihr den Kopf hinunterstoßen. Sie muss ein wenig Respekt zeigen.

»O Herr, segne diese Speisen, die du uns bescheret hast …«

In diesem Moment brummt Gran etwas in die Fäuste, wie sie es immer tut: »… segne die Menschen, die davon essen. Und Herr« – hier hält er inne – »segne das neue Kind in unserer Mitte. Hilf uns dabei, sie zu lieben und sie als eine von uns anzusehen. Hilf ihr, uns zu lieben und zu einem Teil unserer Familie der Liebe zu werden.«

Und mit dem Amen hebt er den Kopf – und zwinkert Lydia ein letztes Mal zu. Aber sieh einer an, er hat es wieder geschafft, Lydia dazu zu bringen, seinen Blick zu erwidern, ohne ein Wort hervorbringen zu können. Damit lässt sich wohl nichts vergleichen, jedenfalls nicht, wenn man Lydia heißt. Für sie hat noch nie jemand gebetet, das merkt man. Ich nehme nicht an, dass Gott in ihrem Haus auch nur erwähnt wird, jedenfalls nicht von einem Wochenende zum nächsten.

Die Konsequenz davon ist, dass man danach keinen Piepser mehr von ihr hört, weder über Griechisch noch sonst etwas. Mit brennenden Wangen konzentriert sie sich stattdessen darauf, Grans Essen hinunterzuschlucken. Immerhin hat sie gesehen, dass wir es tun. Vielleicht macht das Wissen, dass das Essen gesegnet worden ist, den ganzen Unterschied aus.

Und jetzt, wo Lydia eingeordnet ist, ist für Dad alles klar. Verstehen Sie, er war nur liebenswürdig, als er Lydia erlaubte, ihre Meinung zu sagen, und sie glauben ließ, sie hätte etwas beizutragen. Aber jetzt ist er an der Reihe. So ist es am Ende immer. Vielleicht ist das der Grund, weshalb Miss Jamieson und er nicht miteinander auskommen. Sie ist es gewöhnt, das letzte Wort zu haben, nicht wahr, so überzeugt ist sie, etwas zu sagen zu haben. Über die Griechen und derlei. Und dann kommt Dad daher und macht ihr klar, dass manche Menschen wichtigere Dinge auf dem Herzen haben, die sich die Welt anhören wird.

Das glaubt jedenfalls Lydia. Wenn sie schon bei Miss Jamieson ganz Ohr war, ist das nichts im Vergleich zu dem, was sie jetzt ist. Wenn man wartete, bis alles vorbei ist, und sie dann fragt, was er gesagt habe, würde sie wohl in der Lage sein, es zu wiederholen, Satz für Satz, Wort für Wort, davon bin ich überzeugt.

Oder etwa nicht?

Denn da ist noch etwas, was mir erst vor ganz kurzer Zeit aufgefallen ist. Die Art und Weise, wie Dad spricht. Als ich mich in jüngster Zeit zu erinnern versuchte, was er tatsächlich gesagt hat, ist da … nichts. Einfach nichts. Dad spricht zwar, doch ich erinnere mich nur an sein Gesicht und den Klang seiner Stimme. Und ich muss unwillkürlich denken, dass ich nicht die Einzige bin. Stellen Sie sich in die Kirche und sehen Sie sich um. Erinnern sich die Leute tatsächlich an das, was er gesagt hat? Wirklich? Sie taumeln am Ende hinaus, als wären sie betrunken. Als ob es ihnen schwer fiele, sich an ihre eigenen Namen zu erinnern, geschweige denn an das, was er sich ihnen zu sagen bemüht hat.

Vielleicht macht es auch nichts, denn es sind nicht alles gute Neuigkeiten, oder? Mit anderen Worten, er predigt die Bibel, und das stimmt durchaus, und in der Bibel steht kein Wort darüber, dass wir auf die Welt kommen, um glücklich zu sein. In der anderen Welt übrigens auch nicht. Es sei denn, man ist auserwählt.

Vielleicht sollte es jemand für sie aufschreiben. Jesus hatte das gleiche Problem, wenn man mal darüber nachdenkt. Jemand musste das alles für andere aufschreiben, damit sie es verdauen konnten. Sonst hätten die Menschen sich nicht an ein Wort erinnert, das Er gesprochen hat. Der Fall des Boten, der die Botschaft überstrahlt.

Es gibt also keinerlei Grund, geringer von ihm zu denken. Von keinem der beiden. Überdies besitzt Dad eine Geheimwaffe. Er erzählt die besten Witze der Welt. Es besteht keine Gefahr, dass jemand die vergisst. Wenn Sie einen Beweis wollen, sehen Sie sich jetzt doch nur Lydia an. Lacht sie? Das

Mädchen fällt praktisch vom Stuhl. Es ist für sie alles eine Offenbarung. Ich glaube nicht, dass jemand ihr beigebracht hat, den Witz darin zu sehen, wenn jemand eine Nonne, eine dicke Frau oder eine Ausländerin ist. Bis jetzt.

Nein, niemand schafft es wie mein Dad, die Menschen das Komische an einer Sache erkennen zu lassen. Es sei denn, man hat die Witze vorher schon öfter gehört, als man sich erinnern kann. Dann kann es schwierig werden, so zu lachen, wie man sollte.

Und jetzt wird Lydia vielleicht bald etwas anderes lernen. Plötzlich hören die Witze auf. Dad steht auf. »Nun, meine Damen, Zeit, weiterzumachen. Der alte Keith Carr hat noch zu arbeiten.«

»Arbeiten, Mr. Carr?« Lydia macht ein verblüfftes Gesicht und blickt verstohlen auf die Uhr.

Bedeutet das, dass er es ihr jetzt erklären wird, nämlich dass eine verpasste Gelegenheit so schnell nicht wiederkommt? Dass Gottes Werk keine Uhren kennt, weil es nie getan wird? Nein, es gibt keine Zeit. Ich habe soeben selbst schnell auf die Uhr gesehen. Es ist siebenundzwanzig Minuten nach acht, nur noch wenige Sekunden …

… Da ist es, das Klingeln des Telefons. Pünktlich auf die Sekunde. Verspätet sich nie. Doch selbst jetzt noch starrt Lydia zu ihm hoch mit Augen voller Hoffnung, als erwartete sie halb, er würde den Anruf ignorieren. Doch das wird natürlich nicht passieren. Das ist es, was sie heute Abend lernen wird. Dass einige Dinge immer Vorrang haben werden.

»Die Pflicht ruft«, sagt Dad mit einem Seufzen. Doch Lydia muss sehen, dass er müde ist; man erkennt es schon daran, wie er vom Tisch zur Tür geht und sie hinter sich zumacht. Es ist achtundzwanzig Minuten nach acht, die Zeit, in der stets die Pflicht ruft, und zwar an jedem einzelnen Abend.

Was also bleibt für sie? Nur Gran und ich. Lydia wendet den Blick von der Tür ab und fährt leicht zusammen. Man hätte schwören können, sie sähe uns beide jetzt zum ersten Mal.

»Kate«, sagt sie. *»Kate?«*

Du lieber Himmel, als Nächstes wird sie wohl noch fragen, was sie hier soll. Blinzelt und ist verwirrt, als erwachte sie erst jetzt aus einem Traum.

Zum Glück bekommt Gran nichts davon mit, sondern fängt an, sich Kochtöpfe zu schnappen und uns anzufunkeln, wir sollten ebenfalls anfassen. Einen Augenblick später steht Lydia mit einem Geschirrtuch da, das schon feucht ist, bevor es überhaupt mit einem Teller in Berührung gekommen ist. Und niemand spricht ein Wort. Man könnte meinen, das Sprechen hätte uns zu sehr angestrengt. Und vielleicht ist das in gewisser Hinsicht auch so.

Wie auch immer: Inmitten von all dem, dem Wischen und Scheuern und den Lauten Grans, die vor sich hinmurmelt und brummelt, hält Lydia mit dem inne, was sie gerade tut, und sieht mich an. Sie steht mit offenem Mund da, als wäre ihr gerade etwas Entsetzliches eingefallen.

»Kate?«, sagt sie. »Was ist bloß mit mir los? Ich habe vollständig vergessen zu fragen. Wo, um alles in der Welt, ist deine Mutter?«

Neben mir hört man das Geräusch knackender alter Knochen. Gran, die sich bis jetzt über die Spüle gebeugt hat, hat wieder ihre Ursprungsgestalt angenommen und hält sich plötzlich kerzengerade wie ein junges Mädchen. Selbst Lydia bemerkt es und blickt sie nervös an.

Dabei sollte man meinen, dass Gran daran gewöhnt ist. Die Leute werden immer fragen. Nur Dad, der ihnen alles andere aus dem Kopf treibt, hält sie davon ab. Dann erinnern sie sich und bemerken, dass etwas – *jemand* – fehlt. Das ist der Mo-

ment, in dem sie den Mund aufmachen. Warum also soll es meine Schuld sein, wenn sie es tun?
Mehr noch: Warum hat Lydia mich nicht fragen können, während wir in der Schule saßen, wo es keine Gran gibt, die auf jedes Wort lauscht, das ich sage, damit sie es weitergeben kann. Wieder etwas, was sie ihm petzen kann, wenn ich etwas falsch gemacht habe. Sie sehen also, warum ich mich versucht fühle, nichts zu sagen und so zu tun, als hätte ich nichts gehört.
Aber ich kann sie nicht warten lassen. Gran nicht. Nicht einmal Lydia. Also kommt sie wieder raus, die gleiche alte Antwort.
»Verschwunden.«
Die falsche Antwort. Gran sieht mich böse an und schüttelt den Kopf. Weil es keine richtige Antwort gibt.
Und jetzt ist es Lydia, die Probleme macht.
»Verschwunden?«, sagt sie. »Verschwunden?«, fragt sie erneut. Dann geschieht etwas Unerwartetes. Dieses dünne Stimmchen von ihr wird plötzlich zu einem Wehklagen, das sich, nun ja, kummervoll anhört. »O Kate, arme Kate. Deine Mutter ist gestorben, und ich habe nichts davon gewusst. Es tut mir so Leid.«
Einen Moment lang kann ich nichts weiter tun, als sie anzustarren. Ich entdecke plötzlich Tränen in ihren Augen – richtige Tränen. Und das ist entsetzlich. Sie muss plötzlich wohl an ihre eigene Mutter denken und sich so etwas vorstellen.
Es kostet mich Mühe, die richtigen Worte zu finden, um sie wieder auf den Boden zurückzuholen. »Nicht tot, Dummchen, nur … ich weiß nicht.«
Und das stimmt. Ich weiß es nicht. Ich weiß gar nichts. Weiß nur, dass es nicht das ist, was ich hätte sagen sollen, jedenfalls nicht, wenn Gran zuhört. Wir sprechen nicht über sie und

denken nicht mal an sie, an meine Mutter. Das ist die Regel, die einzige, gegen die nie verstoßen wird. Dennoch hat Lydia mich erschüttert, weil sie das Schlimmste annimmt und es ihr Leid tut. Ich tue ihr Leid.

Man sieht, wie sie mich durcheinander bringen und veranlassen würde, die Regel zu vergessen. Wenn jemand fragt, hat man ein trauriges Gesicht zu machen und sich abzuwenden. Aber nichts sagen, kein Wort, denn schon die bloße Erwähnung von ihr …

Aber immer noch kommen die Worte heraus. Alles, damit Lydia zu weinen aufhört. »Sie hat uns verlassen, verstehst du, als ich sehr klein war …«

Gran fängt an zu murren. Doch sie kann nichts sagen. Und vielleicht ist sogar sie entsetzt beim Anblick eines Menschen, der so leicht weint.

»Jetzt könnte sie …«

Irgendwo sein. Sie könnte irgendwo sein. Und damit höre ich auf. Jemand muss die Sache in den Griff bekommen.

Lydia blinzelt. Aus irgendeinem Grund blickt sie nach unten. Es ist mein Bein. Sie betrachtet mein Bein. Und in dem Moment spüre ich, wie mir das Blut ins Gesicht steigt. Ist es *das,* was sie denkt? Eine Tochter mit einem Bein wie bei mir, kein Wunder, dass sie abgehauen ist. Kein Wunder, dass sie es nicht ertragen konnte, zu bleiben, meine Mutter. Ist es das, was Lydia denkt?

Und ich habe sie für eine Freundin gehalten.

Es weckt in mir den Wunsch, es ihr zu erzählen. Ich wurde nicht so geboren. Ich war vollkommen, bis es passierte, bis mein Bein verletzt wurde. Ich war wie jedermann sonst. Sogar besser. Und was ist überhaupt ein Bein? Jemand sollte sie daran erinnern, was ich habe. Einen Vater, der mich liebt. Was mehr ist, als sie hat. Obwohl ich weniger vollkom-

men bin, weniger, als ich hätte sein sollen, hält er große Stücke auf mich. Kann sie das über ihren Vater sagen? Also habe ich trotzdem noch Glück. Das glücklichste Mädchen auf Erden.
Tatsächlich habe ich nichts zu sagen. Sie ist total zugeknöpft. Von Lydia wird es keine Fragen mehr geben. Über Mütter kann sie jetzt nicht sprechen. Oder über eine Mutter im Besonderen, diejenige, die sich davonmachte und ihr Kind zurückließ, es tief verletzt zurückließ. Sie kann sich nicht danach erkundigen, was für eine Art Mutter so etwas tut. Oder warum. Oder wo sie jetzt ist. Das ist keine Frage, die jeder stellen kann.
Nicht einmal ich.

Es ist Zeit, dass Lydia ins Bett geht. Keine Fragen mehr, welcher Art auch immer.
Auf dem Korridor jedoch sehe ich, wie sie zu zittern anfängt. Es ist natürlich unser Haus. Niemand hat daran gedacht, sie vor dem Rest des Hauses zu warnen. Kalt. Dunkler als dunkel.
Nun, jedermann weiß, dass Geistliche nicht viel verdienen. Männer wie er predigen das Wort Gottes nicht des Geldes wegen. Und sie verdienen sogar noch weniger, wenn sie nicht einmal mehr der Kirche angehören.
Es ist eine Reise gewesen, sagt er, den Leib der Kirche zu durchwandern, bis dorthin, wo er jetzt ist. Andere Geistliche, diejenigen, die so hoch oben waren, mochten ihn nicht, weil er die Wahrheit predigte und weil seine Gemeinden größer waren als ihre, so dass überall nur leere Kirchenbänke zu sehen waren. Sie wollten, dass er einen anderen Ton anschlug, doch das wollte er nicht. Jetzt hat er seine eigene Kirche, und man sagt, dass die Zahlen in der Kirche von Schottland jede

Woche weiter fallen. Nun, wir wissen, warum. Wir wissen, was schließlich aus ihnen wird.
Aber die Wahrheit ist, dass es keine Frage von Geld ist, dass das Haus dunkel ist. Und kalt. Oder dass wir Linoleum auf dem Fußboden haben und Klebeband um die Fenster. Es sei eine Erinnerung, sagt er. Wir gehen vom Leben zum Tod, wie wir von einem Raum zum anderen gehen. Kalte Zimmer helfen uns verstehen, ebenso wie die Dunkelheit. Wir werden vom Licht und der Wärme der Welt in die Dunkelheit gehen, die danach kommt, und nichts wird etwas daran ändern, es sei denn, wir sind auserwählt. Und das bewirken die Kälte und die Dunkelheit. Sie erinnern uns.
Vielleicht ist das der Grund, weshalb Gran die Kälte nicht ertragen kann.
Unterdessen sollte ich Lydia wegen des Lärms ermahnen, den sie macht. Sie muss nicht überall anstoßen und von den Wänden abprallen und so tun, als wäre es dunkler, als es ist. Sie braucht nichts weiter zu tun, als mit dem Zittern aufzuhören und darüber nachzudenken, wohin sie geht, dann wird sie bestens zurechtkommen. Wir sind jetzt direkt vor dem Arbeitszimmer. Seinem Arbeitszimmer. Hier müssen wir am vorsichtigsten sein.
Also warum muss sie ausgerechnet hier stolpern und hinfallen? Vielleicht hat sie es mit Absicht getan. Bei ihr würde ich es nicht ausschließen.
Jetzt sieh einer an, was sie angerichtet hat. Zunächst herrscht Stille, dann wird die Tür zum Arbeitszimmer aufgerissen, und da steht er, umgeben von Licht, das um ihn herum herausströmt. Dank diesem goldenen Licht können wir jetzt plötzlich sehen.
Aber Lydia hat es nicht bemerkt. »Oh, Mr. Carr«, haucht sie. Bei seinem Anblick hat sie selbst zu glühen begonnen, wenn

auch nur ganz schwach. Aber obwohl sie ein Lächeln bekommt, hat sie nicht mehr zu erwarten. Heute Abend nicht. Ich bin diejenige, die er will.

Also zwinkert er Lydia zu. »Hinauf ins Bett mit dir, kleines Mädchen. Der alte Keith Carr muss ein Wörtchen mit seiner Einzigen reden.«

Sie seufzt, tut aber natürlich, was ihr aufgetragen ist, geht weiter den Korridor entlang und um die Säule am unteren Ende der Treppe herum. Aber dort bleibt sie plötzlich stehen. Man kann ihr Problem sehen. Sie hat Angst davor, in einem alten und kalten Haus allein eine ihr fremde Treppe hinaufzugehen.

Dann lächelt Dad, und alles ist wieder in bester Ordnung. »Hinauf mit dir, Lyddie, Liebes. In diesem Haus gibt es nichts, wovor du Angst haben müsstest. Du wirst nie an einem sichereren Ort schlafen.«

Und natürlich glaubt sie ihm. Ein Aufblitzen ihrer Zahnspange, und sie geht wieder los und springt die Treppe hinauf, als wäre jede Stufe in Licht gebadet, jeder Tritt in weiche dicke Wolken gehüllt. Als gäbe es überhaupt nichts, weswegen sie sich Sorgen machen müsste.

Und als wir hören, wie sich die Schlafzimmertür hinter ihr schließt, bedeutet mir Dad mit einem Kopfnicken, in sein Arbeitszimmer einzutreten, in dem Gran schon wartet. Törichte Lyddie, dumme Lyddie, falls sie glaubt, dass der Unterricht in der Schule endet.

Siebtes Kapitel

Ich habe noch den Geschmack von Schokolade im Mund, als ich zu Bett gehe. Sie bedeckt mir die Zunge und gleitet mir in die Kehle, wenn ich schlucke. Wenn ich schlucken kann.

Gran bekommt auch jedes Mal Schokolade, obwohl sie nichts weiter hat tun müssen, als zuzusehen. Schokolade ist die Belohnung für eine gut gelernte Lektion, aber auch eine Erinnerung, der Grund dafür, dass sie etwas bekommt, ein Vorgeschmack auf andere Dinge. Nach der Bitterkeit die Süße. Ein Vorgeschmack auf den Himmel.

Eher wie sein Zimmer mit seiner Wärme und seinem Teppich, seinem Bild von Trompetto mit dem Goldenen Kalb, den tanzenden Mädchen und Moses, der vor Zorn und Unzufriedenheit glüht; und dem schwachen Geruch von Politur und dem Plattenspieler mit all der Musik, die ihm zusagt. Es ist alles da, wenn man sein Arbeitszimmer betritt. Vom Dunkel ins Licht. Von der Kälte in die Wärme. Sein Zimmer erinnert einen daran, dass bessere Dinge auf einen warten, wenn man auserwählt ist.

Aber es bedeutet, dass ich mir zwei Mal die Zähne putzen muss, um all diesen Geschmack von Himmel aus dem Mund zu bekommen. Manchmal muss ich drei Mal putzen. Und werde den Geschmack trotzdem nicht los.

Unterdessen liegt Lydia wie bewusstlos da, hat sich auf dem zweiten Bett zusammengekauert, ohne sich auch nur mit einer Decke zuzudecken. Sie trägt ein leuchtend pinkfarbenes Nightie voller Herzen, das ihr überhaupt nicht steht, und *außerdem* ist sie eingeschlafen, ohne vorher die Brille abzunehmen. Die Dinge, die man zu sehen bekommt, wenn man keine Kamera bei sich hat! Bei anderer Gelegenheit würde ich laut auflachen, aber nicht heute Abend. Es würde wehtun, wenn ich jetzt lachte.

Wie eine gut gelernte Lektion. Wo wäre ich, wenn er nicht auf mich aufpasste?

Warum hat sie sich zum Schlafen nicht unter die Decke gelegt? Es ist kalt in diesem Zimmer. Selbst im Sommer scheint es kalt zu sein, und wir haben jetzt definitiv nicht Sommer. An der Fensterscheibe bildet sich Raureif, und zwar auf der *Innenseite.*

Eigentlich brauche ich mich nicht zu fragen, warum sie sich nicht zugedeckt hat. Sie hat auf mich gewartet. Wenn Mädchen zusammen sind, kichern sie bis tief in die Nacht, das darf man nicht vergessen. Diese Briefchen vor Hilarys Nase. Das ist es, was ich ihr versprochen habe. Jetzt ist sie beim Warten eingeschlafen, mit dem Ergebnis, dass sie sich erkälten und den Tod holen wird, wenn ich nichts dagegen unternehme. Bilde ich mir das nur ein, oder ist sie um den Mund herum schon leicht blau?

Aber wenn ich sie wecke, könnte sie Fragen stellen, und wie soll ich das erklären, den Schokoladenduft in meinem Atem und mein spätes Kommen? In was für Schwierigkeiten bringe ich mich damit?

Ihr nackter Arm ist eisig, als ich ihn berühre.

Sie wacht sofort auf, als ich sie schüttle, und fängt unkontrolliert an zu zittern. Aber sie klettert ohne allzu viel Hilfe unter die Wolldecken und beginnt mit jemandem zu sprechen, der nicht da ist. Es ist etwas wegen Laura, sie beschwert sich we-

gen Laura. Sie hält mich für ihre Mutter! Ich nehme ihr die Brille ab und lege sie neben das Bett. Ziehe ihr die Decken bis zum Kinn hoch.
Dumme Lyddie, törichte Lyddie. Sie hätte nicht auf mich zu warten brauchen. Hilary hätte es nicht getan. Hilary hätte sich eingemummelt und geschnarcht, lange bevor ich die Treppe heraufgekommen wäre.
Aber Lydia hätte ihm auch nicht erzählen sollen, dass ich Griechisch nicht mag. Dann hätte es überhaupt keine Strafaktion gegeben. Und *sie* hätte sich auf diesem Bett nicht fast den Tod geholt, da sie sich nie hätte träumen lassen, dass sie so lange warten muss. Wenn man es so betrachtet, erkennt man es. Es ist alles ihre Schuld.
Und noch immer kann ich diesen Schokoladengeschmack im Mund nicht loswerden. Eine süße Erinnerung, die nicht verschwinden will.

Ich nehme an, ich hätte sie warnen sollen. Über den Morgen in diesem Haus.
Tatsächlich glaube ich nicht, dass eine Warnung genügt hätte. Es muss also ein Schock für sie sein, das Trampeln von Füßen auf dem Absatz, das Krachen der Tür und vor allem die plötzliche Explosion des Radios, eines riesigen Kastens, beschwert durch Griffe, die nur er in Schulterhöhe von Zimmer zu Zimmer tragen kann; nur er hat genügend Kraft dazu.
Wenn man davon aufwacht, könnte man meinen, dass das Haus um einen herum zusammenkracht. Man könnte glauben, das Ende der Welt stehe bevor. Wenn man es nicht besser wüsste.
Lydia weiß es nicht. Und wacht folglich mit einem gewaltigen Ruck auf, der sie praktisch aus dem Bett hebt und auf die Füße stellt.

»Morgen, Lydia, Liebes«, sagt er und dreht das Radio leiser, aber nur wenig.
Lydia steht; ihre Augen starren ohne ihre Brille blind in die Gegend, die Zähne klappern, die Knie stoßen aneinander. Du lieber Himmel, sie sieht so *wackelig* aus! Als würde ein weiterer Trompetenstoß sie glatt von den Füßen blasen.
Doch dann – es ist unglaublich – bewegen sich ihre Lippen. »W-w-w-«, stammelt sie. Nur hört es sich wie *V-v-v* an. Versucht es erneut, macht weiter, bis: »W-wagner.« Endlich schafft sie es. Dann errötet sie immer noch blinzelnd, immer noch unter Schock stehend, aber unverkennbar selbstzufrieden.
Aber *zufrieden* ist gar nichts, nicht im Vergleich mit Dad. Seine Augen, die ganz vom Morgen erfüllt sind, strahlen geradezu vor guten Dingen. »Sehr schön, liebste Lyddie. Weißt du, was? Wagner, vollkommen richtig.«
Was weiß sie? Wie es scheint, absolut alles. Und das muss der Missetäter gewesen sein – Wagner, jeden Morgen in all diesen Jahren. Dad scheint das einzige Radio zu besitzen, das auf nichts anderes eingestellt ist.
Doch ich hätte mich mehr konzentrieren sollen. Dad hat sich jetzt an mich gewandt.
»Wie findest du das, Kate? Unsere Lyddie erkennt Wagner. Und du hast nie auch nur gefragt.«
Da errötet Lydia noch tiefer und grinst. Sie denkt wirklich, es sei ein Spiel, bei dem sie besser abschneidet als ich.
Wenn ich der Meinung wäre, dass es hilfreich sein könnte, würde ich ihm jedoch sagen, dass ich mich aus dem einfachen Grund nie nach der Musik hätte erkundigen müssen, weil sie immer da sei. Ebenso gut könnte man fragen, wer die Luft gemacht hat, die man atmet.
Jetzt sehen Sie ihn an, wie er Lydia wieder anlächelt. Aber ich bin es, über die er nachdenkt. Das sieht man an der Art, wie

er das Radio ausschaltet, das Lächeln ausknipst und aus dem Zimmer marschiert.
Ich hätte sie heute Nacht erfrieren lassen sollen. Dann hätte sie am Morgen den Mund nicht aufmachen können.

Gran knallt Schalen mit Porridge auf den Tisch und tut dann so, als ignoriere sie uns, um mit den Würstchen und dem Bacon weiterzumachen, die sie für Dad zubereitet. Doch zwischendurch zischt sie mir etwas ins Ohr, und deshalb weiß ich Bescheid. Dass es zwar erst halb sieben Uhr am Morgen ist, ich ihm aber schon den Tag ruiniert habe.
Der einzige Lichtblick ist Lydia, als ich sie mit ihrem ersten Löffel mit Grans Porridge beobachten kann. Jetzt sitzt sie steif und starr da, die Lippen vor Salz geschürzt, unfähig, etwas hinunterzuschlucken.
»Ich-ich«, stammelt sie. »Es tut mir Leid, ich kann nicht …«
Wie war noch der Name von Lots Weib? Der Frau, die sich nie hätte umsehen dürfen?
Doch sie braucht sich keine Sorgen zu machen. Gran ist es egal. Die Würstchen sind fast fertig. Sie sorgt sich jetzt nur noch um eines, nämlich dass sie zu braun sein könnten, wenn er herunterkommt, nicht ganz so, wie er sie mag.

Im Wagen schiebt Dad eine Kassette in den uralten Kassettenspieler. Musik – wieder Wagner – dröhnt in einer Lautstärke, die von unserem alten Wagen garantiert den Rost abschütteln kann. Man würde nicht glauben, dass jemand so Auto fahren kann, wenn ihm Musik die Ohren zudröhnt. Aber Dad kann es, direkt in die aufgehende Sonne. Er sorgt dafür, dass ich es beim nächsten Mal nicht vergesse. Dass, wenn jemand fragen sollte, ich diejenige bin, die dann antwortet. Wagner, immerzu Wagner.

Und Lydia hält es für wundervoll, mit einem ganzen Orchester als Begleitung in die aufgehende Sonne zu fahren.

Später sieht sie den Wagen wegfahren. Erst als er vollständig verschwunden ist, dreht sie sich zu mir um. »Kate«, sagt sie mit rauer Stimme. »Oh, Kate!« Wir betreten die Schule, und sie hört gar nicht auf, über ihn zu sprechen und zu sagen, wie wundervoll er sei, wie glücklich ich mich schätzen könne. Als ob ich das nicht schon wüsste.

Sie redete immer noch, als wir in der Garderobe ankamen. Hilary, die gerade ihren Dufflecoat aufhängte und uns den Rücken zugedreht hatte, erstarrte. Ich muss ihr jedoch lassen, dass sie sich fast auf der Stelle umwandte und eine Miene aufsetzte, die als Lächeln durchgehen konnte. »Na, war es schön?«

Und es ist fast rührend, dieser Ausdruck von Überraschung und Entzücken, als ich in dem Moment, in dem Lydia sich umdreht, um ihren Mantel aufzuhängen, Hilarys Arme ergreife. Als Lydia sich wieder umgewandt hat, sind wir schon aus der Garderobe geflüchtet und rennen den Korridor entlang.

Aber selbst dann kapiert Lydia noch nicht. Einen Moment später hören wir, wie sie glücklich hinter uns herruft, wir sollten langsamer gehen, wir würden ihr davonrennen. Was uns natürlich nur noch schneller laufen lässt. Als sie im Klassenzimmer ankommt, sitzen Hilary und ich schon an unseren Pulten.

»He«, sagt Lydia schnaufend und ächzend und fast schon empört. »He.«

Aber wir sind beschäftigt, nicht wahr? Hilary und ich haben ein paar Dinge zu besprechen, Dinge, die sonst niemand mithören darf. Da ist heute kein Platz für sie, nicht bei uns. Sie wird sich neben Moira MacMurray setzen.

Mit der kann sie über Wagner sprechen.
Man sollte meinen, dass die Botschaft bei ihr angekommen wäre, aber das ist ein Irrtum. Es war fast traurig, mit anzusehen, wie sie uns in den ersten paar Stunden immerzu beobachtete und erwartete, es werde sich alles jeden Augenblick ändern und dass wir dann Zeit für sie haben würden.
Aber um die Mittagszeit ist selbst ihr klar, dass das nicht passieren wird. Hilary und ich haben Besseres zu tun. Und außerdem hat sie Moira. Wenn sie Aufmerksamkeit will, kann sie versuchen, die von ihr zu bekommen.
Oh, fast hätte ich es vergessen. Moira ist wie üblich beschäftigt. Moira beobachtet mich, so wie sie es immer tut. Als hätte sie nichts anderes zu tun. Als wäre das der einzige Grund, weshalb sie hier ist. Diesem Mädchen werden eines Tages noch die Augen aus dem Kopf fallen, weil sie zu viel starrt.
»Oh, Kate, was ist bloß mit dir los?« Hilary spricht jetzt, und sie hat einen seltsamen Ausdruck im Gesicht. Es muss daran liegen, dass ich plötzlich sehr still geworden bin.
Denn es ist ein schauerlicher Gedanke, die Vorstellung, dass Moira wegen all dieses Starrens die Augen aus dem Kopf fallen. Jetzt habe ich eine Vision, wie sie auf dem Pult liegen und herumrollen wie zwei dicke Murmeln, losgelöst von Moira, und mich immer noch beobachten.
Da empfiehlt es sich, Lydia zu beobachten, nur um auf andere Gedanken zu kommen, so wie man Kätzchen beim Spielen zusieht, nur um die Zeit totzuschlagen. Lydia ist einfach. Ein halber Tag in der Schule, und ihr ist so elend zu Mute, dass sie ihn schon fast vergessen hat. Jetzt wünscht sie nur, nach Hause zu kommen – das heißt, zu sich nach Hause.
Das ist der Vorteil, wenn man *Es* hat. Leute sind durchsichtiger als Fensterscheiben. Man kann sie nach Herzenslust be-

obachten. Jede Kleinigkeit sehen, die unter der Oberfläche vorgeht.

Am Ende des Nachmittags, als die Glocke läutet, weiß sie nicht, was sie mit sich anfangen soll. Hilary und ich sind beschäftigter als je zuvor. Hilary nimmt mir das Versprechen ab, sie heute Abend anzurufen, sobald wir zu Hause sind, und ich erkläre mich natürlich einverstanden. Und natürlich werde ich nichts dergleichen tun. Bei uns zu Hause muss man das Telefon in Ruhe lassen. Wie sonst sollten Leute durchkommen, wenn sie ihn erreichen wollen? Ich meine die Bedürftigen, die wissen, dass sie ohne ihn nicht zurechtkommen können.

Außerdem sieht Lydia, dass es zwecklos ist, und geht allein hinaus – in genau dem Augenblick, in dem auch jede andere in der Schule das tut. Aber habe ich es nicht schon gesagt? So macht man sich unsichtbar. Eine kleine Ameise unter fünfhundert. Doch diesmal stellt sich die Wirkung augenblicklich ein. Ich habe noch nie einen Menschen so schnell verschwinden sehen. Auch die anderen Mädchen können sie nicht sehen, die an ihr vorbeirennen, als wäre sie gar nicht da.

Es ist tatsächlich eindrucksvoll, wie unsichtbar Lydia geworden ist. Direkt vor dem Schultor stößt Mrs. Chatto mit ihr zusammen und prallt erschrocken zurück. *Du lieber Himmel, Kind, ich habe dich gar nicht gesehen …* Und geht dann weiter, als wäre nichts passiert. Ich wette, dass sie keinerlei Erinnerung daran haben wird, Lydia dort getroffen zu haben, wenn man sie später fragt, ganz zu schweigen davon, dass sie das arme Mädchen beinahe im Kies des Schulhofs untergepflügt hätte.

Aber Hilfe ist nahe. Gerade als Lydia den Bürgersteig betritt, geht eine Autotür auf. Lydia bleibt zitternd stehen. Wenn

man sie aus einiger Entfernung beobachtet, ihre Gestalt, die wild herumrudernden mageren Arme und knochigen Beine, ist es so, als sähe man vor sich die Buchstaben des Alphabets, die eine Reihe von Wörtern buchstabierten. Überraschung, Unglauben, Erkenntnis. Und schließlich Erleichterung.
Dad sitzt im Wagen. Alles, was sie vergessen hat, wird ihr wieder einfallen.
Einen Augenblick später bin ich direkt neben ihr. Er soll schließlich nicht denken, ich hätte mich nicht um sie gekümmert. Und dann wird gelächelt und umarmt. Nur wir drei. Hilary muss bleiben, wo sie ist. Muss warten, bis sie aufgefordert wird, in den magischen Kreis einzutreten.
Doch das passiert nicht. Obwohl sie keine eineinhalb Meter entfernt ist, tut Dad so, als sähe er sie nicht. Hilary könnte ebenso gut nicht da sein. Er übersieht sie wahrhaftig.
Ich weiß nicht, wie er das schafft. Irgendwie weiß er es immer. Er weiß, welche Mühe Hilary bis heute dafür aufgewendet hat, sicherzustellen, dass Lydia ignoriert wird und sie sich elend fühlt. Jetzt bekommt sie, was sie verdient.
Und so verlassen wir sie, wie sie – vergessen und den Tränen nahe – immer noch auf dem Bürgersteig steht. Jetzt ist Hilary an der Reihe, zu verschwinden. Und wie zum Beweis kommt Mrs. Chatto wieder, schreitet auf dem gleichen Bürgersteig entlang und weiß allem Anschein nach genau, wohin sie ihre Schritte lenkt – und doch stößt sie einen Augenblick später genau mit *ihr* zusammen, mit Hilary. Ein lautes Aufeinanderprallen von Körpern. Aber den Bruchteil einer Sekunde später kann man Chatto von den Lippen ablesen: *Du lieber Himmel, Kind, ich habe dich gar nicht gesehen …*

Als wir losfuhren, beginnt wieder die Musik im Kassettenrekorder, die gleiche wie am Morgen. Er ignoriert den Verkehr

und dreht sich um, um mich anzusehen. *Nun?*, sagt er, wenn auch nicht laut. Dad und ich, wir brauchen keine Worte. Ich brülle ihm sofort die Antwort entgegen.
»Wagner.«
Da strahlt er. Infolgedessen ist der Wagen voller Sonnenschein, obwohl es draußen dunkel wird und die Lichter von den Scheinwerfern der anderen Wagen, die uns anblitzen, unfreundlich zu sein scheinen und ohne Wärme, als gäbe es nicht genug Straße für alle. Das macht jedoch nichts, denn alle Wärme, die man sich nur wünschen kann, gibt es hier direkt in diesem Wagen.
Irgendwann beginnt es jedoch selbst Lydia aufzufallen, dass die anderen Autos uns anblitzen wollen. Ich könnte wetten, wenn *ihr* Vater fährt, passiert das nicht. Ihr Vater ist wahrscheinlich damit zufrieden, einfach mit dem Strom mitzuschwimmen. Aber mein Vater ist eben anders. Er fährt im Einklang mit seinen Überzeugungen, während ihr Vater, wenn ich mich nicht sehr irre, gar keine Überzeugungen hat, nach denen er fahren kann.
Und wenn wir gerade von Überzeugungen sprechen, jetzt ist es am interessantesten, Lydia zu beobachten. Man könnte fast glauben, es sei ein Test, wie er sie, wenn auch nur gelegentlich, von der Seite anblickt, bevor wir eine Hügelkuppe erreichen oder einen entgegenkommenden Wagen.
Falls es ein Test ist, würde ich sagen, sie besteht ihn. Als wir wieder eine Kurve nehmen oder den Rand eines Bordsteins schneiden, und zwar so leicht, wie ein Engel mit seinem Flügel das Schlafzimmerfenster berührt, verzieht Lydia keine Miene. Kein einziges Mal. Sie glaubt an *ihn*, an meinen Dad.
Der sich nach einer Weile zu ihr umdreht und sagt: »Lydia, Liebes, war es heute schön mit unserer Kate? Kümmert sie sich so um dich, wie sie sollte?«

Jetzt folgt eine Stille, die nicht einmal die Musik füllen kann. Lydia blickt aus dem Fenster auf die Landschaft, die so schnell in Dunkelheit versinkt. Wenn sie jetzt ein falsches Wort sagt, wird die Wärme in unserem Wagen verschwinden, und es wird kälter sein, als wenn wir uns draußen befänden.
Und doch versteht Lydia. Ich glaube, sie hat sogar gelernt. »Sie ist wunderbar gewesen, Mr. Carr. Die beste Freundin, die sich ein Mädchen nur wünschen kann.«
Kein Wort über Hilary oder Moira MacMurray oder darüber, dass sie allein, übersehen und unsichtbar dasitzen musste. Infolgedessen steigt die Temperatur im Wagen noch ein Grad höher. Dad dreht die Musik leiser und beginnt, uns von *seinem* Tag zu erzählen. Darüber, wie viele Tassen Tee er getrunken hat, wie viele Hunde er gestreichelt und wie viele Probleme er gelöst hat. Lydia hört zu und weiß, dass die Welt dank ihm ein besserer Ort geworden ist. Sie schüttelt den Kopf und vergisst jede Minute ihres Tages.
Beim Aussteigen ist sie unsicher. Sie erinnert mich sogar ein wenig an die alten Damen am Ende des Gottesdienstes, die über die Schwelle taumeln, weil sie nicht mehr gerade gehen können. Dad muss ihr sofort zu Kopf gestiegen sein.
Im Haus ist die Küche dunkel, und die Gasbrenner sind ausgeschaltet. Keine Spur von Gran. Zum Glück kommt Lydia nicht auf die Idee zu fragen, wo sie sein könnte, denn sonst könnte ich in Versuchung kommen, es ihr zu sagen. Schuld haben die alten Damen, die ewig Zeichen ihres guten Willens mitbringen – Schokolade, Keksdosen, Flaschen mit braunem Sherry. In seiner übergroßen Großzügigkeit überlässt er ihr den Sherry, und dann sehen wir sie für den Rest des Tages nicht mehr.
Doch er beklagt sich nie. Das liegt vielleicht daran, dass er keine Verwendung für den Sherry hat. Es ist die Schokolade,

die er für das Arbeitszimmer aufhebt. Für die Schokolade findet er fast jeden Tag Verwendung. Erziehung, letztlich läuft alles auf Erziehung hinaus. Zuckerbrot und Peitsche – heißt es nicht so? Bitter und süß.

Aber ohne Gran müssen wir uns selbst versorgen. Schinken aus der Dose, Lachs aus der Dose, Birnen aus der Dose. Lydia, die um die Mittagszeit aus irgendeinem Grund keinen Appetit hatte, verschlingt jetzt alles, als hätte sie noch nie etwas Essbares gesehen. Dad zwinkert und lächelt und verspricht, dass sie so dick werden wird, dass kein Mann sie je wird heiraten wollen. Er sagt, das mache allerdings nichts, solange sie dabei ruhig und schweigsam sei, denn das Schweigen einer Frau sei sowieso besser als Schönheit. Und sie hält das für komisch, die Vorstellung, dick und angenehm schweigsam zu sein. O ja, Lydia lacht nur und lacht. Erstickt fast an ihrem Sandwich mit Lachs aus der Dose.

Achtundzwanzig Minuten nach acht, und das Telefon klingelt, was sie überrascht.

»Oh, Mr. Carr, gehen Sie nicht«, sagt sie, als er aufsteht, was man von ihrer Seite für schrecklich aufdringlich halten könnte. Aber er hat ihr so sehr das Gefühl gegeben, hier zu Hause zu sein, sie so glücklich gemacht, dass sie nicht daran denkt, ihre Zunge zu hüten. Noch nicht.

Mir raubte es jedoch den Atem. Die Unbekümmertheit, mit der sie es tat. Die Vorstellung, dass sie ihm *befehlen* könnte, etwas anderes zu tun. Aber mein Dad lächelt nur. Er lässt ihr alles durchgehen, weil sie was Besonderes ist, wie ich vermute, und weil sie neu ist. Und weil er nicht will, dass sie zu ihrer Mutter nach Hause rennt und allerlei Geschichten erzählt und sich aufplustert, während er alles unterm Deckel halten will.

Komisch ist jedoch, dass sie sich nicht nach den Anrufen erkundigt. *Ich* würde fragen, wenn ich sie wäre, wenn mich alles an ihm interessierte, so wie sie es vorgibt. Ich würde wissen wollen, wer jeden Abend um genau achtundzwanzig Minuten nach acht am Telefon ist.

Achtes Kapitel

8

Ich sagte jedoch, dass sie dabei war zu lernen.

Heute Morgen beobachte ich, wie Lydia lange vor irgendeiner Bewegung auf dem Treppenabsatz die Augen aufschlug. Das ist der Trick, verstehen Sie? Sei wach, bevor er dich weckt. Jetzt hat sie Zeit, sich darauf einzustellen, sich zu sammeln – und in diesem Fall all dieses strähnige braune Haar in eine Art Form zu bringen. Lydia versucht, das Beste aus sich zu machen, nur für ihn.

Das ist auch ganz richtig von ihr. Er sagt, dass man über eine Frau alles daran erkennen kann, wie sie ihr Haar trägt. Schulterlänge ist am besten. Nicht zu lang und nicht zu kurz. Kurz lässt ihn an Miss Jamieson denken, der es gleichgültig ist, was die Leute denken. Lang bedeutet, dass man zu sehr daran denkt.

Schulterlänge ist genau richtig. Wie bei mir. Mein bestes Merkmal, sagt er. Manchmal streichelt er es, sagt mir, ich solle stolz sein, dass die Schönheit einer Frau eines der größten Geschenke sei, die Gott Männern gebe. Mein Haar ist anders als seines, heller – Hilary zufolge honigfarben, die *das* wohl aus irgendeiner Zeitschrift hat. Also anders als seines. Doch erst jetzt, wo ich hier liege und Lydia beobachte, denke ich überhaupt daran. Lydias Haar ist strähnig, hat aber die gleiche Farbe wie das ihrer Mutter. Wenn mein Haar anders ist, kann ich es nicht von ihm haben. Woher also stammt es?

Wer hat mir meine Haarfarbe gegeben? Hatte *sie* Haare in dieser Farbe? Die Person, die wir nicht erwähnen?
Tu es nicht. Frage nicht, lass dir den Gedanken nicht mal durch den Kopf gehen. Wichtiger noch, achte darauf, dass *ihm* der Gedanke nicht kommt. Denn wenn ich *ihr* Haar habe, wäre es wie mein Bein eine Erinnerung; nur schlimmer, viel schlimmer. Den Anblick des Beins kann man verbergen, den Schaden, der schon angerichtet worden ist. Aber ein Kopf voller Haare? Was kann man dagegen unternehmen? Er sagt, man könne alles über einen Menschen sagen, indem man sein Haar betrachte. Und was würde passieren, wenn er eines Tages mein Haar ansähe, mich ansähe und stattdessen eine andere sähe? Was würde dann …?
Es ist sieben Uhr. Das Zimmer explodiert. Aber diesmal bin ich es, die einen Satz macht. Während Lydia ruhig bleibt, bin ich diejenige, deren Haare zu Berge stehen und deren Arme und Beine in alle Himmelsrichtungen fliegen. Ich bin diejenige, die einen Schock erleidet.

Später, beim Frühstück, widmet sich Lydia Grans Porridge und zwingt sich, jeden Bissen aufzuessen. Das rächt sich. Noch später, auf dem Rücksitz des Wagens, fängt sie an, entschieden krank auszusehen. Es ist natürlich der Haferbrei, der gegen ihre Magenwände prallt, wenn wir in eine Kurve gehen, und sie daran erinnert, dass sie noch einen langen Weg vor sich hat, bevor sie eine von uns werden kann.
Aber wieder einmal muss man zugeben, dass sie lernt. Vor der Schule murmelt sie etwas und verschwindet. Ich sehe sie erst im Klassenzimmer wieder, wo sie sich schon neben Moira niedergelassen hat und sorgfältig darauf achtet, weder Hilary noch mich anzusehen.
Es ist nur ein Jammer, dass Hilary sich kein Beispiel an ihr

nimmt und versucht, sich ein wenig Zurückhaltung aufzuerlegen. Hilary war heute wahnsinnig lästig. Es ist ihr zu Kopf gestiegen, dass sie meint, mich ganz für sich zu haben, als hätte sie von Dad nichts gelernt, der ihr gestern Abend eine Lektion erteilt hat.

Am schlimmsten ist es, in der Lateinstunde neben ihr sitzen zu müssen, während sie direkt vor Jamiesons Nase ihre Briefchen abschoss, so dass Lydia sie sehen konnte – und wusste, dass keines davon für sie gedacht war.

Solche Dinge sind kindisch. Und ermüdend, wenn man so tun muss, als würde man sie jede Sekunde genießen.

Es war eine Erleichterung, als die Griechischstunde begann – vor allem, da Lydia für uns beide die Schularbeiten gemacht hatte. Wie üblich zollt mir Miss Jamieson keine Anerkennung, nicht mal für eine so gut erledigte Arbeit, und konzentriert sich auf Lydia.

Vielleicht hat sie Angst, ich könnte sie wieder so anlächeln, wie ich es schon mal getan habe.

Versprechungen, Versprechungen.

Doch nach der Griechischstunde ist es die gleiche alte Geschichte. Hilary tut so, als wäre sie die Königin des Tages, und Lydia rückt immer näher an Moira heran, als könnte sie ausgerechnet dort so etwas wie Trost finden.

Doch kurz bevor es klingelt, drücke ich ihr den Arm und lächle, um zu zeigen, dass ich ihr nicht böse bin.

Aber ich traue meinen Augen kaum: Lydia ließ nur ein Schnauben hören und blickte weg. Dabei wird der Wagen draußen schon warten. Da wartet jemand, der alles über alles hören will, über jede Minute unseres Tages.

Was ist, wenn Lydia sich entschlossen hat, sich nicht zu benehmen?

Und es wird noch schlimmer. Die Glocke klingelt, aber Fräulein Griesgram macht sich nicht mal die Mühe, auf mich zu warten, sondern marschiert direkt in die Menge, diesmal aber sicheren Schrittes. Ich muss laufen, um sie gerade noch rechtzeitig einzuholen, so dass wir gemeinsam ankommen, damit es so aussieht, wie es sollte.

»Einen guten Tag in der Schule gehabt, Mädchen?«

Hupen dröhnen, Scheinwerfer blitzen auf. Wir scheren aus und fädeln uns in den Verkehr ein.

»Ja«, rufe ich vom Rücksitz, »o ja.« Aber Lydia, was wird Lydia sagen?

Die Antwort ist – nichts. Lydia sagt exakt gar nichts. Und Schweigen ist natürlich das höchste Eingeständnis. Er dreht sich auf dem Fahrersitz um, ignoriert die Straße, ignoriert alles, nur um sie anzustarren. »Lydia?«, sagt er erneut und hebt die Augenbrauen. »Kein Wort von Lydia?«

Und Lydia schweigt einfach immer noch und starrt aus dem Seitenfenster. Ich spüre, wie sich in meiner Magengrube ein Gefühl von Kälte ausbreitet. Denn so gehen Dinge schief, nicht wahr? Wenn Leute plötzlich erkennen, dass sie Macht haben.

Dumm von mir, wie dumm, Hilary zu erlauben, so weit zu gehen, und Lydia zu erlauben, die Eingeschnappte zu spielen. Lydia zu erlauben, es mir heimzuzahlen.

Und immer noch sagt sie kein Wort. Stattdessen müssen wir dem Geräusch des Schweigens lauschen, das allerlei Geschichten erzählt, dafür sorgt, dass er das Schlimmste annimmt. Selbst der Wagen scheint leiser geworden zu sein, als wir weiterfahren und darauf warten, dass Lydia etwas sagt.

Schließlich eine Antwort. Lydia bricht ihr Schweigen, macht den Mund auf und sagt: »Ich hatte einen wunderschönen Tag, Mr. Carr. Einen absolut fabelhaften Tag.«

Ich muss die Luft anhalten, denn sonst wäre der erleichterte Seufzer zu laut gewesen. Dad grinst uns beide an und dreht sich dann wieder um, um auf die Straße zu achten, und das gerade noch rechtzeitig. Ein Lastwagen kommt laut hupend auf uns zu. Das Gesicht des Fahrers klebt an der Windschutzscheibe, und er sieht uns mit weit offenem Mund an.
Eine schnelle Drehung des Lenkrads nach links, und der Laster verschwindet hinter uns. Aber die Gefahr ist noch nicht vorüber. Noch lange nicht. Tatsache ist, dass ich zu früh wieder zu atmen anfing.
Dad war noch nicht fertig, müssen Sie wissen.
»Und was hat euch am heutigen Tag am besten gefallen?« Er muss alles wissen. Muss das Gefühl haben, selbst da gewesen zu sein.
Aber was antwortet Lydia? Kein Wort über Griechisch. Oder ihre Bestnoten in französischer Orthografie. Oder dass ihre Mathe-Hausarbeit hochgehalten wurde, damit jeder sie sehen konnte. Stattdessen sagt sie: »Latein, Mr. Carr. Latein war das Beste am heutigen Tag.«
Und das bedeutet, dass sie lügt. Weil Latein das absolut Schlimmste am heutigen Tag gewesen sein muss – wenn man Lydia heißt. Zettelchen flogen durch die Gegend, und Hilary kicherte. Lydia war von allem ausgeschlossen.
Aber hier plappert sie einfach weiter und macht ein Gesicht, als meinte sie jedes Wort ernst. »Wir nehmen gerade Cäsars *De bello civili* durch, und das ist wirklich interessant, findest du nicht auch, Kate?«
Ach ja? Manchmal gebe ich einfach auf. Mal ist Lydia wie ein aufgeschlagenes Buch, und mal kann man um nichts in der Welt herausbekommen, was sie vorhat. Vielleicht sagt sie jetzt die Wahrheit. Wer weiß?
Auf dem Fahrersitz hinterm Lenkrad denkt Dad scharf nach.

»Wie lautet das berühmte Zitat daraus? Etwas, das Cäsar selbst sagt?«

Er zeigt natürlich, dass er es kennt. Dass er vielleicht nicht die Schulbildung gehabt hat, die wir bekommen, aber immer noch Bescheid weiß. Über alles. Der Wagen nähert sich immer mehr einer Reihe von Hecken, als er mit dem Problem ringt. Allein Engel korrigieren unseren Kurs. Dann knallt er mit der Faust aufs Lenkrad. »Ich hab's. *Iacta alea est.*«

Und da richtet sich Lydia kerzengerade auf dem Beifahrersitz auf. »Oh, Mr. Carr, das ist *genau* die Stelle, die wir heute durchgenommen haben. *Iacta alea est.* Ich nehme an, Sie erinnern sich daran.«

Das ist gut – ich nehme an. Ich kann mich an nichts in dieser Richtung erinnern. Das liegt nur an Hilary und ihren Zettelchen, die dafür sorgten, dass mir die ganze Stunde im Kopf verschwimmt. Und was haben wir jetzt davon? Plötzlich erinnert sich Dad an mich.

»Kate, mein Liebes. Habe in letzter Zeit nicht viel von dir gehört.«

Ich möchte die Augen schließen. Aber ich kann nicht, weil er mich in seinem Rückspiegel anblickt. Plötzlich weiß ich, was jetzt kommt.

»Iacta alea est«, sagt er. »Berühmte letzte Worte, was?«

»O nein, Mr. Carr!«, lässt sich Lydia vernehmen. »Das waren ganz und gar nicht seine letzten Worte. Sie ...«

Doch er ignoriert sie. Dies ist eine Angelegenheit zwischen uns beiden. Zwischen Vater und Tochter.

»*Iacta alea est,* Kate. Jetzt erzähl deinem alten Vater, was das bedeutet.«

Was es bedeutet, ist ein weiteres Schweigen. Weil ich es nicht weiß. Wie könnte ich auch, weil Hilary mit ihren Zettelchen da war? Man kann unmöglich an so viele Dinge auf einmal denken. Etwas geht dabei unweigerlich verloren. Das muss er doch verstehen. Manche Leute müssen bei der Stange gehalten werden. Hilary muss bei der Stange gehalten werden. Und was ist mit Fiona McPherson?

Doch es hat keinen Zweck. Ich habe was verpasst und nichts zu sagen …

»Ah, Kate. Kate, meine Liebe.« Und er seufzt und wendet sich wieder der Straße zu, als ob die Sache damit ausgestanden wäre.

Als ob.

Dann berührt etwas meine Hand. Ich blicke hinunter und sehe, dass Lydia mir mit einem zusammengerollten Stück Papier das Handgelenk kitzelt. Ich nehme es, wickele es auseinander – und lese die winzigen Worte in säuberlicher Druckschrift: »*Iacta alea est* = der Würfel ist gefallen.« Was immer das bedeutet.

Tatsache ist, dass es nicht darauf ankommt, was es bedeutet. Vorn im Wagen erstarrt Dad und hebt dann die Hände hoch. Er dreht sich noch mal um, aber diesmal, um mich anzulächeln, mein Knie zu ergreifen und es fest zu drücken. »Das ist meine Kate, das ist meine schlaue Kate. Du hast es die ganze Zeit gewusst, nicht wahr, meine Liebe?«

Und ich nicke, nicke wie verrückt. Doch als es vorbei ist und der Wagen wieder geradeaus fährt, greife ich mit der Hand verstohlen nach der Lydias. Ergreife sie und halte sie fest. Sie sieht mich überrascht an, lächelt dann aber. Obwohl sie es nicht weiß.

Lydia hat keine Ahnung, was passiert ist. Da sieht man es mal wieder. Leute können unermesslich Gutes tun und nicht einmal ahnen, was sie getan haben.

Als wir aussteigen, lächelt Dad immer noch. Legt sogar den Arm um mich. Ich kann die Wolle seines Tweedjacketts rie-

chen und den allgegenwärtigen Duft von etwas anderem, von etwas, was immer da ist. Süßlich. Parfümiert.
Aber im Haus ergreife ich Lydias Hand erneut, und dann laufen wir zusammen an Gran vorbei, die uns mit offenem Mund anstarrt, als wir durch ihre Küche in den Flur rennen und dann nach oben zum Schlafzimmer. Lydia lacht laut auf, hat aber keine Ahnung, worüber sie lacht. Gran erhebt die Stimme, um sich über den Lärm zu beklagen, aber *er* hört nicht auf sie. *Lass es, Mutter.* Seine Stimme dringt bis nach oben. Er sorgt dafür, dass wir ihn hören können. *Nichts geht über den Klang unschuldiger junger Stimmen. Gute Mädchen sind Gottes Gabe an alle Männer.* Lydia lauscht mit halb offenen Lippen und errötet wie das gute Mädchen, das sie ist.
Und das Wundervolle ist, er spricht von uns beiden, nennt Lydia und mich in einem Atemzug, benutzt ein Wort, um zwei zu beschreiben. Man könnte sagen, dass Lydia das geschafft hat. Sie hat ihn dazu gebracht, doppelt zu denken. Ihn dazu gebracht, doppelt zu sehen. Jetzt geht es nicht mehr nur um mich. Geteilte Aufmerksamkeit ist halbe Aufmerksamkeit.
Es sind solche Dinge, die einen wünschen lassen, sie würde einen Monat bleiben. Nein, nicht einen Monat, ein ganzes Jahr.
Zeit zum Abendessen, und ich könnte darauf wetten, dass Lydia haargenau das Gleiche sagen würde. Sie könnte sich nicht mehr wünschen. Sie sitzt neben Dad und ist der absolute Mittelpunkt der Aufmerksamkeit. Es muss ein Gefühl sein, als wäre sie über Nacht zu Laura geworden, jedermanns Lieblingsmädchen.
Und Dad ist so komisch. Lydia war zunächst entsetzt, als sie seine Nachahmung von Miss Jamieson hörte, männlich und gebieterisch. Eine halbe Minute später jedoch lachte auch sie.

Eines steht fest: Sie wird Jamieson nicht mehr im selben Licht sehen wie zuvor.
»Oh, Mr. Carr«, sagt sie immer wieder. »Sie sollten auf der Bühne stehen.« Aber sie erkennt es nicht. Genau dort steht er ja, jede Minute des Tages, auf der Bühne.
Und es ist mir gerade erst eingefallen, als ich ihn dabei beobachtete, als er Jamieson imitierte. Dad muss von Miss Jamieson die ganze Zeit gewusst haben, dass sie nicht anders ist als die Sportlehrerin. Das erklärt, warum er sie in Ruhe lässt und nie den Versuch macht, sich mit ihr gut zu stellen. Alle anderen Lehrerinnen lässt er wie junge Mädchen erröten, wenn er ihnen begegnet, und lässt sie alle erhitzt und verwirrt zurück. Aber bei Miss Jamieson endet das. Er begibt sich nie in ihre Nähe, es sei denn, es geht nicht anders.
Das ist es, was es bedeutet, *Es* zu haben. Man weiß, wann man andere in Ruhe zu lassen hat. Mein Dad hat *Es* im Überfluss. Sogar mehr als ich.
Um Punkt acht Uhr jedoch steht er auf. »Zeit für einen Spaziergang zur Kirche, Mädchen. Dort wartet jemand schon die ganze Zeit, um ein Wort mit dem alten Keith Carr zu reden.«
Lydia macht den Mund auf, und man ahnt schon, was sie zu sagen gedenkt. Wer könnte so spät abends in einer einsamen Kirche auf ihn warten? Dann sieht sie das Licht in seinen Augen, sieht, wie seine Hände in seinen Taschen ruhen. Sie sieht seine mächtige Gestalt, seine Kraft – und da fällt der Groschen. Ein ehrfurchtsvoller Ausdruck breitet sich auf ihrem Gesicht aus. Es ist die Vorstellung von Gott, der darauf wartet und wider aller Vernunft darauf hofft, dass *er* aufkreuzen wird, mein Dad.
Aber er wird sich beeilen müssen. Nach meiner Berechnung hat Dad noch siebenundzwanzigeinhalb Minuten, bis das Telefon klingelt.

Die Hintertür schlägt zu, und wir machen mit dem Abwasch weiter. Dabei wendet sich Lydia jedoch an mich. Und nicht nur an mich, sondern auch an Gran. Es ist komisch, dass ihr der Unterschied zwischen Gran und anderen alten Damen nicht aufgefallen ist. Sie glaubt, vor ihr alles sagen zu können, dass in ihr keinerlei Bosheit steckt. Und das nur, weil sie alt ist wie ihre Tante Jane, die keiner Fliege was zu Leide tun würde.

Nur so ließe sich erklären, wie sie tun konnte, was sie als Nächstes tat, nämlich urplötzlich herauszuplatzen, als hätte es sich in ihr aufgestaut, als könnte sie es keinen Moment länger zurückhalten: »Ich liebe es hier. Alles ist genau richtig, wie es ist. Ihr seid so glücklich, ihr drei. Du *brauchst* nicht mal eine Mutter, Kate.«

Und da ist es wieder passiert, dass *sie* erwähnt wurde. Jetzt steht Gran stocksteif da und starrt sie an, wir beide tun es. *Warum* kann Lydia die Regeln nicht begreifen? Wenn er wieder da ist, wird Gran ihren großen Auftritt haben. Wenn sie allein sind.

Mein Bein tut mir weh. An andere Gelegenheiten, als es schlimmer war als das hier, kann ich mich nicht erinnern.

Aber was ist das? Plötzlich stimmt etwas nicht mit Gran, etwas verändert die Form ihres Gesichts und verändert es so, dass man sie kaum wiedererkennt. Sie ist sich so unähnlich, dass ich nicht wissen würde, wer sie ist, wenn ich jetzt in die Küche käme.

Gran *lächelt.* Sieht Lydia an und lächelt. Und wissen Sie, warum? Es ist wegen Lydia, weil sie uns sagt, wir seien glücklich, wir brauchten niemanden sonst – besonders nicht *sie*, diejenige, die weggegangen ist. Wir seien einfach vollkommen, wie wir seien.

Und genau in diesem Augenblick geht die Tür auf.

»Oh, Mr. Carr. Sie sind wieder da.«

Dann hält sie inne, weil selbst Lydia, die *dämliche* Lydia, erkennen kann, dass er nicht derselbe Mann ist, der uns vorhin verlassen hat. Langsam geht er zum Tisch und setzt sich schwer hin, als wäre er erschöpft. Sieht uns nicht an. Lydia sieht sein Gesicht und denkt, er ist müde, das ist alles, und deshalb bleibt er sitzen und ballt die Hände zu Fäusten und starrt auf den Tisch. Aber ich kenne diesen Blick, das Vorspringen des Unterkiefers. Ich weiß, wann sich Macht in seinen Händen konzentriert. Ich kenne sogar das Geräusch, wenn sein Atem schwer geworden ist. Dies ist nicht Erschöpfung. Dies ist etwas weit Schlimmeres.

Aber Lydia hat noch immer nicht begriffen. »Oh, Mr. Carr, was ist nur …«

Aber ein Blick von ihm bringt sie zum Schweigen. Nur ein einziger Blick. Ihr klappt der Unterkiefer herunter, und ihr Gesicht ist ein Bild der Verwirrung.

Dann hebt Dad ohne ein Wort eine Faust von der Tischplatte. Öffnet sie. Hoch oben von seiner Handfläche fällt ein winziges Papierkügelchen herunter, das mit einem kaum hörbaren Aufprall auf dem Tisch landet und auf seine andere Hand zurollt.

Er stößt es an.

»Im Wagen habe ich *das hier* gefunden, unten hinter dem Vordersitz.«

Und natürlich erkennen wir es auf der Stelle, auch wenn die Worte unsichtbar sind. *Iacta alea est.*

»Nun?« Das sagt er zu mir, nur zu mir. »Was hast du zu sagen? Wer hat dies geschrieben?«

Aber der einzige Laut kommt von Gran drüben am Herd, die dasteht und sich ein altes feuchtes Küchenhandtuch an den Mund presst. Dies sind die Augenblicke, für die sie lebt, aber sie hat Angst, sie könnte in ihrer Erregung zu viel Lärm machen und ihn so ablenken. Sie sollte sich da keine Gedanken machen. Er ist taub für sie, so wie er auch blind für sie ist, wenn er es für richtig hält, und hört jetzt gar nichts. Hier gibt es nur mich, die ich nichts sage. Dad und ich, wir sind allein.

Plötzlich jedoch lässt Gran so etwas wie ein warnendes Na! Na! Hören. Da geht mir aus irgendeinem Grund auf, dass ich mir an das Haar fasse. Sie wird es als leichtfertiges Herumfingern sehen. Ich halte die Hand still, aber es ist zu spät. Langsam bewegt sich sein Blick von meinem Gesicht zu meinem Kopf, zu dem Licht, das auf meinem Haar leuchten muss. Haarfarbe von Honig. Nicht wie bei ihm, und seine Augen werden schmal. Es ist, als stünde er kurz davor, etwas zu bemerken, etwas zu sehen, was vor seinen Blicken verborgen war. Bis jetzt.

Dann antwortet eine Stimme. »*Ich* habe es geschrieben.«

Die Stimme gehört Lydia. Sie spricht, als wäre sie überrascht, als dächte sie, das Ganze sei nichts weiter als ein kleiner Irrtum. Nichts, worüber man sich aufregen müsste.

Törichte Lydia. Dämliche Lydia. Sie hat keine Ahnung. Jetzt hat sie sich selbst in den Mittelpunkt gerückt. Jetzt ist sie nicht sicher, nicht mehr.

Aber er blinzelt. Sein Blick verlässt mein Haar und bewegt sich suchend weiter, bis er Lydia findet. Eine Sekunde später hören wir ein winziges Geräusch. Es kam von Lydia, die zum ersten Mal in ihrem Leben entdeckt hat, dass es manchmal besser ist, vergessen zu sein, am besten, wenn man überhaupt nicht beachtet wird.

Sie hätte tun sollen, was Hilary getan hätte. Das Zimmer verlassen, es mir überlassen, ihm. Seiner Einzigen.

Aber geteilte Aufmerksamkeit ist halbe Aufmerksamkeit. Jetzt gibt er uns beiden ein Zeichen. Wir müssen uns hinsetzen und anhören, was er zu sagen hat, Lydia und ich, da wir beide in die Sache verwickelt sind.

Er hebt das Kügelchen auf, drückt es platt, wischt dann die Hände an seinem Taschentuch ab, um etwas wegzuwischen, was nur Schmutz sein kann. Der zusammengerollte Papierfetzen bleibt zitternd auf der Tischplatte liegen.

»*Iacta alea est.* Der Würfel ist gefallen.« Er sieht Lydia an. »Du hast dies geschrieben? Warum?«

Er weiß natürlich, warum. Er möchte es sie aber sagen hören. Dass sie es geschrieben hat, weil ich es nicht wusste, und weil sie ihn glauben lassen wollte, ich wüsste es. Mit anderen Worten, dass wir beide gelogen haben. Ihn getäuscht und angelogen haben. Genau das will er sie sagen hören.

Aber die Leute tun nicht immer, was man erwartet. Lydia rührt sich, dann seufzt sie, und mit dem Seufzen zittert ihr ganzer Körper, als wäre mit diesem einen Ausatmen nichts mehr von ihr übrig. Aber dennoch sagt sie kein Wort. Kein einziges Wort. Und das Schweigen setzt sich fort, und das nur ihretwegen, Lydia.

Es ist eigenartig, dem zuzusehen. Zu sehen, wie es einer anderen widerfährt, beide Seiten zu sehen. Ich kann sogar ein Problem erkennen. Er sagt, die Wahrheit sei alles, und bis wir beide nur die Wahrheit im Munde führen und sie für jeden verständlich laut und deutlich äußern, können wir nie erlöst werden. Aber er kann ihr die Wahrheit nicht in den Mund zwingen. Auf Lydia kann er nicht einwirken. Lydia hat eine Mutter. Sie würde nach Hause gehen und ihr alles erzählen. Doch dies ist mein Vater, und es gibt andere Möglichkeiten.

Er seufzt, legt sich die Hand vor die Augen und senkt den Kopf.

»Ich weiß nicht, was ich sagen soll. Gott ist mein Zeuge, ich weiß nicht, was ich sagen soll.«

Und die Bestürzung ist ihm deutlich anzumerken. Wie kann Gott das Böse verstehen? Einen Augenblick später jedoch hebt er den Kopf von den Händen und macht eine fast hoffnungsvolle Bewegung zu Lydia hin. Doch schließlich wendet er sich ab, als wäre ihr Anblick mehr, als er ertragen kann, und schreit auf wie vor Schmerz. »Und ich dachte, du wärst ein *gutes* Mädchen.«

Und das ist alles. Denn was ist sonst noch nötig? Sehen Sie sich Lydia doch jetzt an.

Lydia hat seinetwegen zu atmen aufgehört, wegen seiner Enttäuschung. Sie sollte aber atmen. Lydia sollte atmen. Sie sollte ihm die Wahrheit über den Zettel erzählen, dass sie ihn für mich geschrieben hat. Sie könnte all das hier umkehren. Zumindest für sich.

Aber sie sagt kein Wort. Kein einziges Wort.

»Kate?« Dad sieht mich an. Es ist ein gefährlicher Moment, der Augenblick, auf den ich gewartet habe. Aber geteilte Aufmerksamkeit ist halbe Aufmerksamkeit, und die Gefahr könnte weitaus größer sein.

»Kate«, sagt er erneut. »Nimm … geh mit Lydia nach oben. Und morgen …« Aber er bringt es nicht über sich, noch ein Wort zu sagen. Außerdem braucht er es gar nicht. »Morgen …«

»Mr. Carr«, flüsterte Lydia und unterbrich ihn. »Oh, Mr. Carr, ich …«

Aber egal, was sie zu sagen hat, es ist zu spät, denn jetzt klingelt das Telefon.

Was ein wenig überraschend ist, denn selbst jetzt scheine ich mir einen verstohlenen Blick auf die Uhr nicht verkneifen zu können, und es ist erst siebenundzwanzigeinhalb Minuten nach acht.

Aber er hat den Unterschied nicht bemerkt. Ein weiterer

Seufzer, und er wuchtet sich vom Tisch hoch. Und das ist der Moment, in dem wir ihn plötzlich taumeln sehen, als hätte er das Gleichgewicht verloren. Er fängt sich, doch es zeigt, was wir ihm angetan haben. Oder, um genau zu sein, was Lydia ihm angetan hat.

Draußen im Flur hört das Klingeln auf. Obwohl das Lydia egal ist. Sie starrt den Tisch an, den kleinen Fetzen Papier, mit dem das alles angefangen hat. Sie scheint in einer Art Schockzustand zu sein; ihre Lippen bewegen sich, als spräche sie ein Gebet, ein Gebet, das man nicht laut sprechen darf.

Aber dann das Unerwartete. Die Tür geht auf, und da ist Dad wieder. Er sieht Lydia an und sagt einfach: »Es ist für dich.«

Gleichzeitig sieht er mich an. Geh mit ihr, will er damit sagen. Natürlich nicht mit Worten. Es müsste inzwischen klar genug sein. Wir brauchen nicht immerzu Worte zu wechseln, Dad und ich.

Wenn ich mich also zunächst nicht bewege, liegt das nicht daran, dass ich ihn nicht verstanden habe. Es ist wegen des Schocks. Warum muss Lydia Dads Anruf entgegennehmen? Gran muss mir einen Rippenstoß geben, damit ich tue, was Dad mir gesagt hat.

Draußen im Flur hat Lydia den Hörer in die Hand genommen, aber obwohl sie ihn in beiden Händen hält, hört sie nicht auf zu zittern, als sie ihn ans Ohr drückt. Es gibt eine kurze Pause, als sie lauscht, dann entschlüpft ihr hoch oben in der Kehle ein kleines Wort.

»Daddy!«

Es muss ein schrecklicher Laut sein, dieses Wort am anderen Ende der Leitung zu hören, über das Meer und unter den Alpen hindurch bis zum fernen Ende Italiens. Ein kleines Wort. Woher können sie überhaupt wissen, dass es von ihrer Tochter kam? Vielleicht sind sie sich nicht einmal jetzt sicher. Er hörte sich eher wie ein Vogel als sonst etwas an, wie etwas, was aus dem Nest gefallen ist.

Und dann fängt sie natürlich an zu weinen. Aber selbst dies muss besser sein als dieses eine Wort, das ihr entschlüpft ist. Riesige dicke Schluchzer, aber trotzdem sehr viel besser, weil nicht misszuverstehen ist, zu wem sie gehören. Sie ergeben allerdings keinerlei Sinn. Was müssen sie nur denken?

Die Antwort lautet: Was immer sie denken, es ist nicht schlimm genug. Es sei denn, sie erinnern sich an den Laut dieses *Daddy*.

Doch gerade als ich denke, ich werde dem Ganzen ein Ende machen und ihr das Telefon wegnehmen müssen, kommt Dad aus der Küche, tritt leise von hinten an Lydia heran und tippt sie leicht auf die Schulter. Mir erscheint es unmöglich, dass sie es spürt, nicht angesichts der Wucht ihrer Schluchzer, die ihren ganzen Körper schütteln.

Ich habe mich geirrt. In dem Moment, in dem er sie berührt, wirbelt sie herum und lässt beinahe den Hörer zu Boden fallen. Doch er stützt sie und streckt eine Hand aus, um ihr die Wange zu streicheln – oh, wie sanft – und nimmt ihr dann das Telefon weg.

Danach ist er ganz der Alte. Die Worte, die er ins Telefon murmelt, sind ruhig, aber deutlich genug, um über all diese Meilen hinweg gehört zu werden, mögen auch Berge und Meere dazwischen liegen. Nach dem, was Lydia ihnen gerade übermittelt hat, müssen sie sich wie die stille kleine Stimme der Ruhe anhören.

Und was sagt er? Er sagt ihnen, dass alles bestens ist. Dass es ein Missverständnis gegeben hat. Dass Mädchen eben Mädchen seien, dass aber kein großer Schaden geschehen sei. Vielleicht gebe es etwas, was sie bei ihrer Rückkehr mit Lydia besprechen müssten, etwas, was ihr nur helfen könne. Es

gebe aber keinen Grund zur Sorge. Lydia sei in guten Händen. Lydia sei sicher.
Ich bin neugierig und möchte nur zu gern wissen, wer am anderen Ende den Hörer in der Hand hält. Ich habe das Gefühl, dass es immer noch ihr Vater sein muss. Wegen des Schweigens, weil niemand mit ihm streitet, habe ich das Gefühl, dass es nicht ihre Mutter sein kann.
Aber Dads Worte haben den gewünschten Effekt – zumindest auf Lydia. Sie starrt zu ihm hoch, lauscht mit feuchten Augen und hoffnungslos beschlagener Brille. Aber sie weint nicht mehr. Kurz darauf ist es ungefährlich, ihr wieder den Hörer in die Hand zu drücken.
Nicht dass man die Unterhaltung normal nennen könnte, selbst jetzt nicht. Sie hört sich hölzern, fast säuerlich an, erzählt ihnen, alles sei in Ordnung, es sei überhaupt nichts passiert. Aber ich glaube auch nicht, dass man mit Lydia am Telefon je viel hat anfangen können. Wichtig ist, was zum Schluss kommt. Es fällt ihr schwer, sie zu überzeugen, verstehen Sie? Oder einen von ihnen. Ich würde sagen, dass jetzt ihre Mutter mit ihr spricht, die offenbar nicht bereit ist, die Sache auf sich beruhen zu lassen, sondern immer weiter und weiter spricht, bis Lydia schließlich sagt – oder vielmehr ruft: »Hör mal, ich sage dir ein für alle Mal, dass es nur meine Schuld war.«
Und knallt den Hörer auf die Gabel. Einfach so.
Habe ich vor einiger Zeit schon gesagt, dass sie schnell lernt? Das ist vielleicht ein wenig zu schwach ausgedrückt. Wenn sie mich fragen, lernt Lydia zu schnell, als vergäße sie alles andere, was sie je gewusst hat.
Aber ob das einen Unterschied macht? Jetzt ist alles ruhig. Dad starrt auf sie hinunter, und man weiß, was er tut; er fragt sich, ob er ihr eine zweite Chance geben soll. Er versucht,

sich darüber klar zu werden, versucht zu entscheiden, was am besten ist. Zwecklos, ihn antreiben zu wollen. Ebenso zwecklos, hoffen zu wollen. Wir können nur warten. Unterdessen ist hinter uns die Küchentür aufgegangen, und da steht Gran. Jetzt sind wir also alle da und warten, und keiner von uns weiß, was passieren wird.

Dann lächelt Dad plötzlich, strahlt uns an und erfüllt den Flur mit solcher Wärme und einem Licht, wie es sie hier noch nie gegeben hat. Er streckt die Arme aus.

»Kommt her, ihr beide.« Und wir gehen zu ihm.

Niemand, *kein Mensch*, kann einen so gut umarmen wie er. Lydia muss das Gefühl haben, als würde sie in den Himmel gehoben. Man sehe sie nur an, wie sie an seiner ärmellosen Weste schnieft und den gleichen Duft von Wolle und Süße einatmet, den ich schon seit Jahren kenne. Es ist ein Moment, den sie genießen muss, an den sie sich immer erinnern sollte.

Immer noch mit seinen Armen um uns, drehen wir uns um, um in die Küche zurückzugehen, als das Telefon noch einmal klingelt. Das Geräusch lässt Lydia zusammenfahren, und sie macht wieder ein ängstliches Gesicht. Aber sie braucht sich keine Sorgen zu machen. Es ist nicht für sie, diesmal nicht. Gran und ich, wir wissen genau, wer es ist, der es jetzt wieder versucht, nachdem vorhin besetzt war. Dad sieht uns an, verdreht die Augen und zieht dann die Arme zurück, um abzunehmen.

Doch diese Lydia ist unverfroren. Wenn ich sie nicht weggeschleift hätte, wäre sie einfach dort stehen geblieben, hätte die Lauscher aufgestellt und Dinge belauscht, die nichts mit ihr zu tun haben.

Und sie ist immer noch zu sehr mit sich beschäftigt, um die nahe liegende Frage zu stellen, wer da anruft.

Neuntes Kapitel

Somit ist jetzt nichts mehr ganz so, wie es war. Nicht für Lydia. Am deutlichsten sieht man es in der Schule. In der Schule lebt sie in einer eigenen Welt und träumt von dem, was danach kommt, wenn wir nach Hause gehen. Die Schule ist nicht mehr als eine Unterbrechung.

Und das wird Miss Jamieson geboten. Derlei ist sie nicht gewöhnt, nicht von ihrer Starschülerin. Die Stunde ist gerade zur Hälfte herum, da wird es zu viel, selbst ihr.

»Lydia Morris«, sagt sie mit dröhnender Stimme. »Setz dich bitte gerade hin und hör zu.«

Lydia fährt zusammen, wird endlich wieder wach und starrt Miss Jamieson mit aufgerissenen Augen an. Es ist dieser alte Ausdruck des verängstigten Kaninchens, den wir so gut kennen und lieben. Doch dann ticken die Sekunden der Uhr im Klassenzimmer weiter, und nach und nach geht eine Veränderung mit ihr vor. Lydias Mund beginnt zu zucken, und dann zittern ihre Schultern, etwas, was nicht einmal ihr Schulblazer verbergen kann. Weil sie, ob Sie es glauben oder nicht, weil sie *lacht*. Sie gibt sich die größte Mühe, es zu verbergen, lacht aber trotzdem.

Sie können sich natürlich vorstellen, was dann passierte. Es ist Dad mit seinen Imitationen, die Miss Jamieson ähnlicher sind als Miss Jamieson selbst. Und jetzt kann Lydia dank Dad nichts anderes mehr sehen als die komische Seite.

Und Miss Jamieson? Sie schürzt verärgert die Lippen. Aber sie ist verwirrt, vielleicht sogar entsetzt. Dies ist nicht die Lydia, die sie kennt. Und damit hat sie Recht. Denn obwohl Lydia sich wieder beruhigt, hat sich etwas verändert. Sie wird nie mehr so sein wie zuvor. So kann sie beispielsweise nicht damit aufhören, unruhig hin und her zu rutschen. Sie ist vollkommen unfähig, still zu sitzen. Rutscht ständig auf ihrem Sitz hin und her und sieht aus dem Fenster, hält nach etwas Ausschau, was noch lange nicht da sein wird. Oder nach jemandem.

Nein, dies ist nicht die Lydia, die wir kennen. Die gibt es schon lange nicht mehr, würde ich sagen.

Es ist fast eine Erleichterung, zum Mittagessen hinunterzugehen. Wir werden den Speisesaal für uns haben, und dann kann Lydia nach Herzenslust ihren Tagträumen nachhängen. Und Miss Jamieson kann einen ruhigen Ort finden und sich fragen, was mit Lydia passiert ist.

Aber wie sich herausstellt, war meine Annahme, wir hätten den Speisesaal für uns, ein Irrtum. Eine andere Person ist schon da, genauso verspätet wie wir, sitzt sie allein an einem Tisch und nimmt ihr Essen zu sich. Moira MacMurray blickt hoch, als wir durch die Tür treten, und isst dann weiter ihr geschnetzeltes Frühstücksfleisch.

Lydia hält inne, schüttelt sich leicht – und geht dann direkt auf sie zu und zieht einen Stuhl heran. Vielleicht ist ihr das Sitzen neben Moira in den letzten Tagen zur zweiten Natur geworden. Aber selbst das erklärt nicht, weshalb sie dann so dasitzen kann, wie sie es tut, indem sie nämlich ihren Stuhl so nahe heranrückt, dass sie sich praktisch gegen Moira lehnt. Wenn man sie beobachtet, könnte man fast glauben, sie säße *gern* neben Moira.

Ich nehme an, es könnte einen Grund dafür geben. Wenn wir

uns auf einem Berg oder an einem Strand befänden, könnte man es sogar natürlich nennen. Moira wäre der beste Windschutz der Welt, so riesig, dass sie einen von allem abschirmen würde. Aber Lydia braucht keinen Windschutz. Du lieber Himmel, wir sind in der Schule, in einem Speisesaal. Nur ich bin noch da. Hier gibt es nichts, wovor man sich schützen müsste.

Und Moira? Sie sagt kein Wort. Es scheint ihr nicht in den Sinn zu kommen, dass eine kleine Unterhaltung bei Tisch wünschenswert sein könnte, um nicht zu sagen – normal. Wahrscheinlich essen sie zu Hause so, Moira und ihre Großmutter, dass keine von beiden ein Wort sagt, glücklich damit, wie sie sind. Zwei alte Damen, die damit zufrieden sind, einfach nur dazusitzen und zu essen und zu starren. So wie Moira mich jetzt anstarrt …

»*Hör auf,* hörst du bitte auf, mich so anzusehen!«

Lydia, die dumme Lydia, macht einen Satz. Fliegt fast an die Decke. Sie denkt, ich brülle sie an. Dabei betrifft es natürlich Moira. Wen sonst, wenn nicht Moira?

Aber vielleicht hat sie nicht ganz Unrecht. Sie hat es nicht erwartet. *Ich* hatte es nicht erwartet. Die Worte schienen mir von ganz allein aus dem Mund zu sprudeln. Es hatte nichts mit mir zu tun. Warum sollte *ich* wohl brüllen? Moira kann starren, so viel sie will. Das ist kein Problem.

Außerdem hat es kein bisschen an dem Starren geändert. Stimmt zwar, dass Moiras Kiefer sich jetzt für eine Sekunde oder so nicht mehr bewegen. Und habe ich mir das eingebildet, oder blinzelt Moira? Das Problem ist, dass Moira nicht mal so blinzelt wie andere Menschen. Eine blinzelnde Moira lässt einen an die Blende einer Kamera denken, die sich plötzlich schließt. Ein weiteres Bild für die Sammlung. Etwas für die Akten.

Ich schiebe meinen Teller zur Seite. »Ich gehe los und suche Hilary.«
Und das ist der Moment, in dem Lydia mich hängen lässt. Eine richtige Freundin wäre auf den Beinen gewesen, bevor ich den Satz überhaupt zu Ende gesprochen hätte. Aber nicht Lydia. Lydia rührte sich nicht. Kein Mensch würde mir das glauben, aber jetzt hat sie sich sogar an Moira *angekuschelt*. Und gibt durch nichts zu erkennen, dass sie die Absicht hätte, von ihr abzurücken.
Aber wer soll wohl auf sie aufpassen, ich oder Moira?
Wenn Sie mich fragen, braucht Lydia wieder eine Lektion.

Was mich zu diesem Nachmittag bringt und zu dem, was nach der Schule passiert.
Hilary wartet draußen und ist völlig aus dem Häuschen vor Aufregung. Und ärgerlich dazu. Heute ist der Tag, an dem ich einen Bus nehme. Mit anderen Worten, der Tag ist der Höhepunkt, der allerbeste Teil ihrer Woche, und sie hat Angst, auch nur eine Sekunde davon zu verpassen.
Als wir dann losgehen, bestimmt Hilary das Tempo. Sie reckt den Hals vor wie ein rennendes Kamel und wird beim Gehen immer schneller. Lydia bleibt von Anfang an zurück, weil niemand ihr Bescheid gesagt hatte. Sie erwartete den Wagen. Jetzt kann sie nicht mithalten, da der Bürgersteig voller Leute ist und sich ihre große Schultasche zwischen mehreren Gruppen einklemmt.
Es würde ihr helfen, wenn sie wüsste, wohin wir unterwegs sind, aber sie hat keine Ahnung. Irgendwie bin ich nicht dazu gekommen, es ihr zu sagen.
Um die Mittagszeit hat sie mich nämlich warten lassen, müssen Sie wissen. Ich musste stehen bleiben, während sie ungerührt sitzen blieb und behauptete, sie wolle erst ihren Bana-

nen-Eischnee-Pudding aufessen. Ließ mich weitere fünf Minuten warten, während Moira …

… während Moira genau das tat, was sie immer tut.

Doch jetzt wird nicht auf Lydia gewartet. Sie wird sich konzentrieren und darauf achten müssen, dass sie uns in den Nebenstraßen nicht verliert. Denn wie soll sie sonst je nach Hause finden?

Es ist nichts von ihr zu sehen, als wir bei der Unterführung ankommen, die in den Busbahnhof führt. Aber es wäre ohnehin schwierig gewesen, in dieser Menschenmenge überhaupt jemanden zu sehen. Erst sind da die Mädchen, die auch ihre Busse bekommen müssen, aber, und das ist weit wichtiger, es sind auch noch die Jungen da. Hilary bleibt stehen und seufzt, wie sie es immer tut, vom Augenblick überwältigt. Sie hebt den Kopf, als wollte sie die Luft schnuppern, in der ein Geruch von Leibern hängt, die ganz anders riechen als unsere. Sie kann sie praktisch riechen. Die Jungs der Browning School.

In Wahrheit kein sehr angenehmer Geruch. Zu viel Schweiß, zu viel nicht gewechselte Unterwäsche, ungewaschenes Haar und ungewaschene Haut. Jungen riechen so ganz anders als Mädchen. Es überrascht mich, dass Hilary es zu mögen scheint, wenn man an all die Spitzenapplikationen und frisch gebügelten Blusen denkt und an ihr eigenes Badezimmer zu Hause. Aus Hilary wird man nicht schlau. Jetzt ist sie aufmerksamer, als sie den ganzen Tag gewesen ist, und ihre Augen blicken mal hierhin, mal dorthin. Sie glaubt tatsächlich, dass sie jemanden eines Tages dabei erwischen wird, dass er sie ansieht, wenn sie immer die Augen offen hält. Aber das wird natürlich nicht passieren. Ich bin es, die die Jungs ansehen.

O ja.

Das haben sie nie begriffen, Fiona und Jackie und alle anderen. Sie wissen, dass niemand ihnen einen zweiten Blick schenken würde, wenn sie jetzt herkämen und sich im Busbahnhof unter die Unterführung stellten, so wie wir jetzt dastehen. Nicht, wenn ich auch da wäre. Und sie können sich einfach nicht vorstellen, warum das so ist, da jedermann ihnen sagt, es sei wichtig, blond zu sein oder gut entwickelt oder einfach nur süß. Sie kapieren es nicht. Man braucht nichts von diesen Dingen. Man braucht nur eins: *Es.*

Es ist nicht so, dass ich mich für Jungs interessiere, das heißt, eigentlich nicht um ihretwillen. *Er* hätte wohl etwas dagegen einzuwenden. Aber eines kann ich zugeben: Mir gefällt der Donnerstag fast genauso wie Hilary. Nur um zu sehen, wie *Es* funktioniert, um den Beweis zu bekommen. Als ob ich den überhaupt nötig hätte.

Und hier kommt Mark, wie ich es schon immer gewusst habe.

Und jetzt gibt es für Fiona Stoff zum Nachdenken: Mark, Sprecher der Abschlussklasse, Kapitän der Rugbymannschaft, anscheinend Boss von allem. Und *achtzehn* Jahre alt. Man würde nicht annehmen, dass ein junger Mann in seinem Alter interessiert wäre an einer aus dem dritten Jahr. Aber Mark ist interessiert. Sogar so sehr, dass er nicht weiß, was er mit sich anfangen soll. Und eines muss ich ihm lassen: Er riecht besser als die meisten. Vielleicht ist es das Rasierwasser, das eine Vielzahl von Sünden überdeckt.

Aber was sieht er in mir? Ich kenne die Antwort, er aber nicht, und das ist die Hälfte seines Problems. Man hat ihm die gleichen Dinge erzählt wie Fiona und allen anderen, nämlich über das, was wichtig ist. Und er glaubt es. Und das erklärt, weshalb er immer so unstet wirkt, wenn er mit mir zu-

sammen ist. Er kann sein Verhalten nicht einmal sich selbst erklären.
Armer Kerl, jemand sollte ihm mal erzählen, was es bedeutet, *Es* zu haben. Vielleicht würde er sich dann besser fühlen, wenn er weiß, dass er nichts dafür kann. Dass ich etwas habe, was sonst keine hat, etwas, was er nicht mal benennen könnte, das Einzige, was er in mir sieht.
Oh, da habe ich was vergessen, nicht wahr? Es gibt *doch* noch etwas, was er in mir sieht. Er mag mein Haar. Das hat er einmal gesagt, sagte, er möge seine Farbe. Aber damals habe ich kaum darauf geachtet. Jetzt, heute, lässt es mich erröten, wenn ich plötzlich an die Farbe meines Haares denke.
Also denke ich nicht daran. Denke auch nicht an *sie*. Darf die Regel nicht vergessen.

Aber heute sage ich nicht mal hallo. Etwas anderes ist plötzlich aufgetaucht: Lydia. Sie hat es zum Busbahnhof geschafft, hat uns aber nicht gesehen. Sie ist weitergegangen, an unserer Gruppe vorbei – direkt in eine Menge von Jungen, die mit der Sporttasche von jemandem Fußball spielen. In der nächsten Sekunde wird sie links und rechts angerempelt und geschubst, aber sie haben nicht mal bemerkt, dass sie im Weg steht. Das ist wieder mal typisch für Lydia. Unsichtbar.
Wenn ich jetzt in diese Menge hineinspazieren würde, würde es still werden. Ans Spielen würde keiner mehr denken. Kein Gedrängel, kein Geschubse mehr. Das würde ich für sie tun – wenn sie die richtige Art von Freundin wäre. Würde dem Geschubse ein Ende machen und sie herausführen, bevor sie sich wehtut. Aber warum sollte ich? Die richtige Art von Freundin hätte mich um die Mittagszeit nie warten lassen.
Außerdem ist zu viel los. Mark hat einen Freund mitgebracht, genau wie ich es ihm gesagt habe.

Der ist allerdings nichts Besonderes, wie ich zugeben muss. Er sieht aus, als wäre er etwa zwölf Jahre alt. Tatsächlich zeigt nur das Physikbuch unter seinem Arm, dass er in die gleiche Klasse geht wie Mark. Er genügt, obwohl er klein ist und die Art Brille trägt, die ihn aussehen lässt, als wäre er irgendeinem Cartoon entsprungen. Dabei fällt mir übrigens ein, dass er mich an jemanden erinnert.

Aber jetzt hat Hilary bemerkt, dass da zwei von den Jungen sind. Sie schnappt meinen Arm, und jede Unze Aufregung setzt sich in eine Tonne Griff um, was mir das Nachdenken schwer macht. Sie wird damit aufhören müssen. Ich muss mich konzentrieren. *Es* funktioniert nur, wenn man daran denkt, es zu benutzen. Es ist wie ein Licht, das man eingeschaltet lassen muss. Man darf es nicht einfach vergessen.

Und man darf auch nicht abgelenkt werden – so wie ich jetzt. Es ist Lydia, die mich vergessen lässt, weswegen ich hier bin; ich sehe ihr zu, wie sie mit der Situation fertig zu werden versucht, wie sie sich hierhin und dorthin umdreht und nach einer Möglichkeit sucht, aus einem Spiel auszusteigen, das sich schnell zu einem Handgemenge entwickelt.

Wie kann jemand so unsichtbar sein? Man möchte am liebsten lachen.

»Lydia.«

Aber sie trägt nicht, meine Stimme. Wir befinden uns jetzt nicht in einem Speisesaal. Tatsächlich macht es alles nur schlimmer. Typisch Lydia, sie reißt den Kopf herum, um zu sehen, wer sie ruft, und trottet dann durch die Gruppe der Jungen davon – genau in die falsche Richtung.

Na ja, das war's. Ich habe getan, was ich konnte. Sie kann nicht erwarten, dass ich ständig auf sie aufpasse. Ich habe an wichtigere Dinge zu denken.

Fünf Minuten später ist sie wieder da und trottet auf uns zu. Ihre Schultasche sieht jetzt noch schwerer aus, zieht ihre Schultern herunter und lässt auch den Rest ihres Körpers zusammenfallen. Ihr Gesicht hellt sich jedoch auf, als sie uns entdeckt, nur um gleich wieder den mürrischen Ausdruck anzunehmen, bis sie ein zweites Mal hinsieht.

Man kann es ihr kaum verdenken. Alles hat sich verändert. Kurz bevor sie uns aus den Augen verlor, gab es nur uns beide, Hilary und mich. Jetzt sind wir zu viert. Zwei Jungen und zwei Mädchen. Und einen davon wagt sie kaum anzusehen. Der Anblick ist einfach zu viel. Jungen wie Mark erwartet man außerhalb der Seiten von *Just Seventeen* einfach nicht.

Aber sie könnte einen weiteren Blick auf seinen kleinen Freund wagen. Nun ja, in Wahrheit geht es nicht. Es ist zu spät. Hilary ist schon zur Stelle, um ihr Revier abzustecken. Und um sicherzustellen, dass es keinen Irrtum gibt, funkelt Hilary sie böse an, damit Lydia ihn nicht einmal anschaut.

So sieht es also aus. Zwei passende Paare und ein fünftes Rad am Wagen. Und dabei hätte es ganz anders sein können. Der kleine Junge, zum Beispiel, den hatte ich eigentlich gar nicht für Hilary geplant. Habe ich nicht gesagt, dass er mich an jemanden erinnert hat? Bohnenstange lernt Eulenjungen kennen. Lydia hätte das Glück ihres Lebens haben können.

Daran hätte sie um die Mittagszeit denken sollen, als sie mich warten ließ und mich zwang, mich diese zusätzlichen fünf Minuten lang von Moira MacMurray anstarren zu lassen. Jetzt sind Hilary und ich einfach mit dem zufrieden, was wir haben, vielen Dank. Inzwischen sieht jeder mich an und wartet auf mich. Es wird zu einem dieser seltenen Augenblicke, in denen wenigstens einmal alles wie ein Uhrwerk abzulaufen scheint, so dass man dasteht und das Gefühl hat, als wäre sie diejenige, die den Schlüssel zu allem in der Hand hat und die Situation beherrscht …

… Bis etwas dazwischenkommt und alles ruiniert. Oder vielmehr jemand.

Muss ich den Namen überhaupt erwähnen? Ausgerechnet ich muss sie als Erste entdecken, wie sie sich durch die Menschenmenge hindurchschiebt und dabei nicht mal in unsere Richtung blickt, aber anscheinend zu uns hingezogen wird wie ein riesiger beweglicher Magnet. Als könnte man nicht von ihr wegkommen. Als gäbe es kein Entrinnen.

Moira MacMurray.

Dann blick doch einfach weg. Es besteht schließlich die Möglichkeit, dass sie uns nicht sieht, mich nicht sieht.

Aber ich hatte Lydia vergessen. *»Moira.«* Ein winzig kleiner Ausruf der Erleichterung, von dem man meinen sollte, niemand würde ihn hören.

Aber Moira hört ihn. Moira bleibt stehen, dreht sich um – und zwischen all den verschiedenen Köpfen in der Menge hindurch sieht sie mich direkt an, mit sanften, nicht einmal neugierigen Augen. Mit Augen, die einfach nur … da sind, und die alles verschwinden lassen, als würden sehr viele Gegenstände in Milch versinken.

Mark sagt jetzt etwas, berührt mich, aber ich kann ihn nicht hören. Ich habe entschieden, dass wir nach Hause gehen sollten. Mark wird das verstehen müssen. Heute ist für ihn nichts zu holen. Er wird einfach weiter hoffen und auf die Dinge warten müssen, von denen er glaubt, ich hätte sie versprochen.

Zu Hause ist von Dad nichts zu sehen. Er wird erst spät wiederkommen. Da fällt mir ein, dass es Donnerstagabend ist. Seelsorgerliche Besuche.

Sie hätten mal Lydias Gesicht sehen sollen, als sie es entdeckt. Das Nachhausekommen war das einzige Ziel ihres Tages. Heute ist ihr letzter Abend, ihre letzte Chance, mit ihm Griechisch zu lesen und ihm zu zeigen, wie viel sie weiß. Stattdessen hat sie nur uns, Gran und mich. Oder vielmehr hat sie nur Gran. Der Donnerstagabend ist Badetag, wenn er aus dem Haus ist und keine Gefahr besteht, es könnte einen Unfall geben. Keine Gefahr, es könnte ein Handtuch zu Boden fallen oder weniger bedecken, als es sollte. Keine Gefahr, dass er plötzlich ins Badezimmer kommen und mich dabei erwischen könnte, wie ich durchs Wasser hindurch mein Bein anstarre und mir ansehe, wie das Wasser all diese punktierte Haut glättet.
Was Gran und Lydia angeht, werden sie einander gute Gesellschaft leisten. Sie werden miteinander zurechtkommen wie ein Haus, das in Flammen steht. Wie Moira und *deren* Gran.

Zehntes Kapitel

An diesem Morgen ist Lydia sehr ruhig. Es ist Freitag, und sie will nicht nach Hause. Sie möchte bei uns bleiben, bei Gran und mir – und ihm. Möchte einfach zur Familie gehören. Und das umso mehr, weil sie ihn gestern Abend vermisst hat und weil sie nie dazu kam, ganz allein mit ihm Griechisch zu lesen.

Erinnert sich jetzt irgendjemand an die alte Lydia? Die Lydia, die nicht kommen wollte, die lieber ins Internat gehen wollte? Die Lydia, die bereit war, sich die Augen auszuweinen, weil sie glaubte, ich hätte keine Mutter? Natürlich nicht. Wir haben eine neue Lydia, die uns gesehen hat, die gesehen hat, wie glücklich wir sind. Jetzt wird nichts mehr so sein wie zuvor.

Kurz, man könnte sagen, wir hätten ihr verdammt viel Gutes getan.

Dad trägt ihre Tasche für sie zum Wagen, was sie mit vollem Recht für eine große Ehre hält. Aber ihre Augen leuchten erst im allerletzten Moment auf, als er sie bei den Schultern ergreift und getreulich verspricht, dass sie beim nächsten Mal in seinem Arbeitszimmer zusammen Griechisch lesen würden, nur sie beide.

Aber dann, vernünftige Lydia, sieht sie zu mir herüber, und ihre Augen blicken plötzlich besorgt. Sie fragt sich, was ich davon halte, von all diesem Gerede über sie beide in seinem Arbeitszimmer, bei dem ich mit keinem Wort erwähnt werde.

Ich könnte es ihr sagen und ihr die Sorgen nehmen: Geteilte Aufmerksamkeit ist halbe Aufmerksamkeit, und ich habe nichts dagegen. Doch sie würde nicht verstehen. Sie könnte sich nicht vorstellen, weshalb jemand wünschen sollte, seine Aufmerksamkeit mit jemand anderem zu teilen.

Sie könnte rundum fröhlich aussehen und brauchte nicht mehr so dreinzublicken wie ein Trauerkloß. Wir lassen Menschen nicht los, nicht ohne weiteres. Und wie Dad selbst zu ihr sagte, als sie aus dem Wagen ausstieg: *Dies ist nicht Lebwohl, Lyddie, meine Liebe, einfach nur auf Wiedersehen.*

Unterdessen wartet jemand anderes am Ende des Tages geduldig nur auf sie, nämlich Mrs. Morris, die direkt vor dem Schultor auf und ab geht. Ich konnte sie deutlich sehen, als ich in der Französischstunde aus dem Fenster schaute. Ich habe Lydia allerdings kein Wort davon gesagt. Sie war zu sehr damit beschäftigt, Namen auf ihren Notizblock zu kritzeln, so dass sie für nichts anderes Augen hatte. Folglich wusste nur ich, dass sie dort stand, Lydias Mutter. Fast als wäre es ein gemeinsames Geheimnis.

Sie sieht sanfter aus als je zuvor. Vielleicht sogar ein wenig pummeliger. All diese Nudeln und Eiskrem – vielleicht eine Spur zu viel davon – haben ihre Wirkung getan, während ihre Tochter jeden Morgen damit kämpfte, Grans Haferbrei herunterzuwürgen.

All diese Weichheit steht ihr jedoch, und noch etwas dazu. Eine Person, die soeben aus der romantischsten Stadt auf Erden zurückgekehrt ist, sollte ein einziges Lächeln sein. Stattdessen starrt sie auf die Schule, versucht, unser Fenster zu finden, und beißt sich auf die Lippe, als ob irgendetwas sie störte, als machte sie sich über das Sorgen, was bevorstand.

Schließlich klingelte die Glocke, und wir trotteten alle im Gänsemarsch hinaus. Lydia macht ein leicht überraschtes Gesicht, weil ich sie beim Arm genommen habe, während Hilary sich selbst darum kümmern muss, dass sie hinterherkommt. Heute scheint es wichtig zu sein, langsam zu gehen und ein würdevolles Tempo zu halten.

Doch dann sieht sie ihre Mutter, und einen Moment lang hat es den Anschein, als würde sie Würde und Tempo vergessen. Aber ich halte sie am Arm, verstehen Sie? Und sie kann nicht von mir erwarten, dass ich laufe, nicht mit meinem Bein. Und außerdem sind Freundinnen dazu da, in allen Lebenslagen zusammenzuhalten. Folglich muss Mrs. Morris warten und uns in gemächlichem Tempo näher kommen sehen. Aber das ist gar nicht schlecht. Das gibt ihr reichlich Zeit, die neue Lydia zu betrachten, eine würdevollere Lydia. Eine Lydia, die nicht losrennt, selbst wenn sie die eigene Mutter entdeckt.

Aber das Allerbeste daran, dass wir Arm in Arm gehen, ist die Tatsache, dass sie uns beide umarmen muss, als wir schließlich ankommen. Lydias Mutter muss uns beide umarmen. Wir sind so ineinander verschränkt, dass sie gar nicht anders kann.

Geteilte Aufmerksamkeit ist halbe Aufmerksamkeit. Doch Lydia dürfte sich kaum beschweren. Sie hat mich ein Beispiel geben sehen.

»Hallo, Kate«, sagt Mrs. Morris.

Merkwürdig, finden Sie nicht auch, dass sie mich als Erste grüßt? Das dachte ich auch einen Moment, besonders wenn es völlig klar ist, dass sie nichts weiter wollte als ihre Tochter. Aber Sie wissen natürlich, was passiert ist; hier war *Es* am Werk und sorgte dafür, dass sie mich ansieht, ob sie das nun will oder nicht.

»Habt ihr eine schöne Zeit zusammen gehabt?«

Wieder sind die Worte an mich gerichtet. Die Ärmste, es muss verwirrend sein, sich auf Lydia konzentrieren zu wollen und es nicht zu können. Sie kann sich das nicht erklären. Sie weiß nichts über *Es*, weiß nicht, dass sich nichts ändern wird, bis ich es abschalte oder mich abwende. Aber warum sollte ich das tun? Sie ist die sanfteste Frau, die ich je gesehen habe.
»Lydia hat sich hervorragend amüsiert, Mrs. Morris.«
Als ich diesmal lächle, denke ich daran, es nicht zu übertreiben, nicht zu breit, nicht zu fröhlich. Gerade richtig.
Hilary segelt vorbei. Aus dem Augenwinkel sehe ich sie, wie sie einen Seitenblick auf uns wirft und sich bemüht, nicht interessiert auszusehen. Aber die Leute werden sich immer für Lydias Mutter interessieren, nicht wahr, weil sie so sanft ist. Doch zur Hölle mit Hilary, es hat gewirkt. Sie hat mich abgelenkt und mich nur für diesen Augenblick auf sich aufmerksam gemacht. Mrs. Morris, die plötzlich frei ist, blinzelt und wendet sich sofort an ihre Tochter. Fängt an, eilig auf sie einzusprechen, als hätte sie Angst, etwas anderes könnte sie davon abhalten. »Stimmt das, Darling? Hast du dich wirklich amüsiert?«
Lydia sieht sie an und sagt mit unbewegtem Gesicht: »Ich habe mich in meinem ganzen Leben nicht so amüsiert.«
Woraufhin Mrs. Morris erneut blinzelt. Als ob dies irgendwie nicht das war, was sie hatte hören wollen. Und da muss man sich natürlich fragen, was sie von Lydia zu hören erhofft hatte. Ich meine, welche Art Mutter *will* denn wirklich, dass ihre Tochter unglücklich ist?
Habe aber keine Zeit, darüber nachzudenken. »Sieh mal«, sage ich fröhlich und unbekümmert, »hier ist Dad.«
Und tatsächlich, da ist Dad. Lydias Gesicht verändert sich. Ihre Mutter legt ihr eine Hand auf die Schulter. Aber Lydia schüttelt sie ab und läuft direkt zu ihm, zu meinem Dad – der

beide Arme um sie schlingt und sie richtig vom Boden hochhebt. Er strahlt Mrs. Morris über Lydias Kopf hinweg an, als wollte er sagen, sieh mal, was ich hier habe.
Aber tatsächlich sagt er: »Sie haben wirklich eine reizende Tochter. Wirklich reizend.«
Reizend? *Lydia?* Lydia hört die Worte und errötet bis zu den Wurzeln ihres unscheinbaren Haars. Sie errötet noch tiefer, als er hinzufügt: »Wir werden sie vermissen, müssen Sie wissen. Sind Sie sicher, dass Sie sie wiederhaben wollen?«
Das ist natürlich ein Scherz. Bei ihm hört es sich an, als wäre sie ein kostbarer Edelstein, der seiner Obhut überlassen worden ist und den er nicht wieder zurückgeben will. Doch als Lydia es hörte, strahlte ihr Gesicht wie nie zuvor, so dass ihre Mutter sehen kann, dass es keinen Irrtum gibt. Lydia würde lieber bei uns bleiben.
Es fällt jedoch kein Wort. Stattdessen starren sie einander nur an, Mrs. Morris und mein Dad. Und liegt es nur an mir, oder scheinen tatsächlich alle Schulgeräusche um uns herum zu ersterben, als hätte alles nur für diese paar Sekunden gewartet, um zu sehen, was als Nächstes passiert? In dieser Stille – ob wirklich oder eingebildet – scheinen Dads Augen heller und sein Lächeln wärmer zu werden. Und seine Arme um Lydia scheinen sie noch ein kleines bisschen enger zu umfassen.
Da streckt Mrs. Morris die Hand aus und zieht Lydia behutsam – und diesmal tatsächlich – zu sich heran. Sie lächelt ihn an und ist plötzlich hübscher als je zuvor. Aber nicht sanft, plötzlich alles andere als sanft.
»Oh, wir wollen sie wiederhaben, Mr. Carr. Eines möchte ich klarstellen, wir wollen unsere Lydia wiederhaben.« Jetzt hat sie Lydia beide Hände auf die Schultern gelegt und streichelt sie, als könnte sie all die Schwierigkeiten wegstreicheln, von denen ihre Tochter vorübergehend befallen worden ist. »Und

jetzt werden wir gehen müssen, fürchte ich. Lydias Vater kann es gar nicht erwarten, sie wieder zu sehen.«
Sie dreht sich um. Doch dann geht sie im letzten Moment zu uns zurück, zu mir.
»Kate, meine Liebe, fast hätte ich es vergessen. Gib mir die Hand.«
Ich brauche einen Augenblick, bevor ich begreife, was sie tut. Sie drückt mir eine kleine Schachtel in die Hand, die in Goldpapier eingewickelt ist und von der goldfarbene Bänder herabhängen.
»Mach es nicht hier auf«, sagt sie. »Es ist zerbrechlich.« Diesmal lächelt sie tatsächlich, wirklich und aufrichtig. »Dieser kleine Gegenstand hat die ganze Rückreise von Venedig mit uns mitgemacht. Ich hoffe, er gefällt dir.«
Dann war sie verschwunden und Lydia mit ihr, und ich stehe immer noch mit der ausgestreckten Hand da, auf der die kleine goldene Schachtel liegt. Dad starrt sie an. Ich weiß genau, was er denkt.
Aber *Mach es hier nicht auf.* Das hatte sie gesagt. Und außerdem noch etwas, das könnte ich beschwören. Andere Worte, die zwar nicht ausgesprochen wurden, aber dennoch sonnenklar waren – wenn man nur richtig zuhörte. *»Mach es nicht vor ihm auf.«*
Wie konnte sie das ohne Worte geschafft haben? Die einzige Antwort darauf muss sein, dass auch Lydias Mutter *Es* hat. So recht und schlecht.
Also, sagt er später im Wagen. *Willst du es nicht aufmachen?*
Die Antwort darauf fällt mir leicht; nicht hier, es ist zerbrechlich. Und irgendwie kann er dazu nichts sagen. Fragen Sie mich nicht, warum. Mrs. Morris scheint ihn stärker beeindruckt zu haben, als jemand für möglich gehalten hätte. Was sie sagt, gilt. Für den Augenblick.

Und in genau der Sekunde, in der wir das Haus betreten, beginnt das Telefon im Flur zu klingeln. Was bedeutet, dass er rangehen muss, so dass ich direkt an ihm und Gran vorbeispazieren und in mein Zimmer hinaufgehen kann. Was immer in der Schachtel liegt, ich werde es als Erste zu sehen bekommen.

Was sich in der Schachtel befindet, ist ein Pferd, ein winziges Kristallpferd mit einem langen Hals und Beinen, die so aussehen, als wären sie aus Zucker gesponnen worden. Ein perfekter Gegenstand. Wenn ich es in der Hand halte, kitzeln mir die Hufe die Handfläche, aber der Rest seines Körpers ist glatt und von einer Kühle, die in dem Moment warm wird, wenn es meine Haut berührt. Es ist fast unmöglich, daran zu denken, dass es nur aus Glas besteht. Es sieht eher wie eine Süßigkeit aus, wie etwas, woran man lutschen könnte.

In gewisser Weise wird es dadurch leichter. Ein Bein aus Gerstenzucker in den Mund zu stecken und zu spüren, wie sein Huf mir die Zunge kitzelt, so wie es mir die Hand gekitzelt hat. Und zuzubeißen.

Danach lege ich sie beide wieder in die Schachtel, das Pferd und sein gebrochenes Bein. Es war die einzige Möglichkeit, verstehen Sie? Er hätte es mich sonst nie behalten lassen, nicht wenn es vollkommen gewesen wäre. Jetzt wird es ihm nicht mehr viel ausmachen. Jetzt kann es meines bleiben.

Montag. Lydia muss das ganze Wochenende mit Schularbeiten zugebracht haben. In Griechisch scheint sie doppelt so viel zu wissen wie letzte Woche. Miss Jamieson hört sich mit einem Kopfnicken und einem Lächeln an, wie sie übersetzt – und ignoriert mich. Sie denkt, Lydia tue es für sie oder aus

Liebe zum Griechischen. Ihr ist es nicht klar. Dies ist alles für *ihn.* Für ihren nächsten Aufenthalt bei uns.
Was Jamieson recht geschieht, weil sie vergessen hat, dass sie zwei Schülerinnen hat und nicht nur eine. Es lässt sie glauben, sie könne es jetzt langsamer angehen und einen kleinen Teil der Stunde mit »einer Plauderei« verbringen.
Aber es zeigt sich wieder, dass sie sich nur für Lydia interessiert. Miss Jamieson möchte wissen, was ihr Vater diese ganze Woche in Italien gemacht hat. (Man beachte, dass sie nie ähnliche Fragen nach Dad stellt. Denken Sie noch an Scarborough? Nicht mal erkundigt hat sie sich.)
Folglich erzählt ihr Lydia alles über Trompetto und Venedig, und Miss Jamieson sieht beeindruckt aus und sagt dann, wie sehr es ihr gefallen hat, wie er große klassische Themen behandelt. Aber Lydia sieht leicht gelangweilt aus. Ich vermute, dass sie sich zu Hause zu viel darüber anhören muss. Ihr wäre es lieber, wir würden mit aller Gewalt pauken und noch mehr Griechisch lernen! Lydia ist das eigenartigste Mädchen der Welt.
»Er hat auch biblische Motive gemalt, müssen Sie wissen. Er hat bestimmte Szenen aus der Bibel gemalt.«
Beider Köpfe wenden sich zu mir. Das hatten sie nicht erwartet. Aber ich musste sie wissen lassen, dass, wenn es eine Expertin über Trompetto in diesem Raum gibt, nur ich es sein kann.
»Er hat dieses Bild vom Goldenen Kalb gemalt, weißt du noch? Mit Moses, der vom Berg herunterkommt. Das ist nicht klassisch, das ist aus der Bibel.«
Und das ist der Grund, weshalb es bei uns zu Hause hängt.
Aber ich hätte mir die Mühe sparen können. Beide sehen mich ausdruckslos an. Lydia ist nie in der Sonntagsschule gewesen, und Miss Jamieson interessiert sich nur für die Grie-

chen. Sie wissen nichts über falsche Götter und tanzende Mädchen, die sich aufstellen, um ihre Geschenke darzubringen, oder von Moses, wie er den Berg herunterkommt, damit sie büßen. Beide haben klaffende Wissenslücken, und das ist ihnen noch nicht mal aufgefallen.

Macht nichts, wie Dad sagen würde, es gibt immer etwas, worauf man sich freuen kann. Zum Beispiel, dass ich bei Lydia in ihrem Haus wohnen kann. Es ist nur eine Frage der Zeit. Das ist die Logik der Dinge, eines der Gesetze der Freundschaft. Wenn jemand einen bittet, in seinem Haus zu wohnen, ist das Nächste, dass man um den Gegenbesuch bittet.

Nur, wie soll man das Lydia sagen, die über Freundschaft nicht mal die elementarsten Dinge zu wissen scheint.

Denn erst verstreicht eine Woche, dann noch eine, und Lydia äußert kein Wort. Zu sehr damit beschäftigt, sich auf ihr Griechisch zu konzentrieren, wenn Sie mich fragen, um sich für ihn bereitzumachen, für die Zeit, in der sie das nächste Mal bei uns wohnt. Worüber sie vergisst, dass ich erst zu ihr ins Haus kommen muss. Das ist einfach das Gesetz.

Außerdem möchte ich sie zu Hause erleben, Lydias Mutter und Laura. Und ihren Dad. Ich möchte sehen, wie sehr er sich von meinem unterscheidet. Natürliche Neugier, das ist alles.

Aber ich weiß nicht, was mit Lydia nicht stimmt. Ich könnte schwören, dass sie bezüglich der Dinge, auf die es ankommt, immer dümmer wird. Es muss das Sitzen neben Moira sein, das sich jetzt auswirkt. Denn jetzt kommt fast das Merkwürdigste von allem, ich meine, was Lydia betrifft. Sie sitzt jetzt ständig neben Moira, und zwar aus freien Stücken. Hilary hält das für wunderbar.

Und Moira? Wer weiß schon, was Moira denkt – oder ob sie überhaupt denkt. Manchmal könnte man schwören, jemand anders übernähme das Denken für sie, bewegte ihren Kopf, drehte ihre Augen und setzte sie dazu ein, sich auf etwas zu konzentrieren, als blickte man durch ein Fernglas. Jemand, der selbst keine Augen hat, jemand, der mich beobachtet. Was nichts mit Moira zu tun hat.

Eines steht jedenfalls fest. Ein Mensch kann nur eine bestimmte Zeit auf eine Einladung warten. Da Lydia der Sache nicht gewachsen ist, werde ich sie selbst in die Hand nehmen müssen.

Ich tue es gleich zu Beginn der Pause, als das Klassenzimmer halb leer ist und ich sicher sein kann, dass sich niemand einmischen wird. Mit anderen Worten, keine Fiona McPherson.

»Übrigens, warum unternehmen wir an diesem Wochenende nicht alle etwas zusammen?«

Lydias Augen weiten sich, und ein Lächeln breitet sich auf ihrem Gesicht aus. Sie glaubt tatsächlich, ich meine damit, wir sollten bei mir zu Hause dieses *Etwas* unternehmen.

Hilary allerdings hat die Sache in den falschen Hals bekommen.

»O *ja*«, ruft sie aus. »Lasst uns was unternehmen.« Und sie fährt fort: »Ich will dir mal was sagen, Kate. Du könntest bei mir wohnen. Ich könnte meine Mutter fragen. Du könntest im Gästezimmer schlafen, und ...«

... Und da verstummt sie. Hilary hat etwas Unüberlegtes gesagt, und sie weiß es. Es ist zwecklos, dass sie jemanden bittet, bei ihr zu übernachten. Der Teppich würde es nicht aushalten, dass ein paar Mädchen ein Wochenende lang darauf herumtrampeln und Schmutz ins Haus bringen. Hilary läuft knallrot an, schlägt sich die Hand vor den Mund und sagt kein Wort mehr. Was immer an diesem Wochenende passiert, es wird nicht in ihrem Haus passieren.

Doch plötzlich lässt sich aus heiterem Himmel eine andere Stimme vernehmen. Recht unerwartet, die Stimme von jemandem, der nicht einmal an der Unterhaltung teilnehmen sollte.

»Kate könnte zu mir nach Hause kommen. Wir haben Platz. Meine Gran mag Mädchen.«

Es ist Moira MacMurray, ausgerechnet, was mir wieder in Erinnerung bringt, dass ihre Stimme beim Sprechen so dick und irgendwie geronnen klingt, als hätte sie zu viel Fleisch in der Kehle. Und natürlich starren wir sie sprachlos an, so wie man vielleicht starren würde, wenn die Kleidung plötzlich zu sprechen anfinge.

Wie so oft erholt sich Hilary als Erste. »Moira MacMurray, wozu steckst du deine Nase in unsere Sachen? Kümmere dich lieber um deine Angelegenheiten, ja?«

Damit hätte sich alles in Wohlgefallen auflösen können – wenn es damit zu Ende gewesen wäre. Aber so ist es nicht, denn obwohl das Ganze Moira nichts angeht und Hilary ihr die notwendige Antwort gegeben hat, scheinen alle jetzt irgendwie darauf zu warten, dass ich noch etwas hinzufüge. Als ob ein solches Angebot ernst genommen werden und eine ernsthafte Antwort erfordern könnte. Und als wäre es noch nicht genug, muss Hilary plötzlich loskichern, als könnte man sich nicht nur über Moira amüsieren, sondern über uns beide, Moira und mich zusammen.

Komisch, aber *durchaus möglich.*

Was macht man also, wenn sich jemand so verhält? Das Einzige, was man tun kann: Man tut so, als wäre es nie passiert, als hätte Moira nie den Mund aufgemacht und Hilary nie gekichert. Stattdessen wende ich mich an Lydia und sage beiläufig – jetzt allerdings nicht mehr so beiläufig, wie ich es fertig gebracht hätte, wenn Moira den Mund gehalten hätte –: »Es überrascht mich *wirklich*, dass du nichts sagst, Lydia. Ich meine, es war fast eine ganze Woche, falls du dich erinnerst.«

Lydia runzelt einfach die Stirn. Selbst jetzt noch ist ihr offenbar nicht eingefallen, dass – vergessen wir Hilary und Moira – *sie* diejenige war, die hätte fragen sollen.

Folglich muss ich es anders ausdrücken und sicherstellen, dass sie begreift. »Ich meine, wirklich, Lyd, wenn ich bei jemandem übernachte, dann doch bei dir, oder nicht.«

Schließlich fällt der Groschen. Lydia wird knallrot; so rot habe ich sie vielleicht noch nie gesehen. Endlich geht ihr in all dem Gewimmel ihres Schulmädchengehirns ein Talglicht auf. Aber selbst jetzt noch, ob Sie es glauben oder nicht, kommt ihr kein Wort über die Lippen, dem Erröten zum Trotz.

Somit bin ich wieder diejenige, die alles erledigen muss. »Warum fragst du nicht deine Mutter? Mach es für das nächste Wochenende fest. Dann kann ich deinen Dad kennen lernen, wäre das nicht schön?«

Was schließlich bedeutet, dass auch Lydia etwas sagen muss. England wartet. Langsam nickt sie mit dem Kopf, und man könnte sich fast versucht fühlen zu sagen, *widerstrebend.* »Oh, ich verstehe. Natürlich. Ich werde Mami fragen. Ich … ich gehe davon aus, dass es klappen wird …«

Natürlich wird es das. Mrs. Morris ist mit Hilarys Mutter nicht zu vergleichen. Dies ist die Frau, die bis nach Venedig gereist ist, aber trotzdem nicht vergessen hat, ein Geschenk für jemanden mitzubringen, den sie nicht einmal mag. Noch nicht.

Das hätten wir geschafft. Schließlich kann ich doch noch bei Lydia übernachten. Und bei ihrer Mutter. Und bei ihrem Vater. Und die einzige Frage, die noch bleibt, ist die, wie Moira je auf die Idee gekommen ist, *ich* könnte den Wunsch haben, jemals bei *ihr* zu wohnen. Und bei ihrer Gran.

Elftes Kapitel

Und Dad? Der Vorschlag findet seinen ungeteilten Beifall, und er hält es für eine wunderbare Idee. Er scheint nicht einmal etwas dagegen zu haben, dass ich ein Haus besuchen werde, in dem man nie in die Kirche geht. Am Freitagmorgen, bevor wir das Haus verlassen, befiehlt er mir zu warten und verschwindet in seinem Arbeitszimmer. Und kommt mit einer Pralinenschachtel wieder.

Es ist ein Glück, dass er meinen Gesichtsausdruck nicht sieht. Ich habe schon gesagt, dass Gran den süßen Sherry und die Fruchtgelees und all das bekommt, was die alten Damen an Opfergaben mitbringen. Aber die Schokolade bewahrt er auf. Die Pralinenschachteln gehören zum Arbeitszimmer wie der Trompetto und die tanzenden Mädchen und die Wärme. *Ein kleiner Vorgeschmack auf den Himmel und kommende Dinge.* Eine Erdbeerkrem zwischen den Lippen.

Er weiß, dass Schokolade manchmal das Beste ist. Das Einzige. Sie sitzt süß und fest auf der Zunge, bevor sie schmilzt und ihre Süße bis zu anderen Stellen ausbreitet, wo Süße gebraucht wird.

Aber heute sind die Pralinen für sie, für Lydias Mutter. Ich darf nicht vergessen, ihr zu sagen, dass sie von ihm sind. Eine Art des Dankes dafür, dass sie mich aufnimmt. Doch ich wünschte, ich könnte sagen, sie wären von mir. Sie würde sie essen und dabei an mich denken.

Jetzt wird sie sie essen und dabei stattdessen an ihn denken.

Am Ende der Stunde fragt Miss Jamieson, was wir an diesem Wochenende vorhaben. Blitzschnell erzähle ich es ihr. »Ich wohne bei Lydia, Miss Jamieson. Ihre Eltern können es gar nicht erwarten, mich aufzunehmen. Ich nehme an, das ist eine Art des Dankes. Sie hätten nämlich nicht nach Venedig fahren können, verstehen Sie, wenn Lydia in dieser Zeit nicht bei uns hätte wohnen können.« Miss Jamieson zeigt ihr verkniffenes Lächeln und nickt. Und dann, als sie glaubt, ich sähe nicht hin, wirft sie schnell einen Blick auf Lydia. Und ich habe die beiden erwischt: Lydia und Miss Jamieson wechseln einen Blick. Lydia *sagt* ihr, dass sie meinen Besuch nicht wünscht. Es steht in ihren Augen zu lesen.
Das ist etwas, was ich nicht erwartet hatte. Man sollte meinen, dass Lydia ganz selig sein müsste, doch das ist sie nicht. Es hat ihr zwar gefallen, bei mir zu wohnen, aber sie will nicht, dass ich bei ihr wohne. Sie will mich nicht bei sich zu Hause haben.
»Kate, was ist los?« Miss Jamieson starrt mich überrascht an.
Etwas muss mit meinem Gesicht passiert sein. Etwas, was ich nicht verhindern konnte. Das ist noch nie passiert, jedenfalls kann ich mich nicht an so etwas erinnern. Es ist Lydias Schuld, solche Blicke zu wechseln, die Jamieson auf den Gedanken bringen, dass Lydia meinen Besuch nicht wünscht, und somit einen falschen Eindruck vermittelt. Damit Jamieson denkt, Lydia mag mich nicht.
Manche Leute wissen einfach nicht, wann sie Glück haben. Ich wollte *tatsächlich* dafür sorgen, dass Lydia an diesem Wochenende fast genauso viel Spaß hat wie ich. Aber jetzt kann sie sich das Ganze noch mal überlegen. Dumme Lydia, dämliche Lyddie, jetzt hat sie alles ruiniert.

Am Ende ist es ein Kampf, nur aus der Toilette rauszukommen. Das lag an Hilary, die bis zur letzten Minute an mir klebte, da sie sicher sein wollte, bei nichts ausgeschlossen zu werden. Sie ließ mich erst dann ziehen, als ich ihr ins Ohr flüsterte, was genau ich für uns über das Wochenende geplant habe. Jetzt ist sie mit einem breiten Lächeln im Gesicht nach Hause gegangen. Hilary kann gar nicht erwarten, dass es morgen wird.

Aber wo ist Lydia?

Nicht weit weg. Trottet quer über den vorderen Hof aus der Richtung der Unterstufe, um genau zu sein. Aber sie ist nicht allein. Vor ihr tänzelt eine andere, eine richtige kleine Shirley Temple mit rosigen Wangen und lockigem Haar.

Ich hatte Laura ganz vergessen, hatte vergessen, dass wir gemeinsam nach Hause gehen wollten. Sie bleiben jedoch stehen, als sie mich entdecken. Die Kleine bleibt nicht nur stehen, sondern starrt sogar. Fängt bei meinen Füßen an und glotzt weiter, bis sie zu meinem Kopf kommt – und verzieht das Gesicht. Sie zieht die Nase kraus, als hätte sie etwas übel Riechendes gerochen. Als könnte sie etwas sehen, was Lydia nicht sehen konnte.

Nicht sehr attraktiv bei einem Kind. Ich werfe Lydia einen Blick zu, der in etwa besagt, *lass uns die Kleine doch ignorieren.* Aber Lydia ist wenig hilfreich. Sie lächelt nur irgendwie peinlich berührt und flüstert Laura etwas zu, und das kann ich nicht ignorieren nennen.

Wenn ich mir vorstelle, dass ich die ganze Zeit erwartet hatte, Laura anzuerkennen! Sie hatte sich wie eine Person angehört, die genau weiß, wie sie das bekommt, was sie will. Ich dachte, wir hätten etwas gemeinsam, doch da habe ich mich geirrt. Kinder wie sie machen die Dinge für alle nur schwerer.

Aber Schlimmeres steht noch bevor. Als wir in den Bus einsteigen, setzt sie sich genau zwischen uns, macht sich breit und schreckt nicht davor zurück, die Ellbogen zu gebrauchen. Es ist natürlich klar, was sie da tut. Sie versucht, uns auseinander zu halten. Lydia ist es wahrscheinlich nicht einmal aufgefallen, mir aber. Bei Kindern wie Laura kommt es darauf an, genau aufzupassen und nichts zu übersehen.

Böses Kind, tut so, als könnte sie direkt durch mich hindurchblicken. Versucht, sich zwischen ihre Schwester und die einzige Freundin zu stellen, die diese wahrscheinlich hat. Aber sie ist nie diejenige, auf die es ankommt. Die Person ist im Garten, als wir ankommen, und lässt die Arme übers Gartentor hängen, so dass sie mit dem Oberkörper halb auf der Straße ist, als hielte sie Ausschau. Lydias Mutter wartet auf uns. Uns drei.

Und das Erste, was sie tut, ist Folgendes: Sie läuft auf den Bürgersteig und umarmt sie, die beiden anderen, Laura und Lydia. Einen Moment lang habe ich sogar geglaubt, sie würde vielleicht auch mich umarmen. Aber nein, davon kann keine Rede sein. Mich nicht.

»Kate«, sagt sie stattdessen, »wie nett, dich zu sehen«, und zeigt ein Lächeln, das niemandem gilt außer mir, ein wirklich hübsches Lächeln. Und es ist wie ein Schlag ins Gesicht. Verstehen Sie, so hat sie Lydia nicht angelächelt. Dies ist ein Lächeln, das einen auf Abstand halten soll. Der Milchmann, Handelsvertreter, sogar Bankmanager wären absolut glücklich, so angelächelt zu werden. Aber sie haben *Es* nicht. Die müssen nicht wissen, wann sie auf Abstand gehalten werden wie etwas Widerliches, dem man kaum erlauben kann einzutreten.

Nur eine Sekunde lang ist mir zu Mute, als müsste ich etwas dagegen unternehmen. Als müsste ich etwas tun, was sie dieses Lächeln bereuen lässt. Dann erinnere ich mich an das

Pferd, das immer noch in seiner kleinen Schachtel tänzelt, jetzt zwar ein wenig humpelnd, aber trotzdem noch sicher genug, und ob Sie es glauben oder nicht, das Gefühl schmilzt dahin. Sie kennt mich noch nicht, das ist alles.

»Hier entlang, Kate.« Und sie lächelt erneut.

Ich folge ihr einen Gartenweg entlang, und irgendwie ist es keine Überraschung, zu sehen, dass auf beiden Seiten Rosen wachsen, selbst zu dieser Jahreszeit, wo der Winter schon da ist. Rosen auf dem ganzen Weg zum Haus. Die Tür steht offen.

»Alles in Ordnung mit dir, Kate?«

Wieder ist es Lydias Mutter, die da spricht, aber jetzt hört sie sich ein wenig besorgt an. Es muss der Ausdruck in meinem Gesicht sein. Ich spürte, wie er sich in dem Moment zeigte, als ich eintrat und mich zum ersten Mal umsah. Die Rosen waren keine Überraschung, aber das hier ist zu viel; Lydias Haus ist hell. Später Nachmittag im Frühwinter, und irgendwie ist das Haus zum Bersten voller Lichter. Und es ist nicht nur hell, sondern auch warm.

Das Werk ihrer Mutter, nehme ich an. Tatsächlich *weiß* ich, dass es ihr Werk ist. Es kommt mir vor, als hätte man sie überall in der Farbe und in der Gestalt von Dingen um sich. Vorhänge in der Farbe ihres Lippenstifts, Wände in dem genauen Farbton ihres Teints. Fußbodendielen aus Holz, die so glänzen wie teure Schuhe. Natürlich würde Gran gern wissen, warum hier nicht mehr Teppiche liegen statt dieser Brücken, die dick und warm aussehen wie ihr Mantel, aber nie ganz bis zur Wand reichen. Teppiche bedeuten bei Gran etwas. Aber eines sollte ihr klar sein. Wenn ein Haus schon warm ist, braucht man keine Teppiche. In einem Haus, in dem sogar der Fußboden warm ist.

Dann kommen wir in die Küche, und dort ist mehr Licht

als sonst wo. Weiße Wände, grüne Kacheln. Lydias Mutter wendet sich ab, um Schokoladenéclairs auf einen leuchtend blauen Teller zu legen. Zeit, den anderen einen Blick zuzuwerfen. Aber Laura tut so, als existierte ich nicht, und Lydia macht ein Gesicht, als wäre sie irgendwo anders, in einer kalten dunklen Höhle vielleicht, in der das Feuer schon vor langer Zeit ausgegangen ist. Keine der beiden weiß, was sie haben. Da ist es schon viel netter, ihre Mutter anzusehen, die gerade die Eclairs zurechtlegt, und ihr zuzusehen, wie sie sich die Sahne von den Fingern leckt. Man sieht sofort, weshalb sie keine dünne Frau ist.

Das erinnert mich an etwas, und ich hole die Pralinenschachtel hervor.

»Die sind für Sie, Mrs. Morris.«

»O Kate, Liebes«, sagt sie. »Das ist doch nicht nötig.« Und sie lächelt. Ein besseres Lächeln als beim letzten Mal.

»Mein Vater schickt sie.«

Es gibt eine Pause, und dann nimmt sie sie mir ab. Das Lächeln bleibt, wo es ist, aber es hat jetzt etwas verloren. Sie dreht sich um und verstaut die Pralinen, aber nicht irgendwo, sondern oben im höchsten Küchenregal – wo man sie nicht mehr sieht. Sie wird sich unmöglich daran erinnern, dass sie da sind, es sei denn, sie sucht danach. Und irgendwie glaube ich nicht, dass sie das tun wird.

Lydias Zimmer ist klein, absolut winzig, als hätte sie sich absichtlich das schlimmste Zimmer des Hauses ausgesucht. Und die Bücher machen es nur noch schlimmer. Bücher auf dem Bett, Bücher auf dem Fußboden, Bücher, die aufgeschlagen herumliegen, als sollten sie alle Wörter entkommen lassen. Und hier bringt sie es fertig zu schlafen. Kein Wunder, dass sie alles weiß. Man kann sich fast vorstellen, wie die Wörter mitten in der Nacht über ihr Kopfkissen kriechen wie eine Ameisenkolonne, in ein Ohr hineinmarschieren und aus dem anderen wieder hinaus. Mir würde das nicht gefallen.

Aber Mrs. Morris scheint die Unordnung nicht zu bemerken oder die Tatsache, dass die Bücher so viel Platz einnehmen. Sie sagt, ich könnte entweder hier bei Lydia ein Feldbett haben oder im Zimmer nebenan schlafen, *wo, dessen sei sie sicher, ich es bequemer haben würde.* Und das liegt doch auf der Hand, nicht wahr? Wenn sie gewollt hätte, dass ich im selben Zimmer schlafe, hätte sie Lydia dazu gebracht, die Bücher wegzuräumen.

Und Lydia sagt kein Wort, weder über die Bücher noch darüber, wo ich ihrer Meinung nach schlafen soll.

Also sage ich auch kein Wort. Weil ich offen gestanden entsetzt bin. Wenn eine Freundin bei einem übernachtet, soll man doch in einem Zimmer schlafen, alle Mädchen zusammen. Was für eine Freundin ist das, die einen im Nebenzimmer schlafen lässt.

Doch dann macht ihre Mutter eine weitere Tür auf, und alles ändert sich.

Dieses Zimmer ist drei Mal so groß wie das von Lydia und zehn Mal besser. Hier haben die Wände die Farbe von Zitronen und ein Teppich die Farbe grüner Äpfel. Grüne Vorhänge. Da ist ein zitronengelb gestrichener Kamin und darüber das Bild eines Baums. Das Zimmer hat ein eigenes Waschbecken mit einem Stück Seife, das man bis hierher riechen kann, und selbst die Seife duftet nach Zitrone. Ein Einzelbett mit einer spitzenbesetzten Bettdecke, die sich wie eine Schaumschicht ausbreitet. Ich habe noch nie ein Zimmer gesehen, das dem hier auch nur nahe käme. Nicht mal in meinen Träumen. Und das ist der Grund, weshalb sich alles ändert.

Es hat keinen Sinn, einen Groll zu hegen. Lydia kann ihren

unordentlichen kleinen Schrank behalten. Ich werde meine Kleider in die Garderobe hängen, in dem zitronengelb bemalten Bett unter der üppigen Decke schlafen und alles andere vergessen.

Trotzdem darf man Leute nicht *zu* leicht davonkommen lassen. Als wir allein in dem Durcheinander von Lydias Zimmer sitzen, frage ich, was sie für das Wochenende geplant hat. Und natürlich wird sie knallrot, weil sie gar nichts vorbereitet hat, es sei denn, man zählt einen Stapel von Schularbeiten mit.

Doch dann, als es fast schon zu spät ist zu antworten, rückt sie mit einer Antwort heraus – einer Art Antwort.

»Daddy hält morgen in der Kunstgalerie einen Vortrag. Da könnten wir hingehen. Vielleicht lässt er uns sogar die Dias wechseln.«

Ein Vortrag. In einer Kunstgalerie. Ich werfe ihr einen Blick zu, von dem ich nur hoffen kann, dass er alles sagt. Seltsamerweise scheint sie ihn nicht zu sehen. Ich bemerke jedoch, dass sie sehr still geworden ist. Dann begreife ich; es liegt daran, dass sie lauscht. Und ich weiß auch, wonach, da gehe ich jede Wette ein. Es muss fast die Zeit für ihren Dad sein, nach Hause zu kommen. Lydia möchte vor Laura an der Tür sein.

Danach wird alles still. Nun, jetzt muss ich auch lauschen. Wäre es nicht komisch, wenn ich sie überholte und vor den dreien an der Haustür ankäme, vor Laura, Lydia und ihrer Mutter?

Doch alles, was wir hören, ist ihr Mutter, die uns ruft. Wir sollen ihr helfen, den Tisch zu decken. Lydia verzieht das Gesicht, aber ich habe überhaupt nichts dagegen. Das ist eine Chance, zu zeigen, wie hilfsbereit ich sein kann.

Und ich habe Recht gehabt. Unten sind Laura und Lydia zu

rein gar nichts zu gebrauchen. Sie stehen mit leeren Händen und mürrisch herabgezogenen Mundwinkeln in der Küche herum, versperren einander absichtlich den Weg, bereit, einander ohne jeden Grund den Kopf abzureißen. Es sei denn, sie haben so etwas wie einen Grund. Die Zeit verstreicht. Wer wird als Erster zur Tür kommen?

Man fragt sich schon, wie er es mit denen aushält.

Was für ein Unterschied dagegen, mich zu haben, die ich ganz Liebenswürdigkeit und Licht bin, nicht so wie ihre Töchter, die im Esszimmer mit Tellern und Geschirr, ja sogar mit *Kerzen* hin und her laufen. Sie sagt, die Kerzen seien nur zum Spaß, da es Freitagabend sei, und dass sie da immer welche brennen ließen.

Nicht dass Lydia oder Laura viel Spaß zu haben scheinen. Sie werden einander jede Minute Ohrfeigen verpassen, zwei Töchter, die einfach nicht wissen, wie man teilt.

Vielleicht ist das der Grund, warum sie sie beide nach oben schickt. Laura soll sich ausziehen, und Lydia soll es überwachen.

Oder hat sie die beiden aus einem ganz anderen Grund weggeschickt? Da Laura und Lydia nicht da sind, bleiben nur wir beide übrig. Und ich weiß zumindest, wie man fröhlich ist.

Lydias Mutter fragt mich, ob ich weiß, wie man einen Salat anmacht.

Einen Augenblick später zeigt sie mir, wie man es macht, hilft mir, Essig und Öl und kleine Zuckerstücke abzumessen. Als ich ihr erzählte, dass das Salatöl genau das gleiche Zeug sei, das Gran dazu benutze, das Ohrenschmalz loszuwerden, lachte sie laut auf, als hätte sie noch nie etwas so Komisches gehört. Es wäre nett gewesen, sie zu fragen, warum, aber ich fürchtete, es würde den Spaß verderben. Alles verderben.

Wenn jetzt jemand hereinspazierte, würde er die Dinge nur so sehen, wie sie zu sein scheinen – als wäre da noch eine Tochter in der Familie, eine, die wusste, wie man teilt, und die kein mürrisches Gesicht macht und nicht das Gesicht verzieht.
Selbst Mrs. Morris scheint sich jetzt mitreißen zu lassen. Sie lacht über jede Kleinigkeit, hält mir den Löffel hin, damit ich probieren kann, und vergewissert sich, dass ich das Messer richtig halte, damit ich die Gurke schneiden kann. So bereitet Gran das Essen nicht zu. Dies ist fast so, als hätte man Spaß, als würde die Zeit wie im Flug vergehen …
Dann höre ich den leisen Laut eines Schlüssels im Schloss, dem ein Sekundenbruchteil später ein anderes, viel lauteres Geräusch folgt. Hektische, ungleichmäßige Schritte auf der Treppe, so dass man sich die dazugehörige Balgerei vorstellen kann, das rücksichtslose Schieben und Stoßen mit den Ellbogen. Am unteren Ende kracht etwas zu Boden, und etwas anderes beginnt zu kreischen, und zwar lauter als ein angestochenes Schwein.
Mrs. Morris seufzt und vergisst, sich die Hände abzuwischen, so dass sie sich Olivenöl direkt durchs Haar zieht.
Einen Moment später kommen alle im Gänsemarsch in die Küche und ruinieren das, was von unserem Frieden noch übrig ist. Erst Lydia mit rotem Gesicht und keuchend, dann Laura, die jetzt lächelt und ein Gesicht macht wie die Katze – oder vielmehr das Kätzchen –, das die Sahne ergattert hat. Und hinter ihnen die Person, auf die alle gewartet haben, die Ursache von all dem: Lydias Dad. Endlich.
Und sieht er nicht zufrieden aus? Hier ist jemand, der ohne Rücksicht auf Verluste gern im Mittelpunkt der Aufmerksamkeit steht. Die Anzeichen sind unverkennbar.
Noch hat er mich nicht gesehen. Das ist der Grund, weshalb

mich niemand dabei ertappen wird, dass ich mich aufdränge, bevor ich aufgefordert werde, anders als andere Leute. Außerdem ist er nicht in dem Zustand, richtig auf mich aufmerksam zu werden, da Laura und Lydia an ihm hängen und seine Frau mit diesem Lächeln im Gesicht vortritt – dem guten Lächeln, nicht dem armseligen. Einem Lächeln, das sie wohl für jemanden aufsparen möchte, der seine Tage damit verbringt, etwas Nützliches zu tun – und nicht einfach nur mit einer Menge alter Bilder herumspielt.

Am wichtigsten aber: Zurückhaltung bedeutet, dass man genau hinsehen und sich entscheiden kann, bis man die beste Möglichkeit gefunden hat, an eine Sache heranzugehen. Man lernt einen Mann kennen, indem man sieht, wie er seine Familienmitglieder sich um ihn balgen lässt.

Obwohl Lydias Vater jetzt nur für Lydias Mutter Augen zu haben scheint. Er zieht sie zu sich heran, als wollte er ihr einen Kuss geben, einen langen Kuss direkt auf den Mund. Man könnte glatt erröten. Und als wäre das noch nicht genug, legt er ihr die Lippen ans Ohr und flüstert etwas, was sonst niemand hören kann, Worte, die sie zum Lachen bringen und sich abwenden lassen.

Und noch immer hat er mich nicht bemerkt. Nach seiner Frau wendet er sich dem Tisch zu, dem Salat, den *ich* gerade angemacht habe. Nimmt eine Hand voll Salatblätter und stopft sie sich in den Mund. Große Hände hat er, mit langen schmalen Fingern, die Salz und Öltropfen in die Luft schütteln. Hände, die aussehen, als könnten sie ein Bild malen, aber nie einen Zaun anstreichen. Er hat den ganzen Tag gearbeitet, trägt aber nicht mal eine Krawatte. Lockiges schwarzes Haar, schläfrige schwarze Augen. Er sieht aus wie ein Ehemann. Er sieht aus wie ein Vater von Töchtern, der Mann der Familie, die Art Mann, von dem halbwüchsige hässliche

Mädchen träumen – bis sie einen Besseren kennen lernen. Er würde sterben, wenn er je einen Sohn bekäme.
Und selbst jetzt weiß er noch nicht, dass ich da bin. Aber es wird allmählich ruhiger. Ich würde sagen, dass er jetzt bald bereit ist.
Der Teller macht einen schrecklichen Lärm, als er auf dem Fußboden zerschellt, lässt alle zusammenzucken, sogar ihn.
»Oh, Mrs. Morris«, rufe ich aus. »Es tut mir so Leid. Er ist mir einfach aus der Hand gerutscht.« Ich bücke mich sofort, um die Scherben aufzuheben, was bedeutet, dass er sich über den Tisch lehnen muss, um zu sehen, wo ich geblieben bin.
Natürlich hockt *sie* einen Augenblick später neben mir auf dem Fußboden und drängt mich, wieder aufzustehen, sagt, sie werde sich um alles kümmern. Erst als sie sich richtig hinkauert und sich mit Handfeger und Schaufel zu schaffen macht, stehe ich auf. Und lächle Lydias Vater an.
Mit meinem allerschönsten Lächeln.
Mark, die Sportlehrerin, Miss Jamieson und jetzt Lydias Vater.
Es klappt immer. Sie müssen nur von der richtigen Art sein und nach etwas Ausschau halten, von dem sie nicht mal gewusst haben, dass sie es wollen. Bis sie mich kennen lernen.
Was immer er seiner Frau ins Ohr geflüstert hat, es ist, als hätte ich es ihm zurückgeflüstert und noch mehr dazu.
Alles mit einem einzigen Lächeln.
Seine Augen sind nicht mehr schläfrig. Sie sind hellwach und verblüfft. Manchmal vergesse selbst ich, wie einfach es ist.
»John?« Die Stimme von Lydias Mutter ertönt hinter uns. Sie ist gerade dabei aufzustehen. »John, kannst du mir helfen?«
Er zuckt leicht zusammen. Dann blickt er vorsichtig nach links und rechts, um festzustellen, ob jemand mitbekommen hat, was sich soeben ereignet hat. Aber da gibt es kein Problem, zumindest nicht bei Lydia. All diese Bücher, und

trotzdem kennt sie sich mit Menschen nicht im Mindesten aus, am allerwenigsten bei ihrem eigenen Vater. Sie starrt ihn mit diesem unerfahrenen Gesichtsausdruck an – und sieht gar nichts. Sie sollte sich aber Laura genauer ansehen, die uns beide mit einem Ausdruck beobachtet, von dem ich bezweifle, dass sie ihn je hatte.

Himmel, die ist aber schnell von Begriff, die Kleine. Vielleicht haben wir diese Dinge doch gemeinsam.

»Oh, sehen Sie mal«, sage ich sehr sanft. »Mein Finger blutet.«

Und so ist es tatsächlich. Blut tröpfelt von der Fingerkuppe, als ich ihn hochhalte, und läuft in einem schmalen roten Band bis auf meine Handfläche hinunter. Ich lecke mir das Blut vom Handgelenk. Es ist salzig wie Grans Speisen. Dabei lasse ich ihn keine Sekunde aus den Augen.

Mr. Morris schluckt und blickt zur Seite. »Elizabeth«, murmelt er und macht eine Handbewegung zu mir hin. »Unternimm bitte etwas, ja?«

Sofort steht Mrs. Morris auf.

»Oh, Kate«, ruft sie aus. »Armes kleines Ding. Ich werde mich sofort darum kümmern.«

Sie ist *so* nett, und ihre Hände sind mit Schwamm und Krem und Heftpflaster unendlich behutsam. Ich bedaure fast, dass es passieren musste, das Lächeln. Aber es ist, wie Dad immer sagt. Wenn man mit einer Gabe gesegnet ist, ist es eine Sünde, sie nicht zu benutzen. Man hat keine Wahl. Es liegt an anderen, was sie damit anfangen. Es ist eben so. Ich musste lächeln.

Aber er hätte zur Seite blicken können.

Jedoch scheint es Lydias Mutter gegenüber fast unfreundlich zu sein, die mir gerade ein Heftpflaster um den Finger wickelt. Ihre Berührung kommt mir so vertraut vor; es ist, als hätte jemand mein ganzes Leben lang das für mich getan. Was natürlich nicht stimmt. Wenn ich mir wehtue, ist nur Gran da, die ein paar Streifen Heftpflaster absäbelt, die ich mir draufkleben darf. Altmodisches Zeug, das auf der Haut wehtut, wenn man es abzureißen versucht. Richtet mehr Unheil an, als es Gutes tut. Jedenfalls ist immer nur Gran da gewesen.

Oder? Jemand muss mich mit Heftpflastern verbunden haben, als ich noch klein war. Jemand, an den ich mich nicht erinnern kann. Der mich dabei so sanft berührte, dass mir jetzt *ihre* Berührung vertraut vorkommt. Lässt in mir den Wunsch aufkommen, ich könnte alle meine Finger bluten lassen, einen nach dem anderen, nur damit es bis in alle Ewigkeit so weiterginge, um nie aufzuhören.

Ich werde ihn nicht wieder anlächeln, Lydias Vater. Selbst wenn es eine von Gott gesandte Gabe ist. Ich werde nicht lächeln. *Sie* würde es nicht mögen.

Beim Dinner aß ich meinen Salat, aber ich kann nicht behaupten, dass ich beeindruckt war. Nicht genug Salz, nicht genug Essig. Zu Hause benutzen wir Salatsauce, die den Geschmack des Salats hübsch überdeckt. Außer mir schien aber niemand so zu denken. Jeder isst ihn und sagt, er schmecke gut. Inzwischen versucht Lydias Vater sich schon einzureden, dass er es sich nur eingebildet hat, dieses Lächeln. Hat zu viele Stunden damit zugebracht, Kunstwerke anzuschauen, das Lächeln, das Künstler aus ihrer Fantasie geschöpft haben. Er wird sich einreden, dass das die Ursache gewesen ist. Alles läuft wie am Schnürchen. Alle reden, sogar Lydia. Man könnte glauben, wir wären eine große glückliche Familie, das könnte man tatsächlich.

Das heißt, bis man Laura ansieht. Sie hat seit jenem ersten Lächeln den Blick nicht mehr von mir abgewendet. Und sie hat kaum ihr Essen angerührt und verschwendet Nahrungsmittel. Doch darüber verliert niemand ein Wort. Ihre Mutter sagt einfach, sie müsse müde sein, sie solle schon längst im Bett liegen. Sagt es ihr zwei Mal. Zeit zum Schlafengehen. Doch Laura bewegt keinen Muskel.

So etwas habe ich noch nie gesehen. Ein Kind verschwendet Lebensmittel, man sagt ihm, es solle zu Bett gehen, doch es bleibt genau da, wo es ist. *Und nichts passiert.* Keiner scheint auch nur verstimmt zu sein. Ich verstehe das nicht – es sei denn, es liegt am Wein, den sie trinken, der ihr Gefühl für Recht und Unrecht trübt. Das ist eine Sache, die ich *ihm* nicht werde erzählen können, wenn ich nach Hause komme, die Sache mit dem Wein. Die mit den Kerzen auch nicht, von den Kerzen werde ich ihm erst recht nicht erzählen. Die einzigen Leute, die wohl oder übel Kerzen anzünden, sind die Katholiken, und was würde das über sie aussagen?

Und noch immer sitzt Laura einfach nur da und weigert sich nachzugeben, was ihre Eltern wie zwei Narren aussehen lässt. Warum? Dann trifft mich die Erkenntnis. Laura bleibt, wo sie ist, weil sie Angst hat, es könnte etwas passieren, wenn sie geht. Etwas, das mit mir zu tun hat.

Am Ende ist es leichter, wenn ich diejenige bin, die sich von der Stelle rührt. Lydia verhält sich auch so, wie man erwarten würde.

Vor ihrem Zimmer dreht sie sich zu mir um. »Würdest du gern noch auf einen kleinen Plausch oder so zu mir reinkommen?«

Oder so. Es wäre ein Detektiv nötig, um in dieser Bemerkung auch nur einen Anflug von Begeisterung zu entdecken. Aber soll ich mich darüber aufregen? Worüber würde ich mich unterhalten wollen, wenn mein Zimmer auf mich wartet?

Folglich zeige ich ein herzhaftes Gähnen, wie es Schauspieler auf der Bühne präsentieren, das nicht einmal ansatzweise echt aussieht. »Tut mir Leid«, sage ich ihr. »Tut mir wirklich Leid. Ich bin einfach zu müde. Kann keine Minute mehr wach bleiben. Ich muss unbedingt ins Bett.«

Was eine gute Antwort ist, weil Lydia für einen Augenblick verärgert aussieht. Wie wir beide wissen, bleiben wirkliche Freundinnen ewig auf, wie müde sie auch sein mögen – es sei denn, sie haben am nächsten Morgen Schule. Und morgen ist Sonnabend.

Schließlich gehe ich los, um meine Tür aufzumachen – und mache sie hinter mir zu. Jemand ist im Zimmer gewesen und hat die Tagesdecke entfernt und das Bett für mich fertig gemacht.

Doch bevor ich ins Bett gehe, wasche ich mir das Gesicht und trockne es mit dem bestickten Handtuch ab, und bevor ich mich überhaupt ausgezogen habe, stelle ich mich vor den Spiegel und übe mein Lächeln. Das gute, nicht das schlechte.

Und als Letztes, nach dem Ausziehen, setze ich mich auf die Bettkante und bohre die Füße in den grünen Teppich, alle beide. Einer ist rosig und glatt, der andere braun und von anderen Farben durchzogen, mit einem leichten Glanz wie etwas Poliertes. Ich kann es nach Herzenslust betrachten. Es ist sicher. Kein Mensch wird hereinkommen. Niemand wird mich daran hindern.

Ich glaube nicht einmal, dass es so schlimm ist mit meinem Bein. Wenn ich die Haut berühre, ist sie vielleicht nicht gerade glatt, aber doch weich, weicher als alles andere, was ich kenne. Mit Ausnahme vielleicht ihres Mantels.

Beschädigte Ware, allerdings. Alles andere als vollkommen.

Was würde *sie* dazu sagen, wenn sie das sähe, Lydias Mutter? Ich kenne die Antwort darauf. Sie würde mich fragen, wie es

passiert ist. Und ich könnte ihr nichts dazu erzählen. Man kann nicht über etwas sprechen, was man nicht weiß. Aber irgendwie wäre es mir lieb, wenn sie es sähe. Weil ich ihr vielleicht eine Frage stellen würde. Würde sie weggehen und nie zurückkehren, wenn Lydia so etwas passierte?
Andererseits ist das gar nicht nötig. Man braucht sie nur anzusehen, um Bescheid zu wissen. Lydias Mutter würde nie weggehen. Lydias Mutter würde bleiben, was auch immer passiert. Lydia könnte doppelt so hässlich sein, wie sie schon ist, und ihre Mutter würde trotzdem da sein. Man braucht nicht einmal *Es* zu haben, um das zu verstehen. Lydias Mutter würde eher sterben, als ihre Töchter im Stich zu lassen. Alle beide.
Wenn sie gehen müsste, würde Lydias Mutter sie mitnehmen. Es wäre schon höhere Gewalt nötig, um sie daran zu hindern.

Zwölftes Kapitel

Es muss daran liegen, dass ich mich im Haus anderer Leute befinde, was Wirkung zeigt und mich träumen lässt. Diesmal einen anderen Traum. Es begann genauso mit dem Licht und der Hitze. Aber dann hörte es ziemlich plötzlich auf, und alles wurde dunkel – als wollte es wieder anfangen und zu etwas ganz Neuem werden.

Jetzt war ich zum ersten Mal allein. Allein und in einem anderen Teil des Hauses. Statt des Lichts und der ächzenden Wände gab es nur sein Zimmer. Hier war sein Schreibtisch, und da war das Bild vom Goldenen Kalb und den tanzenden Mädchen. Ich hätte bei ihrem Anblick erschrecken sollen. Es gab immer nur den einen Grund, sich in seinem Zimmer aufzuhalten.

Diesmal aber nicht. Diesmal wartete ich so geduldig, wie man nur sein kann, denn letztlich ist Geduld mein zweiter Vorname. Jemand hatte mir gesagt, ich solle warten. Warten und mir keine Sorgen machen. Warten und die Füße anstarren und zehn rosige kleine Zehen zählen. Warten und lauschen.

Wonach lauschen? Nach dem Geräusch von Schritten, wonach sonst. Schritte wären das Zeichen, dass das Warten ein Ende hat, Schritte eines Menschen, auf den ich wartete. Schritte, die gleich da draußen vor der Tür sind, die immer näher kommen und dann innehalten …

Draußen, auf Lydias Treppenabsatz, bewegen sich richtige Schritte an meiner Tür vorüber. Sie haben jedoch nichts mit meinem Traum zu tun, können nicht zeigen, wer vor der Tür meines Vaters war oder auf wen ich gewartet hatte. Und sie konnten auch nicht das Allerseltsamste von allem erklären – das Gefühl, das einen beim Aufwachen überkommt.

Ich meine das Gefühl, das man hat, wenn einem etwas Schönes weggeschnappt wird. Als träumte man, es wäre Weihnachten, nur um beim Aufwachen zu entdecken, dass es ein Tag wie jeder andere ist. Enttäuschung, es gibt kein anderes Wort dafür.

Habe ich gerade gesagt, dies sei ein neuer Traum? Ist er nicht. Es ist ein sehr alter Traum. So alt, dass ich vergessen hatte, dass ich ihn früher überhaupt träumte. Ich musste in einem fremden Bett und in einem fremden Haus schlafen, um ihn erneut zu träumen, als wäre er zu Hause etwas gegen die Regeln.

Draußen auf dem Treppenabsatz höre ich weitere Geräusche; das Knarren einer Fußbodendiele, das Auftreten von Hausschuhen. Doch niemand bleibt an meiner Tür stehen. Stattdessen geht jemand die Treppe hinunter, als wollte er um keinen Preis jemanden wecken.

Minuten vergehen. Im Zimmer neben meinem höre ich einen dumpfen Aufprall. Wahrscheinlich ein Buch, das vom Bett heruntergerutscht ist. Dann geht die Tür auf, und jemand trottet zum Badezimmer. Das kann nur Lydia sein. Außer ihr hat kein Mensch solche Plattfüße. Und während sie im Badezimmer ist, sind weitere Schritte zu hören, schwere Schritte, die die Treppe hinuntergehen, als wäre es eilig.

Dann sind also alle auf den Beinen. Ich bin die Einzige, die noch im Bett liegt.

Und dennoch kommt niemand mir nahe. Niemand stürmt in

mein Zimmer, um mir zu sagen, dass es spät sei, dass eine verpasste Gelegenheit so schnell nicht wiederkomme. Das Licht scheint weiterhin friedlich durch die grünen Vorhänge, und es kommt mir vor, als beobachtete ich, wie der Morgen langsam durch eine grüne Apfelscheibe sickert. *Doch niemand stört es.* Das bin ich nicht gewöhnt. Vergeudete Zeit ist weggeworfene Zeit. Doch das scheint niemanden zu kümmern. Irgendwo in der Ferne klingelt ein Telefon, gedämpft durch Türen, von denen ich schwören könnte, dass man sie geschlossen gehalten hatte, um mich nicht zu stören.

Wenn *er* je herausfände, dass ich im Bett geblieben war, würde ich sagen müssen, dass ich nur liegen geblieben war, um sie auf die Probe zu stellen, um zu sehen, wie lange es dauern würde, bis jemand kam, um mich zu holen. In gewisser Weise ist es auch genau das, was ich tue.

Aber es passiert nicht. Niemand kommt. Ich stehe erst dann auf, als mir einfällt, dass ich bestimmte Dinge zu tun habe.

Die Küche ist leer bis auf Lydia, die von dem Buch hochblickt, das sie gegen einen Milchkrug gestützt hat.

»Dein Vater hat angerufen.«

Dann macht sie ein erstauntes Gesicht, weil sie nicht verstehen kann, warum ich mich so plötzlich hinsetzen muss, als hätte sie mir einen Tritt in die Kniekehlen verpasst, so wie wir es während der Morgenandacht mit den Mädchen tun, die vor uns stehen.

Wie dumm, wie dumm von mir. Denen ist es egal, *ihm* aber nicht. Daran hätte ich denken müssen. Vergeudete Zeit ist weggeworfene Zeit. Er wird angerufen haben, um sich zu erkundigen, und jetzt weiß er Bescheid.

Mrs. Morris betritt die Küche, Laura gleich hinter ihr.

»Kate, da bist du ja. Hast du gut geschlafen? Lyddie, meine Liebe, mach ihr ein bisschen Toast.«

Sie wendet mir jetzt den Rücken zu und gießt Wasser aus dem Kessel in einen Kaffeebecher. »Oh, fast hätte ich es vergessen, Kate, dein Vater hat angerufen. Er wollte wissen, ob du schon auf bist. Ich habe mit ihm gesprochen und befürchte« – plötzlich hört sich ihre Stimme vorsichtig an – »und ich befürchte, ich habe ihm den Eindruck vermittelt, als wären wir *alle* schon seit Tagesanbruch auf den Beinen. Das stimmt natürlich nicht. Wenn du willst, kannst du ihn zurückrufen.«

Und dann dreht sie sich mit einem Becher Kaffee in der Hand um. Ihr Blick begegnet meinem. Und es ist ein Schock. Sie weiß Bescheid. Über vergeudete Zeit. Zeit, für die ich werde zahlen müssen.

Nur werde ich nicht dafür bezahlen müssen, diesmal nicht, dank Mrs. Morris, der es nichts auszumachen scheint, dass wir eigentlich nur die Wahrheit im Munde führen sollten.

»Ist schon in Ordnung«, sage ich. »Ich werde nicht anrufen.«

Lydia macht ein enttäuschtes Gesicht. Wahrscheinlich hatte sie gehofft, mit ihm zu sprechen.

»Na schön«, sagt sie. »Wir haben es verpasst, mit Daddy zur Galerie zu gehen. Du hättest nicht so lange schlafen sollen. Er ist schon vor Ewigkeiten gegangen.«

Dann hat es am Ende doch jemanden gestört, dass ich im Bett geblieben bin. Aber das *musste* natürlich sie sein. Das musste Lydia sein. Aber hören wir uns ihre Mutter an.

»Lydia!«, ruft sie aus. »Du wolltest die arme Kate doch nicht etwa zu einem von Daddys Vorträgen schleifen. Bitte sag mir, dass das nicht stimmt.«

Lydia starrt mit bleiernem Gesicht in ihr Buch. Mrs. Morris seufzt. Sie fragt sich manchmal bestimmt, wie es wohl wäre, eine ältere Tochter zu haben, die nicht so schwierig ist. Eine Tochter, die sich so zu benehmen weiß, wie sich eine Tochter benehmen soll.

Vielleicht muss sie deshalb die Küche verlassen.

»Wir sind spät dran«, sage ich und springe auf.

Lydia macht ein finsteres Gesicht. »Das habe *ich* doch gesagt.«

Sie glaubt, ich spräche von der Kunstgalerie und einer Ladung alter Dias. Dumme Lyddie, dämliche Lyddie. Hat sie wirklich geglaubt, ich würde es ihr überlassen, dafür zu sorgen, dass wir an diesem Wochenende unseren Spaß haben? Jetzt muss alles eine Überraschung für sie sein.

Wir kommen schrecklich spät dort an, aber Hilary macht das nichts aus. Als wir in der Milchbar eintreffen, sitzt sie kerzengerade auf einem der roten Plastikstühle. Ihre Wangen haben fast die gleiche Farbe. Sie starrt vor sich hin und bewegt nicht einmal den Kopf, als wir eintreten. Nach der Milchhaut auf ihrem Kaffee zu urteilen, sitzt sie schon seit Ewigkeiten hier.

Aber wir werden keine Klage von ihr hören. Hilary bleibt sehr ruhig, als könnte sie jede Bewegung explodieren lassen. Nun ja, dafür hat sie Gesellschaft, oder? Auf dem Stuhl rechts neben ihr sitzt Marks Freund, der ebenfalls starr vor sich hinblickt. Und auch er hat seinen Kaffee nicht angerührt.

Der Einzige, der Erleichterung zeigt, ist Mark, dem es ins Gesicht geschrieben steht. Er muss allmählich angenommen haben, dass ich nicht komme, dass er umsonst hier herumsitzt.

Es ist wirklich ein magischer Augenblick. Das, was man einen großen Triumph nennen könnte. Verstehen Sie, eigentlich habe ich ihn hier gar nicht erwartet. Irgendwo, mehrere Kilo-

meter von hier entfernt – ist es Kirkcaldy diese Woche? –, zittern ein paar Leute auf einem Rugbyfeld und fragen sich, was wohl mit ihrem Star-Spieler passiert sein könnte.
Er verdient das schönste Lächeln, das ich zu Stande bringen kann, das Lächeln, das mehr verspricht, als er sich vorzustellen wagt. Außerdem mag Mark meine Haarfarbe. Honigfarben – so hatte er es mal gesagt. Haar, das sonst niemand bemerkt zu haben scheint, nicht einmal …
Nicht einmal Dad.
Als ich mich auf den Sitz neben ihm setze, muss das der Grund sein, warum ich die Hand auf seinen Oberschenkel lege – nur für eine Sekunde. Gerade lange genug, damit er es spürt und damit es Wirkung zeigt. Dann nehme ich sie wieder weg.
»Oh, arme Lyd«, sage ich und blicke hoch. »Alle vier Stühle sind besetzt. Du musst dir wohl einen anderen Platz suchen.«
Das stimmt zwar, ist aber trotzdem kein Grund, so ein tragisches Gesicht zu machen. Gleich auf der anderen Seite des Gangs, gegenüber von zwei alten Damen mit Filzhüten, ist noch Platz. Sie wird zwar nicht die Hälfte von dem hören, was wir zu sagen haben, aber ich nehme auch nicht an, dass wir viel reden werden.
Sie läuft knallrot an, aber einen Augenblick später dreht sie sich um und geht zu den alten Damen hinüber. Und nicht einmal die wollen sie. Worüber sie auch sprechen mögen, es scheint nicht für junge Ohren bestimmt zu sein. Sie machen ein finsteres Gesicht, als sie sich hinsetzt, stecken dann die Köpfe zusammen und setzen ihre Unterhaltung im Flüsterton fort. Du meine Güte, es ist ja genau wie in der Schule.
Aber was ist das? Ohne mich auch nur anzusehen, hat Mark meine Hand ergriffen und sie sich wieder auf den Oberschen-

kel gelegt, wo sein … ich kann es nicht sagen. Nennen wir es sein Sie-wissen-schon-was. Doch es ergibt ein interessantes Problem. Nämlich, was ich als Nächstes tun soll.

Vielleicht muss ich gar nichts *tun.* Er starrt die Tischplatte an, als interessiere er sich plötzlich besonders für Resopal, während ich einfach nur dasitzen und abwarten kann, dass die Dinge ihren Lauf nehmen, und kühl bleibe wie etwas direkt aus dem Kühlregal. Die Schwierigkeiten liegen ausschließlich bei ihm.

In der Zwischenzeit kann ich Hilary und den Eulenjungen betrachten – er heißt übrigens Nicholas –, der sich neben sie hingequetscht und keinerlei Hoffnung auf ein Entrinnen hat. Ich habe noch nie jemanden mit einem so jämmerlichen Ausdruck wie ihn dasitzen sehen, der allein durch ihre schiere Willenskraft dort festgehalten wird. Natürlich wissen Sie, wer ihn fröhlicher stimmen und bereit machen könnte, sich nicht von der Stelle zu rühren. Jemand, der fast sein Abbild ist. Jemand wie Lydia.

Da wir gerade von ihr sprechen. Ein schneller Blick, nur um nachzusehen.

Und ob Sie es glauben oder nicht, sie ist verschwunden. Lydia ist verschwunden. Die alten Damen sitzen immer noch da, sprechen aber jetzt wieder laut, weil Lydia verschwunden ist. Und es muss der Schock gewesen sein, der mich zusammenzucken und die Hand ballen ließ, denn neben mir fängt Mark, der bisher vollkommen bewegungslos dagesessen hat, an zu zucken und wird starr, um dann mit einem eigentümlichen (und wie ich sagen muss, wenig attraktiven) Stöhnen laut auf seinem Stuhl zusammenzusacken.

Ehrlich, manche Leute.

Ich versetze Hilary unter dem Tisch einen Tritt. »Lydia ist weg.«

Es dauert ein paar reichlich lange Sekunden, bis die Nachricht bei ihr angekommen ist. »Ach ja?«, sagt sie schließlich. Ihr ist gerade aufgefallen, dass mit Mark etwas los ist, und sie starrt ihn mit kugelrunden Augen an, da sie noch nie jemanden in seinem Zustand gesehen hat, jedenfalls nicht in einem Café. Und woanders wohl auch nicht. Hilary hat keine Ahnung.

Aber das ist Hilary, wie sie leibt und lebt, jederzeit bereit, sich von der kleinsten Kleinigkeit ablenken zu lassen. Sie versteht nicht, oder? Denn was ist, wenn Lydia einfach nach Hause gegangen ist? Sie werden wissen wollen, weshalb, und sie wird sagen, es sei meinetwegen, da ich sie mit ein paar alten Damen allein hätte sitzen lassen. Weil ich sie nicht in meine Arithmetik einbezogen hätte.

Aber Hilary begreift nichts davon. Und als wäre nicht alles schon schlimm genug, hat sie plötzlich angefangen zu reden. Es muss Mark sein, der immer noch über der Tischplatte zusammengesunken ist, der sie nervös macht.

»Lydia ist die, die eben noch hier war, eine Freundin von uns. Eigentlich weiß ich nicht mal, ob ich sie eine Freundin nennen *würde*. Ich meine, sie ist schon in Ordnung, aber sehr oft sehr merkwürdig. Oder etwa nicht? Ist sie nicht merkwürdig? Wahrscheinlich das merkwürdigste Mädchen in der ganzen Klasse.« Dann verstummt sie und kichert plötzlich los. »Solange man Moira nicht mitzählt, natürlich.«

Moira. Moira MacMurray. Bei der Erwähnung dieses Namens geht mir ein Licht auf. Lydia ist nicht der Typ, der einfach losgeht, jedenfalls nicht aus eigenem Antrieb, nicht, wenn man ihr gesagt hat, sie solle irgendwo hingehen und dort bleiben. Das ist es eben mit Lydia. Sie tut, was man ihr sagt. Folglich muss etwas anderes Lydia dazu gebracht haben, wegzugehen. *Jemand* anderes. Und Hilary hatte Moira erwähnt.

Bei dieser Erkenntnis bin ich auf den Beinen und gehe zur Tür.

Und es ist ein Kampf, ein richtiger Kampf. Das Café scheint sich seit unserer Ankunft gefüllt zu haben. Es muss zu regnen begonnen haben, denn überall standen Gruppen von Leuten in dampfenden Mänteln herum, die im Weg waren und wissen wollten, weshalb ich so drängelte. Aber schließlich schaffte ich es hinauszukommen. Und tatsächlich, da hinten in der Ferne schlendern Lydia und *Moira* zusammen in dem Regen davon.

Wieder rein ins Café. »Los, komm mit«, sage ich zu Hilary. »Steh auf.« Sie starrt mich an. Bleibt, wo sie ist. »Los, komm schon.«

Aber sie rührt sich noch immer nicht von der Stelle, erst dann, als der Eulenjunge ihr etwas ins Ohr murmelt. Hilary wird knallrot und steht dann auf, um ihn hinauszulassen. Sie gibt keine Erklärung dafür, aber irgendwie muss es so sein, dass die Tatsache, dass Lydia gegangen ist, es ihm auch erlaubt, das Gleiche zu tun.

Jetzt ist Mark das einzige Problem. »He«, sagt er schwach. »He.« Und das ist alles, was er herausbringt. Kaum das, was man von dem Star der Abschlussklasse erwarten würde.

Ignorieren wir ihn. Wir müssen los, Hilary und ich. Wir müssen zusammenbleiben. Und außerdem kommt es auf ihn gar nicht an. Was gerade passiert ist, er glaubt, ich hätte es absichtlich getan, hätte meine Hand zusammengekrampft, was diese Wirkung gehabt hat. Als ob ich so was tun würde. Es war reiner Zufall. Aber das weiß er nicht. Wir können ihn hier lassen. Der wird wiederkommen.

Nein, das Einzige, was uns jetzt aufhält, ist Hilary, die immer noch an ihrem Dufflecoat fummelt, als der Regen auf uns niederprasselt. Und dank ihr ist es zu spät. Jetzt ist nichts mehr von ihnen zu sehen.

Dann packt mich Hilary am Arm. Sie hat sie gesehen, Moira und Lydia, wie sie knapp hundert Meter weiter an einer Bushaltestelle stehen. Ich hatte also Recht, Lydia war *tatsächlich* auf dem Weg nach Hause, bereit, Geschichten zu erzählen, bereit, alles zu ruinieren. Doch dann kommt mir ein anderer Gedanke. Sie wartet auf der *falschen* Seite der Straße. Sie sollte auf dieser Seite stehen. Wenn sie einen Bus von dort nimmt, wo sie steht, würde er sie in die genau entgegengesetzte Richtung fahren.

Es sei denn. Es sei denn, Lydia will gar nicht zu sich nach Hause; es sei denn, sie hat vor, mit Moira nach Hause zu gehen, zu Moiras Haus. Plötzlich weiß ich genau, was Moira tut. Sie nimmt Lydia mit nach Hause, um ihre Großmutter kennen zu lernen.

Das ist der Moment, in dem ich losrenne. Denn was ist mit mir? Was könnte ich sagen, um es zu klären, wenn ich ganz allein nach Hause gehen muss? Was würde ihre Mutter denken? Und noch etwas. Wenn Lydia es tatsächlich vorzieht, mit Moira MacMurray loszuziehen – *Moira MacMurray* –, was sagt das dann über mich aus?

Wie dumm von mir, das war natürlich falsch ausgedrückt. Natürlich wollte ich etwas anderes sagen, nämlich, was das über sie aussagt, über Lydia?

Wenigstens dieses eine Mal tut Hilary das Richtige. In dem Moment, in dem wir an der Bushaltestelle ankommen, stellt sie sich auf die andere Seite von Lydia und fasst sie beim Arm. Lydia, die uns nicht einmal hat kommen sehen, macht einen Satz und windet sich dann vor Schmerz.

Ich habe immer gewusst, dass Hilary gemein sein kann.

Moira bleibt an der Bushaltestelle stehen, als wir weggehen, doch ich kann ihre Blicke noch lange spüren, nachdem wir sie zurückgelassen haben. Es ist so, als würde sich ein elastisches Gummiband auf der Straße zwischen uns dehnen. Wenn ich stehen bleibe, könnte ich vielleicht wieder direkt neben sie zurückgerissen werden. Dann müsste ich mit Moira nach Hause gehen statt mit Lydia. Zu ihr nach Hause, um ihre Großmutter kennen zu lernen.

Und was ist mit Lydia? Ich glaube, dieses Mädchen hat seit dem Tag ihrer Geburt nicht aufgehört, ein Problem zu sein. Hier ist sie nun, frisch gerettet, und ist sie dankbar? Kein bisschen. Lydia macht ein mürrisches Gesicht und schweigt, hat nicht die mindeste Lust, mit uns zusammen zu sein. Und das einfach nur, weil die Arithmetik nicht gestimmt hat.

Was unangenehm ist. Wir müssen bald wieder zu ihr nach Hause gehen. Irgendwie muss ich mich wieder gut mit ihr stellen, und das schnell. Aber wie? Dann eine Eingebung. Denn hinten in der Ferne sehe ich eine Buchhandlung, die im Regen erleuchtet ist und für Leute, die sich verlaufen haben und sich verloren fühlen, wie ein Leuchtfeuer wirkt.

Jetzt weiß ich genau, was zu tun ist.

Dort drinnen ist es fast so überfüllt wie in dem Café. Die Menschen drängen sich an den Regalen und tun so, als wollten sie alle ein Buch, tun so, als hätte der Regen nichts damit zu tun. Doch trotz der vielen Menschen fällt es mir nicht schwer, die Hand darauf zu legen, auf die eine Sache, die Lydia garantiert wieder zur Räson bringt.

Tatsächlich könnte man sogar sagen, dass die vielen Menschen ein Geschenk des Himmels sind. Sie machen es leichter – obwohl die Menschen gleich neben der Abteilung für religiöse Bücher schon weniger geworden sind. Anscheinend ist mehr nötig als nur Regen, um manche Leute näher an Gott heranzubringen. Aber es sind immer noch genügend Leute da, um das, was ich vorhabe, zu einem absoluten Kinderspiel zu machen. Das einzige Problem ist wirklich nur Hilary.

Doch da ist noch ein weiteres Geschenk des Himmels. Diesmal in Gestalt der Abteilung für Schauerromane. Hilary entdeckt die abgetrennten Köpfe und krabbelnden Hände und vergisst mich total. Als sie von Amputationen und Augäpfeln genug hat, hat die Zeit mehr als ausgereicht, um beide wieder hinauszubugsieren.

»He, Lydia«, sage ich, »warte einen Moment.« Sehen Sie, sie wollte schon wieder griesgrämig weitertrotten, weil sie immer noch dachte, sie kann die Beleidigte spielen. Einem direkten Befehl kann sie aber nicht widerstehen, und so hält sie inne.

»Sieh mal«, sage ich, »sieh mal, was ich gerade für dich gekauft habe.«

Es war noch im Regal gewesen, Gott sei Dank. Hatte sich seit zwölf Monaten nicht von der Stelle bewegt. Nun ja, Dads Zuhörer sind in der Regel nicht die Art Leute, die sich in Buchhandlungen verirren. Hier war es also, das einzige Exemplar, das ich je außerhalb seines Arbeitszimmers gesehen habe. Sein Gesicht ist auf dem Umschlag, das Gesicht, das jeder sieht, dessen Augen von der liebevollen Freundlichkeit des Herrn strahlen. Sein Blick ist jetzt direkt auf Lydia gerichtet, als sie das Buch in den Händen hält. Soweit es sie angeht, könnte sie tatsächlich seinen Kopf halten wie eine Art Bücherwurm von Salome.

Und in gewisser Weise hat sie Recht. Dies *ist* sein Kopf. Dies sind seine Gedanken, oder etwa nicht, an der Quelle gesammelt und in Stein gemeißelt. Nun ja, nicht gerade in Stein. Aus Steintafeln machen sie keine Bücher mehr. Aber wo ist der Unterschied, ob aus Stein oder Papier? Es sind seine Gedanken, seine Ansichten. Sein Gesicht. Man betrachte jetzt

ihr Gesicht, dann sieht man, was ich für sie getan habe. Ich habe ihr ein kleines Stück von ihm geschenkt, nur für sie allein.
»Kate«, flüstert sie. »O Kate. Ich habe nie gewusst, dass er ein Buch geschrieben hat.« Sie starrt den Umschlag an, scheint ihn aber nicht zu erfassen. *»Um der Liebe Gottes willen.«* Sie muss den Titel laut lesen, nur um sich selbst die Worte sprechen zu hören.
Neben mir höre ich einen weiteren Laut, winzig, kaum einer Erwähnung wert. Es ist Hilary. Sie schnaubt, ein Zeichen, dass sie verwirrt ist. Sie dachte, sie hätte mich in der ganzen Zeit, in der wir in der Buchhandlung waren, keine Sekunden aus den Augen gelassen. Sie hat die Abteilung mit Schauerromanen vergessen. Jetzt fragt sie sich, wann ich das Buch gekauft habe, wie ich es geschafft haben könnte, ohne dass sie es bemerkte. Hilary kann es sich einfach nicht erklären.

Zeit, nach Hause zu gehen. Lydia sitzt im Bus und hält das Buch an die Brust gepresst, gibt sich die größte Mühe, Fragen zu stellen, bringt es anscheinend aber nicht fertig, auch nur einen ihrer Sätze zu Ende zu bringen. Das hat zur Folge, dass ich von ihr kaum Notiz zu nehmen brauche, selbst als sie es schließlich schafft, eine einzelne vollständige Wortfolge herauszubringen. Sie möchte wissen, ob ich irgendwo erwähnt werde.
Was wohl die dämlichste Frage von allen sein muss. Wenn ihr Dad seine Arbeiten über Kunst schreibt, erwähnt er Lydia auf jeder zweiten Seite? Natürlich nicht. Hier geht es um sie beide, um ihn und Gott. Wie sie selbst herausfinden wird.
Außerdem: Wenn er mich erwähnte, würde er auch *sie* erwähnen müssen, den Grund dafür, dass ich existiere, die Per-

son, über die wir nicht sprechen sollen. Das Problem lässt sich keinesfalls umgehen.
Mir hätte jedoch klar sein sollen, dass es Probleme geben würde. Das ist eben das Schlimme mit Lydia, sie hat kein *Taktgefühl.* Sie marschiert einfach durch die Haustür, in der Absicht, die Treppe hinaufzugehen, um gleich zu ihrem Zimmer zu kommen. Doch ihre Mutter stellt sich ihr in den Weg und möchte den Grund für die Eile erfahren.
Und wie eine Idiotin zeigt Lydia es ihr, zeigt ihr das Buch, sagt: *Sieh mal, sieh mal, was Kate für mich gekauft hat.*
Ihre Mutter nimmt das Buch, wirft einen Blick darauf und gibt es Lydia dann schnell zurück, als könnte sie es kaum über sich bringen, es anzurühren. »Wie lieb von dir, Kate«, sagt sie automatisch. Doch sie meint es nicht. Es ist genau wie bei den Pralinen. Nur schlimmer.
Ich würde es ihr gern erzählen, dass es zwecklos ist, mir die Schuld zu geben. Wenn hier eine verantwortlich ist, dann ist es Lydia, die sich nicht so verhält, wie sie sollte. Es wäre gar nicht notwendig, das Buch im Haus zu haben, wenn es nicht ihretwegen wäre, wenn sie endlich lernen würde, sich wie andere Menschen zu verhalten und zu erkennen, was gut für sie ist.

Nach dem Lunch wird Mrs. Morris verlegen, weil von Lydia keine Spur zu sehen ist. Sie ist verschwunden, obwohl wir alle wissen, wo sie ist. Sie liegt oben auf ihrem Bett, blättert die Seiten seines Buches um und saugt alles in sich hinein, jedes Wort. Ihre Mutter geht ein paar Mal hinauf, kann aber nichts dagegen unternehmen.
Doch ich habe nichts dagegen, nicht im Mindesten. In Lydias Haus haben sie ein Zimmer, das nur zum Fernsehen da ist. *Fernsehen!* Wir haben zu Hause keinen Fernseher. Dad sagt,

das sei eine Ablenkung, ein Grund, sich nicht zu unterhalten. Oder ihm zuzuhören.

Das einzige Problem war nur, dass Laura schon da war. Sie hockte auf dem Fußboden und arbeitete an einer Art Haus, das sie aus einem Schuhkarton und Pappstücken für ihre Puppen herstellte. Es war wirklich recht klug, wie sie winzig kleine Stühle und Tische aus wenig mehr als Papier modelliert hatte. Als ich mich auf das Sofa hinter ihr setzte, erstarrte sie jedoch und erschauderte sogar leicht, wie es Erwachsene tun, wenn sie eine Gänsehaut bekommen. Sie drehte sich aber nicht um, kein einziges Mal. Stattdessen machte sie einfach weiter, faltete und klebte und versuchte so zu tun, als wäre ich gar nicht da. Nur jetzt schien nichts mehr zu funktionieren. Dinge, die sie geklebt hatte, lösten sich voneinander. Dinge, die sie zusammengefaltet hatte, fielen auseinander. Sie vergeudete wirklich ihre Zeit.

Arme Laura. Es mag sein, dass sie *Es* hat, aber sie hat nicht mal den leisesten Anflug einer Ahnung, wie sie es einsetzen soll. Sie kann mich sowieso nicht dazu bringen, das Zimmer zu verlassen, nicht mal im Kopf. Ich kann hier bleiben, solange ich will, und den Frieden genießen.

Lydia blickt hoch, als ich die Tür zu ihrem Zimmer aufmache. Ihre Augen sind voller Tränen, ihre Brille wässrig wie ein Miniaturaquarium – genau das Richtige für Laura und ihr Schuhkarton-Wohnzimmer. »O Kate«, sagt sie. »Dein armer Vater. Dass *sein* Vater so sterben musste.«

Sie muss den Abschnitt erwischt haben, wo davon die Rede ist, wie die Stollendecke einstürzte, als Gran allein zurückblieb und nie aufgab, sondern darum kämpfte, ihrem Sohn das Beste von allem zu geben. Gran hier, Gran da, die dafür sorgte, dass sie nie wie normale Leute waren.

Vierzig weitere Männer starben bei derselben Katastrophe. Ich habe es in einem Zeitungsausschnitt gelesen, den ich zwischen den Seiten eines anderen Buches gefunden habe, das von niemandem gelesen wird. In *seinem* Buch steht kein Wort über diese Männer oder darüber, was aus ihren Familien wurde. Wozu auch? Dies ist nicht ihre Geschichte. Man kann eine Geschichte nur so erzählen, wie man sie sieht, das weiß sogar ich.

Beim Dinner fragt Lydias Mutter mich erneut, ob ich Dad nicht anrufen will. Ich schüttele den Kopf und erkläre dann, dass er am Samstagabend am meisten zu tun hat. Ein Abendessen mit den Freunden in der Stadt, anschließend Arbeit an seiner Predigt für den nächsten Tag.

Das Ergebnis ist genau das, was man sich wünscht. Lydias Mutter beugt sich direkt über den Tisch, um mir die Hand zu streicheln. »Arme Kate. Ein so *viel beschäftigter* Mann, dein Vater.«

Es ist beinahe komisch. Lydias Mutter glaubt, ich bekäme nicht genug Zuwendung. Es fällt mir so schwer, das Lächeln von meinem Gesicht fern zu halten, dass ich schließlich aufgebe und es sie sehen lasse – damit sie sieht, wie tapfer ich sein kann. »Das macht mir nichts aus, Mrs. Morris. Er kann nichts dafür. Und außerdem ist da immer noch Gran.«

Bei der Erwähnung meiner Großmutter runzelt sie die Stirn und beißt sich auf die Lippen. Nun ja, sie hat sie kennen gelernt, oder etwa nicht? Was bedeutet, dass sie dazu nichts sagen kann. Vorübergehend herrscht Schweigen, während wir alle über Gran nachdenken. Das heißt, alle schweigen mit Ausnahme Lydias.

»O Kate, sie ist ein so wundervoller Mensch.«

Da spricht das Buch. Doch sie hört sich wehmütig an, denn

wie er sagt, wurde die Gussform zerstört, nach der seine Mutter erschaffen worden war. Mrs. Morris drückt mir allerdings noch einmal die Hand, man sieht ihr an, was sie denkt. Was für eine Schande, eine Großmutter zu haben wie meine und einen Vater, der …

Einen Vater, der was tut? Das ist der Punkt, an dem ich Lydias Mutter nicht verstehe. Warum mag sie meinen Vater nicht? Warum sieht sie ihn nicht so, wie andere ihn sehen? Es kommt fast so weit, dass man sich um sie sorgt und sich fragt, ob mit ihr vielleicht etwas nicht stimmt.

Dann ertappe ich sie dabei, wie sie ihren Mann ansieht, und damit verschwindet einfach jede Sorge, die ich mir vielleicht ihretwegen hätte machen können. Sie lächelt ihn an, Mr. Morris, beugte sich zu ihm. Den Wein, den sie trinkt, hatte ich fast vergessen. Und man sieht, was da vorgeht. Sie denkt nicht mehr an mich. Sie hat nur Augen für ihn, für Lydias Vater. Alles andere ist ihr gleichgültig.

Geschieht ihr recht, wenn es mir entfährt, ein kleines Aufblitzen von *Ihm.* Als sie an ihrem Wein nippt, drehe ich mich um und fange seinen Blick auf – und lächle, genauso, wie ich es gestern tat. Eine Sekunde lang starrt er mit halb offenem Mund zurück. Seine schläfrigen Augen werden wach. Wäre es nicht interessant, zu erfahren, was in diesem Moment in seinem Kopf vorgeht? Aber da brauche ich keine Vermutungen anzustellen. Er ist einfach wie Mark, nur älter. Wenn Sie mich fragen, sind sie das alle, nur er nicht. Mein Dad.

Als sie entdeckt, dass sie ihn plötzlich verloren hat, blickt Lydias Mutter verwirrt auf die Tischplatte. Doch da gibt es für sie nichts zu sehen. Und er dürfte es ihr kaum erzählen, nicht nach dem, was ihm durch den Kopf geschossen ist und ihn aus heiterem Himmel befallen hat, wie er sagen würde. Wie er *gern* sagen würde. Folglich ist sie genauso klug wie zuvor,

und jetzt tut es mir fast schon Leid, dass es überhaupt passiert ist.
Dennoch, Laura hat ihre Lektion bekommen. Siebenjährige sollten zu dieser Zeit schon längst im Bett sein. Dann würde sie nicht hier sitzen und erst ihn und dann mich anstarren, als hätte sie etwas weit Schockierenderes gesehen als ein einfaches Lächeln.
Um Punkt neun Uhr gähne ich. Himmel, sage ich zu allen. Himmel, dieser ganze Spaß hat mich so müde gemacht. Ich muss jetzt ins Bett.
Plötzlich habe ich das Gefühl, als würden alle erleichtert dreinblicken – alle mit Ausnahme Lydias, die mich nicht einmal gehört hat, weil sie den Kopf voller Grubenunglücke hat. Man könnte fast meinen, sie wollten mich hier nicht haben. Aber das macht mir nichts aus. Es bedeutet, dass ich zu dem Zimmer gehen kann, das nur für mich da ist, zu dem Zimmer, das ich nie verlassen hätte, wenn es nach mir gegangen wäre. Wenn ich nur die Spur einer Chance gehabt hätte, wäre ich den ganzen Tag dort geblieben und hätte sie sich selbst überlassen, damit sie sich irgendwie durchwursteln.
Aber jetzt bin ich wieder da, kann mich aufs Bett legen und sehen, wie sich alles um mich herum öffnet; Garderobe, Vorhänge, Grünpflanzen und Zitronen. Ein Baum über dem Kamin, ein grün gestrichener Tisch. Spiele im Geiste ein paar Dinge durch, plane, was ich verändern und was ich so lassen würde, wenn alles mir gehörte.
Tatsache ist, dass ich überhaupt nichts verändern würde, sollte dieses Zimmer je meines werden. Es ist vollkommen, so wie es ist.

13

Dreizehntes Kapitel

Am nächsten Morgen bin ich in dem Moment aus dem Bett, in dem ich aufwache, bevor es dem Telefon überhaupt einfallen kann zu klingeln. Es ist immerhin Sonntag. Kein Mensch verschläft einen Sonntag.

Das dachte ich wenigstens. Aber unten liegen ihre Zeitungen unangerührt auf der Matte vor der Haustür, und die Vorhänge sind immer noch zugezogen. Die Küche ist warm, aber leer. Lydias Familie denkt noch nicht einmal ans Aufstehen. Und dabei ist es *Sonntag.*

Ich wusste, dass man in diesem Haus nicht in die Kirche geht, aber irgendwie habe ich mir nicht vorgestellt, dass sie den Tag so beginnen würden, mit Nichtstun. Einfach nur schlafen, als hätten sie alle Zeit der Welt.

Hoffen wir um ihretwillen, dass er jetzt nicht anruft. Er würde mich nie wieder hierher kommen lassen. Denn ich würde es ihm sagen müssen, dass an einem Sonntag alle im Bett liegen und *sie* noch nicht einmal aufgetaucht ist.

Obwohl sie natürlich die Erste sein wird, die genau das tut. Das sind Mütter meist. Der Tag kann ohne sie nicht anfangen. Es sei denn, man hat eine Gran, die alles ruiniert, bevor er überhaupt begonnen hat. Lydias Mutter wird also diejenige sein, die herunterkommt, gähnt und sich die Augen reibt. Vielleicht ein wenig zerzaust, noch nicht ganz wach, noch nicht.

Was für eine Überraschung für sie, wenn sie dann in die Küche kommt und jemanden findet, der schon auf den Beinen und glücklich ist, ihr Gesellschaft zu leisten. Während der Rest der Familie es vorzieht, sich in den Betten zu suhlen.
Es wird nur uns beide geben, so wie es am ersten Abend war, wie Mutter und Tochter. Und diesmal ist niemand da, der uns stören könnte.
Ich möchte gern wissen, wo sie den Teekessel aufbewahrt?

Fünf Minuten später ist alles fertig. Teller, Tassen, Untertassen, ein für zwei gedeckter Tisch. Schalen und Löffel. Marmelade, Konfitüre und Honig. Milch in einem Krug. Alles, was sie sich nur wünschen könnte. Ein Festessen für jemand, den alle anderen für eine Art Hausmädchen zu halten scheinen. Und ich brauche nichts weiter zu tun als zu warten.
Und dann endlich kommt es, das Geräusch von Schritten auf der Treppe. Es ist kaum zu hören. Das werden ihre Hausschuhe sein. Sie sind mir gestern aufgefallen, flauschige Dinger mit weichen Absätzen, die wie bei einer Tänzerin auf den polierten Fußbodendielen kaum zu hören sind. Man könnte fast meinen, da ginge ein Kind.
Was wird sie sagen, wenn sie sieht, dass das Frühstück fertig ist und auf sie wartet? Dass Lydia das noch nie für sie getan hat. Dass es Lydia nicht mal im Traum einfallen würde. Lydia nicht.
Die Tür geht auf, und herein spaziert …
… Laura.
Laura, die eine Puppe trägt, die fast so groß ist wie sie selbst, so groß, dass es ein Kampf ist, sie nur durch die Tür zu bekommen. Das ist auch der Grund, weshalb sie mich nicht sieht, jedenfalls nicht sofort. Als sie mich entdeckt, bleibt sie stehen und wirkt plötzlich recht erschöpft. Einen Moment

lang glaube ich, sie könnte auf der Stelle kehrtmachen und auf demselben Weg zurückgehen, auf dem sie gekommen ist. Doch der Augenblick verstreicht, und sie blickt zur Seite, geht an mir vorbei weiter in die Küche, als wollte sie so tun, als wäre ich gar nicht da. Bevor mir klar wird, was sie vorhat, legt sie die Puppe auf einen Stuhl und setzt sich selbst auf den anderen. Dann füllt sie beide Schalen mit Müsli und beginnt zu essen.

Sie wissen natürlich, was passiert ist. Sie hat meinen Platz eingenommen. Und als ob das nicht schon schlimm genug wäre, hat sie dafür gesorgt, dass da zwei von ihnen sitzen, dass es so aussieht, als sähe man doppelt.

Und ich kann nichts dagegen unternehmen. Denn jetzt höre ich andere Schritte, schwerere Schritte, die diesmal unverkennbar sind. Lydias Mutter erscheint. Sie gähnt und reibt sich die Augen. Weich und ein wenig zerzaust in ihrem Morgenmantel. So, wie ich sie erwartet habe.

Doch sie bemerkt mich nicht. Als sie Laura und deren Puppe entdeckt, beide mit einer Müslischale vor sich, beginnt sie zu lächeln und bekommt buchstäblich feuchte Augen.

»Ein ruhiges Frühstück mit Angelina, Liebling?«

Und ob Sie es glauben oder nicht, sie küsst Laura *und dann auch noch die Puppe.*

Erst dann blickt sie hoch und erschrickt. »Oh, Kate«, sagt sie. »Kate, du bist auch schon auf.« Doch sie ist nicht erfreut, mich zu sehen, jedenfalls nicht so, wie es bei Laura war. Sie fragt nicht einmal, wer den Tisch gedeckt hat. Und Sie wissen schon, warum. Sie glaubt, ihr Liebling Laura hätte es getan. Ohne Zweifel mit der Hilfe einer Puppe.

Ich hatte dies wirklich nicht vor. Ich wollte Lydia entscheiden lassen, was wir heute unternehmen. Doch das war, bevor ihre

Mutter herunterkam und nicht einmal bemerkte, dass ich da war. Jetzt werde ich es trotzdem tun.

Lydia macht ein misstrauisches Gesicht, als ich ihr erzähle, ich hätte eine Idee für den Vormittag. Sie erinnert sich an gestern. Folglich frage ich sie, bis wohin sie in dem Buch gekommen ist, nur für den Fall, dass es ihr einfallen sollte, nein zu sagen, und das nimmt ihr den Wind aus den Segeln. Dann sage ich, um die Sache zu entscheiden:

»Ich habe mir gedacht, wir könnten in die Kirche gehen«, und lehne mich zurück. Ich sehe, wie sich ihr Gesicht aufhellt. Es ist wieder das Buch, nicht wahr, das Wirkung zeigt.

Zum zweiten Mal fragt Lydias Mutter uns nicht, wohin wir gehen. Ein weiteres Anzeichen dafür, dass sie anders ist. *Er* würde gern erfahren, wohin wir gehen, damit er bei uns sein und jeden Schritt mit uns teilen könnte – das heißt, im Geiste. Manche Leute machen sich eben Gedanken um ihre Kinder.

Aber mir ist es recht, dass sie nicht fragt. Lydias Mutter würde es nicht gefallen, wenn sie es wüsste, kein bisschen. Gestern hätte ich das noch nicht getan. Aber jetzt werde ich es tun.

Im Bus sitzend entdeckt Lydia immerzu Kirchen und glaubt jedes Mal, es sei so weit, dass wir aussteigen müssten. Aber ich rühre mich nicht von der Stelle und mache mir nicht mal die Mühe, aus dem Fenster zu sehen. Nach einiger Zeit kann ich spüren, wie sie wieder misstrauisch wird und sich fragt, ob ich tatsächlich Religion im Sinn gehabt hatte. Törichte Lyddie, stellt sich allzu schnell vor, dass es nur eine Art von Kirche gibt.

Als ich dann schließlich aufstehe und auf den Knopf drücke,

ist sie nicht bereit und bleibt sitzen. Das hätte ich ihr auch gegönnt, dass ihr misstrauischer Geist so mit ihr durchgeht. Ich hatte ihr doch gesagt, dass wir in die Kirche gehen, oder etwa nicht? Wieso dann etwas anderes vermuten?
Der Haken dabei ist, dass sie es nicht sehen kann, wie sie da auf dem Bürgersteig steht und um sich starrt, weder eine Kirche noch etwas, das auch nur entfernt an eine erinnert. Sie weiß nicht einmal, wo wir uns befinden. Und warum sollte sie auch? Es wird nicht passieren, dass ihre Mutter sie je in diesen Teil der Stadt bringt. Hier gibt es nichts, was sie möglicherweise wollen könnten. Da drüben ist der Hafen, und der Wind bläst direkt von der See her und hinterlässt Spuren von Salz und toten Fischen auf unseren Lippen und weht uns alte Papierfetzen gegen die Knie. Die Straße selbst ist leer, und die Läden nicht nur geschlossen, sondern mit Brettern vernagelt – mit Ausnahme der Bingohalle hinter uns. Ich *könnte* Lydia gegenüber erwähnen, dass ihre gute Freundin nur eine Straße oder so von hier entfernt bei ihrer Großmutter lebt. Ich werde es aber nicht tun. Wir sind nicht hier, um über Moira MacMurray nachzudenken. Oder deren Großmutter.
»Komm schon«, sage ich und schiebe eine der großen Schwingtüren zur Bingohalle auf. Ein paar Augenblicke lang ist sie zu überrascht, mir zu folgen, mit dem Ergebnis, dass die Tür hinter mir gleich wieder zuschwingt. Als ich mich umdrehe, steht Lydia immer noch draußen und drückt das Gesicht an die Glasscheibe wie eine kleine Eule, die hineinsieht.
Arme Lyddie, dumme Lyddie, glaubt, es gebe nur eine Art von Kirche.
Dabei hätte sie doch nur einen Blick auf die Poster an den Schwingtüren werden müssen. Da steht es unübersehbar in großen Buchstaben. *Ein Treffen für Freunde in der Stadt.*

Und in noch größeren Lettern sein Name, der von meinem Dad. Lydia sollte lernen, auf ihre Umgebung zu achten, das sollte sie wirklich. Dann wäre sie besser auf manches vorbereitet.

»Na komm schon«, sage ich erneut und vergesse dabei, dass sie mich durch die Glasscheibe nicht hören kann. Das ist ein verzeihlicher Irrtum. Bingohallen sind meine zweite Heimat, aber ich muss daran denken, dass das hier für sie ganz neu ist. Lydia glaubt immer noch, dass Gott in diesen Kirchen lebt, an denen wir vorbeigefahren sind, wie etwas, das man in einem Museum aufbewahrt, das man eigens aufsuchen muss. Etwas, das niemals das Licht des Tages erblickt. Aber inzwischen sollte sie es wissen. Schließlich hat sie *sein* Buch gelesen. Gott kommt herum. Und aus irgendeinem Grund scheint Er Bingohallen wirklich zu mögen.

Da ich Lydia jetzt sicher hinter mir weiß, stoße ich eine weitere Tür auf, die früher zu der großen Leinwand führte, als die Bingohalle noch ein Kino war. »Bleib dicht hinter mir«, sage ich. Nun ja, ich will sie nicht verlieren, oder? Ich würde sie nie wieder finden, nicht in dieser Menschenmenge.

Denn hinter der Tür befindet sich eine Mauer aus Menschen. Man kann nur stehen. Aber so ist es immer.

Und noch immer begreift Lydia nicht. Sie weiß nicht, woher alle diese Menschen gekommen sind oder was sie hier tun. Oder sogar warum der Geruch des Hafens mit seinem Geschmack nach Fisch und Salz uns bis hierher gefolgt zu sein scheint. Lydias Eltern bewegen sich nicht in Kreisen wie diesen. Lydias Eltern gehen nicht einmal in die Kirche.

Die Poster hätte sie allerdings lesen sollen. Denn vor allem versteht sie das Schweigen nicht. Das Schweigen der Geführten. Lydia hört es und bleibt stehen, sieht dann mich mit vor Besorgnis geweiteten Augen an. Es gibt Menschen, die Stille nicht ertragen können. Sie erwarten, dass Menschenmengen Lärm machen und sich nicht ruhig verhalten wie diese, die einen denken lassen, dass alles passieren könnte. Sie beginnt, vorsichtig in Richtung Tür zu schleichen, und macht somit deutlich, dass sie gehen möchte. Aber das können wir nicht tun. Wir sind gerade erst angekommen. Jetzt gibt es kein Entrinnen.

Und außerdem: Hat jemand etwas darüber gesagt, dass die Stille anhält?

Zunächst ist es nur ein Stöhnen. Lydia hört es und sieht sich aufmerksam um, hält Ausschau danach, wer das Geräusch verursacht hat, will wissen, woher es kommt – nur um zu entdecken, dass es von überall herkommt. *Dann* soll man sich mal ihr Gesicht ansehen, als sie das begreift. Statt zu ersterben, wird das Geräusch lauter, gewinnt an Stärke wie etwas, das ein Eigenleben hat, erfüllt die Räume in der Halle über und unter ihr. Sogar in ihr. O ja, man sehe sich Lydia jetzt an. Ein Fall reinen Entsetzens. Und das alles wegen eines Geräuschs. Plötzlich wird es zu viel. Sie beschließt zu handeln und macht Anstalten, zur Tür zu laufen. Zum Glück bin ich schneller und packe sie beim Arm.

Warte, sage ich.

Weil der Lärm seinen Höhepunkt erreicht hat. Und jetzt, nach und nach, sich wieder legt, sich zusammenballt, sich zusammenrollt und wieder zu Nichts wird, zu dem Schweigen, das es hat entstehen lassen.

Erneut Stille.

Einen langen Moment lang regt sich nichts. Dann beginnt irgendwo in der Menge eine Frau zu weinen. Sie schluchzt wie vor Furcht oder Trauer.

Lydias Körper hat zu vibrieren begonnen.

Vielleicht sollte ich sie lieber informieren. Also kneife ich sie in den Arm und zeige es ihr, um sicherzustellen, dass sie hinsieht. Dass sie erst die riesigen Lautsprecher über unseren Köpfen betrachtet, die dafür verantwortlich sind, dass ein einfaches Stöhnen zu einem ohrenbetäubenden Ereignis wird. Dann die Menschen, die nichts weiter sind als ganz gewöhnliche Menschen, vielleicht ein wenig übererregt, darunter auch eine weinende Frau. Irgendeine gibt es immer. Am Ende werden alle bei der Sache sein, die üblichen Verdächtigen, und werden schwer atmend schluchzen. Sie wären jedoch überrascht über die Zahl der Menschen, die in Zungen sprechen zu können glauben, die von sich glauben, sie hätten etwas zu sagen.

Doch in Wahrheit gibt es nur einen Menschen, nur einen Mann, der etwas zu sagen hat, das man sich anhören sollte. Doch bevor ich auf ihn zeigen kann, erwachen die Lautsprecher wieder zum Leben, diesmal nicht nur mit einem Stöhnen, sondern mit richtigen Worten. Lydia kreischt auf und packt mich beim Arm. Dann erkennt sie die hundert Mal verstärkte Stimme, und ihre Hand wird schlaff.

Ja, es ist *seine* Stimme, nicht wahr? Habe ich nicht gesagt, dass die Leute von weit herkommen? In Kirchen und Kapellen im ganzen Land gibt es leere Kirchenbänke und leere Kollektenbeutel. Er hat sie alle weggeschnappt, all diese Leute mit ihren Fünfzig-Pence-Münzen. Obwohl *weggeschnappt* natürlich das falsche Wort ist. Niemand hat sie gezwungen, hierher zu kommen. Sie ziehen es einfach vor, hier zu sein, die Fischer und ihre Frauen, um den Worten zu lauschen, die sie hören wollen. Dass Gott definitiv mit ihnen ist, bei Wind und Wetter, bei rauer See und bei wechselnder Ladung von Eis und Fisch, in den verrosteten Seelenverkäufern, die sie ihre Boote nennen. Ein Wort in ihr Ohr, bevor sie von der Küste weg und aus dem sicheren Hafen hinaustuckern. Et-

was, was sie weitermachen lässt – und außerdem noch etwas für die Frauen, die zurückgelassen werden.
Das ist es, was die anderen Kirchen ihnen nicht geben. Das ganz Persönliche. Deshalb kommen sie zu Dad. Er weiß, was sie hören wollen. Er sagt ihnen, dass Gott überall sei, und es scheint ihnen nicht aufzufallen, was er weglässt, den wichtigsten Teil: Dass Gott vielleicht mit ihnen ist, dass er aber nicht unbedingt etwas für sie tun wird. Nur wenn sie auserwählt sind.
Obwohl das wirklich etwas ist, was sie besser verstehen sollten als die meisten. Was fangen *sie* denn mit all den Fischen an, die der Fischhändler nicht kauft?
Wie auch immer: Jetzt ist Lydia eine von ihnen. Man schaue sie doch nur an. Sie kann ihn nicht einmal sehen, nicht, wenn so viele Leute im Weg stehen. Aber sie kann ihn *hören.* Das Schweigen war nur eine Pause, eine Aufforderung, sich zu besinnen. Wir haben seine Predigt *Die Liebe Gottes ist ein flammender Speer* zur Hälfte gehört. Das packt sie immer. So wie es jetzt auch Lydia packt. Sie wird nie wieder etwas so aufmerksam anhören, wie sie jetzt in diesem Moment lauscht.
»… Denn, meine Freunde, wie kann ein Mann – ein *Mann* – die Liebe Gottes beschreiben? Die Länge, Breite, Tiefe davon. Ihre Süße und ihren Schmerz. Wie kann ein *Mann* etwas in Worte fassen, was über die Macht der Sprache hinausgeht?«
Nur ein besonderer Mann. Und jetzt ist Lydia mit blitzender Brille, wie sie sich vorbeugt und mit dem ganzen Körper lauscht, endlich dabei zu lernen, wie besonders er ist.
»… Denn die Liebe Gottes ist ein heißes Verlangen, das in unserem Bauch brennt, unser Innerstes schmelzen lässt, die zartesten Teile. Spürt die Hitze, meine Freunde, spürt die Flammen von Gottes Verlangen, wenn sie euch verzehren, wenn

sie euch aushöhlen und euch mit Seiner Wärme erfüllen. Spürt das Feuer, wenn es euch das Fleisch von den Knochen leckt und euch das Mark aussaugt. Spürt es, meine Freunde, meine Schwestern, meine Brüder. Spürt seine Süße und den Schmerz …«

Und so weiter, wie gehabt. Die Stimme hob und senkte sich, hob und senkte sich. Sie erinnert mich an den Motor unseres Wagens, wenn Dad erst zurücksetzt und dann vorwärts fährt, das Tempo verändert und damit die Lautstärke, je nachdem, was die Straße erfordert. Die Predigt ist wie eine Reise, die wir schon so oft gemacht haben, dass ich die Augen schließen und allein vom Motorgeräusch her genau sagen könnte, wo wir uns befinden …

Aber Lydia hört es nicht so. Und das auch mit Recht. Sie beginnt die Hitze zu spüren, das, was sie nach Gottes Wunsch fühlen soll. Nach der Verwirrung und dann der Panik kommt Folgendes: Schon jetzt hat seine Stimme sie erhitzt und erröten lassen; Schweißperlen bilden sich in einer feinen Linie unter dem Rand ihrer Brille. Sie sieht aus, als wären die Flammen Gottes tätig, als leckten sie ihr die Seele direkt aus dem Leib. Tatsächlich beginnt Lydia allmählich, wie alle anderen Menschen hier auszusehen.

Und das bewirkt er, seine Stimme, die bei allen das Gleiche auslöst und alle gleich macht. Wie gewohnt spricht mein Dad von Feuer.

Nun, sie sollte es nach Kräften ausnutzen. Er kommt nämlich gleich zum Ende.

»Oh, meine Freunde. Die Liebe Gottes ist tatsächlich eine hungrige Flamme. Sie mäßigt, sie verzehrt. Sie zerstört das Böse in unserer Seele und lässt das reine Metall hindurchschimmern, verkündet einen Glauben, der so strahlend leuchtet wie Gold. Seine Liebe wird euch leiden lassen. Sein

Verlangen lässt euch brennen. Denn die Liebe Gottes ist ein *flammender Speer*, der die weichesten Teile durchstößt und alles schmelzen lässt ... alles Sterbliche, was er berührt ...«

Seine Stimme bricht, kippt zu einem Flüstern. Lydia sieht aus, als würde sie jeden Moment in Ohnmacht fallen. Das tun die Leute oft. Letztes Jahr brach sich eine alte Frau die Hüfte, weil sie so hart auf dem Fußboden aufschlug. Ihre Verwandten schickten einen Brief und drohten mit einer Klage. *Sie* schickte einen Brief mit einem Scheck, in dem es hieß, der Schmerz habe ihre Seele gereinigt. Sie sitzt wahrscheinlich jetzt hier irgendwo, bereit für eine neue Reinigung. Hoffen wir, dass diesmal jemand da ist, der sie rechtzeitig auffängt.

Aber Lydia, oh, Lydia. Du bist ihm sofort verfallen. Irgendwie hätte ich gedacht, du würdest eine Weile widerstehen, um dir alles durch den Kopf gehen zu lassen. All diese Bildung, dass man dir beigebracht hat zu denken. Du löst mathematische Probleme durch Nachdenken. Das Gleiche im Griechischen. Du bist eine *Denkerin.* Du giltst als schlau. Das ist auch der Grund, weshalb du so gut in der Schule bist.

Nun, jetzt denkt sie nicht. Lydia ist ganz Gefühl. Und es ist eigenartig, denn in gewisser Weise bin ich fast enttäuscht von ihr. Tut mir fast schon Leid, sie mitgenommen zu haben.

Er ist tatsächlich kurz vor dem Ende. Wir sind schließlich sehr spät gekommen, verstehen Sie? Habe ich nicht gesagt, dass ich nicht beabsichtigt hatte, dies zu tun? Er muss schon eine Stunde lang gesprochen haben. Das tut er immer, wenn der Geist ihn bewegt. Zu Hause wird er es heute Abend wieder tun, in unserer eigenen Kirche. Und natürlich kennt er die Worte sehr gut.

»Dies ist die Liebe Gottes. Doch im Herzen seiner Liebe liegt das größte Wunder von allen. Eine Süße, ein Leiden – so sanft, so zart, dass ich« – an dieser Stelle hält er inne, das tut

er immer –, »dass ich kein weiteres Wort mehr sagen kann.« Eine Pause, dann ein letzter, hundert Mal verstärkter geflüsterter Ausruf:
»Dann nimm mich, o Herr.«
Dann ist es zu Ende. Stille. Diesmal eine richtige. Die Menschen regen sich, bleiben aber, wo sie sind, wie angewurzelt stehen. Manchmal frage ich mich, was wohl passieren würde, wenn jemand genau in diesem Augenblick Feueralarm auslöst. Oder Mäntel und Jacken auf einen Haufen legt und ein Streichholz anzündet. Würden sie weglaufen oder bleiben? Er hat ihnen gesagt, die Flammen schmeckten nach Honig. Würde sie ihm immer noch glauben?
Aber jetzt, nach der Stille, die gewohnte Reaktion. Oder, um es anders auszudrücken, ein Höllenlärm. Womit ich die Rufe und Schluchzer und das Gebabbel all dieser Frauen da vorn meine, besonders das der jüngeren, die in Zungen wehklagen und ihren Lippenstift verschmieren, von ihrem Mascara ganz zu schweigen. Immer das Gleiche. Nie anders. Der Teil des Ganzen, den ich hasse.
Oh, aber erzählen Sie ihm nicht, dass ich das gesagt habe.
Ich drehe mich zu Lydia um. Aber sie ist nicht da. Lydia ist auf und davon. Etwas muss in ihrem Gehirn noch arbeiten, etwas, was noch denken kann, was ihr klargemacht hat, dass sie die Gelegenheit beim Schopf packen soll, während alle anderen unfähig dazu sind. Es dauert einige lange Sekunden, bis ich entdecke, wo sie ist, doch dann entdecke ich sie weit vor mir, wie sie sich wie ein energischer Wurm nach vorne durchschlängelt.
Um ein Haar wäre ich nicht rechtzeitig angekommen. Eine halbe Minute später, und sie ist schon fast beim Podium angekommen. Im letzten möglichen Moment ergreife ich sie beim Arm und halte sie fest. Zunächst bemerkt sie es nicht einmal,

nicht richtig. Nach kurzem Kampf hält sie inne und gibt sich damit zufrieden, nur aufs Podium hinaufzustarren. Zu meinem Dad.
Jetzt kann sie alles sehen, all das, was die Menge ihren Blicken entzogen hatte.
Er ist auf einem Stuhl zusammengesackt und streckt die Beine von sich, als hätte er alle Kraft verloren, die er einmal besessen hat. Schweiß strömt ihm übers Gesicht, und er starrt direkt vor sich hin. Auf was? Vielleicht auf das Schild Notausgang. All dieses Gerede über Feuer.
Wie üblich ist es jedoch die schiere Menge an Schweiß, die mich fasziniert, und der Gedanke, dass selbst ein Bruchteil davon von diesem winzigen Lappen von Spitzentaschentuch absorbiert werden kann.
Sie steht da und beugt sich über ihn, wie sie es immer tut, und wischt ihm mit demselben nutzlosen Stück Baumwolle die Stirn. Heute ist ihr Taschentuch pinkfarben. Das liegt daran, dass sie den pinkfarbenen Hosenanzug trägt und passende Schuhe. Sie sieht aus wie ein rosiger übergewichtiger Engel, Blätterteigfigur, ein Busen, der wogt wie aufgehender Hefeteig, ein pummeliges und heiliges Wunschbild. So lecker, dass man sie essen könnte.
Lydia dreht sich zu mir um. Ihre Augen blicken hinter ihrer Brille plötzlich scharf und konzentrieren sich stärker, als man bei jemandem erwartet hätte, der noch vor fünf Minuten beinahe in Ohnmacht gefallen wäre.
»Wer ist *sie?*«
Und ich habe gedacht, sie würde nur für ihn Augen haben. Um die Dinge aber nicht allzu leicht zu machen, antworte ich mit: »Wer ist *wer?*«
Lydia zeigt mit einem kaum wahrnehmbar zitternden Finger. Da oben auf dem Podium beugt die Frau in Pink sich jetzt

noch weiter über ihn, so dass die Außenränder ihrer Puffärmel ihm übers Gesicht streichen.

»Oh«, sage ich, als wäre es das Natürlichste der Welt. »Das ist Mrs. Forbes White. Hast du das nicht gewusst?« Aber natürlich, wie hätte sie das wissen können? All ihr Interesse an Dad, aber Lydia hat nie daran gedacht zu fragen, wer genau die Leute sind, die ihn so nötig haben – und wer es ist, der um achtundzwanzig Minuten nach acht Uhr anruft. Auf die Sekunde genau.

Lydia starrt erst mich an, dann aufs Podium. Beißt sich auf die Lippen. Noch vor einem Augenblick hatte ich geglaubt, ich würde sie davon abhalten müssen, die Aufmerksamkeit aller auf uns beide zu lenken. Jetzt scheint die Gefahr nicht mehr zu bestehen. Sie fängt an, langsam zurückzuweichen. Anscheinend hat Lydia letztlich doch einen Instinkt für das, was richtig ist. Sie versteht, auch wenn sie nicht versteht.

Trotzdem, zumindest sind wir in Sicherheit.

Oder? Als ich mich abwende, sehe ich es. Etwas verschwommenes Weißes links von mir, ein vertrautes Gesicht in der Menge. Das dachte ich zumindest, denn als ich wieder hinsehe, ist es nicht mehr da. Aber das liegt vielleicht daran, dass die Leute allmählich wieder zur Besinnung kommen und sich von ihren Standorten wegbewegen, da ihnen klar geworden ist, dass sie heute nichts mehr von ihm bekommen werden. Er gibt keine Zugaben. Außerdem wird gleich der Klingelbeutel herumgehen, und manchmal setzt das die Leute auch in Bewegung, nämlich in Richtung Tür, selbst diejenigen, die noch vor zwei Minuten schäumten und in Zungen redeten.

Aber Lydia, der heute mehr aufzufallen scheint als je zuvor, wirft mir einen Blick zu und ertappt mich dabei, dass ich nach etwas Ausschau halte, was wahrscheinlich nicht einmal da ist.

»Was?«, fragt sie. »Was ist los?«
Darauf kann ich nur mit einem Schulterzucken antworten. Es hat absolut keinen Zweck, Wirbel zu machen. Aber dann, einfach um zu vermeiden, dass ich durch Stillschweigen einen Wirbel mache, füge ich hinzu: »Ich habe einen Moment lang gedacht, ich hätte Moira MacMurray gesehen, das ist alles.«
Lydias Augenbrauen schießen in die Höhe. »Moira? Wo?« Jetzt blickt sie in alle Himmelsrichtungen. »Nun, ich kann sie nicht sehen.« Das dumme Mädchen hört sich tatsächlich enttäuscht an.
»Na schön, dann nicht«, sage ich, »das ist der Beweis.« Was kaum vernünftig war, das gebe ich gern zu. Denn was beweist es? Ich weiß, was ich gesehen habe. Oder zumindest gesehen zu haben glaubte.

Ich versuchte, dafür zu sorgen, dass wir mit der ersten Welle hinauskamen, um irgendwo zu stehen und alle anderen beim Hinausgehen beobachten zu können. Doch das war unmöglich. Es gab drei Ausgänge, die alle belagert wurden, und bei so vielen Menschen war das Ergebnis Stillstand. Wir brauchten zehn Minuten, um zur nächstgelegenen Tür zu kommen. Da fragt man sich wirklich, was passieren würde, wenn ein Feuer ausgebrochen wäre.

Draußen auf dem Bürgersteig jedoch hakt sich Lydia plötzlich bei mir ein. Eine verzögerte Reaktion. Es überkommt manche Leute, wenn alles vorbei ist und sie wieder draußen in der realen Welt sind. Und sie fängt an zu zittern und zu beben und blinzelt, als wüsste sie kaum, wo sie sich befindet oder wie sie dorthin gekommen ist.
»K-Kate«, sagt sie. »Kate.« Ihre Zähne klappern so stark, dass

das Metall ihrer Zahnspange noch Materialermüdungen zeigen wird, wenn sie nicht aufpasst.
»Was?« frage ich. *»Was?«* In meiner Stimme liegt ein lustiger Unterton, der sogar mich überrascht. Und ich kann sie nicht ansehen. Aus irgendeinem Grund *will* ich sie nicht ansehen, jedenfalls nicht, wenn sie so ist. *Ich hätte nie gedacht, dass es mit ihr so einfach sein würde.* Nicht bei Lydia. Wenn ich auch nur eine Minute geträumt hätte, dass es so sein würde, hätte ich sie nie mitgebracht.
Nach dieser Veranstaltung wird es kein Zurück mehr geben, nicht für sie.
Und hier geht sie, und zwar genau so, wie man es jetzt erwarten kann. »Kate, er ist einfach der wunderbarste, wunderbarste …« Ihr Gesicht ist immer noch gerötet, und sie hat sich eine Hand unter den Mantel geschoben und reibt sich beim Sprechen den Bauch. Sie weiß nicht, was sie tut. Hier draußen auf dieser Straße ist es eiskalt. Sie sollte den Mantel zuknöpfen, denn sonst wird sie sich eine Erkältung holen, die sich gewaschen hat.
Sogar der Busfahrer bemerkt es und sieht Lydia zwei Mal an, als ich ihm das Geld für uns beide überreiche. Sieht drei Mal hin. Es ist die Rötung ihrer Wangen und die Art und Weise, wie sich ihre Hände am Körper auf und ab bewegen, als suchten sie nach einem Ruheplatz. Ich muss sie praktisch auf einen Sitz drücken.
Aber dann konzentriert sich ihr Blick überraschenderweise wieder, so dass sie sich gerade in dem Augenblick zu mir umdreht, als ich es am wenigsten erwarte, und sagt: »Eines möchte ich allerdings sagen. Das Aussehen *dieser Person* hat mir gar nicht gefallen. Ganz und gar nicht, das Aussehen dieser Mrs. Forbes White.«
Um die Wahrheit zu sagen, bin ich zu sehr damit beschäftigt,

aus dem Fenster zu sehen, um zu bemerken oder auch nur überrascht zu sein, wie ein Mensch in einer Minute geistig weggetreten sein kann und in der nächsten wieder einen rasiermesserscharfen Verstand hat. Draußen auf der Straße wandern die Leute immer noch von der Bingohalle weg und versuchen, gegen den Wind anzukämpfen und die schmutzigen Papierfetzen, von denen manche seinen Namen tragen. Viele Menschen da draußen sind auf dem Weg nach Hause, aber keiner davon ist sie. Moira MacMurray.

Auch zu Hause gibt es Ärger, das heißt, zu Hause bei Lydia. Wir mussten den Gartenweg hinaufrennen, weil Lydia zu aufgeregt war, um zu gehen, und es so keine Vorwarnung von unserem Kommen gab. Und dort im Wohnzimmer sitzt ihre Mutter mit einem aufgeschlagenen Buch auf dem Schoß. Zu ihren Füßen hat sich Laura hingekuschelt. Als wir durch die Tür stürmen, schießt Mrs. Morris' Kopf mit einem Ausdruck in die Höhe, der mehr ist als nur einfache Überraschung. Was ist es? Schuld? Definitiv Schuldgefühl, würde ich sagen. Aber daneben noch etwas, etwas Besorgniserregenderes als einfaches altes Schuldbewusstsein.

»Oh, Lydia!«, ruft sie aus, und da, jetzt haben wir es beide bemerkt, den kleinen halbherzigen Versuch, das Buch zuzuklappen, bevor wir sehen, was sie gerade gelesen hat.

Lydia lässt ein Keuchen hören und erbleicht. Sie stürzt in einer plötzlichen, fast anmutigen Bewegung vor und reißt ihrer Mutter das Buch vom Schoß. »Das gehört mir. Du musst es unter meinem …«

Sie verstummt, aber es ist zu spät. Denn jetzt wissen wir alle genau, wo Lydias Mutter das Buch weggenommen hat. Unter Lydias Kopfkissen.

Ist das nicht komisch? Genau die Stelle, an der ich mein Pferd aufbewahre. Kopfkissen müssen etwas an sich haben, etwas, was uns annehmen lässt, dass sie sicher sind, Plätze, die so persönlich sind, dass sonst niemand sich herantraut. Aber da hat Lydia sich geirrt, nicht wahr? Da hat sich jemand doch getraut, sogar in diesem Haus. Und das lässt mich plötzlich nachdenklich werden. Und besorgt, wer wohl bei mir zu Hause wo herumschnüffeln könnte.

Aber für den Augenblick ist der Ärger hier und nirgendwo sonst.

»Wie kannst du es wagen, wie kannst du es wagen«, murmelt Lydia immer wieder. »Wie kannst du es wagen.« Und das ist alles, was sie herausbringt. Keine Fantasie, verstehen Sie? Sie hat ihre schon aufgebraucht, unten auf der Straße und im Bus. Nach einem Moment dreht sie sich um und stürzt aus dem Zimmer.

Ein komischer Anblick, das muss ich zugeben. All diese Leidenschaft bei einem Mädchen, das immer noch so aussieht, als wäre es aus Pfeifenreinigern gemacht. Unten auf dem Fußboden lässt Laura ein Kichern hören. Nur einen winzigen Laut, und verständlich ist es ja. Doch die Wirkung ist verblüffend. Denn in der Sekunde, in der sie es hört, stürzt Lydias Mutter vor und versetzt ihr eine Ohrfeige. Laura bekommt einen Schluckauf und starrt sie mit runden Augen und schlaffem Mund an; die Kleine ist plötzlich nicht mehr hübsch, nicht einmal ansatzweise bezaubernd. Nur zutiefst entsetzt, als wäre dies etwas, was ihr in ihrem ganzen Leben noch nicht widerfahren war.

»Mrs. Morris ...«, fange ich an, denn da Lydia jetzt verschwunden und Laura in Ungnade gefallen ist, ist dies meine Chance. Ich werde ihr zeigen können, dass sich nicht jeder in diesem Haus schlecht benimmt. Dass da jemand ist, an den sie sich wenden kann.

Doch es ist zwecklos. Denn als Mrs. Morris sich umdreht und mich ansieht, verraten ihre Augen alles: Sie hat in dem Buch gelesen, hat von ihm gelesen und davon, wie die Dinge sind, und dass jeder *ihm* wird folgen müssen, da es sonst keine Hoffnung gibt, nicht einmal für die, die auserwählt worden sind. Denn dies ist die Wahrheit, über die er schreibt. Gott mag wählen, aber es ist Dad, der entscheidet. So ist es. Und das ist nicht gerecht. Sie kann es jetzt kaum ertragen, mich anzusehen. Als ob es meine Schuld wäre. Als ob man mir die Schuld geben müsste.

14

Vierzehntes Kapitel

Als wir uns auf den Weg zur Schule machen, hat Lydia das Buch in ihrem Schulranzen festgeschnallt.

Und ihre Mutter weiß es, denn als wir uns verabschieden, lächelt Mrs. Morris mich genauso an, wie sie es am Freitagnachmittag getan hat. So wie wir jeden anlächeln würden, so wie wir *ihn* anlächeln würden. Kein Mensch, der seine fünf Sinne beisammen hat, würde uns jetzt für Mutter und Tochter halten. Es ist so, als würde man jemanden verlieren, nachdem man ihn gefunden zu haben glaubt. Als verlöre man ihn ganz und gar.

Und es ist Lydias Schuld, da sie nicht weiß, wie sie sich verhalten soll, und ein Gesicht macht, als hasste sie jeden in dem ganzen Haus. Und das alles nur, weil jemand etwas unter ihrem Kopfkissen hervorgezogen hat. Wenn Lydia nur lernen würde zu lächeln, wenn es darauf ankommt, wäre alles gut.

Als wir aus dem Haus gehen, sagt ihre Mutter müde: »Komm heute nicht gleich nach Hause, Lydia. Laura hat ihre Ballettstunde, denk daran. Letzte Woche hattest du es vergessen. Bleib in der Schule, bis ihr beide zusammen nach Hause kommen könnt.«

Wenn Blicke töten könnten, würde Mrs. Morris jetzt in dieser Minute ausgestreckt auf dem Bürgersteig liegen, glauben Sie mir. Und warum? Weil *er* mich heute Abend abholen und direkt vor der Schule auf jeden warten wird, der ihn zu sehen

wünscht. Und jetzt ist Lydia angewiesen worden, drinnen zu bleiben und zu warten.
Blicke können töten, natürlich, aber mir ist nie klar gewesen, dass eine Erwachsene sich so von einem simplen bösen Blick erschüttern lassen könnte. Mrs. Morris macht ein Gesicht, als wüsste sie nicht, ob sie losbrüllen oder in Tränen ausbrechen soll. Aber wozu das ganze Theater, um Himmels willen? Sie hat doch immer noch Laura.
Und ich bin ja auch da. Wenn sie nur damit aufhören würde, mir für alles die Schuld zu geben.

In der Griechischstunde wird Miss Jamieson nicht daraus schlau, was schief gegangen ist.
In der letzten Woche erwähnte sie, dass wir Platon lesen würden, und bei dieser Nachricht wurde Lydia regelrecht ekstatisch. Ein Mädchen nach Miss Jamiesons Geschmack. Aber das ist jetzt alles Vergangenheit, absolute Vorgeschichte. Das war, bevor Lydia in die Kirche ging. Jetzt könnte Lydia nichts gleichgültiger sein. Sie tut nicht mal mehr so, als hörte sie zu. Während fast der ganzen Stunde sitzt sie einfach nur da, hält ihre Schultasche umklammert und starrt ins Leere. Von Zeit und Zeit flackert auf ihren Wangen plötzlich ein hektisches Rot auf, und man braucht nicht gerade *Es* zu haben, um zu wissen, was *ihr* durch den Kopf geht.
»Verzeih mir, dass ich frage, aber ist da etwas Wertvolles in deinem Schulranzen, Lydia, etwas, was sicher aufbewahrt werden muss?«
Der Sarkasmus ist schneidend – prallt aber an Lydia ab. Sie presst sich die Schultasche nur noch fester an die Brust und nickt. Macht weiter wie zuvor.
Genauso gut könnten nur wir beide dort sitzen, Miss Jamieson und ich. Sie sollte es jedoch so sehen; ein halber Laib Brot

ist besser als gar keiner, und zumindest hört *jemand* zu, selbst wenn ihre Star-Schülerin hundert Meilen entfernt ist. Lydia mag zwar nicht zuhören, aber *ich* nehme jedes Wort in mich auf. Ich weiß gar nicht, wann ich zuletzt so aufmerksam gewesen bin.

Es liegt vielleicht daran, dass Jamieson gerade dieses eine Mal ein Thema gefunden hat, das interessant ist.

Anscheinend hatte dieser Platon einen Lehrer, einen Mann namens Sokrates, der ihm alles beibrachte, was er wusste, wofür er aber offenbar kaum Anerkennung fand. Und dieser Sokrates hatte allerlei Tricks auf Lager. So stellte er sich etwa dumm, wenn er mit klugen Leuten zusammen war, nur um sie dazu zu bringen, Dinge zu sagen, die sie sonst nicht mal im Traum gesagt hätten. Jamieson nannte dies eine philosophische Falle. Was seltsam ist, denn ich würde einfach sagen, Sokrates hatte *Es*. Am Ende brachte ihn das jedoch in allerlei Schwierigkeiten, denn dann gingen die jungen Leute herum und wiederholten alles, was er sagte, etwa dass ihm die Regierung nicht gefalle, und dass nur einige wenige gute Männer für alles verantwortlich sein sollten. Ihr Problem war, dass sie jung waren. Und Sokrates mochte es, sie in jungen Jahren einzufangen, als sie noch keine zwanzig waren, so wie er es auch bei Platon gemacht hatte. Ein Alter, in dem man leicht zu beeindrucken ist.

Ich hätte hier eine Frage stellen können, etwa ob Sokrates auch Mädchen aufgenommen hatte. Aber was für einen Zweck hätte das gehabt. Ich bezweifle, dass Jamieson mich überhaupt gehört hätte. Sie war zu sehr damit beschäftigt, Lydia zu beobachten und nach Anzeichen von Leben Ausschau zu halten.

Also zurück zu Sokrates. Und einer weiteren Frage. In Wahrheit der einzigen Frage, auf die es wirklich ankommt. Die eine Frage, die wir immer stellen sollten. Wäre Sokrates auserwählt worden, wenn er heute noch lebte? Wäre er einer von uns gewesen?

Und das Lustige ist, dass Jamieson es tatsächlich schafft, darauf zu antworten.

Denn dann fährt sie fort und sagt, dass eine von Sokrates' wichtigsten Lehren sei, dass es in allem nur eine Wahrheit geben könne. Nur eine richtige Art und Weise, die Dinge zu sehen, die jede andere Möglichkeit ausschließe. Was einem keine große Wahl lasse. Wahlmöglichkeit bedeute, die Alternativen zu untersuchen, was wiederum bedeute, dass man sich in allerlei Schwierigkeiten begebe, wenn man damit anfange, *eine Wahl* zu treffen, und alles umstößt, was sein sollte. In Sokrates' idealer Welt versuche folglich niemand, zu wählen, wer er sei oder was er tue. Jeder Mann bleibe bei dem, was er war, als er geboren wurde. So kämen Herrscher an die Herrschaft, und arme Männer täten, was man ihnen sage. Ein Platz für jeden, und jeder an seinem Platz.

Kein Wunder, dass die Regierung ihn nicht mochte; Athen galt als die erste Demokratie der Welt. Dafür war die Stadt berühmt.

War Sokrates also einer von uns? Ich würde sagen, er war es. Tatsächlich sogar ohne den Schatten eines Zweifels. Denn ich habe dies alles schon früher gehört, oder etwa nicht, und zwar aus einer ganz anderen Ecke. Vergessen wir Sokrates. Die Ansichten meines Dads sollten sie die Kinder in den Schulen lehren.

Man könnte meinen, dass Lydia die Verbindung herstellen würde, doch sie tut es nicht. Sie kapiert es nicht, denn die Wahrheit sieht so aus, dass sie zwar sein Buch gelesen, aber nur etwa die Hälfte davon verstanden hat. Den Rest hat sie überlesen. Miss Jamieson wirft einen Blick auf sie und seufzt.

Versucht ein letztes Mal das Interesse ihrer Lieblingsschülerin zu wecken.
»Sieh mal her, Lydia«, sagt sie und reicht ihr ein Buch mit einem Bild auf der Vorderseite. »So hat er vielleicht ausgesehen, Sokrates.«
Sie spricht von einer Büste, die aus reinstem weißen Marmor erschaffen worden ist. Ein mächtiger Kopf, der einen vermuten lässt, dass er einen entsprechenden Körper gehabt haben muss. Eine Stirn, die doppelt so hoch ist wie die aller anderen Menschen. Nicht gerade das, was man gut aussehend nennen würde. Doch darauf kommt es kaum an. Edel ist, wer edel handelt. Außerdem ist da noch etwas daran, etwas, was mich ein zweites Mal hinsehen lässt, diesmal genauer. Etwas Vertrautes …
Gleichzeitig regt sich neben mir etwas. Es ist Lydia, die endlich aufwacht. Ein Blick auf das Buch, und plötzlich zieht sie es zu sich heran und stammelt etwas kaum Verständliches, bis:
»Es ist dein V-Vater, Kate. Sieh ihn dir an. Es ist dein V-Vater.«
Da, sie ist schneller gewesen als ich und hat dem einen Namen gegeben, was so vertraut war. Und sie hat natürlich Recht. Man muss sich nur den Bart wegdenken, dann könnte man die Ähnlichkeit sehen, bis hin zur Form seiner Nase.
Und es ist wie ein Wunder, was für eine Wirkung das hat. Plötzlich könnte man glauben, sie sei wieder ihr altes Selbst, lebendiger, als sie den ganzen Morgen gewesen ist. Lydia reißt sich zusammen und fängt an, auf das zu achten, was in dem Buch ist, liest, was dort steht. Sie kommt mir vor wie ein kleines Trüffelschwein, das nach Informationshäppchen wühlt. Miss Jamieson lächelt und ist überzeugt, dass alles wieder normal ist.
Doch dann, nach und nach, verschwindet das Lächeln. Und

selbst Jamieson kann es sehen; dies ist letztlich doch nicht die alte Lydia. Die alte Lydia hätte sich um Sokrates' willen für ihn interessiert. Jetzt hat sie dafür einen ganz anderen Grund, und der hat nichts mit der Freude am Lernen zu tun. Das könnte man das Ergebnis von Einseitigkeit nennen.

Noch mehr davon, dann wird sich Miss Jamieson wünschen, sie hätte das Thema nie zur Sprache gebracht, jedenfalls nicht, wenn es eine solche Wirkung hat. Aber so ist das eben. Man kann nicht Griechisch unterrichten, ohne Sokrates zu erwähnen. Selbst ich weiß das. Das wäre etwa so wie Geschichte ohne die spanische Inquisition. Oder den Hunnen Attila.

Oder Schule ohne Moira MacMurray. Womit ich meine, dass es zwar sein kann, dass man nicht viel von jemandem hält, aber durchaus bemerkt, wenn er nicht da ist. Und Moira war heute nicht in der Schule. Folglich konnte ich sie nicht fragen. Ich konnte nicht fragen, ob sie gestern – unaufgefordert – in die Bingohalle gekommen sei; und wenn es so gewesen war, was sie dort gewollt habe; und wie es kommt, dass sie immer zu wissen scheint, wo ich sein werde und was ich tue. Als wäre der einzige Daseinszweck ihres ganzen Lebens, mich zu beobachten, mich nie aus den Augen zu lassen.

Dabei fällt mir ein, dass es wahrscheinlich gut ist, dass sie nicht hier ist und keine Fragen stellen kann. Diese Fragen, die einfach so aus ihr heraussprudeln. Sie hätte den Eindruck bekommen, dass es aus irgendeinem Grund wichtig ist, dass das, was sie getan hat, eine Bedeutung hätte. Und nichts könnte weiter von der Wahrheit entfernt sein.

Bei nochmaligen Nachdenken ist es also wahrscheinlich wunderbar, dass Moira heute nicht in der Schule ist. Noch besser wäre es, wenn sie morgen auch nicht kommt.

Auf dem Nachhauseweg erzählte ich *ihm*, was Lydia gesagt hatte, dass er nämlich aussehe wie Sokrates. Er lachte, doch es gefiel ihm, das sah man ihm an. Erzählte mir, dass er sehr viel von Sokrates und auch Platon halte. Dann tätschelt er mir das Knie und sagt mir, dass es wirklich großartig sei, mich zu Hause zu haben. Nichts in der Welt sei damit vergleichbar, mich für sich allein zu haben.

Es ist in Momenten wie diesem, wenn man weiß, was es heißt, das glücklichste Mädchen der Welt zu sein.

Dann sieht er mich plötzlich an, und es wird still im Wagen.

Kate, mein Liebes. Du trägst dein Haar anders.

Und damit hat er natürlich Recht. Ich habe es zurückgekämmt und mit einem von Lydias Haarbändern zu einem engen Pferdeschwanz zusammengebunden. So sieht es dunkler aus, weniger … auffällig. Das hatte ich zumindest angenommen.

Doch ich habe mich geirrt. Ich habe nur eines geschafft, dass er noch genauer hinsieht.

Das ist der Moment, in dem ich über Lydia und ihre Familie zu sprechen beginne. Oder, um genauer zu sein, über *sie,* Lydias Mutter. Weil sie aus irgendeinem Grund wichtig ist. Was sie sagt, gilt. Und weil er sich aus irgendeinem Grund interessiert zeigt, vielleicht, weil sie eine Herausforderung ist, oder vielleicht nur, weil sie so sanft ist …

… Oder nein, das muss falsch sein. Das ist der Grund, weshalb *ich* interessiert bin.

Aber es funktioniert. Er blickt nicht mehr mein Haar an, sondern wendet sich wieder der Straße zu, als ich ihm alles über sie erzähle, jede kleinste Kleinigkeit, an die ich mich erinnern kann – und mehr dazu. Etwa, wie sehr sie die Pralinen gemocht hätte. Dass sie sie auf der Stelle in den Mund gesteckt, die Augen geschlossen und gelächelt hätte, vielleicht

wegen der Süße, aber vielleicht auch noch aus einem anderen Grund. Dad hört zu und fährt. Klimpert mit dem Kleingeld in seiner Tasche und sieht mein Haar nicht mehr an.
So wichtig ist sie.
Ich glaube, dass er sich vielleicht Klarheit über sie zu verschaffen versucht. Meist kann er sofort sagen, was mit Leuten los ist, indem er sie einfach nur ansieht. Das tut er, wenn er außerhalb der Schule ist: Er beobachtet, wie die großen Mädchen vorbeigehen, und hält nach Seelen Ausschau. Könnte es sein, dass er nur dieses eine Mal darüber nachdenken muss? Weil er sich noch keine Klarheit über sie verschafft hat, darüber, was sie ist und wohin sie geht?
Und weil er sich fragt, ob sie auserwählt worden ist.
Das ist der Grund, dass ich ihm nicht die Wahrheit über die Pralinen oder das Buch erzähle, ja, noch nicht einmal über den Wein. Denn ich weiß, wie die Antwort dann lauten würde. Ich weiß, was er unweigerlich sagen wird. Und wäre das nicht eine Schande, zu wissen, dass für sie keine Hoffnung besteht? Auch wenn sie sie nicht verdient.

Es ist eigenartig, aber als ich heute Abend durch die Tür komme, scheint unser Haus dunkler zu sein, unsere Wände feuchter, unsere Vorhänge schäbiger. Und kälter. Überall ist es kalt. Außer natürlich in der Küche, wo es zu heiß ist und wo der Dampf sich in meinem Haar und auf dem Handrücken festzusetzen scheint.
Aber ich mache mir nichts daraus, weil es immer noch einen kleinen Silberstreif von Licht gibt, eine Helligkeit, die man berühren kann. Ich brauche nur nach oben zu laufen, die Augen zu schließen und die Hand mit kribbelnden Fingern unter mein Kopfkissen zu schieben. Und zu fühlen. Ich taste überall. Mache die Augen auf. Ziehe das Kissen weg. Werfe

es auf den Fußboden, würde es sogar aus dem Fenster werfen, wenn ich könnte, denn darunter ist nichts.
Verstehen Sie, es ist verschwunden, das winzige Pferd, das glänzend in seiner kleinen Schachtel lag und so aussah, als hätte jemand eine Portion reinen Lichts genommen, es mit Zuckerkristallen gemischt und zu Glas gesponnen. Nur für mich.
Es ist verschwunden.
Aber warum? Ich habe es zerbrochen. Es war zerbrochen. Kein Mensch könnte sagen, ich hätte mir erlaubt, etwas Makelloses an mich zu nehmen und es zu behalten. Aber was nicht vollkommen ist, *darf* man behalten. Das kann einem niemand vorwerfen. So könnte ich nicht auf einen zerbrochenen Gegenstand stolz sein oder mir etwas in den Kopf setzen oder damit prahlen, ich hätte etwas Vollkommenes in der Hand. Ich habe es zerbrochen.
Ich habe es zerbrochen. Aber es ist trotzdem nicht da. Nichts ist da, nicht mehr. Und jetzt muss ich hinuntergehen und darf nicht vergessen zu lächeln, wenn es darauf ankommt.
Mit anderen Worten: lächeln und immer lächeln, bis ich den billigenden Ausdruck auf seinem Gesicht erkenne und weiß, dass es sicher ist, zu Bett zu gehen. Lächeln, um sicherzustellen, dass es heute Abend keine weiteren Lektionen gibt, da ich diese eine offenkundig schon so gut gelernt habe.

Doch ich hatte wieder den Traum. Oder etwas Ähnliches. Ich meine den neu-alten Traum, in dem es nur mich gibt. Keine Hitze, kein strömendes Licht oder Arme, die mich in die Höhe halten. Keinen Dad. Und es ist komisch, weil ich glaubte, Träume seien nichts weiter als eine Ablenkung oder etwas, was dazu da ist, einem Menschen Unbehagen zu bereiten. Ich habe nicht gewusst, dass man sich nach einem

Traum auch besser fühlen kann. Dass ein Traum der eigenartigste Trost sein könnte – zumindest bis man aufwacht.
Ich bin wieder in seinem Zimmer. Alles ist, wo es sein sollte – der Schreibtisch, die Wärme im Teppich und natürlich das Bild an der Wand. Diese Mädchen mit ihren Tabletts voller Früchten und verbrannten, rauchigen Opfergaben. Ich kann ihre Gesichter sehen, ihr hübsches, irregeleitetes Lächeln. Ich kann ihre nackten Füße und kleinen Zehen sehen, die genauso perfekt sind wie meine.
Und außerdem noch etwas. Etwas, was mir noch nie aufgefallen ist. Die Griffe an den Schreibtischschubladen leuchten und glänzen, als hätte jemand den ganzen Tag damit verbracht, sie zu polieren und auf Hochglanz zu bringen wie neue Haarnadeln. Sie leuchten so sehr, dass ich sie am liebsten berühren möchte. Sie erinnern mich an etwas, das erst noch geschehen muss, aber nicht hier, nicht in diesem Traum.
Aber hör mal, jetzt ist nicht die Zeit zu starren. Denn da ist das Geräusch von Schritten, die näher kommen, von Schritten, die vor der Tür innehalten, das Geräusch von einem gehaltenen Versprechen. Der Grund, weshalb ich gewartet habe. Jetzt lächle ich, als die Tür sich zu öffnen beginnt und …
… Und ich wache auf, bevor ich die Chance habe, zu erkennen, wer hinter der Tür steht, derjenige, auf den ich gewartet habe. Der Raum ist ebenso verschwunden wie der tröstliche Traum. Hier ist nichts als Dunkelheit und die Form meines Kopfkissens.
Mein Kopfkissen. Bevor ich weiß, was sie tut, bewegt sich meine Hand unter das Kissen – wie ich es jetzt wohl noch wochenlang tun werde, bis sie sich daran gewöhnt hat und lernt, sich rechtzeitig zu erinnern. Und da ist nichts. Das Pferd ist verschwunden, und unter dem Kissen ist nichts wei-

ter als das Laken, das feucht und muffig ist, nachdem Gran es gewaschen hat.
Jetzt erinnere ich mich wieder. Es ist verschwunden. Das Pferd ist verschwunden.

Geh schlafen, Kate.
Oder wenn du nicht schlafen kannst, sei dankbar für das, was dir beschert worden ist, so wie andere Menschen Schafe zählen.
Zum Beispiel gibt es keine Geheimnisse in diesem Haus. In diesem Haus gibt es einen Platz für alles, und alles ist an seinem Platz. Unser Haus ist so, wie die große weite Welt sein sollte. Ich kann mich glücklich schätzen, hier zu sein. Das ist ein Segen. Vögel in der Luft, Kieselsteine am Strand, ich in meinem Bett – und alles, was kostbar ist, befindet sich dort, wo es hingehört. In seinem Zimmer.
(Selbst mit seinem zerbrochenen Bein war mein Pferd kostbar. Alles, was sie mir gab, wäre kostbar gewesen. Warum ist mir das nicht klar gewesen?)
Geh schlafen, Kate. Sonst werden sie dich am Morgen ansehen und wissen, dass du wach geblieben bist und auch warum. Oder wenn du nicht schlafen kannst, zähl weiter. Denk daran, dass Stolz die schlimmste der Sünden ist. Sünden halten einen Menschen von Gott fern. Stolz ist das, wogegen mein Vater kämpfen muss, wo immer er ihn vorfindet. Er nimmt die Quelle des Stolzes weg und rettet mich vor der Sünde. Das ist ein Segen.
(Doch wenn ich die Augen schließe, glitzert etwas hinter den Augenlidern. Nicht das Pferd, aber etwas anderes. Es ist das Glitzern, das ich in meinem Traum sah und das zu den Handgriffen am Schreibtisch meines Vaters gehörte. Glänzend wie eine neue Haarnadel.)

Geh schlafen, Kate. Die einzigen wahren Geschenke sind die, die wir von Gott erhalten. Kein anderes Geschenk ist wirklich. Dies ist, was Dad für mich getan hat. Er hat das Geschenk genommen, das nie wirklich ein Geschenk war, und mich damit vor mir selbst gerettet. Auch darin kann ich mich glücklich schätzen.

(Aber was ist überhaupt wirklich? Wenn sie *wirklich* geglaubt hätte, dass ein Kristallpferd zu kostbar ist, hätte sie es mir nicht geschenkt. Aber sie hat es getan. Sie hat es mir geschenkt. Sie wollte, dass ich es habe.)

Das ist es, was wirklich ist. Sie wollte, dass ich es habe, das Kristallpferd.

Es gibt keine Geheimnisse in diesem Haus. In meinem Traum hatten die Griffe seiner Schreibtischschubladen geblitzt und geblinzelt wie ein Signal. Wie eine Erinnerung. In seinem Schreibtisch landen alle kostbaren Dinge. Dort könnte man sie selbst jetzt finden.

Kein Mensch braucht es je zu erfahren. Ich möchte es nur wieder sehen. Es halten, spüren, wie seine Hufe mir die Handfläche kitzeln und seine Flanken an meinem Gesicht warm werden. Nur eine Minute lang, bis ich es wieder dorthin lege, wohin es gehört. Dann werde ich schlafen gehen.

Draußen auf dem Treppenabsatz, auf der anderen Seite einer Tür, kann ich hören, wie jemand schnarcht, und es hört sich so an, als würde jemand Bettlaken zu Streifen zerreißen, als wollte er Verbände daraus machen. Das ist natürlich Gran, die von Dingen träumt, an die man nicht mal zu denken wagen würde.

Aber aus seinem Zimmer nichts, kein Laut. Mein Vater schläft den Schlaf des Gerechten, die einzige Zeit, in der er ruhig ist. Aber immer noch nicht so ruhig wie ich. Ich mache so wenig

Lärm, dass ich selbst jetzt fast glauben könnte, ich träumte. Wenn man davon absieht, dass nichts einen Menschen so zittern lassen könnte, jedenfalls dann nicht, wenn es nur ein Traum wäre. Die Kälte kriecht durch den Fußboden hinauf, altes Linoleum, das feucht ist und an meinen Fußsohlen klebt, aber mehr alles andere ist es die Kälte, die mir einen eisigen Schauer direkt bis in die Knochen schickt und mich wünschen lässt, ich hätte daran gedacht, Schuhe anzuziehen.
Doch dann könnte man wieder sagen, dass es mir recht geschieht, wenn mir kalt ist. Ein Platz für alles, und alles an seinem Platz. Mein Platz ist im Bett, oder etwa nicht, wo ich mich nicht rühren soll, bis er mich weckt. Wenn ich jetzt umkehre, wäre es noch nicht zu spät. Ich hätte dann noch gar nichts falsch gemacht.
Wenn ich jetzt umkehre, werde ich es nie wieder sehen. Mein Pferd. Das Pferd, das sie mir und sonst niemandem geschenkt hat.
Dann ist es wirklich zu spät. Denn einen Augenblick später stehe ich in seinem Zimmer, und Sie wissen, was ich getan habe. Ich habe die Schwelle überschritten, habe es mit einem einzigen Schritt vollbracht, nicht mehr gut zu sein, sondern schlecht zu werden. Und es ist das Schlimmste, was ich je getan habe. Ich war schon vor dem heutigen Tag alles andere als vollkommen und habe mich immer weiter von diesem Ideal entfernt. Doch das war immer ein Irrtum, das Ergebnis von Unwissenheit. Aber so etwas wie das hier habe ich noch nie in voller Kenntnis dessen getan, was ich vorhabe. Kein Wunder, dass ich mich an etwas festhalten muss, am Türgriff, der Rückenlehne eines Stuhls, an irgendetwas.
Dann sehe ich das Bild und darunter seinen Schreibtisch, und plötzlich ist Hinfallen das Letzte, was ich mir vorstelle. Denn

da sind die Handgriffe an seinem Schreibtisch, sie glitzern und leuchten wie neue Haarnadeln. Und es ist wieder wie im Traum, hier zu stehen und das Bild anzusehen und die törichten Mädchen – und die glitzernden Handgriffe an seinen Schubladen.

Dann blicke ich hinunter und sehe meine Füße, alle beide. Nur fünf rosige Zehen. Ein gesunder Fuß und ein schlimmer. Also doch noch nicht wie im Traum.

Nur das sollte man mal dem Schreibtisch sagen. Diese Griffe blinzeln und glitzern mich weiterhin an, als gäbe es überhaupt keinen Unterschied. Ich könnte wach sein oder schlafen, für sie wäre es gleichgültig, und sie scheinen mir nur das eine sagen zu wollen: Was ich will, liegt im Schreibtisch. Ein Platz für alles, und alles an seinem Platz. So kann er auf alle kostbaren Gegenstände achten und sie davor bewahren, in falsche Hände zu geraten. In meine Hände.

Plötzlich sind es meine Hände, die jetzt an der Arbeit sind und sich von allein bewegen, als hätten sie einen eigenen Verstand. Sie beginnen mit der obersten Schublade, derjenigen, die ihm im Sitzen am nächsten sein würde, wenn er seine Predigten schreibt und zu unser aller Wohl arbeitet. In der Schublade befindet sich eine Schachtel mit Pralinen. Ungeöffnet. Aber immerhin bin ich nicht dagewesen. Ich bin nicht dagewesen, so dass er mir nichts hätte sagen können.

Ich würde jedoch nicht im Traum daran denken, mir eine zu nehmen, nicht einmal angesichts der Düfte von Zucker und Kakao, die durch das Einwickelpapier mit den Bildern von Kätzchen mit Schleifen um den Hals dringen. Sie gehören nicht mir. Ich bin nur hier, um etwas zu suchen, das mir gehört. Oder mir gehört hat. Trotzdem muss ich sie aus der Schublade herausnehmen, nur um zu sehen, was darunter liegt.

Doch als ich so dastehe, mit der Pralinenschachtel in der Hand, passiert etwas. Ich höre ein Geräusch. Und mit dem Geräusch verirrt sich etwas, verliert sich in der Dunkelheit hinter mir. Und warum? Weil dies genau das Geräusch ist, auf das ich gewartet habe, das Geräusch von näher kommenden Schritten, das Geräusch eines Versprechen, das gleich eingelöst werden wird. Das ist der Grund, weshalb ich mich nicht rühren und nicht einmal die Pralinen in die Schublade zurücklegen kann. Plötzlich weiß ich nicht einmal mehr, weshalb ich sie überhaupt halte. Ich bin wieder in meinem Traum. Ich war nie wach.

Die Schritte haben innegehalten. Jemand steht hinter der Tür. Diesmal werde ich ihn sehen, den Menschen, auf den ich gewartet habe.

Die Tür geht auf.

Und ich wache nicht auf. Natürlich nicht, warum sollte ich auch, wo ich doch schon wach bist? Dennoch scheint es ein paar Sekunden zu dauern, bis wir einander erkennen, obwohl wir uns beide anstarren, als hätten wir in jeder Hinsicht jemand anderen erwartet.

Es ist Gran. Nur Gran.

Das lange Nachthemd, das sie trägt, hat Rüschen am Hals, die es wie ein Totenhemd aussehen lässt. Man könnte meinen, man sähe einen Geist – von der bösen Art, die Art von Geist, der die Lebenden hasst und immerzu daran denken muss, so dass er keinen Moment zur Ruhe kommt.

Doch sie überschreitet nicht die Schwelle. Dies ist sein Arbeitszimmer. Nicht einmal sie tritt hier unaufgefordert ein. Was es nur schlimmer macht, was ich getan habe, so wie ich jetzt hier mit einer offenen Schublade und einer Pralinenschachtel in den Händen dastehe. Stattdessen reckt sie den Kopf in die Höhe und schreit seinen Namen. Ruft ihm zu, er solle herunterkommen und sehen, was sie entdeckt habe.

Es ist jedoch merkwürdig, woran man sich in schwierigen Momenten erinnert. In der Stille zwischen dem Moment seines Aufwachens und dem langsamen Auftreten seiner Füße auf den Treppenstufen ertappe ich mich dabei, dass ich nur an eines denke: an Grans Gesichtsausdruck, als sie die Tür öffnete. Als hätte sie erwartet, jemand ganz anderen zu finden. Sie brauchte mehrere volle Sekunden, um umzuschalten und zu erkennen, dass es nur ich war. Da hätten Sie mal die Erleichterung sehen sollen. Als wäre sie diejenige, die einen Geist gesehen zu haben glaubte.

Doch jetzt ist keine Zeit, darüber nachzudenken. Dad ist hier und will wissen, was passiert ist und warum man ihn aus dem Schlaf des Gerechten geweckt hat. Will wissen, was passiert ist. Und was in Ordnung gebracht werden muss.

15

Fünfzehntes Kapitel

Am nächsten Tag bereitet mir Hilary eine Überraschung.
»Ich habe hier etwas, was dir gefallen wird«, flüstert sie und hält mir eine Tafel Schokolade unter die Nase.
Ich hätte es ahnen und das Rascheln von Silberpapier bemerken sollen. Doch ich tat es nicht. Jetzt ist es zu spät. Der Duft von Schokolade steigt mir in die Nase, und da ist es um mich gesehen. Bevor ich weiß, was ich tue, habe ich ihr die ganze Tafel aus der Hand gerissen und wie eine Rakete durchs Zimmer geschleudert.
Sie fällt mit einem dumpfen Aufprall auf den Fußboden – Moira MacMurray direkt vor die Füße. Hilary ist natürlich ein wenig schockiert, doch wenn es um etwas zu essen geht, ist sie immer hellwach und schreit sie an:
»Moira MacMurray, gib mir gefälligst meine Schokolade wieder.«
Langsam bückt sich Moira, hebt sie auf, wiegt sie in der Hand. Hilary macht den Mund auf, um sie noch einmal anzubrüllen, macht ihn dann aber wieder zu, weil Moira damit begonnen hat, das zu tun, was man ihr gesagt hat, und ihr die Schokolade zurückbringt. Doch anstatt direkt vor meiner Nase vorbeizugehen, trottet sie hinten um die Pulte herum, von mir weg. Es ist, als wüsste sie Bescheid, als wäre ihr irgendwie bewusst, was Schokolade heute bei mir anrichten würde. Sogar der Geruch davon.

Gestern Abend war Gran fest entschlossen, ihm die ganze Geschichte zu erzählen. Doch es war wirklich nicht nötig. Er brauchte nichts weiter zu tun, als mich anzusehen, wie ich mit meinen nackten Füßen vor seinem Schreibtisch stand und in der Hand die Pralinenschachtel hielt. Er brauchte nur einmal hinzusehen und zu seufzen.
Jetzt glaube ich, dass der Schokoladengeschmack nie verschwinden wird. Er ist immer noch da, bedeckt mir die Zunge und verstopft mir die Kehle. Jeder Atemzug ist damit beschwert. Verstehen Sie, also sogar der Duft davon, die leiseste Ahnung, löst jetzt …
Es gibt nur ein Heilmittel gegen Gefräßigkeit, das sagte er. Und mit Grans Hilfe machte er sich gleich daran, das Heilmittel zu verabreichen.
Aber wie konnte Moira MacMurray etwas davon wissen? Woher wusste sie, dass sie mit Hilarys Schokolade den langen Umweg nehmen musste? Nur damit ich den Geruch nicht in die Nase bekomme, nicht schon wieder, nicht heute.
Woher wusste sie, dass ich Hilfe brauchte?

Hilary blieb fast die ganze Zeit danach auf ihrem hohen Ross sitzen. Na ja, sie ist es nicht gewöhnt, dass man ihre Süßigkeiten quer durchs Zimmer schleudert. Ich nehme an, dass ich mir bei ihr mehr Mühe geben und ihr etwas hätte erzählen können, die sie besänftigt hätte, aber ich bin müde. Ich bin für alles zu müde.
In solchen Momenten wäre es fast schön, Lydia zu sein. Sehen Sie sie doch nur an, sie ist auch müde, total am Boden zerstört. All diese Hitze und das Licht, zwanzig Minuten in einer Kirche, endlose Zeit mit einem Buch; jetzt sieht sie aus, als hätte sie seitdem kein Auge zugetan, zu viel erhitzte Tagträume haben sie wach gehalten.

Aber was unternimmt sie dagegen?
Sie geht auf Moira MacMurray zu, das unternimmt Lydia. Aber nicht, um zu reden. Sie und Moira sprechen nie, jedenfalls nicht miteinander. Um genau zu sein, sie *tun* überhaupt nichts. Ich habe die dunkle Ahnung, dass Moira und ihre Großmutter sich zu Hause so benehmen, und man sieht fast vor sich, wie sie glücklich sein könnten, wie *jeder* glücklich sein könnte, wenn er sich damit begnügte, seine Mitmenschen leben zu lassen und sich nie in etwas einzumischen. Doch es bringt Hilary zum Kichern, wenn sie mit ansieht, wie die beiden Seite an Seite die Tage vertrödeln.
Doch ich weiß genau, was Lydia tut. Sie entspannt sich, etwas, was nur neben Moira passieren kann. Sie gewinnt ihre Energie zurück, indem sie sich nahe bei Moira hält, die nichts wünscht, um nichts bittet, nichts sagt. Die einfach nur da ist wie ein großes weiches Kissen. Wie so ein riesiger Windschutz, der einen vor allem schützt.
Verstehen Sie, man könnte Lydia also fast beneiden, die zwar erschöpft ist, aber neben etwas so Großem verschwinden kann, das kaum zu bemerken scheint, dass sie überhaupt da ist. Es lässt mich fast wünschen, ich könnte das Gleiche tun. Aber ich kann mich nicht entspannen, keine Sekunden, und besonders nicht mit Moira, selbst wenn sie mir in diesem Augenblick behilflich wäre. Denn wenn sie über die Schokolade Bescheid wüsste, was könnte sie dann sonst noch über mich wissen?
Und außerdem, wer möchte mit einer zu tun haben, über die alle lachen? Ich habe noch nicht erwähnt, was am Ende des Tages passierte.
Es war in der letzten Stunde, Geografie, und es konnte jede Sekunde klingeln. Alle waren damit beschäftigt, Umrisse auf Karten zu zeichnen und gleichzeitig zuzuhören, bereit, den

Bleistift in der Sekunde hinzuwerfen, in der es klingelte. Unterdessen steht der junge Mr. Harris an seinem Tisch und studiert die barbusigen einheimischen Mädchen in *National Geographic* und bemüht sich, nicht zu auffällig zu atmen. Wir wissen alles über ihn.

Dann kommt es – aber nicht die Schulglocke, nicht die Unterbrechung, die wir erwartet haben. Ein ganz anderes Geräusch. Es beginnt als ein leises, schrilles Heulen, als wäre eine Gnitze in genau dieser Sekunde ins Klassenzimmer geflogen, dann wird es intensiver, sowohl an Tonhöhe wie an Lautstärke, und erreicht einen Gipfel, auf dem es Glas zertrümmern könnte, hält sich zitternd eine unglaublich lange Reihe von Sekunden, bevor es schließlich wieder leiser und zu dem Geräusch von Gnitzengesang wird.

Danach Schweigen. Wenigstens zuerst, nur in diesen wenigen ungläubigen Sekunden. Doch dann beginnt jemand zu kichern, wie nicht anders zu erwarten.

»Moira MacMurray, du elendes Ferkel!«

Und das bringt alle anderen in Bewegung. In der nächsten Sekunde wird die ganze Klasse von Lachanfällen geschüttelt, immer mehr Mädchen heulen, als hätten sie noch nie etwas so Komisches gehört. Mr. Harris starrt mal hierhin, mal dorthin und sieht fast verängstigt aus. Er klatscht ein paar Mal in die Hände, hebt die Stimme, schlägt sogar mit der zusammengerollten *National Geographic* gegen die Vorderseite seines Tischs. Doch es ist zwecklos, er ist keine Miss Jamieson oder Mrs. Chatto. Als es klingelt, macht es kaum einen Unterschied. Der Unterricht war schon beendet; dafür hatte Moira gesorgt.

Doch nicht alle lachen. Ich beispielsweise nicht. Was lässt die Leute nur denken, dass es zum Lachen ist, wenn jemand einen fahren lässt? Es ist ein Zeichen von Schwäche, eine Mahnung, dass man den Körper nicht unter Kontrolle hat. Manchmal lässt Gran bei Tisch ein Piepsen hören, und dann müssen wir hinterher dasitzen und so tun, als wäre es nie passiert.

Und noch etwas hat mich vom Lachen abgehalten. Es erinnerte mich an etwas, das kleine Geräusch, das zu einem Crescendo wird und einen ganzen Raum füllt – sogar eine ganze Bingohalle –, bevor es erstirbt und eine Stille zurücklässt, die wiederum einem Chaos weicht. Nichts weiter als heiße Luft.

Das ist es, was mich plötzlich so stark erröten lässt, dass ich spüren kann, wie mir die Hitze ins Gesicht steigt. Es gibt Gedanken, die verbannt werden sollten, bevor sie die Chance haben, das Licht des Tages zu erblicken.

Man glaubt es kaum. Sie lachen *immer noch*, die ganze Klasse wiehert sich halb tot. Dabei sind manche schon fünfzehn geworden. Man sollte meinen, dass sie es besser wüssten. Tun sie aber nicht. Da gibt es nur die eine andere Person, die nicht lacht, und raten Sie mal, wer das ist.

Moira. Sie sitzt nur ein Stück von meinem Pult entfernt, vollkommen entspannt, vollkommen mit sich und der Welt im Reinen – und starrt mich an. Aber jetzt – oder bilde ich mir das nur ein? – tut sie es mit einem kaum wahrnehmbaren Anflug einer Frage im Blick, als erwartete sie, dass ausgerechnet ich ihr erzähle, worum es geht, warum alle so lachen. Als wüsste sie selbst nicht, was sie getan hat.

Danach achtet sogar Lydia sorgfältig darauf, dass sie zu Moira Distanz findet. Sie läuft uns hinterher, Hilary und mir. Hilary muss jedoch immer noch hysterisch lachen. Und sie hat die Sache von heute Morgen mit der fliegenden Schokolade vergessen. Wahrscheinlich wieder etwas, wofür ich mich bei Moira bedanken könnte.

Mit der lachenden Hilary und der lächelnden Lydia sehen wir

also aus wie das Urbild von Schulmädchen, die ihren Spaß haben, alle drei – zwar nicht Arm in Arm, aber doch recht eng. Selbst Hilary könnte sich nicht mehr wünschen. Sie könnten ein Buch über uns schreiben, mit dem Titel *Die drei Busenfreundinnen*, etwas in der Richtung.
Und als wäre das noch nicht genug, als wäre Spaß das Einzige, was auf der Tagesordnung steht, wartet noch ein Leckerbissen auf uns – wenn man Hilary oder Lydia ist. Direkt vor dem Schultor, wo sonst niemand zu parken wagen würde (Anordnung der Rektorin), wartet der Wagen. Lydia entdeckt ihn als Erste und erstarrt. Ihre Finger kneifen mich steif in den Ellbogen. Hilary kreischt nur.
Er hat uns kommen sehen. Ich würde sagen, er hat uns aus der Schule hinausschlendern sehen. Jetzt kurbelt er die Seitenscheibe herunter und strahlt. Man kann erkennen, dass er für jede ein besonderes Zwinkern im Auge hat. Sogar für mich. Besonders für mich. Er ist ein sehr versöhnlicher Mann, mein Dad. Später, auf dem Nachhauseweg, wird er sagen, dass es hinter uns liegt, ich meine, das von gestern Abend. Vergeben und vergessen. Das sagt er immer.
Aber jetzt muss er sich natürlich auf Lydia und Hilary konzentrieren. Dafür sorgen, dass ihm nichts aus der Hand gleitet.
»Das ist eine sehr schwer aussehende Schultasche, die du da hast, liebe Lyddie. Sie muss voller Bücher sein.«
Vor allem einem Buch, doch darüber weiß er Bescheid. Trotzdem glaubt sie, es erklären zu müssen, errötet und stammelt, erzählt ihm, dass es *sein* Buch sei, das ihre Tasche so schwer macht, lässt ihn wissen, dass sie jedes Wort gelesen hat, dass sie sich nie von diesem Buch trennen wird, und so weiter und so fort – bis Hilary eifersüchtig zu werden beginnt und sich räuspert, als hätte sie den Hals voller Frösche. Wenn das so weitergeht, könnte sie sogar weggehen.

Aber das wird er nicht zulassen, nicht mein Dad. »Und Hilary, mein *liebes* Mädchen. Wie geht es dir?«
Hilary wird knallrot, kichert und starrt zu Boden, sagt ihm, dass es ihr prima gehe, besonders wegen des Wiedersehens mit ihm. Und wartet darauf, dass er weitere Fragen stellt, so wie er es bei Lydia getan hat. Doch nichts passiert. Dad sagt kein Wort mehr. Hilarys Lächeln beginnt zu verebben. Aber sie sollte nicht unruhig werden. Es ist nur so, dass er plötzlich anfängt zu denken. Dad hat etwas vor, das sehe ich ihm an …
Einen Augenblick später schlägt er mit beiden Händen auf das Lenkrad, was uns zusammenzucken lässt.
»Ich hab's. Wisst ihr, was wir tun sollten? Warum ist mir das nicht schon früher eingefallen? Ihr müsst bei der ersten denkbaren Gelegenheit bei uns bleiben, alle drei. Dann könnt ihr zusammen sein und einen Riesenspaß haben. Alles unordentlich machen, Krach machen, den alten Keith Carr von seinem Schönheitsschlaf abhalten und die ganze Nacht lang plappern. Was haltet ihr davon, he? Was meint ihr?«
Was sie meinen? Hilary und Lydia sind sprachlos und wagen kaum, ihren Ohren zu trauen.
Und natürlich ist er noch nicht fertig, gaukelt ihnen Bilder vor, denen niemand widerstehen könnte. »… Mitternächtliche Festessen, heimliches Tratschen, Spaß ohne Ende. Schreckliche Mädchen seid ihr alle, könnt einem Mann graue Haare wachsen lassen …«
Oh, es ist märchenhaft, ihm zuzusehen. Man kann stolz auf ihn sein. Jeder, der ihn hört, empfindet ihn anders. Hilary und Lydia waren auch vorher schon glücklich. Jetzt platzen sie fast vor Stolz. Sie können nichts weiter tun als lächeln, so breit lächeln, dass man meinen könnte, ihre Gesichter würden gleich in kleine Stücke zerbrechen.
Folglich lächle ich auch. Was könnte ich sonst tun? Geteilte

Aufmerksamkeit ist halbe Aufmerksamkeit. Und außerdem beobachtet er mich.

Dann geht etwas schief. Ich kann es spüren, bevor ich überhaupt weiß, was passiert ist. Plötzlich blickt Dad an uns vorbei, da sein Blick von etwas hinter uns angezogen worden ist, was seine Aufmerksamkeit beansprucht. Und bevor ich mich überhaupt umgedreht habe, weiß ich irgendwie, was dieses Etwas ist.

Moira steht hinter uns und füllt den Bürgersteig mit ihrem massigen Körper, ihrem alten Damenmantel und der Tragetasche, die sie als Schultasche benutzt. Doch das Erste, was ich an ihr bemerke, ist dies: Ich stehe hier, aber dieses eine Mal bin ich nicht diejenige, die sie ansieht.

Dad blinzelt, und zwar so schnell, dass man es kaum wahrnehmen kann. Ich habe es aber gesehen. Die Zeit verlangsamt sich, wenn ich Dad beobachte. In der Zeit, in der andere nichts weiter entdecken können als das Lächeln, sehe ich einhundert Gesichtsausdrücke kommen und gehen. Er hat den Blick gespürt, Moiras Blick.

Und diesmal wendet er sich ihm zu.

»Moira, Liebes. Ich habe dich gar nicht dort stehen sehen.«

Moira sagt nichts, sondern schiebt nur das, was die eine Wange ausbeult, auf die andere Seite. Aber sie starrt weiter Dad an – *und zwar genau so, wie sie mich anstarrt.* Abgesehen davon, dass es anscheinend nichts ausmacht. Falls er es bemerkt, zeigt er es nicht. Dad lächelt sie wieder an, bevor er sich erneut Hilary und Lydia zuwendet.

Doch einige Augenblicke später, fast zögernd, kehrt sein Blick zu Moira zurück. Die ihn weiterhin anstarrt.

Und plötzlich trifft mich die Erkenntnis wie ein Blitz, wie ein Lichtstrahl vom Himmel, wie eine Botschaft von oben trifft sie mich. Ich dachte, ich hätte die richtige Person mit nach

Hause gebracht, doch das hatte ich nicht. Ich hatte die *Falsche* ausgewählt. Lydia schien genau der Fall zu sein, aber sie ist zu einfach, oder etwa nicht? Lydia bietet keine echte Herausforderung. All dieser Grips hat sie einfach verblödet. Nach ganz kurzer Zeit wird es nichts mehr an ihr geben, was ihn halten könnte. Nicht einmal das Griechische.

Nein, diejenige, die seine Aufmerksamkeit halten, sie wirklich festhalten kann, ist eine ganz andere. Eine vollkommen Unerwartete. Jemand, von der er nicht vergessen kann, dass sie da ist.

Sehen Sie ihn doch nur an. Wir stehen alle hier, aber wen starrt er an? Moira. Er versucht den Blick abzuwenden, kann es aber nicht. Er ist sogar schlimmer, als ich es bin. Ich kann ihr jederzeit den Rücken kehren, wenn ich es will. Ich kann Moira vergessen, wenn ich es mir wirklich vornehme. Ich bin mir aber nicht sicher, dass er es könnte.

Obwohl ich gern sehen würde, dass er es versucht. Wirklich.

Ist das der Grund, weshalb ich plötzlich, bevor ich überhaupt weiß, was ich sagen werde, meine Stimme glockenklar ertönen höre, so dass nicht einmal eine Horde von Fünftklässlern, die plötzlich aus dem Schultor herquillt, mich übertönen kann?

»Moira muss auch mitkommen. Moira muss mitkommen und bleiben. Ohne Moira wäre es nicht das Gleiche.«

Sie sollten mal sehen, was für Gesichter alle machen. Hilary fallen praktisch die Augen aus dem Kopf. Sie starrt mich an, als hätte ich den Verstand verloren. Sogar Lydia ist sprachlos.

Aber Dad ist derjenige, der auf der Hut bleibt. Er probiert es mal mit diesem, mal mit jenem Gesichtsausdruck, probiert einen nach dem anderen, schneller, als selbst ich folgen kann – bis er den Letzten trifft, denjenigen, der ihm in diesen wenigen Sekundenbruchteilen nicht eingefallen zu sein scheint.

Ein Lächeln.
Aber was für ein Lächeln das ist. Zärtlich und verständnisvoll. Ein Lächeln, das einem sagt, dass Worte recht überflüssig sind, dass er alles sieht, alles weiß. »Kate, mein Liebes«, murmelt er. »Das ist eine wunderbare Idee, eine wirklich gute Idee. Aber ich würde sagen, dass Moira hier bessere Dinge zu tun hat.«
Er spricht mit mir, sieht aber sie dabei an. Lässt dieses Lächeln auf ihr ruhen. Es muss ein Gefühl sein, als schiene die Sonne nur für sie und niemanden sonst.
»Du hast etwas Wichtiges vergessen, verstehst du? Moira lebt bei ihrer Großmutter. Und alte Damen brauchen ihre jungen Leute. Das Letzte, was sie sich wünschen, ist, wenn ihre Augäpfel sich ohne sie nächtelang herumtreiben. Habe ich nicht Recht, liebe Moira?«
Hilary, die neben Moira steht, nickt zur Antwort mit dem Kopf. Sie hört so aufmerksam zu, dass sie wahrscheinlich glaubt, *sie* sei Moira. Das Gleiche ist Lydia passiert, die ebenfalls nickt. Das richtet er bei Menschen an; er lässt sie vergessen, wer sie sind. Er macht sie alle gleich, reißt ihre Barrieren nieder, reduziert sie zu einem glücklichen Gefühlsklumpen, der sich nur auf ihn konzentriert. Es ist wirklich ein Wunder, das mit anzusehen. Darauf versteht er sich sehr gut.
Und jetzt wissen wir es. Moira wird nirgendwo hingehen, weil es unmöglich ist, etwas, was nie so sein sollte, und das aus Gründen, die ich schon zu vergessen beginne. Es ist nur sein Lächeln, an das ich mich erinnere. Die allergrößte Überraschung ist, wie die Frage überhaupt entstanden ist.
Und Moira? Sie sagt nichts. Nun ja, niemand würde es von ihr erwarten, nicht wahr. Aber es ist eigenartig, ich fühle mich fast im Stich gelassen. Ich hatte schon an das Unmögliche zu glauben begonnen; dass Moira etwas an sich hat, et-

was, was durch sie wirkt, fast getrennt von ihr. Etwas, das erklären könnte, wie sie starrt, und das die Dinge erklärt, die sie weiß. Etwas, das sogar größer ist als Dad. Ich hatte beinahe daran zu glauben begonnen. Aber jetzt weiß ich Bescheid. Sie ist einfach nur Moira. Und nichts ist größer als Dad.

Unterdessen kurbelt er die Seitenscheibe hoch, was für mich das Signal ist einzusteigen. Er möchte möglichst schnell losfahren. Bevor noch was passiert.

Doch dann, im letzten möglichen Augenblick, macht Moira den Mund auf. Und was sie sagt, ist Folgendes: »Nein, das stimmt nicht. Meine Gran sagt, ich soll keine Rücksicht auf sie nehmen. Sie sagt, ich sollte mehr ausgehen. Das sagt sie ständig. Ich werde zu Kate nach Hause mitkommen.«

Dads Hand erstarrt auf der Kurbel. Die Seitenscheibe bleibt, wo sie ist, halb oben und halb unten. Einen langen Moment lang blickt er Moira direkt an, starrt ihr in die Augen, die ihn fixieren. Doch eines muss man sagen: Er blickt als Erster zur Seite.

Dann plötzlich lächelt er breit von einem Ohr zum anderen. »So gefällt mir das«, jubelt er. »Dann seid ihr zu viert. Sagt euren Eltern Bescheid. Ist das nicht fabelhaft, einfach fabelhaft?« Und damit zwinkert er jeder von uns zu. Sogar Moira. Besonders Moira.

Bei der Fahrt nach Hause war er jedoch still. Oder er war es zunächst. Er schien sich mit etwas zu beschäftigen, als hätte er ein Problem, das gelöst werden musste und das mehr als nur ein bisschen Gedankenarbeit erforderte.

Nicht weit von unserem Haus entfernt wurde er jedoch wieder lebendig. Fing an, sich nach Moira und ihrer Arbeit in der Schule zu erkundigen, nach Moira und der Schule, nach

Moira und danach, wie sie mit anderen Mädchen zurechtkam. Und er lauschte aufmerksam jedem Wort, das ich ihm erzählte – mit Ausnahme dessen, was ich über ihre Großmutter zu sagen hatte. Ihre Großmutter schien er nicht für wichtig zu halten. Davon abgesehen hat er mich nicht unterbrochen, kein einziges Mal.

Und als wir zu Hause ankamen, war er von überschäumender Fröhlichkeit. Ein anderer Mann, könnte man sagen. Oder vielleicht derselbe Mann, der alte Dad, den wir kennen.

Natürlich gab es einen Grund für die Veränderung. Aber merkwürdigerweise bin ich nicht sicher, dass er es erkannt hätte, nicht einmal Dad. Es hatte etwas damit zu tun, dass Moira nicht mehr vor ihm stand, was bedeutete, dass er sie jetzt in einem anderen Licht sehen und seiner Fantasie die Erinnerungsarbeit überlassen konnte. Und das verändert alles. Seitdem hat er sie von allen Seiten beleuchtet und die Probleme durchdacht, wobei er sich im Zweifelsfall zu ihren Gunsten entschied. Jetzt glaubt er, weit vorausblicken zu können. Moira ist zu einer Herausforderung geworden. Und nichts mag mein Dad so sehr wie eine Herausforderung.

Ich weiß, dass dies stimmt, weil es auch bei mir einmal so war. Zu Anfang, als mir zum ersten Mal auffiel, dass sie starrte. Und das ist genau das, was er vergessen hat. Da Moira nicht vor ihm steht, um ihn daran zu erinnern, hat er vergessen, dass Moira starrt. Das wird ihm erst wieder einfallen, wenn sie vor ihm steht und alles von vorn beginnt.

Und jetzt habe ich selbst ein Problem. Es kommt zu mir, als ich im Bett liege und einzuschlafen versuche und es mir nicht gelingt. Es ist ein einfaches Problem, aber ich scheine es nicht aus dem Kopf bekommen zu können.

Was ist, wenn ich mich mit ihr und Dad irre?

Was ist, wenn sie einander in der ganzen Zeit, in der sie bei uns bleiben wird, kein einziges Mal ansehen? Moira wird das ganze Wochenende über hier sein, in unserem Haus. Und ich auch. Was bedeutet, dass mir zwei Tage bevorstehen, an denen Moira mich beobachtet und kein einziges Mal wegblickt. Und das nicht nur am Tag. Wir werden in diesem Zimmer schlafen, und selbst im Dunkeln werde ich wissen, dass sie da ist. Die Nacht wird nichts verändern. Weil ich nämlich unmöglich feststellen kann, nicht einmal bei ausgeschaltetem Licht, ob sie wirklich schläft.

Das habe ich angerichtet. Ich habe dafür gesorgt, dass es vor Moira kein Entrinnen gibt.

Ist es da ein Wunder, dass mir das Bein wehzutun beginnt? Als wüsste es unter all dieser beschädigten Haut Bescheid, als könnte es so etwas sogar in den Knochen spüren. Etwas wird passieren.

Und ich bin diejenige, die es in Gang gesetzt hat.

Sechzehntes Kapitel

16

Das zweite Problem ist Lydia.

Am nächsten Morgen stampft sie ohne ein weiteres Wort an uns vorbei und knallt ihre Schultasche auf den Fußboden. Was als Geste des Abscheus kaum nützlich ist, denn dann fällt ihr ein, was sie enthält, und sie muss sie demütig wieder aufheben und an die Brust drücken. Aber das Gesicht wie drei Tage Regenwetter bleibt gleich. Dies ist das Mädchen, das gestern Abend nach Hause ging und ein Gesicht machte, als wäre es mit Gold überschüttet worden. Etwas muss passiert sein.

»Oh, Lydia, was ist mit dir los?«

Sieh sich einer Hilary an, strahlt schon beim bloßen Gedanken an Ärger aus allen Knopflöchern.

Aber Lydia ist in einem Zustand, in dem sie nicht einmal eine einfache Frage beantworten kann. Und dabei ist es nicht so, dass sie es spannend zu machen versucht, wie man bei Hilary vielleicht den Verdacht hätte. Lydia kann tatsächlich nicht sprechen. Doch das spielt kaum eine Rolle. Ich habe das Gefühl, dass ich den Grund dafür kenne.

Schließlich sprudelt sie es hervor. Und ich habe Recht gehabt. Lydias Mutter hat verkündet, dass sie übers Wochenende nicht mit zu mir nach Hause kommen kann.

»Und sie hat keinen Grund genannt«, sagt sie uns immer wieder, erst hier in der Toilette und später im Klassenzimmer und noch später in der Pause in der Schlange beim Süßwarenladen. »Überhaupt keinen Grund. Sie will mich einfach nicht gehen lassen.«

Aber ich könnte es ihr sagen. Ich könnte ihr den Grund nennen. Lydia möchte glauben, dass es dabei um sie geht und dass sie eine Mutter hat, die sie nicht tun lässt, was sie möchte. *Ich* weiß es besser. Lydias Mutter hält sie einfach unter Verschluss, hält sie zu Hause und stellt so sicher, dass hier alles aufhört. Keine unerwünschten Einflüsse mehr, keine Kräfte mehr, die sie nicht kontrollieren kann. Und nichts mehr von *ihm.*

»Kannst du sie nicht überreden?« Das ist alles, was mir dazu einfällt. Und Lydia, die glaubt, ich sei eine mitfühlende Seele, heult einfach zum hundertsten Mal los: »Aber sie sagt mir doch nicht mal, warum ...«

Glückliche Lydia. Dämliche Lydia. Glaubt, die ganze Welt hätte sich gegen sie verschworen. Vor allem ihre eigene Mutter.

Doch da ist noch etwas anderes, etwas weit Wichtigeres, als dass Lydia nicht ihren Willen bekommt. *Er* hat sich noch nicht entschieden, was sie betrifft, ich meine Mrs. Morris. Jetzt braucht er daran keinen weiteren Gedanken mehr zu verschwenden. Sie wird nicht zu den Auserwählten gehören, jetzt jedenfalls nicht. Wie könnte sie auch, wenn sie ihm Hindernisse in den Weg legt und sich in Dinge einmischt, die er anders geplant hat? Er wird sich entscheiden, und sie wird mit allen anderen gehen und in dieser langen dunklen Nacht ohne Ende verschwinden müssen.

Was würde Lydia *dazu* sagen, wenn ich es ihr erzählte?

Wahrscheinlich würde sie sagen, es gefalle ihr, denn sie ist heute Morgen sehr giftig. Aber das liegt daran, dass sie nicht versteht. Wenn man nicht auserwählt worden ist, gibt es nur

einen Ort, an den man sich begeben kann. Und wenn sie das nicht weiß, muss es bedeuten, dass auch sie nicht zu den Auserwählten gehört. Man kann nicht in den Himmel kommen, wenn man nichts über die Hölle weiß.
Sie und ihre Mutter werden letztlich doch am selben Ort enden.
Törichte Lydia, dämliche Lydia. Sie findet es rührend, wie ich mich ihr jetzt zuwende und ihren Arm ergreife – so wie man es vielleicht täte, wenn ein Menschenleben auf dem Spiel stünde – und ihr ins Ohr flüstere: »Versuch's noch einmal. Versuch sie noch ein letztes Mal zu überreden, bevor es so weit ist. Ich werde meinem Vater noch nichts sagen. Ich werde ihm überhaupt nichts sagen.«
Doch wie ich schon gesagt habe, sie glaubt, es ginge hier um sie und ein Wochenende sowie darum, wie wir es verbringen wollen. Sie begreift nicht, dass es um Wahlmöglichkeiten geht sowie darum, die richtige Wahl zu treffen. Sie begreift nicht, dass sie ihre Mutter überreden muss.

Doch die Tage vergehen, und nichts könnte klarer sein. Jeden Morgen sehe ich Lydia an, und jeden Morgen schüttelt sie den Kopf. Dann entdecke ich eines Morgens, dass sie mich nicht einmal mehr anblickt. Lydia hat ihre Versuche aufgegeben. Sie hat sogar die Versuche aufgegeben, ihre Mutter zu überreden.
Und danach fängt die Sache an, mir zu entgleiten. Denn dann geschieht das Unglaubliche. Lydia beginnt zu vergessen, warum sie überhaupt so sehnlich zu mir nach Hause kommen wollte.
Das erste Anzeichen davon war das, was in der Griechischstunde passierte. Seit dieser ersten Stunde über Sokrates ist Lydia ganz Ohr gewesen, aus bestimmten Gründen, und die

Schultasche hat seitdem nie ihren Schoß verlassen. Und Jamieson kann nichts dagegen sagen, weil Lydia die willigste Schülerin ist, die sie je haben wird.
Dann beugt sich Lydia eines Tages vor, um sich einen Bleistift von ihrem Pult zu nehmen, und die Schultasche rutscht zu Boden. *Und Lydia lässt sie fallen.* Scheint nichts dagegen unternehmen zu wollen. Sie macht einfach weiter und schreibt mit diesem Bleistift, was sie schreiben wollte.
Man muss Lydia kennen, um zu wissen, was das bedeutet. Man muss sie beobachtet und bemerkt haben, wie sie die Schultasche mit dem Buch an sich gepresst und nicht einmal losgelassen hat. Jetzt liegen Buch und Schultasche auf dem Fußboden, wo jeder auf sie treten könnte. Und Lydia ist es egal.
Oder vielleicht braucht man Lydia gar nicht so gut zu kennen, um die Anzeichen zu bemerken. Vielleicht liegt es für jeden klar zu Tage.
Schließlich müsste ihre Mutter nichts weiter tun, als energisch zu werden. Was sie sagt, gilt. Das hat *er* schon vor Wochen erkannt. Sie ist eine richtige Mutter. Sie hat getan, was jede Mutter tun würde. Lydia ist in Sicherheit.

Aber sie überlässt nichts dem Zufall, ich meine, Lydias Mutter. Einen Tag später kommt Lydia in die Schule und verkündet, dass sie übers Wochenende in einem Hotel wohnen werden – an demselben Wochenende, das sie sonst bei uns, in unserem Haus verbracht hätte. Es werde Spaziergänge und Ausflüge und tolles Essen geben. Sogar einen Swimmingpool. Und was ist mit der Kirche? Und was ist mit dem Lesen griechischer Texte, nur sie beide? Darüber sagt Lydia kein Wort. Sie erwähnt jetzt nicht einmal mehr Dad, jedenfalls nicht so, dass man es bemerkt. Sie ist eine andere geworden, wenn man so will. Nicht mehr unsere Lydia. Da fragt man sich schon, ob ihr überhaupt klar ist, dass sie in dieser ganzen Zeit ein Schlachtfeld gewesen ist? Jetzt hat eine andere den Krieg gewonnen.

Vielleicht ist es das, was es bedeutet, eine Mutter zu haben. Lydia braucht nicht einmal darüber nachzudenken. Alles andere ist einfach unnatürlich.

Sogar Hilary ist von dem Gerede über das Hotel beeindruckt. Den Rest des Tages verbringt sie damit, jeden, der zuhören will, daran zu erinnern, welch ein Spaß bei mir zu Hause auf uns wartet, für alle Mädchen zusammen, und versucht, sich an Dads genaue Worte zu erinnern, und schafft es nicht. Der Lack ist ab. Lydia wird in ein Hotel gehen, während wir mit Moira zu mir nach Hause müssen.

Und Moira selbst? Keine von uns spricht mit ihr. Wer weiß, vielleicht überlegt sie es sich noch einmal, wenn wir sie genug ignorieren. Das sagt Hilary jedenfalls ständig und sorgt dafür, dass Moira jedes Wort hören kann. Aber ich weiß es besser. Moira hat mich nicht aus den Augen gelassen. Moira weiß, dass sie mitkommen wird.

Und Lydia haben wir jetzt vollständig verloren.

Am Donnerstagmorgen ist nichts von ihr zu sehen, nicht auf der Toilette, aber auch nicht einmal an ihrem Pult. Es dauert ein paar Augenblicke, doch dann entdecken wir sie drüben an der Heizung mit Fiona McPherson und den anderen. Lydia spricht, und alle anderen lachen, was mich sofort fragen lässt, warum. Lydia hat noch nie etwas Komisches gesagt, in der ganzen Zeit nicht, in der sie mit uns zusammen gewesen ist. Zumindest habe ich nichts dergleichen gehört.

Hilary sieht ein Mal hin und schnaubt.

»Hör dir das an, lachen sich halb tot über die arme alte

Lydia.« Doch da ist ein Unterton in ihrer Stimme, der etwas was ganz anderes meint als *arme alte Lydia.* Lydia lacht genauso laut wie die anderen. Doch als ich quer durchs Zimmer schlendere, um etwas in den Papierkorb zu werfen, kann ich hören, was angeblich so komisch ist. Sie erzählt ihnen gerade, dass sie zum Dinner im Hotel an diesem Wochenende nichts anzuziehen hat, nur das Kinderkleid, das sie zu Kinderpartys anzog, als sie zwölf war. Sie werde ein köstlicher Anblick sein. Denn dieses Kleid werde sie tragen, wenn ihr Vater sie zu diesem ersten versprochenen Walzer auf die Tanzfläche führt und sie zum ersten Mal Wein kosten lässt.

Daddys Liebling, der lauter Dinge tut, die sonst nur Erwachsene tun.

Ich wüsste gern, was daran so komisch sein soll. Das sage ich auch zu Hilary, die damit anfängt, etwas ziemlich Übles mit ihrem Zirkel zu machen. Und wer kann es ihr verdenken? Nichts ist so, wie es sein sollte. Was sie sagt, wird gemacht, Lydias Mutter.

Doch dann ändert sich alles. Plötzlich schwingt das Pendel dorthin zurück, wo es sein sollte, und damit ist die Welt wieder in Ordnung. Als wäre nichts passiert, um sie von ihrem Kurs abzubringen.

Das hätte gar nicht so überraschend sein sollen. Ich bin seine Tochter. Ich brauchte mich nur daran zu erinnern, wer das Sagen hat. Wer immer das Sagen haben wird. Das ist etwas, was ich hätte erwarten sollen.

Ich hatte kein Wort darüber verloren, dass Lydias Mutter sie nicht mitkommen lassen wollte. Doch es war Donnerstagabend und musste getan werden.

Ich erzählte es ihm auf dem Nachhauseweg im Wagen. Und

es ist genau so, wie ich es mir vorgestellt hatte. Er seufzte, und seine Hände wurden schwer auf dem Lenkrad. Ein paar Sekunden lang musste der Wagen von allein weiterfahren, während er die Neuigkeit verarbeitete. Dann schüttelte er den Kopf und wusste, dass alles vorbei war. Er hat die Anzeichen gedeutet und sich entschieden. Jetzt wissen wir, was Lydias Mutter im Sinn hat.

In den Sekunden, die dann folgten, hatte ich das Gefühl zu lauschen. Als hätte man etwas Wertvolles in einen Brunnen fallen lassen, und als wartete ich jetzt auf das klatschende Geräusch des Aufpralls.

Als wir das Haus betreten, sagt er kein Wort, zu niemandem, nicht einmal zu Gran. Er geht einfach nur weiter in sein Arbeitszimmer. Einen Moment später hören wir die Musik dröhnen. Er hat seinen Plattenspieler angestellt. Wenn man auf dem Flur an seinem Zimmer vorbeigeht, kann man sehen, wie die Wände bei dem Lärm vibrieren. Aber dann, fast ohne Vorwarnung, bricht diese Musik ab und macht einer anderen Platz. Die neue Musik dröhnt wie eine Klage, wässrig und endgültig, in den Ohren. Und in gewisser Weise ist es so etwas wie der Lärm, nach dem ich im Wagen gelauscht habe.

Wie üblich denkt Gran, ich sei an allem Schuld. Sie lässt mich nicht mal nach oben gehen, sondern versperrt die Tür, so dass mir nichts weiter übrig bleibt, als ihr Gesellschaft zu leisten. Dann stellt sie sich drüben an den Herd, lässt mich dabei aber keine Sekunde aus den Augen und gibt an alles noch mehr Salz.

Er kommt jedoch nicht zum Abendessen herunter, nicht einmal dann, als sie schon zwei Mal zu ihm an die Tür gegangen ist, um ihm zu sagen, dass das Essen fertig sei. Sie stellt sein

Essen auf einen Topf mit kochendem Wasser und nimmt ihre Portion mit mir ein. Sie beobachtet, wie die Bratensauce am Rand seines Tellers eine Salzkruste bildet. Hört keine Sekunde auf zu seufzen.
Dann klingelt das Telefon. Dabei ist es noch nicht mal acht Uhr. Bestimmt zu früh. Die Musik verstummt, und diesmal fängt sie nicht wieder an. Da ist was passiert.
Dad runzelt die Stirn, als er die Küche betritt. Er tritt an den Tisch und setzt sich schwer auf seinen Stuhl. Als Gran ihm seinen Teller bringt, schüttelt er den Kopf und seufzt. Dann gibt er mir ein Zeichen, ich solle mich neben ihn stellen.
»Ach ja, Katie, mein Liebes. Es ist schon eine komische alte Welt.«
Katie. Wann hat er mich jemals Katie genannt? Bei anderen Leuten ändert er ständig die Namen, macht sie länger oder kürzer – verändert sie, bis man kaum noch sagen könnte, dass es sich noch um dieselben Namen handelt, sondern dass es Namen sind, die *er* ihnen gegeben hat. Bei meinem hat er das jedoch noch nie gemacht, jedenfalls nicht bis heute.
»Katie, o Katie, die Menschen lernen nie, oder? Sie glauben, alles zu wissen, meinen, sie könnten immer ihren Willen durchsetzen. *Glauben, es müsste gemacht werden, was sie sagen.* Aber sie vergessen, nicht wahr? Sie vergessen, dass ein anderer etwas zu sagen hat. Und dann fragen sie sich, was schief gegangen ist.«
Ist das für mich bestimmt? Das kann nicht sein. Es kann nicht sein, dass ich diejenige bin, von der er spricht. Ich weiß schließlich, wer das Sagen hat. All die Dinge, die er mich gelehrt hat, habe ich auswendig gelernt. Außerdem hat er mich *Katie* genannt. Ich bin nicht diejenige, die etwas falsch gemacht hat. Heute nicht.
Warum fühle ich mich dann nicht erleichtert?

Plötzlich wendet er sich an Gran und sagt: »Setz den Kessel auf, Mutter. Ich brauche einen Tee. Heißen süßen Tee.«
So wie Leute, wenn sie einen Schock haben. Dad passiert das natürlich nicht. Ihn kann nichts überraschen oder unvorbereitet treffen. Wenn man von Moira absieht, nur dieses eine Mal am Wagen. Aber das hat er auch zurechtgebogen, oder etwa nicht? Jetzt kann er es gar nicht erwarten, dass sie kommt.
Er wartet, bis der Tee in der Tasse vor ihm steht, von Gran für ihn gezuckert und umgerührt. Seufzt erneut und hebt den Blick an die Decke.
»Lydia«, sagt er langsam, »kommt doch noch zu uns.«
Der Ausdruck auf meinem Gesicht wird ihn glücklich machen. Nicht der kleinste Anflug von Überraschung. Das zeigt, dass ich ihm vertraut habe, dass ich immer gewusst habe, dass am Ende das Richtige passieren würde, trotz allem, und trotz *ihr*, Lydias Mutter. Irgendwie hat er es wieder geschafft.
Aber was ist mit dem Hotel? Dem Swimmingpool und dem tollen Essen? Was ist mit all den Plänen? *Wie hat er es geschafft?*
Abwarten, er wird es mir schon erzählen. Er sagt es mir jetzt.
»Lydias Mutter hat einen Unfall gehabt. Ich fürchte, es ist ernst. Es passierte, als sie Kartoffeln schälte.«
Er hält inne und nippt langsam an seinem Tee. *Kartoffeln schälte.* Der Satz klingt nach, erscheint mir unbegreiflich, ein Beweis, dass Gottes Wege unerforschlich sind.
»Katie, meine Liebe, das ist eine Mahnung. Wir leben von der Gnade Gottes, und das selbst bei den einfachsten Dingen. Gestern hat Mrs. Morris Kartoffeln geschält, das ist alles. Da fragt man sich schon, worin liegt da die Gefahr? Wie kann das Kartoffelschälen am Abend eine Frau am Morgen an den Rand der Vernichtung bringen?«

Seine Stimme wird lauter. Plötzlich könnten wir in der Kirche sein, mit Hunderten von Leuten, die ihm zuhören. Doch er spricht zu mir.
»Ich werde es dir sagen, wie das kommt, Katie, mein Liebes. Das Messer, das sie dabei benutzte, glitt ihr aus der Hand und schnitt ihr in den Finger. Ein kleiner Schnitt, das war alles. Aber in diesem kleinen Stück von zerschnittenem Fleisch, in dem Strom von Blut, waren stärkere Kräfte am Werk, als sie sich hätte vorstellen können. Heute Abend liegt diese Frau im Krankenhaus und ringt wegen einer Sepsis mit dem Tod, ich sage *ringt …*«
Es gibt eine Unterbrechung – Gran macht ein böses Gesicht und knallt mit einem Löffel auf den Tisch. Er hatte das Ausmaß ihrer Unwissenheit vergessen.
»Für dich ist das eine Blutvergiftung, Mutter.«
Aber mich behält er dabei im Auge. Um zu sehen, wie ich die Nachricht aufnehme. Sie erklärt die Änderung meines Namens. Er ist jetzt ganz besonders sanft. Stellt mich ganz besonders auf die Probe. »Katie«, sagt er weich, »es ist ein typischer Fall von Nachlässigkeit …«
Oh, er weiß Bescheid, nicht wahr? Er weiß, dass ich in seiner Schublade nicht nach Pralinen gesucht habe. Er kennt den Wert des Pferdes. Er weiß, warum es kostbar für mich war. Und er hat es nie gesagt. Er hielt es für richtig, es Gefräßigkeit zu nennen. Dabei wusste er die ganze Zeit, dass es etwas Schlimmeres war. Jetzt möchte er sehen, was ich tun werde. Er möchte hören, was ich sagen werde. Alles an ihm ist sanft und fragend. Und niemand würde es je vermuten. Dies ist die schwerste Probe meines Lebens.
Wessen Tochter bin ich?
Es dauert einen Moment. Manche Dinge werden immer einen Augenblick erfordern. Einen Augenblick, um die rich-

tigen Worte zu finden, und noch einen, um das richtige Gesicht aufzusetzen. Doch am Ende kommt alles, damit er wissen kann, wessen Tochter ich bin.

»Die Ärmste«, sage ich. »Ich hoffe *wirklich*, dass sie wieder gesund wird.«

Dad lächelt mich an. Zwischen uns liegt ein Meer des Einverständnisses.

Gran verschränkt die Arme und schnauzt: »Ich will aber hier keine kleinen Kinder haben. Die Verantwortung möchte ich nicht übernehmen.«

Wer hätte das gedacht? Gran ist die Einzige, die sich an Laura erinnert. Das glaubte ich zumindest. Es stellte sich jetzt heraus, dass auch Dad sie nicht vergessen hat.

»Die jüngere Schwester ist bei irgendeiner Tante untergebracht, wie mir der Vater gerade erzählte. Aber er dachte, dass es Lydia lieber wäre, hierher zu kommen.«

Der Vater. Lydias Dad. Sich vorzustellen, dass es das war, was Lydia wollte, und dass er sie im Stich ließ, weil er nie gelernt hatte, sein Kind zu verstehen. Laura ist bei Tante Jane. Aber Lydia, Lydia kommt hierher.

Und dagegen kann *sie* nichts unternehmen, ihre Mutter.

Etwas scheint sich plötzlich in meinem Magen getan zu haben. Vielleicht Grans Kochkunst, all dieses zusätzliche Salz, das unter der Haut an einem herumkratzt. Zum Glück habe ich mich bis jetzt so gut gehalten, dass niemand mich aufhält oder nach dem Grund fragt. Ich kann ihnen sagen, dass ich mich nicht wohl fühle, und sie glauben mir. Ich kann nach oben laufen und die Tür hinter mir zumachen.

Zunächst muss ich mich aber für alle Fälle vergewissern. Es gibt tatsächlich Wunder. Eines hat sich gerade ereignet, oder etwa nicht? Als ich es am wenigsten erwartete, war die Welt plötzlich wieder in Ordnung. Aber ein weiteres Wunder

scheint es nicht gegeben zu haben. Ich taste unter dem Kopfkissen, und da ist natürlich nichts.
So bleibt mir nichts weiter übrig, als mich hinzulegen, den Versuch zu machen, die Magenschmerzen festzuhalten, damit sie an einem Ort bleiben und sich nicht ausbreiten.
Ein typischer Fall von Nachlässigkeit, hat er gesagt. Und von Ahnungslosigkeit, wenn man nicht weiß, was passieren wird. Nicht einmal dann, wenn man *Es* hat.

Am nächsten Morgen sieht Lydias Teint leicht gelblich aus. Sie erzählt Hilary, dass sie die Nacht allein im Haus verbracht habe, weil Laura schon zu Tante Jane gefahren und ihr Vater im Krankenhaus gewesen sei. Sie sagt Hilary, sie habe nicht geschlafen, nicht einmal kurze Zeit. Sie sagt, das Haus sei kalt gewesen, weil sie nicht gewusst hat, wie man die Heizung anstellt. Sie sagt, sie habe noch nichts gehört.
Lydia erzählt dies alles Hilary. Aus irgendeinem Grund scheint sie mit mir nicht sprechen zu wollen. Oder mich auch nur anzusehen.
Später, in der Geschichtsstunde, rollen ihr unter der Brille die Tränen über die Wange. Mrs. Chatto sieht sie, und der ganze Unterricht kommt zum Erliegen. Lydia blickt hoch und entdeckt, dass die ganze Klasse sie anstarrt. Aber was tut sie? Etwas, das wohl nur ich bemerke. Lydia lehnt sich nur ein winzig kleines Stück näher an Moira, als wäre dies der einzige Ort, an dem sie Schutz finden kann. Aber Mrs. Chatto sieht das nicht. Sie lässt den Blick über die Klasse schweifen und hält nach einer Schülerin Ausschau, die sich um Lydia kümmern kann.
»Kate, bring Lydia hinaus und kümmere dich um sie.«
Nun ja, das war nur natürlich. Sie hat uns beide vor und nach der Griechischstunde zusammen auf dem Bürgersteig gese-

hen. Sie nimmt an, dass ich ihre Freundin bin. Es würde ihr nie einfallen, Moira zu bitten, nicht in hundert Jahren.

Draußen im Garten zeigt sich Lydia noch immer nicht bereit, mich anzusehen; sie steht da und presst das Gesicht an die Außenwand des Hauswirtschaftsflügels, und ihre Schultern werden von unterdrückten Schluchzern geschüttelt. Mrs. Chatto hatte uns gesagt, wir sollten uns zum Krankenrevier hinaufbegeben, aber dort riecht es nach Desinfektionsmittel und Krankheit, und das kann ich nicht ertragen. Immerhin muss hier an uns beide gedacht werden. Folglich sind wir jetzt an der frischen Luft – wo uns niemand hören kann. Verstehen Sie, es gibt da ein paar Fragen, die ich stellen möchte – beispielsweise über das Schälen von Kartoffeln.
Das Problem ist nur, dass es völlig egal zu sein scheint, wie lange ich da stehe, so still und mitfühlend, wie sie es sich nur wünschen kann. Die Minuten verstreichen, und Lydia bringt trotzdem noch kein Wort heraus.
Was würden *Sie* da tun? Besonders, wenn Sie daran denken, dass es klar ist wie Kloßbrühe, dass sie sich nur selbst Leid tut. Sie hätte lieber einen Gedanken für ihre Mutter abzweigen sollen, die jetzt in einem Krankenhausbett liegt und weiß, dass ihr die Sache aus der Hand geglitten ist und Lydia jetzt doch noch zu uns kommen wird. Eine prekäre Situation.
»Oh, hör auf zu heulen. Reiß dich zusammen.«
Ich hatte nicht die Absicht, sie anzubrüllen, jedenfalls nicht wirklich. Es passierte einfach. Nachdem ich das erwähnt habe, kann ich nur sagen, dass alle Welt sie heute mit Samthandschuhen angefasst hat, so dass sie sich kaum beklagen kann, wenn eine Person zufällig die Geduld verliert. Und es zeigt sich mal wieder, dass man bei manchen Leuten zu weich sein kann, denn in der Sekunde, in der mir die Worte

über die Lippen gekommen sind, hört sie auf zu weinen. Es muss der Schock gewesen sein. Aber es klappt. Denn es beendet nicht nur ihr Heulen, sondern bringt sie auch zum Reden.

»Aber es ist meine Schuld, verstehst du, alles nur meine Schuld. Wenn ich nicht gewesen wäre, läge sie jetzt nicht im Krankenhaus.«

Ich dachte, sie würde so weitermachen, doch an dieser Stelle hält sie inne. Sie wissen natürlich, warum. Sie wartet darauf, dass ich das nahe Liegende sage. Etwas in der Richtung von *wie könnte sie so etwas nur annehmen, wo doch jeder weiß, dass es ein Unfall war.*

Aber ich tue es nicht. Ich sage so etwas nicht. Denn das passiert jeden Tag, dass man entdeckt, dass man selbst schuld ist. Das habe ich in all diesen Jahren gelernt; dass es unzählige unsichtbare Verbindungen zwischen Ursache und Wirkung gibt, die in alle Himmelsrichtungen verlaufen und sich ausbreiten wie ein Spinnennetz, bis man erkennt, dass alles, was sterblich ist, miteinander in Verbindung steht, bis man entdeckt, dass man selbst für alles verantwortlich ist, diejenige, die immer die Schuld bekommt.

Danach ist es jedoch nur ein kurzer Schritt, bis man Folgendes erkennt: Wenn man für alles verantwortlich ist, muss das auch bedeuten, dass man fähig ist, alles zu kontrollieren. Und das ist eine Offenbarung, etwas, was man nie vergessen darf.

Doch Lydia wird das nie verstehen. Es steckt einfach nicht in ihr. Gerade jetzt ist es interessant, genau zu sehen, welche Verbindung es hier geben könnte, nämlich zwischen Lydia, die hier draußen vor dem Hauswirtschaftsflügel weint, und ihrer Mutter, die im Krankenhaus liegt und von der kein Mensch weiß, ob sie es je lebend wieder verlassen wird. Warum soll Lydia daran schuld sein? Folglich warte ich und lausche, als Lydia es mir sagt.

»Du hast mir gesagt, ich soll sie darum bitten, weißt du noch? Sie ein letztes Mal darum bitten, mich mitfahren zu lassen. Also habe ich es getan. Ich fragte sie, als sie das Abendessen machte und wir beide gerade allein in der Küche waren. Aber sie wollte mich nicht anhören, sondern machte einfach beim Kartoffelschälen weiter, als wären die Kartoffeln die einzigen Dinge, die etwas bedeuteten. Sie lächelte nur und sagte, sie habe sich entschieden, und wir würden im Hotel eine schöne Zeit verbringen, nur wir vier, und …«

Doch da muss jemand unterbrechen und auf das Offenkundige hinweisen. »Ich dachte, du *wolltest* ins Hotel.«

Einen Moment lang starrt mich Lydia an, als wäre ich dumm oder Schlimmeres. »*Natürlich* wollte ich ins Hotel.« Sie stellt dies in einem Tonfall fest, als wäre es längst Geschichte, als ob das jedem klar sein müsste. »Aber *du* hast doch gesagt, ich sollte sie noch einmal bitten. Und das wollte ich gerade tun. Und wenn ich *ihn* dann das nächste Mal sah, hätte ich ihm sagen können, dass ich es versucht hätte, dass ich getan hätte, was du sagtest, dass ich mir wirklich Mühe gegeben hätte.«

Allmählich werden die Dinge klarer. Jetzt hört sich Lydia definitiv vernünftig an. Sie hat ihr Bestes getan, um es allen recht zu machen. Sie wollte den Kuchen aufessen und zugleich behalten.

»Also was ist passiert?« Ich stelle die Frage, doch eigentlich ist das kaum notwendig; es wird mit jeder Sekunde weniger notwendig. Es ist fast so, als könnte ich es ganz allein erkennen. Lydia steht neben ihrer Mutter am Spülbecken, und Mrs. Morris schält lächelnd drauflos, vollkommen glücklich, weil sie weiß, dass sie ihre Tochter in sicherer Obhut hat, wie sehr diese auch tobt und zerrt. Lydia wird nirgendwo hingehen.

»Sie hätte nicht lächeln sollen, Kate.« Lydias Stimme, die zunächst kaum mehr ist als ein recht unaufdringliches Flüstern, fängt an zu zittern. »Sie hätte kein so selbstgefälliges Gesicht machen sollen, als ob sie alles unter Kontrolle hätte. Wenn sie nicht so gelächelt hätte, hätte ich ihr nicht gesagt, dass ich sie hasse. Und ich hätte nicht gesagt, dass ich wünschte, ich wäre wie du, dass ich keine Mutter hätte, die alles ruiniert, und dass ich wünschte, sie würde weggehen, damit es nur noch Dad und mich gäbe …«

… Und das war der Moment, in dem das Messer ausrutschte und Lydias Mutter sich in den Finger schnitt. Und ist das ein Wunder, wenn man sich einer Tochter gegenübersieht, die einem sagt, dass sie einen hasst, und nicht versteht, dass man nichts weiter tut, als sie zu lieben und sie in Sicherheit zu bringen?

Stellen Sie sich die Wirkung vor, die das gehabt haben muss, den Schock. Die Worte müssen sie unvorbereitet getroffen haben, nämlich in genau der Sekunde, in der sie sich in die Haut schnitt. Sie muss wie eine Stadt gewesen sein, die gerade nicht auf der Hut war, nur ein paar Augenblicke lang, aber gerade lang genug, dass die Keime hineinströmen und ihr Zerstörungswerk beginnen konnten. Ich sehe es deutlich vor mir. Ich hätte genauso gut dabei sein können, einer der Keime, der daneben steht und alles mit ansieht.

Lydia ist verstummt. Sie will, dass ich etwas sage, ihr erkläre, dass sie sich irrt. Aber was gibt es da zu sagen? Wir wissen es beide. Sie hat vollkommen Recht. Nichts von alldem wäre passiert, wenn sie es nicht verschuldet hätte.

Allerdings ist da etwas, was ich hätte erwähnen können, dann ginge es ihr besser. Nämlich dass ich es gewesen war, die ihr gesagt hatte, sie solle noch ein letztes Mal fragen. Doch hätte das etwas geändert? Das konnte ich doch nicht wissen, oder?

Dumme Lyddie, dämliche Lyddie, die alles tut, was man ihr sagt. Die nie wusste, wann sie Glück hatte.
Die mir an nichts die Schuld geben kann.
Wir gehen wieder ins Klassenzimmer. Mrs. Chatto wirft einen Blick auf Lydia und erlaubt sich dann ein kurzes Lächeln in meine Richtung. Sie glaubt, ich wäre für Lydia ein großer Trost gewesen und hätte alle die richtigen Sätze gesagt, damit sie nicht mehr weint. Tatsache ist aber, dass Lydia über Tränen hinaus ist.
Sie setzt sich wieder einmal neben Moira. Aber diesmal lehnt sie sich nicht gegen sie. Lydia ist allein, unwürdig, von irgendeiner Seite Hilfe zu bekommen.

In der Schule passierte nichts weiter. Es sei denn, man zählte den »Zwischenfall« in Hauswirtschaft mit. Moira hat nur eine Fritteuse in Brand gesetzt. Das ist doch typisch, oder? In einem Augenblick fragt man sich, wie sie so starren kann und woher sie die Dinge weiß, die sie weiß. Und im nächsten Augenblick beweist sie, dass sie nicht mehr Verstand besitzt als ein Holzbrett.
Sie mussten vorsorglich die ganze Schule evakuieren. Moira kam als Letzte heraus und schlenderte von dem Hauswirtschaftsflügel weg, als hätte sie gar nichts bemerkt, als hätte sie nichts mit dem Rauch zu tun, der hinter ihr aus dem Haus quoll. Als hätte sie keine Ahnung davon, was ein Feuer anrichten kann.

Nach dem Unterricht gehen wir vier jedoch gemeinsam hinaus. Hilary kann ihre Aufregung kaum verbergen. Was ist, wenn Lydias Mutter heute Nacht sterben sollte? Das wäre besser als irgendetwas in ihren Büchern. *Freundinnen scharen sich um ihre Schulkameradin mit dem gebrochenen Her-*

zen. Ihr sollte allerdings klar sein, dass es so nicht passieren würde; Lydia weiß nicht mal, dass sie da ist. Sie befindet sich in einer eigenen Welt.

Was Moira betrifft, ist sie zwar bei uns, aber wir sprechen nicht mit ihr.

Heute ist Dad aus dem Wagen ausgestiegen und steht auf dem Bürgersteig. Und das hat es noch nie gegeben. Er steigt nie aus, um zu warten. *Wir* haben zu *ihm* zu kommen. Das muss für Lydia also noch mehr Vorzugsbehandlung bedeuten, das Einzige, was wohl einen Unterschied macht.

»Lydia«, sagt er, »Lyddie, mein Liebes.« Er legt den Arm um sie und zieht sie beiseite und verwandelt einen Bürgersteig voller Menschen irgendwie in einen privaten Ort, wo es nur sie beide gibt und sonst nichts. Doch Lydia scheint ausgerechnet ihn nicht zu bemerken. Als sein Arm sich um sie schließt, richtet sie den Blick einfach über seine Schulter auf den Verkehr.

Doch das lässt er sich nicht bieten.

Er lässt den Arm sinken und nimmt dann ihr Gesicht in beide Hände und zwingt sie mit sanfter Gewalt, ihn anzusehen. Dann beginnt er Worte zu ihr zu sagen, die wir nicht hören können. Und es müssen die Worte gewesen sein, die es zuwege bringen, die alles ändern. Plötzlich sackt ihr Körper zusammen, als die Knie unter ihr nachgeben. Sie kann nicht mehr aufrecht stehen. Einen Augenblick lang scheint sie von seinen Händen herabzubaumeln, wobei sie ihn unverwandt ansieht. Dann lässt er sie los, so dass sie beinahe hinfällt, bevor er sie in letzter Sekunde auffängt. Er hebt sie auf und setzt sie behutsam auf den Rücksitz des Wagens, als wäre sie eine Kostbarkeit.

Doch dann steht er auf und sieht uns an. Und zwinkert.

Hilary setzt sich neben sie, was bedeutet, dass ich Lydia von meinem Platz aus kaum sehen kann. Moira kann ich aber gut genug sehen. Moira hat er auf dem Beifahrersitz neben sich untergebracht.

»Alle da, alles in Ordnung?« Er strahlt.

»O ja, Mr. Carr«, flötet Hilary überglücklich. Dann hält sie sich den Mund zu. Sie hatte für einen Moment vergessen, dass wir besorgt zu sein haben.

Wie auch immer: Die Frage war nicht an sie gerichtet. Lydia ist schon versorgt, und um mich braucht er sich keine Gedanken zu machen. Er sprach zu Moira MacMurray, der sein neues besonderes Interesse gilt.

Es ist ein Schock für ihn, als sie langsam den Kopf dreht und sein Lächeln mit einem so vollständig ausdruckslosen Blick erwidert, dass er das Gefühl gehabt haben muss, eine Ziegelmauer anzustrahlen. So etwas ist er nicht gewöhnt, nicht mein Dad.

Es scheint ihm jedoch nichts auszumachen, nicht das Geringste. Falls überhaupt eine Reaktion zu bemerken ist, wird sein Lächeln eher noch wärmer, und seine Augen blitzen eher noch mehr. Ich würde sagen, es war wie ein Strahl reinsten Sonnenscheins, dieses Lächeln, im Stande, die dunkelste Nacht zu erhellen oder die stärksten Mauern zu durchdringen – selbst die aus Ziegelsteinen. Man würde meinen, nichts in der Welt könnte ihm widerstehen.

Aber das wäre ein Irrtum. Denn sein Lächeln hat keinerlei Wirkung.

Moiras Gesicht bleibt reglos, der Ausdruck ihrer Augen unverändert. Der Lichtstrahl flackert kaum merklich und hält ihren Blick noch fester als zuvor. Dad räuspert sich und blickt dann zur Seite. Moira aber nicht. Ihr Starren bleibt genau dort, wo es ist, fest auf die Seite seines Gesichts gerichtet.

Es hat begonnen.

Hilary kichert, als wir losfahren. Ihr ist überhaupt nichts aufgefallen. Mehr noch, da sie mit dem Wagen nicht vertraut ist, kann sie auch nicht bemerken, dass der Motor sich ganz anders anhört als sonst, seit er ihn angelassen hat. Er hört sich an, als würde er ständig überdreht und plötzlich viel zu laut sein, so dass man den Eindruck hat, er sei durcheinander.

Aber das ist nur der Wagen. Dad würde für jeden, der uns beobachtet hätte, genauso aussehen wie sonst. Für jeden ein Lächeln, ein endloser Strom von Scherzen, als hätte er sich entschlossen, dafür zu sorgen, dass wir uns alle auf unseren Sitzen vor Lachen krümmen; weil Lachen ansteckend ist und etwas davon vielleicht zum Beifahrersitz neben ihm ausstrahlen könnte. Doch er braucht sich gar nicht erst zu bemühen. Moira bleibt weiterhin so sitzen, wie sie von dem Augenblick an dagesessen hat, in dem sie einstieg; ihr Körper ist der Windschutzscheibe zugewandt, während sie den Kopf zur Seite gedreht hat und ihn ansieht. Moira hat meinen Dad nicht mal eine Sekunde aus den Augen gelassen.

Allmählich gehen ihm die Scherze aus, und das Geplapper erstirbt. Im Gegensatz dazu scheint der Lärm, der aus der Motorhaube dringt, noch lauter geworden zu sein. Er hört sich regelrecht zornig an. Da von vorne keine weitere Konversation zu hören ist, wendet sich Hilary an Lydia. Ich kann die Frage gerade noch über den Motorlärm hinweg hören.

»Was hat er dahinten auf dem Bürgersteig zu dir gesagt?«

Es entsteht eine Pause, bevor Lydia etwas antwortet. Dann erwidert sie mit einer teilnahmslosen Stimme, die sich kaum wie ihre anhört: »Er sagte, ich sollte mir keine Sorgen machen. Sie werde wieder gesund werden. Er sagte, er werde sich um alles kümmern.«

Dann runzelt sie die Stirn. »Ich glaube jedenfalls, dass er das gesagt hat.«

Hilary gönnt sich einen Moment Zeit, um ein beeindrucktes Gesicht aufzusetzen, und sagt dann: »Und glaubst du ihm?«
Diesmal antwortet Lydia nicht, sondern wendet sich ab und sieht aus dem Fenster.

Als wir ausstiegen, blieb Dad neben dem Wagen stehen, zeigte auf die Kirche und winkte uns zu, wir sollten ohne ihn zum Haus gehen. Wenn Sie wissen wollen, was ich denke, würde ich sagen, er war müde. All dieses Gerede vorher, all diese verschwendeten Scherze forderten ihren Tribut. Und das ist nicht der einzige Grund, erschöpft zu sein. Das Gefühl, dass ein anderer einen ständig ansieht, kann einen auch erschöpfen. Früher oder später beginnt man sich zu fragen, ob der Betreffende Dinge sieht, die sonst niemand erkennen kann. Und das ist der Moment, in dem man sich erinnert, dass man manche Dinge lieber verborgen halten sollte.

Er sollte mich danach fragen. Ich weiß genau, was für ein Gefühl das ist.

Als das Telefon zu klingeln begann, war er sowieso nicht da, um abzunehmen, und Gran rührte sich nicht von der Stelle. Gran fasst das Telefon nicht an. Außerdem hatte sie gerade zum ersten Mal Moira gesehen und starrte sie jetzt an, als hätte sie so etwas noch nie gesehen. Ihr Blick verriet halb Entsetzen, halb Bewunderung.

Also ging ich ran. Ich nahm den Hörer ab.

Es dauerte nicht sehr lange. Ein paar Worte und eine einzige Frage von meiner Seite, nur um sicher zu sein. Dann wieder zurück in die Küche.

»Es ist für dich, Lydia. Dein Vater.«

Ihr Blick wurde ausdruckslos, so dass man glauben konnte, sie hätte bei Moira Unterricht genommen. Man konnte aber sehen, wie ihre Beine federten, als sie in den Flur hinausging

und die Tür hinter sich zumachte. Wieder dauerte es nur einen Moment. Dann wurde die Tür aufgerissen, und sie flog zurück in die Küche, als hätte sie Flügel.
In genau demselben Augenblick trat Dad von draußen herein. Er bewegte sich schwer, als wäre er noch immer erschöpft, als hätte er seine ganze Kraft in etwas hineingelegt.
Lydia sieht ihn einmal an, läuft auf ihn zu und schlingt ihm die Arme direkt um die Taille.
»Lydia! Lydia, Liebes! Was soll das alles?« Behutsam zieht er ihre Arme zur Seite und löst sie von seiner Taille. Sie weiß es nicht. Man berührt Dad nicht. Niemand berührt Dad – es sei denn, er beschließt es.
Lydia tritt zurück. Ihre Augen glänzen und sind feucht vor Tränen. »Sie hatten Recht«, sagt sie, wenn auch mit Mühe. Es ist, als wollte jedes Wort schneller heraus als die anderen. »Sie haben mir gesagt, Sie würden sich um alles kümmern. Und das haben Sie getan.«
Dad steht sehr still da und sagt dann ruhig: »Ich habe dir gesagt, *Er* würde sich um alles kümmern, liebe Lydia.«
Doch es macht keinen Unterschied. Lydia hat ihn erneut umschlungen. *Sie* weiß, wer verantwortlich ist. Sie weiß, wer das Sagen hat. Und diesmal schiebt er sie nicht weg, sondern bleibt lächelnd stehen. Sagt kein weiteres Wort. Neben mir steht Hilary mit geweiteten Augen und offenem Mund. Ihr fällt wieder ein, was Lydia ihr im Wagen gesagt hat. Sogar Gran sieht beeindruckt aus.
Nur eine Person scheint nichts bemerkt zu haben. Moira steht am Herd vor dem Topf, den Gran benutzt, um Pommes frites zu frittieren, wie Dad sie mag, als fragte sie sich, wann die nächste Mahlzeit sei. Und als Dad sie entdeckt, wendet er sich mit diesem gleichen sanften Lächeln an sie. »Moira?«, sagte er. »Das ist eine gute Nachricht, nicht wahr?«

Doch sie antwortet nicht. Moira starrt ihn an und blinzelt nicht einmal. Und bilde ich mir das ein, oder beginnt sein Lächeln noch einmal ein wenig zu verblassen, nur an den Mundwinkeln?

Tatsache ist, dass Moira – aus welchem Grund auch immer – eine Ablenkung für ihn ist. Was nichts macht, da eine Ablenkung genau das ist, was nötig ist. Ich möchte nicht, dass Dad mich ansieht, jedenfalls eine Zeit lang nicht.

Als ich ans Telefon ging, war es tatsächlich Mr. Morris gewesen, der gesagt hatte: »Oh, Gott sei Dank bist du zu Hause. Keith wird Lydia natürlich die gute Nachricht schon erzählt haben. Ist sie jetzt glücklich? Die arme Kleine, sie wusste gar nicht, wo ihr der Kopf stand.«

Was mir gerade genug Zeit gegeben hatte, kurz nachzudenken und dann zu sagen: »Nein, er hat es ihr noch nicht gesagt. Das wollte er Ihnen überlassen.«

Dann war ich losgegangen, um Lydia zu holen. Der man kein Sterbenswörtchen gesagt hatte.

Es ist gut eine Viertelstunde her, aber sie hat erst jetzt die Taille meines Vaters losgelassen. Sie kann den Blick nicht von ihm wenden, nicht einmal jetzt. Und wer könnte es ihr verdenken? Denn wer sonst könnte eine Katastrophe in einen Triumph verwandeln? Jedes Versprechen halten, das er gibt? Und diejenigen, die ihm Vertrauen entgegenbringen, nie auch nur ein Mal im Stich lassen?

Siebzehntes Kapitel

Irgendwann hatte jedoch selbst er genug. Nun ja, wenn zwei von ihnen einen anstarren, würde das jeden zermürben. Gegen Moira kann er nichts ausrichten, aber bei Lydia ist es einfach.

»Kate, Liebes«, sagt er. »Geh mit unserer Lydia ins Badezimmer. Feuchte ihr Gesicht ein wenig mit Wasser an. All ihre Tränen haben diese runden Wangen richtig hässlich gemacht. Sieh zu, was du tun kannst.«

Damit verschwanden Lydia und ich rasch in Richtung Badezimmer.

Ich wandte ihr nur eine Sekunde lang den Rücken zu, lange genug, um den Wasserhahn aufzudrehen. Aber als ich mich wieder umdrehe, scheint etwas zerbrochen zu sein. Lydia hat wieder zu weinen begonnen. Und diesmal ist es sogar schlimmer als in der Schule. Sie wird von gewaltigen, von Schluckauf begleiteten Schluchzern geschüttelt, die den Eindruck machen, als könnte sie daran ersticken. Einen Moment lang kann ich nichts weiter tun, als mich zu fragen, was passiert ist. Dann kommt mir die Erleuchtung. Es ist natürlich der Schock. Schock und Müdigkeit und Erleichterung, alles miteinander verwoben und verschmolzen.

Und es ist seltsam, dass sie mir erst jetzt Leid zu tun scheint, als es vorbei ist und wir wissen, dass es nichts gibt, weswegen sie weinen müsste, jedenfalls jetzt nicht mehr.

»Na komm schon, Lyd«, sage ich. Ich lege ihr sogar die Hand auf die Schulter. »Hör auf zu weinen. Sie wird wieder gesund werden. Schon vergessen?«

Lydia blickt langsam auf. »Was?«, sagt sie und blinzelt. »Wer?«

Wieder muss es der Schock sein. Denn ich habe das Gefühl, als hätte sie kein Wort von dem verstanden, was ich gesagt habe. Sie hat ihre Brille abgenommen, und ihre Augen sehen wegen der Tränen unerwartet groß aus. Die Lider sind vor lauter Weinen und Mangel an Schlaf geschwollen. Wenn man sie jetzt sieht, könnte man meinen, sie sei fünf Jahre jünger, als sie tatsächlich ist.

Urplötzlich jedoch schiebt sie mich zur Seite und tritt vor den Spiegel, der über dem Waschbecken hängt – doch es will mir nicht in den Kopf, was sie ohne die Brille und mit all diesen Tränen zu sehen erwartet. Eine weitere Flut von Tränen vermischt sich mit dem Wasser, mit dem sie sich das Gesicht waschen sollte.

»Lydia …«, beginne ich, nur um grob unterbrochen zu werden.

»Er sagt, ich sei hässlich. Du hast ihn gehört. Er hat es dir gerade gesagt. *Hässlich*, das hat er tatsächlich gesagt.«

Jetzt ist es an mir, verwirrt zu sein. Dann fällt der Groschen. Sie hat nicht wegen ihrer Mutter geweint. Ihre Mutter ist nicht der Grund für diese geschwollenen, rot geweinten Augen, jetzt nicht mehr. Und ich hatte angenommen …

… Und ich hatte wirklich, tatsächlich, *Mitleid* für sie empfunden.

Wissen Sie, was für einen Wunsch das in mir weckt? Am liebsten möchte ich einfach hinausmarschieren und sie sich selbst überlassen, der Albernheit ihrer Ansichten über ihr Aussehen und darüber, was er dazu sagen wird. Aber ich tue es nicht. Ich bin hier, weil er es mir gesagt hat. Und noch aus einem weiteren Grund, der nichts mit ihm zu tun hat. Ich bin mitgegangen, weil es die ideale Gelegenheit war. Dies wird vielleicht die einzige Chance sein, die ich bekomme. Das ist auch der Grund, weshalb ich die Tür zugemacht und sie abgeschlossen habe. Es gibt Dinge, die unter dem Deckel gehalten werden müssen. Von einigen Dingen darf er nie etwas erfahren.

»Hör zu«, sage ich. »Hör mich an. Ist dir klar, dass du jetzt nicht hier zu bleiben brauchst? Jetzt nicht mehr, wo es ihr besser geht. Du könntest deinen Vater anrufen und ihn bitten, dich nach Hause zu holen … Du …« Ich weiß nicht, warum dieser letzte Satz so schwer auszusprechen ist. »Du könntest nach Hause zu deiner Familie. Zu ihr.«

Lydia runzelt die Stirn. Einen Augenblick lang sagt sie kein Wort. Dann:

»Aber warum, Kate? Warum sollte ich nach Hause fahren wollen?«

Ist sie nicht ganz bei sich? Begreift sie kein Wort von dem, was ich gesagt habe? Folglich versuche ich es erneut und glaube diesmal, dass ich mich ihr verständlich machen werde.

»Also«, sage ich, und es ist wirklich wunderbar, wie ruhig ich mich anhöre, wie geduldig. »Du hättest erstens die Möglichkeit zu sagen, es täte dir Leid.«

»Leid …?« Sie wiederholt verständnislos das Wort. Lydia hat nicht die leiseste Ahnung, wovon ich spreche. Sie hat alles vergessen, alles hinter sich gelassen. Jedes Wort darüber, dass es ihre Schuld gewesen war. Ihre Schuld, dass ihre Mutter sich verletzt hatte, ihre Schuld, dass ein einfacher Schnitt sich zu einem ausgewachsenen Fall von Nachlässigkeit entwickelte.

Das hat er geschafft; er hat sie dazu gebracht, alles zu vergessen.
Was kann ich da noch sagen? Ich könnte genauso gut aufhören. Sie würde sowieso nicht zuhören. Sie würde nicht mal verstehen. Es gibt nichts mehr, was ich tun kann. Und jetzt ist nicht einmal mehr einer da, der ihrer Mutter sagen könnte, ich hätte es versucht.
»Wasch dir das Gesicht«, sage ich und füge hinzu: »Dann wirst du besser aussehen.«
Das muntert sie auf. Sie nickt und wendet sich um, um ihr Gesicht mit Wasser zu benetzen. Und als sie sich aufrichtet, lächelt sie sogar.
»Weißt du was, Kate?« Ihre Augen, die immer noch nass sind, strahlen wieder. Augen, die wieder über die Nasenspitze hinausblicken können. »Dein Vater sagt, dass er mich nach dem Abendessen mit in sein Arbeitszimmer nehmen wird. Wir wollen zusammen Griechisch lesen, wie er versprochen hat. Heute Abend, nur wir beide.«
Mit diesen Worten schiebt sie sich die Brille auf die Nase und strahlt mich noch mehr an. Und das ist eine Erleichterung. Ohne die Brille hatte sie kaum älter ausgesehen als Laura, zu jung, um zu erkennen, was sie tut, zu klein, um zu wissen, worauf es ankommt. Jetzt, wo die Brille wieder da sitzt, wo sie hingehört, ist sie wieder so ziemlich ihr altes Selbst.
Mit anderen Worten: alt genug, auf sich selbst aufzupassen.
Dad musste mit Gran ein Wörtchen darüber geredet haben, was sie in das Abendessen tun soll. Vielleicht hat er erklärt, dass manche Leute anders sind und dass nicht jeder es mag, wenn ihr Gemüse nach dem Toten Meer schmeckt. Das Ergebnis ist eine Mahlzeit, die selbst Lydia hätte zu Stande bringen können, so dass nur Gran das Essen auf ihrem Teller herumschob wie ein maulendes Kind. Das Salzfass steht neben

ihr Wache, und sie greift immer wieder danach, macht ein finsteres Gesicht und schüttelt Salz über ihr Essen, als bestreute sie einen Hund mit Flohpulver.

Eigenartigerweise tut Moira das Gleiche. Aber vielleicht ist es am Ende doch nicht eigenartig. Salz auf die Kartoffelchips, Zucker in das Süße. Vielleicht muss es das eine oder andere sein, etwas Extremes. Alles andere schmeckt wahrscheinlich nur nach ihr selbst. Wie auch immer, es findet Grans Beifall. Tatsächlich scheint Gran alles an Moira zu mögen. Vielleicht ist es die Tatsache, dass sie immer schweigt, oder einfach nur ihre schiere Größe. Oder dass sie Dad keine Sekunde aus den Augen lässt.

Lydia nimmt kaum einen Bissen zu sich. Schon als wir nicht einmal halb fertig sind, sucht sie unsere Teller nach den ersten Anzeichen dafür ab, dass die Mahlzeit beendet ist. *»Nach dem Abendessen«*, hatte er ihr gesagt. Aber dies ist ein Abendessen, das ewig zu dauern scheint. Es ist das Schweigen an dem Ende des Tisches, das diesen Eindruck aufkommen lässt, etwas, das weder Hilary noch Lydia erwartet hätten, bis heute nicht. Doch jetzt scheint keine von beiden überrascht zu sein. Wenn Dad in unserer Mitte sitzt und zu erschöpft ist, um etwas zu sagen, können sie das verstehen. Wunder ereignen sich nicht von selbst. Jemand muss sie zu Stande bringen und dafür etwas von sich aufgeben.

Sie glauben, sie müssten nichts weiter tun als warten, dann würde er nach kurzer Zeit wieder ganz der Alte sein. Ihm direkt gegenüber sitzt Moira und arbeitet sich durch das Abendessen und vertilgt eine zweite Portion, sogar eine dritte. Das Essen scheint von allein den Weg in ihren Mund zu finden, Gabel um Gabel, ohne Pause. Anscheinend könnte Moira ein zehngängiges Menu mit geschlossenen Augen essen. Aber natürlich sind sie nicht geschlossen. Sie sind weit offen und ungerührt – und haben sein Gesicht nicht ein Mal verlassen.

Das Telefon klingelt. Es muss das Schweigen sein, denn heute Abend zuckt selbst er ein wenig zusammen, als hätte es ihn erschreckt. Doch es ist genau acht Uhr achtundzwanzig. Woran denkt er wohl gerade?

Als er zur Tür geht, meldet sich Lydia sehr wagemutig zu Wort: »Sie kommen doch gleich wieder zurück, nicht wahr, Mr. Carr?« Aber sie erhält keine Antwort. Ich weiß nicht einmal, ob er sie überhaupt gehört hat.

Doch was schlimmer ist, er kommt nicht wieder. Wir räumen den Tisch ab, spülen das Geschirr und räumen alles weg. Wir holen sogar das Scrabble-Brett hervor, so dass er sehen wird, dass wir uns selbst beschäftigt haben, wenn er wieder auftaucht. Doch er kommt nicht wieder. Und jetzt fängt Lydia an zu erlahmen. Es ist ein Wunder, dass sie sich überhaupt so lange gehalten hat, da sie in der letzten Nacht keinen Schlaf gefunden hat. Wenn man ihr jedoch das Wort *Griechisch* zuflüstert, wird sie sofort wieder zum Leben erwachen. Hinter dem Gähnen und den Augenlidern, die den Eindruck machen, als ob sie sich kaum offen halten können, ist sie bereit; sie glaubt, dass es immer noch passieren wird. Immerhin hat er schon ein Mal ein Versprechen gehalten.

Dann, lange nachdem jeder andere die Hoffnung bereits aufgegeben hätte, öffnet sich die Tür zum Flur. Es ist zehn Uhr, und selbst Hilary sieht um die Augen herum müde aus.

Doch jetzt ist Dad wieder da, und damit ändert sich alles. Lydias Augen weiten sich, und sie ist wieder bereit. Doch es wird kein Griechisch geben, heute Abend nicht.

»Mädchen«, sagt er mit einer Stimme, die so erschöpft klingt, dass man mit ihm mitleidet. »Ah, Mädchen.« Und er setzt sich in Bewegung – geht direkt an uns vorbei zur Hintertür.

»Oh, Mr. Carr, Sie wollen doch nicht ausgehen? Nicht so spät am Abend.« Das ist natürlich Lydia.

Er seufzt, sieht sie aber nicht an. »Die Pflicht ruft, Lydia, mein Liebes, das solltest du wissen.« Dann tritt er einen Schritt zurück, damit Gran den Riegel der Tür aufziehen kann. Und das sollte das Ende gewesen sein.

Doch niemand hat mit Lydia gerechnet und der Wirkung von Schlaflosigkeit und nicht gehaltenen Versprechen. »Aber *warum*, Mr. Carr?« Ihre Stimme klingt gereizt. »Kein Mensch ist hier gewesen, niemand hat angerufen.« (Das heißt, nicht seit acht Uhr achtundzwanzig.) »Wir wollten doch Griechisch lesen, wissen Sie noch? Sie können jetzt nicht ausgehen. Sie haben es *versprochen.*« Und dann, das Schockierendste von allem. *Lydia stampft mit dem Fuß auf.*

Oh, oh, dies ist etwas Neues. Etwas, was ich noch nie gesehen habe, nicht in diesem Haus. Kein Mensch sagt meinem Vater, was er zu tun hat, nicht einmal Gran.

Aber ich kenne das Gefühl, das dazugehört. Das ist alles andere als neu. Ein Kribbeln auf dem Handrücken, ein kalter Windhauch, als hätte Gran mit dem Öffnen der Tür die halbe Nacht ins Haus strömen lassen.

Sogar Lydia spürt es, fängt an zu zittern, weiß sofort, dass sie etwas Falsches getan hat. Sie weiß nur nicht, wie falsch, noch nicht. Sie bleibt, wo sie ist, und starrt zu Dad hoch, der sie mit einem Gesichtsausdruck betrachtet, den sie unmöglich verstehen kann. Weil niemand sie je so angeblickt hat, nicht mal ihr eigener Vater. Ganz besonders nicht ihr Vater. Es ist der Blick, der für den Fremden in unserer Mitte reserviert ist.

Und dann kommen die Worte, so sanft, dass sie fast ein Flüstern sind. Aber sie kann sie trotzdem hören, kann sie hören und begreifen, dass Worte nur der Anfang sind, die Spitze des Eisbergs. Mein Vater beginnt zu sprechen.

»Du sagst mir, ich soll nicht gehen? Du sagst mir, ich soll zu Hause bleiben, wenn da draußen eine arme Seele nach meiner Hilfe ruft? Verzeih mir, aber ich muss dorthin gehen, wo ich gebraucht werde. Nichts, *nichts* stellt sich zwischen Keith Carr und seine Pflicht. Da draußen gibt es eine Welt des Leidens, Lydia, und du sagst mir, ich soll ihr den Rücken zuwenden.«

Das Schlimmste ist, dass er beim Sprechen verwirrt erscheint, so wie Jesus vielleicht ausgesehen hätte, wenn der von den Toten auferstandene Lazarus ihn auch noch um ewigen Reichtum gebeten hätte. Ein fragender Blick, der wissen möchte – hat er nicht genug getan? Und als Lydia diesen Blick sieht, versteht sie, was ich schon vor Jahren gelernt habe. Undankbarkeit ist die größte aller Sünden, für die es keine Vergebung geben kann.

Und jetzt kommt es, das Schlimmste von allen. Das letzte Flüstern. »Kind, und ich hatte geglaubt, dich zu kennen.«

Lydia erbleicht. Und das ist es, was Dad tut. Er zeigt den Leuten, wie sie sich selbst sehen sollen. Nach dem heutigen Abend wird sie nicht mehr in der Lage sein, sich anzusehen, weil sie nur sehen wird, was er sieht. Hässlichkeit innen und außen.

»Bitte, Mr. Carr«, flüstert sie, aber nicht so, dass es dringlich erscheint, nicht so, dass jemand zuhört. »Das habe ich nicht … Es tut mir Leid, Mr. Carr.«

Wenn man sie so ansieht, könnte sie einem fast Leid tun. Bis einem einfällt, dass Menschen lernen müssen; jeder muss lernen. Man redet nicht mit Dad, als wäre er ein x-beliebiger Mensch.

Ich würde jedoch sagen, dass sie jetzt lernt. Und vergessen wird sie es nie, bestimmt nicht. Für den Rest ihres Lebens wird Lydia immer daran denken, wie sie an einem Abend

Zeugin eines unbeschreiblichen Wunders wurde – und dann durch gottlose Undankbarkeit alles verlor. Die Erinnerung wird da sein, wenn sie am Morgen aufwacht, und als Letztes zur Stelle sein, wenn sie einschläft …

… Oder? Denn dann passiert etwas, was diese Lektion, diesen Lernvorgang beendet. Etwas so Unerwartetes, dass sie den Kopf wendet wie wir anderen auch. Ein plötzliches Geräusch, das man nicht gleich erkennt, sondern erst nach einem Moment, um es erst dann als das auszumachen, was es ist: ein gurgelnder, erst leiser, dann schriller jodelnder Laut, der alles Mögliche sein könnte, bis man begreift, dass da jemand lacht.

Tatsächlich ist es Moira, die lacht, und gleichzeitig auf Dad zeigt, als wäre er etwas, was sie auf der Bühne entdeckt hat, eine Zirkusnummer, eine komische Wendung.

Wie ein wiehernder Esel hört sie sich an. Wie etwas, das nicht menschlich ist. Mit Ausnahme ihrer Worte, hör sich das einer an. *Eine arme Seele*, sagt sie immer und immer wieder, als ob sie darüber lachte. *Eine arme Seele.* Kicher Kicher Kicher.

Und das Ergebnis? Lydia sieht verblüfft und entsetzt zu – aber definitiv nicht unterwürfig, jetzt nicht mehr. Hilary ist der Unterkiefer heruntergeklappt. Sogar Gran scheint erschüttert zu sein. Aber Dad ist derjenige, den man im Auge behalten muss. Er scheint – wie kann ich dies sagen, so dass man mir überhaupt glaubt? – verängstigt zu sein. Wie ein Mann, der nach einem Schlag taumelt, den er nicht hat kommen sehen. Er steht da und versucht, sein Gleichgewicht zurückzugewinnen, kann es aber nicht. Weil Moira einfach weiterlacht, als wäre er das Komischste, was sie in ihrem ganzen Leben gesehen hat.

Und was ist eigentlich mit mir los? Warum bin ich nicht

im Mindesten entsetzt? Niemand bewegt sich oder scheint auch nur fähig zu sein, sich zu bewegen, weder Lydia, Hilary noch Gran. Aber *ich* kann mich bewegen, und zwar gehe ich schnell an ihnen vorbei, als wären sie nichts weiter als Wachsfiguren. Bis ich vor Moira stehen bleibe.

Und ihr eine harte Ohrfeige versetze.

Das Lachen hört abrupt auf, als hätte man die Nadel von einer Schallplatte weggeschlagen. Moira schließt die Augen – und macht sie wieder auf. Es geht so schnell wie bei der Blende einer Kamera. Dann wird ihr Gesicht wieder ausdruckslos. Ihr Blick ist nicht auf mich gerichtet, die ich direkt vor ihr stehe, sondern geht durch mich hindurch. Wie es scheint, bin ich tatsächlich unsichtbar. Moira ist wieder zu dem zurückgekehrt, was sie vorher getan hat, und sieht ihn an. Dad.

Hilary ist wie üblich die Erste, die sich erholt.

»Also«, sagt sie und wendet sich an Lydia, erhält aber dort keine zufrieden stellende Reaktion. Lydia blinzelt nur und schüttelt den Kopf, als hätte sie geträumt. »Also«, sagt Hilary erneut und sieht zu Dad hinüber.

Doch das führt ebenfalls zu nichts. Bei Dad ist an eine Erholung noch nicht mal ansatzweise zu denken, noch nicht. Er starrt immer noch Moira an, und sein Gesichtsausdruck verrät einem, was er sich fragt: Ob da noch etwas ist, ob da noch etwas Schlimmeres kommt.

Doch so ist es nicht. Moira ist ruhig. Eine ganze Minute verstreicht, und nichts passiert. Und eines muss man Dad wirklich lassen: Er stößt einen langen Seufzer aus, dem ein leichtes Schütteln seiner Schultern folgt – und dann ist er plötzlich wieder der alte Dad, der richtige Dad.

»Nun, Moira«, sagt er leise. »Moira, Liebes. Ich denke, ich werde mir die Zeit für eine kleine Unterhaltung mit deiner alten Granny nehmen müssen.«

Und das ist alles, was er zu sagen braucht. Kein Vorwurf könnte sanfter daherkommen. Er hätte zu einem Kind sprechen können. Doch seine Worte bringen uns wieder in den Normalzustand zurück. Noch vor einem Augenblick war die Küche gefährdet gewesen wie ein Schiff, das zu kentern droht. Jetzt hatte es sich wieder aufgerichtet. Alles ist wieder im Lot.

Trotzdem, ich dachte, er hätte zumindest ein Wort oder einen Blick für mich übrig gehabt. Einen Blick, um zu zeigen, dass er die eigenartige Wahrheit anerkennt; dass ich diejenige war, die sie zum Schweigen gebracht hat, die einzige Person, die in der Lage war, dem Gelächter ein Ende zu machen. Doch da ist nichts. Er wirft nicht mal einen Blick in meine Richtung. Die Hintertür geht für ihn auf, und er ist verschwunden.

In der Sekunde, in der sich die Tür schließt, fällt Hilary über Moira her. »Moira MacMurray, was ist mit dir bloß *los?* Das war …« Sie hält inne, die arme, fantasielose Hilary, da ihr die Worte fehlen. »… ekelhaft.«

Moira sieht sie mit milden Augen an und schüttelt kaum merklich den Kopf. Dann macht sie den Mund auf, und es ist klar, dass sie gleich etwas sagen wird. Eine Reihe von Sekunden warten wir gespannt. Die Küche schwankt ein wenig. Am Ende könnte das Schiff doch noch kieloben landen.

Und was hat Moira zu sagen?

»Meine Granny macht mir immer einen Teller mit Pommes frites, bevor ich ins Bett gehe. Sie weiß eben, was ich gern esse.«

Und das ist alles, was Moira zu sagen hat. Gran hebt die Hände, und Hilary verdreht die Augen. Aber ich zeige mich der Situation allmählich gewachsen. Oder bemühe mich zumindest darum. Die Fritteuse wird heute Abend kalt bleiben

müssen. Aber ich kann das Zweitbeste tun. Butterbrot, Käse in Scheiben. Alles, damit Moira nicht hungern muss.
Nun, warum sollte ich nicht? Ich war so sicher gewesen, dass sie gerade etwas anderes hatte sagen wollen, etwas, was das Lachen vielleicht erklärt hätte, was vielleicht auch *ihn* erklärt hätte. Moira hatte gelacht, als ob sie ihn schon lange kennt, länger als ich selbst, als ob sie schon alles über ihn wüsste. Jeden Augenblick hätte sie uns genau erzählen können, warum sie gelacht hat. Doch sie tat es nicht. Sie sagte kein Wort.
Und so bestreiche ich das Brot dick mit Butter und belege es mit Käsescheiben. Dankbarkeit muss man auf irgendeine Weise zeigen.

Mit uns vieren in meinem Zimmer wird es eng. Hilary hatte mehrfach vorgebaut, damit *sie* das zweite Bett bekam, und das Kopfkissen mit all den kuscheligen Spielzeugen und Maskottchen bedeckt, die sie normalerweise auf ihrem Schreibtisch aufbewahrt. Womit für Lydia und Moira die beiden Feldbetten blieben und gerade genug Platz, um sich auszuziehen.
Plötzlich stößt Hilary mich an und zeigt mit einem Kopfnicken auf Moira. Und tatsächlich, sie ist ein göttlicher Anblick; Moira hat sich in ein riesiges Flanellhemd gehüllt, das nur ihrer Granny gehört haben kann, in etwas, was eigentlich nur eine alte Dame trägt.
Trotzdem braucht sie es vielleicht, jeden Quadratzentimeter davon. Ihr Bett ist so weit von mir entfernt, wie es nur geht, direkt unter dem Fenster, wo es die ganze Zugluft abbekommt.
Kaum liegen wir im Bett, als *meine* Gran ins Zimmer stapft und das Licht ausmacht. Hilary kichert und tut so, als wäre sie entrüstet, aber bei Lydia spürt man, dass sie die Dunkel-

heit begrüßt, sich zurechtkuschelt und glücklich seufzte. Irgendwie haben Moira und ihr Gelächter jede Erinnerung an das ausgelöscht, was zwischen Lydia und Dad passiert ist. Falls sie sich überhaupt noch daran erinnert, wird sie glauben, sie hätte es sich eingebildet.

Hat sie aber noch einen Gedanken für ihre Mutter übrig? Ich hoffe es. Ich hoffe, sie sind im Krankenhaus behutsam vorgegangen, als sie ihr erzählten, wo sich ihre Tochter befindet. Ich habe gehört, dass schon die kleinste Kleinigkeit einen Rückfall verursachen kann, selbst wenn man glaubt, der Patient sei auf dem Weg der Besserung. Ich hoffe, sie haben es ihr behutsam beigebracht.

Ich wünschte, sie hätten ihr sagen können, dass Lydia nach Hause kommt. Oder zumindest dass ich versucht hätte, das zu erreichen.

Jetzt schlafen alle nacheinander ein. Moira ist die Erste, die einschlummert. Man konnte hören, wie sich ihr Atem veränderte, so dass sich jeder Atemzug länger und schnaufender anhörte als der davor. So kann jemand die Hälfte der Luft in einem Zimmer für sich allein verbrauchen. Dann kommt Hilary. Fünf Minuten nachdem sie eingeschlafen ist, fängt sie an zu schnarchen und hört nicht mehr auf. Nur Lydia schlummert diskret und taktvoll ein. Winzige kleine Mäuseseufzer, die keine Menschenseele stören würden.

Und sie wacht nicht auf. Niemand tut das. Ich liege hier und lausche den Atemgeräuschen so vieler verschiedener Leute. Wenn man mich fragte, würde ich jedoch sagen, dass es eigentlich außer mir nur eine weitere Person in diesem Zimmer gibt. Eine weitere Präsenz, die mit dem Rest nichts zu tun hat, die hellwach und aufmerksam daliegt. Eine stumme Präsenz, die nicht nur da ist, sondern zunimmt. Die immer größer und größer wird, bis ich das Gefühl habe, ich könnte die

Hand ausstrecken und sie berühren. Und ich weiß, woher sie kommt; sie kommt von der Stelle unterm Fenster, wo sie sich zu bleiben weigert.
Hier im Dunkeln gibt es einen Teil von Moira, der überall ist, selbst wenn sie schläft. Unmöglich, ihr zu entkommen.
Und sie wird mit jeder Minute größer, arbeitet sich von allen Seiten an mich heran wie eine Hand, die die Dunkelheit aussperrt. Was mich zu dem Allermerkwürdigsten bringt. Dies ist es, was ich gefürchtet habe. Ich habe irgendwie gewusst, dass es passieren würde. Doch jetzt, wo um mich herum nur Moira ist, entdecke ich, dass es mir nichts ausmacht. So muss es auch für Lydia gewesen sein, als sie entdeckte, dass man sich in Moira verlieren kann, wenn man es nur zulässt. Wenn man nur die Chance ergreift.

Ist Moira der Grund dafür, dass ich träumte?
Ich stehe wieder in *seinem* Zimmer und starre das Bild mit den tanzenden Mädchen, ihren Opfergaben und dem Goldenen Kalb an. Und warte. Diesmal lassen sich die Schritte keine Zeit damit, anzukommen, sind schon da, direkt vor der Tür. So nahe jetzt, dass es den Anschein hat, als könnte ich sie auf der anderen Seite atmen hören. Jetzt ist sie stehen geblieben und wartet auf ihrer Seite der Tür. Aber warum macht sie sie nicht auf? *Warum kommt sie nicht herein?*
Dann wird es plötzlich sonnenklar. Sie wartet auch. Darauf, dass ich sie hereinlasse.
Das Geräusch ihres Atems wird lauter. Es erfüllt das ganze Zimmer und schwillt immer mehr an. Das Atmen ist zu der Luft geworden, die ich atme. *Ich atme einen anderen Menschen ein …*
Und dann bin ich wieder hier in meinem Zimmer und bin hellwach. Sein Schreibtisch, das Bild, die Mädchen – all das

ist verschwunden. Doch das Atmen ist noch da – ebenso wie etwas, was gerade gelernt worden ist.
Sie. Ich träumte eine Person, die *sie* ist. Ich weiß, wer auf der anderen Seite der Tür steht. Nenne aber nicht ihren Namen. Atme ihn nicht einmal. Denk an die Regel.

Achtzehntes Kapitel

Ich habe es schon gesagt; kein Mensch weiß ein Zimmer so aufzuwecken wie mein Dad.

Erst kommt die Explosion der Tür, dann das Dröhnen der Musik aus dem Radio, das einer ahnungslosen Schläferin die Haare zu Berge stehen lassen kann. Und *dann* – als Lydia und Hilary sich im Bett aufrichten, zwar noch mit schläfrigen Augen, die aber bei seinem Anblick schon strahlen – die kleine Bemerkung.

»Aber, aber, meine Damen, hier müffelt es.«

Mit diesen Worten marschiert er zum Fenster hinüber und reißt es auf, als wäre die Luft verdorben. Als wäre alles im Zimmer verdorben. Lydia und Hilary verlieren sofort dieses Strahlen und hören ganz zu atmen auf. Nur eine Person bleibt ungerührt. Ich kann sie von hier aus sehen. Langsam und verspätet schlägt Moira die Augen auf. Und schon sind sie auf ihn gerichtet, als hätte sie ihn mit geschlossenen Augen finden können.

Und sehen Sie doch nur, wie Dad zittert.

Aber er macht das Fenster noch weiter auf, so dass der Wind an ihm vorbeiströmt und Moira erreicht. Doch sie verzieht keine Miene. Anscheinend hat Moira nichts gegen die Kälte einzuwenden.

Dad stellt die Musik leiser und ordnet die Falten seines Gesichts neu. »Schlechte Nachrichten, Mädchen. Der alte Keith

Carr hat entdeckt, dass er heute arbeiten muss. Ihr werdet euch allein amüsieren müssen.«
Wann hat er das entdeckt? Gestern Abend? Heute Morgen? Wann hat er entdeckt, dass Moira niemals den Blick abwenden wird?
Aber die Wirkung ist genau die, die man erwarten würde. »Oh, Mr. Carr, wir können uns unmöglich ohne Sie amüsieren.« Das ist Hilary – aber wohlgemerkt nicht im Sinn einer Frage. Hilary äußert Bedauern, keine Kritik.
Lydia jedoch, die auf ihrem Feldbett liegt, spricht kein Wort. Jetzt ist es eine Frage von gutem Benehmen. Den Rest hat sie vergessen. Aber es ist Lydia, an die sich Dad jetzt wendet.
»Du siehst, wie es ist, liebe Lydia. Pflicht ist Pflicht, und Keith Carr ist nie der Mann gewesen, der seine Pflicht ignoriert.«
Als er versucht, sie damit an etwas Schlimmeres zu erinnern, verfehlt er sein Ziel. Sie lächelt nur vage, geschmeichelt durch die Aufmerksamkeit. Und dann ist wieder Moira am Werk, die dafür sorgt, dass das, was vergessen ist, auch vergessen bleibt.
Doch als er das Zimmer verlässt, verfallen sowohl sie als auch Hilary in eine düstere Stimmung. Wieder ist es nicht das, was sie erwartet hatten. Wann hatte er etwas darüber gesagt, uns uns selbst zu überlassen? Lydia macht ein entschieden trauriges Gesicht. Könnte es vielleicht sein, dass wir einander nicht genug mögen, um allein Spaß zu haben?
»Was wollen wir tun?«, fragt Hilary niedergeschlagen. »Gehen wir irgendwo hin?«
»Ich habe kein Geld.« Das ist Lydias Antwort. »Kein Mensch hat daran gedacht, mir welches zu geben.« Natürlich nicht. In diesen letzten paar Tagen dürfte Taschengeld bei kaum einem in Lydias Familie eine große Rolle gespielt haben. Obwohl ich mich vielleicht irre. Bei Lydias Mutter weiß man

nie. Die denkt immerzu an Lydia, oder etwa nicht? Lydia weiß nur nichts davon.
»Ich habe Geld.«
Das nenne ich eine Überraschung: Moira macht plötzlich den Mund auf. Moira behauptet, die Antwort zu haben.
Sie hätten sehen sollen, wie sich Hilarys Lippen kräuseln.
»Ach ja, und wie viel wäre das?«
Die Antwort kommt, als Moira unter ihr Kopfkissen greift und eine dicke Brieftasche aus falschem Krokodilleder hervorzieht, eine Art, in denen Ausweise, Papiere und Fotos von den Enkelkindern aufbewahrt werden. Öffnet sie. Hilarys Augen weiten sich. Darin befinden sich Geldscheine. Pfundnoten, Fünf-Pfund-Noten, sogar Zehn-Pfund-Noten. Lydia setzt sich die Brille auf und schnappt leicht nach Luft.
»Moira!«
Trotz dieses Aufruhrs hat Moira eine ausdruckslose Miene. Aber diese Reaktion kann nicht das sein, was sie gewöhnt ist – dass sie plötzlich im Mittelpunkt der Aufmerksamkeit steht und aller Augen auf ihr ruhen. Oder vielleicht begreift sie, dass nicht sie selbst die Überraschung ist, sondern die Brieftasche, in der mindestens hundert Pfund sein müssen. Da fallen einem unendlich viele Möglichkeiten ein.
Doch es ist Hilary, die als Erste den Mund aufmacht.
»Ich weiß was. Wir können in die Stadt gehen. Ins Café.« Sie blickt mich vielsagend an. Cafés bedeuten für Hilary nur das eine, und das ist definitiv nicht Kaffee.
Ist das alles, was sie an Ideen hat? In ein Café zu gehen. Mit hundert Pfund könnte man von zu Hause weggehen, überall hingehen, überall leben. Unsichtbar werden. Und alles, was sich Hilary erträumen kann, ist ein Besuch in einem Café.
Trotzdem, ich kann es mir mal durch den Kopf gehen lassen. Es würde bedeuten, dass ich anrufen muss, aber davon abge-

sehen scheint es keinen dringenden Grund zu geben, sie zu enttäuschen.
Typisch Hilary, dass sie nicht den leisesten Anflug von Dankbarkeit zeigt. Sie wendet sich wieder an Moira und sagt: »Woher hast du denn das Geld?«
Das Misstrauen in ihrer Stimme ist unüberhörbar, doch das scheint Moira nicht zu stören. Sie scheint Hilary nicht einmal zu bemerken. Als sie antwortet, wendet sie sich an mich, als hätte ich die Frage gestellt.
»Von meiner Mutter. Sie schickt das Geld an meine Gran, um für mich zu bezahlen. Aber Gran sagt, dass sie es nicht will. Sie sagt, sie würde es nicht mal mit einer Kneifzange anfassen. Sie sagt, kein Mensch müsse sie dafür bezahlen, dass sie sich um mich kümmert.«
Es folgt Schweigen. Sogar Hilary macht ein verlegenes Gesicht. Es ist diese Erwähnung ihrer Mutter. Es ist irgendwie fast unanständig, sich Moira als ein kleines Mädchen vorzustellen, Moira mit einer Mutter. Unanständig, darüber nachzudenken, was ihre Mutter von ihr halten muss, da sie sie verlassen hat.
Aber es scheint sich auch niemand darüber zu wundern, was ihre Gran von ihr hält, wenn sie bereit ist, sich um sie zu kümmern. Und noch dazu umsonst.
Überraschenderweise ist es Lydia, welche die Frage stellt, die Frage, die uns allen im Kopf herumgeistert. »Moira, wo *ist* denn deine Mutter?«
Wieder Schweigen, als sich Moira die Antwort überlegt. Man hätte schwören können, dass sie sich zu erinnern versucht.
»Im Ausland«, sagt sie schließlich. »Mit ihm. Und ihnen.«
Hilary verzieht das Gesicht. Damit gibt sie zum Ausdruck, dass es nicht ihre Schuld ist, wenn sie verwirrt ist. Doch ich weiß, was Moira meint. Ihre Mutter befindet sich in einem

anderen Land, so weit weg wie nur irgend möglich, und zwar mit einem Mann, der nicht Moiras Vater ist, und Kindern, die nicht Moiras Brüder und Schwestern sind. Oder jedenfalls nicht richtig. Eine ganze Familie also, in der aber kein Platz für Moira ist, nicht so wie sie ist. Kein Mensch will Moira haben – mit Ausnahme ihrer Großmutter, natürlich. Die keinen Penny für sie haben will.

Moiras Großmutter will das Geld nicht anrühren, weil Moira mehr wert ist als Geld. Um das zu erkennen, braucht man *Es* nicht. Das ist etwas, was selbst Lydia herausbekommen könnte.

Meine Gran hat Haferbrei für uns gemacht – obwohl Moira und ich die Einzigen sind, die ihn essen. Aber Gran ignoriert mich und sieht stattdessen Moira dabei zu, wie sie einen ganzen Eimer davon isst, den Haferbrei, der zu gleichen Teilen gesalzen und gezuckert ist. Gran ist immer noch von Moira fasziniert und kann ihr anscheinend nicht böse sein, nicht mal nach gestern Abend und der Aufregung, die sie verursacht hat. Daran gibt sie wahrscheinlich Lydia die Schuld.

Und natürlich hilft es, eine Ablenkung zu haben. Während Gran Moira beobachtet und sie förmlich mit den Augen verschlingt, kann ich mich zum Telefon hinausschleichen und den einen notwendigen Anruf machen. Den Tag planen, den Moira uns ermöglicht hat.

Wir fahren mit dem Bus in die Stadt. Hilary sitzt neben mir und Lydia neben Moira. Kaum fährt der Bus los, fängt Hilary an, Mascara aufzulegen. Ihr scheint nicht klar zu sein, dass das Ergebnis eine reine Katastrophe ist; ihre Augen sehen aus, als wären sie Klecks für Klecks von einem pelzigen Filzschreiber eingerahmt worden. Dann bietet das alberne Mäd-

chen mir den Mascara an, als ob ich ihn haben wollte. Man braucht kein Make-up, wenn man *Es* hat. Die Leute sehen einen aus anderen Gründen an. Und wegen der Haarfarbe.
Unterdessen hat sich Lydia wieder dem Buch zugewandt, das sie in jüngster Zeit vernachlässigt hat. Trotzdem muss sie es inzwischen schon zum dritten oder vierten Mal lesen. Es würde ihr gefallen, wenn er ihr auf den Zahn fühlt, ob sie es auch gelesen hat. Sie könnte sein gesamtes Leben rezitieren.
Und Moira? Die sieht aus dem Fenster.
Hat jemand die Veränderung bemerkt? Dad ist nicht da. Aber ich bin es und sitze keine zwei Meter von ihr entfernt. Doch Moira blickt aus dem Fenster. Sie sieht mich nicht mehr an.
»Moira«, sage ich, »wie wär's mit einem Sahnebonbon, Moira?« Aber sie scheint nicht zu hören. Dreht sich nicht mal um.

Als wir in der Stadt ankamen, regnete es. Regnete nicht nur, sondern goss wie aus Eimern. Hilary bekommt sofort einen Anfall, weil sie sich sorgt, ihr Haar könnte klatschnass werden, bevor alle anderen sehen, welche Mühe sie sich damit gemacht hat. Dann hört sie urplötzlich auf zu meckern und starrt. Wir starren *alle.* Es ist Moira. Sie hat ein zusammengefaltetes Stück durchsichtigen Kunststoffs aus der Tasche gezogen und ist gerade dabei, es auseinander zu wickeln, als wäre es ein riesiges Einwickelpapier. Dann begreifen wir. Moira will sich eine Regenhaube aus Plastik auf den Kopf setzen, eine Art Haube, wie sie ihre Großmutter aufsetzen würde, wenn sie bei Regen aus dem Haus geht.
»Moira, du wirst doch nicht ...«, meint Hilary. Doch Moira wird es *tatsächlich* tun. Sie verknotet die Bänder unterm Kinn und vergewissert sich, dass die Haube nicht verrutscht. Jetzt sieht ihr Kopf wie etwas aus, das ein Schlachter

eingepackt hat. Mehr noch, wenn man aufmerksam lauscht, kann man das Prasseln von Regentropfen hören, die oben abprallen.
Wenn man sie so sieht, weiß man nicht, ob man lachen oder weinen soll. Da saß ich nun und dachte, dass Moira etwas Besonderes an sich hat. Etwas, was sie hervorhebt. Dann setzt sie sich eine Regenhaube aus Plastik auf, und ich bin diejenige, die sich am Ende dämlich vorkommt. Das ist also die wirkliche Moira, die Moira, die jeder sieht. Die Moira, die nicht mal ihre Mutter haben will.
Als wir vom Bus weggehen, gibt es keinen Zweifel darüber, wie wir aussehen. Drei Mädchen und eine alte Dame, die einen Ausflug machen.
Zwanzig Meter von der Bushaltestelle entfernt hält Hilary es nicht mehr aus. Sie packt mich am Arm und fängt an, mich mit Höchstgeschwindigkeit durch Pfützen zu ziehen, stürmt zwischen Leuten auf dem Bürgersteig hindurch, so dass sie links und rechts weggestoßen werden. Und das alles in einem Versuch, wegzukommen und zwischen uns beide und Moira und Lydia eine klare Distanz zu schaffen. Aber diese beiden sind überraschend schnell. Die Menschengruppen scheinen sich für Moira auf eine Weise zu teilen, wie sie es nie für uns taten, und das Ergebnis ist, dass wir praktisch gleichzeitig am Café ankommen.
Und da sitzen Mark und Eulenjunge an einem Tisch und warten. Genau wie ich es ihnen gesagt hatte. Obwohl Mark nicht im Mindesten glücklich wirkt. Es ist wieder einer seiner kostbaren Sonnabende, an denen er irgendwo auf einem Spielplatz sein sollte, um das Rudel anzuführen. Stattdessen ist er hier. Aber so kriegt man Mark eben: Er erinnert sich an das letzte Mal und den zufälligen Druck meiner Hand. Manche Menschen werden eben hoffnungsvoll geboren.

Trotzdem, es ist immer nützlich zu wissen, wer sie sind, diese hoffnungsvoll auf die Welt Gekommenen. Es wäre sonst einfach, seine Zeit zu verschwenden, wenn man versucht, den falschen Leuten beizubringen, was ihnen fehlt. Deswegen habe ich mich nie um die Fiona McPhersons dieser Welt bemüht oder um die Mrs. Chattos. Sie sind so überzeugt, alles zu haben, dass man ihnen nichts versprechen könnte, was sie sich vielleicht wünschen.

Nun, wir wissen, wo *die* am Ende landen werden. Wie oft hat Dad es gesagt? Leute, die sich für glücklich halten, werden nie zu den Auserwählten gehören. Man kann nicht mögen, was man hat, und dann noch erwarten, dass man mehr bekommt. Das hieße, die Dinge falsch sehen. Auserwählte Menschen sind diejenigen, die sich umblicken und sagen: Dies ist nicht genug. Auserwählte werden immer mehr wollen.

Und da kommen wir ins Bild, Dad und ich. Wir stellen ständig etwas in Aussicht.

Man muss nur herausfinden, was die Leute wollen. Unterdessen gibt es Mark. Leute wie Mark sind einfach. Da braucht man keinen Preis auszusetzen, um zu erfahren, worauf Mark aus ist. Und das ist das Schöne daran. Die meisten Menschen sind kein bisschen anders als Mark.

Das ist wirklich ein aufmunternder Gedanke. Es entschädigt fast für Moira und ihre Regenhaube. Tatsächlich bin ich schon halb entschlossen, Mark anzulächeln, als etwas neben mir meine Aufmerksamkeit erregt. Es ist eigentlich nichts, nur die Bewegung von etwas Großem, das sein Gewicht von einem Fuß auf den anderen verlagert. Aber es bringt mich aus dem Konzept.

Bringt mich dazu, mehr als nur das anzurichten.

Komisch, wie die seltsamsten Dinge eine Stimmung so vollständig verändern können. Noch vor einer halben Minute war ich drauf und dran gewesen, mich dank Mark fröhlich zu fühlen, der genau dort saß, wo ich ihm seinen Platz angewiesen hatte, immer hoffnungsvoll, ein Schatten von dem, wofür ihn jeder hält. Und das alles, weil er überzeugt ist, ich hätte ihm etwas versprochen, was er von keiner anderen bekommen kann.

Sehen Sie ihn nur an: Er wagt nicht, den Blick von mir zu wenden, wagt aber ebenso wenig, ein Wort zu sagen. Mark ist einfach. Und Sie können natürlich erkennen, was mit ihm nicht stimmt. Er ist *zu* einfach.

Also wieder zurück zu Moira. Ich komme einfach nicht von Moira weg, die ihr Gewicht verlagert und meine Sichtweise auf bestimmte Dinge beeinflusst. Vielleicht bin ich wie Dad. Vielleicht mag ich eine Herausforderung.

Danach passiert es sehr schnell, so wie es eben geht, wenn man vergisst, kurz innezuhalten und nachzudenken. Am Tisch sind zwei Plätze frei. Zwei schnelle Schubser, und Hilary und Lydia finden sich auf den Stühlen gegenüber den beiden Jungen wieder, die beide blinzeln und sich fragen, wie sie dorthin gekommen sind. Somit bleiben nur Moira und ich übrig.

Jeder will etwas. Das Geheimnis besteht darin, herauszufinden, was es ist. Das ist die Herausforderung. Selbst wenn es sich um Moira handelt.

Besonders, wenn es sich um Moira handelt.

Wenn man sie beim Arm nimmt, ist sie so leicht zu lenken wie ein Lämmchen. Als ich sie in Richtung Tür zu schleifen beginne, kommt sie so folgsam mit wie ein Schiff im Wasser. Genau wie auf dem Weg hierher scheinen die Menschen für sie zur Seite zu gehen. Das einzige Problem ist die Tür, die nicht breit genug ist, uns beide auf einmal durchzulassen,

was uns langsamer macht, und das in dem Moment, als ich einen möglichst schnellen Abgang machen wollte.
Draußen auf der Straße können wir jedoch so schnell gehen, wie wir wollen. Moira hat nichts dagegen und beklagt sich nicht ein einziges Mal, obwohl wir praktisch rennen, und gerät nicht einmal außer Atem. Und wenn wir stehen bleiben müssen, ist es nicht ihre Schuld.
Es ist Lydias Schuld. Zwei Minuten aus dem Café raus, und dann höre ich plötzlich auf dem Bürgersteig hinter uns meinen Namen. Da gibt's nur eines – überhören. Aber dann haben wir eine Menschentraube vor uns, die darauf wartet, die Straße zu überqueren, und das bedeutet, dass wir langsamer werden müssen. Danach haben wir keine Chance mehr. Ein paar Sekunden später steht Lydia mit gerötetem Gesicht und außer Atem neben uns.
Aber das Laufen hat kaum etwas damit zu tun, ich meine, mit der Farbe ihrer Wangen. Die hatten sich schon gerötet, als wir sie auf meinen Stuhl direkt gegenüber von Mark sitzen ließen. Und dort hätte sie bleiben sollen. Das war ihre große Chance. Denn man kann nie wissen, vielleicht hätte sie als blindes Huhn auch mal ein Korn gefunden, vielleicht wäre ihr etwas eingefallen, was sie hätte sagen können, womit sie ihn mehr als drei Sekunden lang auf sich hätte aufmerksam machen können.
Aber nein, stattdessen ist sie hier und lässt sich unmöglich abschütteln. Vielleicht ist es Moira, hinter der sie herläuft. Obwohl sie nichts dergleichen sagt. »Was, um Himmels willen …?«, beginnt sie und legt dann los mit einer Tirade, die halb in Tränen erstickt, wir hätten sie im Stich gelassen. Typisch Lydia. Hat keine Ahnung, wann sie Glück hat, und wirft mir vor, dass ich ihr einen Gefallen getan habe.
Es ist jedoch nicht nur schlecht. Immerhin ist von Hilary

nichts zu sehen. Hilary wird man schließlich nie dabei erwischen, dass sie die Gelegenheit ihres Lebens sausen lässt, nur weil sie schüchtern ist und nie gelernt hat, das zu nehmen, was einem angeboten wird.

Das hätte ich auch Lydia sagen können, aber was hätte ich damit erreicht? Und außerdem hat sie nicht ganz Unrecht. Mark wird sie nie eines Blickes würdigen. Folglich bleibt nichts weiter übrig, als abzuwarten, während sie ihre Tirade fortsetzt, und das Schlimmste davon vom Verkehrslärm übertönen zu lassen. Und über Moira nachzudenken, und über das, was Moira will.

»Nun«, sage ich fröhlich und unbeschwert. »Was machen wir jetzt?« Ich versuche, Moira auf mich aufmerksam zu machen, verstehen Sie? Da sie größer ist als wir beide, hält sie auf der Straße Ausschau. Aber sie hört nicht zu. Irgendetwas auf der anderen Straßenseite hat ihre Neugier geweckt und zieht ihren Blick an, so wie er vielleicht einem Servierwagen mit Süßigkeiten auf der anderen Seite eines Zimmers folgen würde. Doch als ich hinsehe, erkenne ich es nicht, was immer es ist. Nur ein Hotel und Leute, die hineingehen. Wahrscheinlich war es nichts. Wer weiß, was Moira sieht?

»Nun«, lasse ich mich erneut fröhlich vernehmen. Und urplötzlich hat es etwas irgendwie Vertrautes, die Art, wie ich spreche. Dann fällt es mir wieder ein. Ich höre mich an wie Dad gestern, als er im Wagen versuchte, bei Moira voranzukommen – und es nicht schaffte, so wie ich es jetzt nicht zu schaffen scheine. Moira dreht sich um, aber nicht zu mir, sondern zu Lydia. Sie ignoriert die Tatsache, dass ich immer noch spreche, und sagt etwas, was ich nicht hören kann. Ich muss Lydia bitten, es für mich zu wiederholen.

»Moira möchte da rein.« Sie zeigt auf den Woolworth-Laden hinter uns.

Ich hätte es wissen müssen. Woolworth wird der Laden sein, in dem ihre Großmutter ihre zerknüllten Tüten mit Sahnebonbons und wer weiß was sonst noch kauft. Moira hat wohl nichts mehr, woran sie lutschen kann. Sie braucht einen Besuch in der Bonbon-Bar.

Das glaubte ich zumindest. Doch als wir im Laden sind, ignoriert Moira die Bonbon-Bar und steuert geradewegs auf die Haarpflegemittel zu. Und dort bleibt sie stehen vor immer neuen Regalen mit verschiedenen Haarfärbemitteln, Schachteln, Tuben und Fläschchen, die sämtlich versprechen, jede gewünschte Haarfarbe zu zaubern, so dass sich absolut kein Mensch daran erinnern wird, mit welcher Haarfarbe man geboren wurde. Und nachdem Moira einmal stehen geblieben ist, bewegt sie sich nicht mehr. Es ist peinlich. Die Leute müssen um sie herumgehen, als wäre sie eine der rot-goldenen Säulen, die den Laden halten.

»Was?«, frage ich. *»Was?«*

Lydia dreht sich um, überrascht, mich so ungehalten zu erleben. Verstehen Sie, ihr macht es nichts aus. Ihr scheint es nie etwas auszumachen, was Moira tut. Doch es ist nicht Lydia, um die ich mir Gedanken mache. Es ist Moira. Nur Moira.

Aber zumindest hat sie mich gehört, denn diesmal rührt sie sich sogar. Ihr Blick flackert von den Regalen zu meinem Scheitel und ruht dort einen Moment, als wollte sie etwas betrachten, vielleicht die Farbe meines Haars. Moira setzt zum Sprechen an.

»Was ich möchte, ist …« Sie spricht mit dieser langsamen, weichen Stimme, die in mir den Wunsch weckt, sie zu schütteln, damit die Worte schneller herausfallen. »… was ich will, ist, in einem Laden wie dem hier arbeiten. Eines Tages.«

Und das ist es. Die Antwort auf meine Frage, die mich dazu

brachte, sie zu schnappen und mit ihr aus dem Café zu laufen, weg von dort, wo wir hätten sein sollen, weg von dort, wo alles hübsch unter Kontrolle war. Und was will Moira? Sie möchte bei Woolworth arbeiten, am liebsten wohl in der Bonbon-Bar. Und das bewirkt wieder einmal, dass man lachen möchte – oder weinen. Denn selbst Dad kann nur das Geschenk der jenseitigen Welt versprechen. Aber das hier kann er ihr nicht geben. Er könnte ihr keinen Job bei Woolworth verschaffen. Die würden sie nicht nehmen.

Sie schlendert weiter, weg von den Haarfärbemitteln, und zieht Lydia hinter sich her. Für mich kein weiteres Wort. Nicht dass es mir etwas ausmacht. Ich bin plötzlich erschöpft. *Es* zu haben ist schon für sich genommen anstrengend; und wenn man es dazu einsetzt, Menschen zu durchschauen, kann das mehr Energie verbrauchen, als andere auch nur ahnen. Aber stellen Sie sich mal vor, Sie müssten versuchen, es einzusetzen, um Leute wie Moira zu durchschauen. Ebenso gut könnte man versuchen, aus einem Buch schlau zu werden, das weder Anfang noch Ende hat, noch überhaupt irgendeine Logik.

Ich warte, bis sie durch die Kasse sind, bevor ich mich ihnen anschließe, doch dann wünschte ich fast, ich hätte es nicht getan. Denn jetzt trägt Moira eine zwei Pfund schwere Pralinenschachtel – mit diesem Bild von Kätzchen mit Schleifen auf dem Deckel.

»Oooh«, sagt Lydia. »Die sehen niedlich aus.« Aber was weiß sie schon? Dann weiten sich ihre Augen, als Moira die Schachtel direkt vor meiner Nase an Lydia weiterreicht und sie ihr in die Hand legt. »Nimm du sie«, sagt sie. »Gib sie deiner Mutter.«

Also nimmt Lydia die Schachtel an sich. Klemmt sie sich unter den Arm, wo sie bleibt und herausragt, was sie doppelt so unbeholfen aussehen lässt wie vorher – wenn das überhaupt möglich wäre.

Draußen prasselt der Regen stärker als zuvor, weht uns direkt ins Gesicht und läuft am Hals hinunter – eine Mahnung, wie gefährlich es ist, etwas aus einer Eingebung heraus zu tun. Wir hätten die ganze Zeit im Café sitzen können, so wie Hilary jetzt, nämlich warm und trocken. Stattdessen stehen wir hier, werden klatschnass und gehen nirgendwo hin.

Und das Einzige, was Moira wirklich will, ist ein Job bei Woolworth.

Um allem die Krone aufzusetzen, hat sie wieder damit angefangen, über die Straße zu starren, auf die gleiche Stelle wie vorhin. Und dort ist noch immer nichts, gibt es noch immer nichts zu sehen; nur Leute, die vor dem Hotel hin und her eilen und in dem strömenden Regen zusammenstoßen, da sie unter ihren Regenschirmen blind sind; bedauernswerte Menschen, nicht interessanter zu beobachten als die nasse Granitfront des Hotels.

In diesem Moment sagt Lydia: »Ich habe Hunger.«

Wie kann sie das sagen? Hier stehen wir, anscheinend gesund und munter, so dass man nie auf die Idee kommen könnte, dass Grans Haferbrei nicht immer noch wirkt und eine Art Ballast darstellt, den man mit sich herumschleppt. Wie kann sie Hunger haben? Doch dann fällt es mir wieder ein: Lydia hat keinen Haferbrei gegessen. Sie hat also Grund genug, einen leeren Magen zu haben.

Doch das hat etwas zur Folge, diese Erwähnung von Hunger. Moira starrt Lydia an, macht den Mund auf, als wollte sie etwas sagen – und macht ihn dann wieder zu. Dann schlendert sie los, erst langsam, doch zunehmend schneller. Unfähig, etwas anderes zu tun, folgen wir ihr direkt über die Straße, durch den Verkehr, und gehen zu der Stelle, die in der letzten halben Stunde ihr Interesse auf sich gezogen hat – und dort bleiben wir stehen. Aber selbst hier gibt es nichts zu sehen, nur das Hotel und eine Drehtür.

Aber, halt, Moira ist gar nicht stehen geblieben, sondern hat nur ihr Tempo verlangsamt, damit Lydia die Chance erhält, wieder zu Atem zu kommen. Dann läuft Moira wieder los, diesmal nach oben zum Ende der Treppe, die zum Hotel führt. Vor der Drehtür bleibt sie kurz stehen, bevor sie sich hindurchzwängt. Lydia kichert, verheddert sich mit der Pralinenschachtel in der Tür und landet fast wieder auf der Straße. Aber schließlich schafft sie es hineinzukommen. Und dann sind wir alle drei drinnen und stehen mitten in der Hotelhalle. Von drüben, beim Fahrstuhl, sehen uns die Leute an und fragen sich, was da los ist, was wir hier zu suchen haben. Oder sehen sie uns doch nicht an? Moira hat ihre Regenhaube aus Plastik noch nicht abgenommen. Die Leute werfen einen Blick herüber und sehen dann wieder weg. Und es liegt auf der Hand; Lydia und ich sind mit ihr zusammen. Der alten Dame in dem Hut. Sie ist für uns verantwortlich.

Lydia kichert erneut, diesmal lauter, und zwar aus Nervosität. »Moira, was tust du? Dies ist ein *Hotel.*« Schon das Wort mit all seinen Assoziationen erregt sie. Erwachsene, Mahlzeiten mit drei Gängen, Zimmer mit Bädern.

Moira blinzelt, nur ein einziges Mal. Antwortet im Tonfall milder Überraschung: »Dinner.«

Dann wendet sich Lydia an mich. Kichert wieder. »Kate, sag's ihr. Wir können hier nicht essen. Ich meine, wie, um Himmels willen, sollen wir das bezahlen?«

Wenn sie so dämlich gewesen ist, alles zu vergessen, scheint es gar nicht der Mühe wert zu sein, überhaupt zu antworten. Moira hat ihre Brieftasche, die mit den Zehn-Pfund-Noten ihrer Mutter angefüllt ist. Dumme Lyddie. Dämliche Lyddie. Die Frage ist nicht so sehr, *wie* wir hier essen, sondern *warum?*

Ein Kellner steht an der Tür zum Speisesaal. Er wirft Moira nur einen Blick zu und hebt nicht mal die Augenbrauen; führt uns quer über einen Hektar Teppich, der sich unter dem trüben Licht von Kronleuchtern ausbreitet. Es riecht nach Sonntagslunch, feuchten Mänteln und Staub. Viel Staub.

Es muss der Geruch sein, der mich in der Kehle kitzelt und urplötzlich innehalten lässt. Wirklich, es muss der Geruch sein, der mich genau dort stehen bleiben lässt, mitten auf dem Fußboden. Plötzlich bin ich unfähig, auch nur einen Schritt weiterzugehen. Ich werde ihnen sagen müssen, dass dies albern ist, dass wir ins Café zurückgehen und Hilary suchen müssen.

Verstehen Sie, es muss der Geruch sein. Was könnte sonst der Grund dafür sein, dass ich denke, dies sei der letzte Ort, an dem wir uns aufhalten sollten?

Ich mache den Mund auf, um genau das zu sagen, doch plötzlich ist es zu spät. Der einzige Mensch, der bemerkt, dass ich nicht weitergehe, ist der Kellner. Er dreht sich, eine Frage in den Augen, zu mir um.

Und er sieht aus wie Mark, trotz der Fliege nicht viel älter. Es könnte Mark sein, den ich ansehe.

Und ich kann nichts dafür. *Dafür* kann ich nichts. Dieses *Es.* Das Lächeln scheint aus dem Nichts zu kommen, als hätte es nichts mit mir zu tun. Ein schnelles Aufblitzen, das war alles. Doch einen Augenblick später ändert sich sein Gesichtsausdruck, und er tritt unwillkürlich näher an mich heran, so dass wir einander fast berühren, als er mich zu dem Tisch führt, an dem die anderen sitzen.

Sogar Lydia fällt es auf. Sie lässt wieder ein Kichern hören,

ihre Erkennungsmelodie am heutigen Tag. »Oooh, Kate. Er muss dich für eine VIP halten.«
Es bedeutet aber, dass es kein Entrinnen gibt. Wenn man einmal aufgefallen ist, dann muss man weitermachen und weiterhin die Zuversicht ausstrahlen, die man bisher gezeigt hat. Folglich bin ich diejenige, die das Essen bestellt – Gemüsesuppe, Huhn und Pommes frites für alle. Der Kellner notiert die Bestellung und hält dabei den Kopf so nahe an meinem, dass ich alles im Flüsterton sagen könnte. Und es hört nicht auf. Ich nippe an dem warmen, staubigen Wasser, und er erscheint und füllt mein Glas jedes Mal auf. Und jedes Mal kichert Lydia los. Sie würde wohl auch gern auffallen.
Und bei all dem scheint niemand das Gefühl zu haben, das ich habe. Das Gefühl, dass wir trotz des Lächelns und Moiras Verkleidung nicht hier sein sollten. Dass dies der letzte Ort ist, an dem wir uns aufhalten sollten.
Dennoch, vielleicht haben sie nicht das Gefühl, weil es keinen Grund dafür gibt. Wir essen die Suppe, und nichts passiert. Dann essen wir das Huhn, und nichts passiert. Wir bestellen Schokoladeneis mit italienischen Waffeln, und nichts passiert – wenn man davon absieht, dass Lydia wegen einiger Saucenflecken nervös ist, die sie auf dem Tischtuch hinterlassen hat. Wir sitzen da, und eine ganze Stunde lang passiert gar nichts. Es ist ein gewöhnliches Essen in einem Hotel.
Warum also fühle ich mich so, wie ich mich fühle?
Dann beißt Lydia sich auf die Lippe und rutscht auf ihrem Stuhl hin und her. Beugt sich zu mir und flüstert: »Kate, ich muss aufs Klo.«
Ich sehe sie nur an.
Was hat sie erwartet? Sie hat mir gesagt, was sie muss, aber ich weiß, was sie *will.* Sie will, dass jemand sie begleitet, als wäre sie ein Kind, nicht älter als Laura. Aber ich rühre mich

nicht von der Stelle. Bis jetzt ist nichts passiert, aber das könnte daran liegen, dass wir nichts weiter getan haben, als hier zu sitzen, wo wir in Sicherheit sind. Schließlich kommt die Botschaft bei Lydia an, und sie geht mit gerötetem Gesicht und gesenktem Kopf los, wobei sie dem Blick des Kellners ausweicht – der ohnehin nicht hinsah.

Fünf Minuten später ist sie jedoch wieder da, geröteter als je zuvor.

»Kate«, sagt sie. »Kate, ich kann es nicht finden.«

Zwecklos zu fragen, was es ist, das sie nicht finden kann – oder ob sie sich die Mühe gemacht hat, jemanden zu fragen, wie man hinkommt. Am Nebentisch müssen sie meinen Seufzer gehört haben, aber ich stehe trotzdem auf, um Lydia zur Damentoilette zu führen. Sonst macht sie sich noch nass.

Ich hatte jedoch nicht gedacht, dass es so schwierig werden würde. Nicht weit von unserem Tisch befindet sich ein Ausgang, zu einer Treppe, die nach oben zu den Hotelzimmern führt. Und es muss der Gedanke an Schlafzimmer sein, der Lydia noch mehr erröten lässt, als wären wir mit dem Durchschreiten dieser Tür in irgendein fremdes Haus hineinspaziert. Also heißt es, wieder zurück in den Speisesaal, und diesmal folgen wir dem Pfad, der in langen Jahren von Schritten in den Teppich gezogen worden ist. Einen Augenblick später befinden wir uns in der Halle. Doch obwohl sich dort eine Tür mit der Aufschrift *Herren* befindet, können wir sonst nichts erkennen. Also wieder zurück in den Speisesaal. Und ich erhasche einen Blick auf Moira, die in der Ferne sitzt und an der hinteren Wand eine Reihe von Schirmen anstarrt, die nebeneinander aufgestellt sind.

Vielleicht naht die Rettung. Ich brauche nur Sekunden, um zu entdecken, dass diese Schirme eine Art Korridor bilden, der zwangsläufig irgendwohin führen muss. Lydia macht ein hoffnungsvolles Gesicht. Doch vergeblich; nach einigen Metern öffnet sich der Korridor und wird praktisch zu einem separaten Raum mit Platz für nur einen einzigen Tisch. Und hier, vor den Blicken anderer Speisegäste verborgen, scheint ein Paar ans Ende seiner Mahlzeit zu gelangen. Sie isst ein Biskuitdessert, und er ist mit dem Rest seines Apfelpie mit Sahne beschäftigt, etwas, das ich auf der Speisekarte bemerkt hatte, aber nicht zu bestellen beschloss; nach allem, was wir schon gegessen hatten, schien mir das irgendwie zu viel zu sein. Aber er genießt es. Noch einen Löffel, und dann ist alles weg. Nur noch der Wein. Und auch davon nicht mehr viel.

Als er das Glas hebt, um die letzten Tropfen zu leeren, beugt sich seine Begleiterin vor, eine etwas pummelige und hübsche Frau, die ganz in Pink gekleidet ist – schon wieder –, um etwas zu sagen, was ich nicht hören kann, jedenfalls nicht von dort, wo wir stehen. Vielleicht etwas über Kaffee. Und Likör. Dinge, die wir zu Hause nicht haben.

Aber das bricht den Bann, denn es bedeutet, dass er sich jetzt jeden Moment umdrehen muss. Wie will er sonst den Kellner rufen? Er wird sich umdrehen, und dann wird er uns entdecken.

Jetzt weiß ich genau, warum ich nicht hier sein wollte. Warum es mir sicherer erschien, auf unseren Plätzen sitzen zu bleiben und nicht umherzuwandern.

Also umdrehen, so dass ich vor Lydia stehe – und versuchen, den Raum zwischen ihr und dem Tisch am hinteren Ende des schmalen Korridors auszufüllen, um ihr das Blickfeld zu versperren. »Beweg dich«, sage ich, »los, beweg dich.«

»Aber …«

Dumme Lyddie, *dämliche* Lyddie, sie begreift nicht. Wir müssen hier raus, bevor sie, bevor *er* uns entdeckt.

»Aber …«, sagt sie erneut, und diesmal versetze ich ihr einen

Stoß, der so hart ist, dass ihr ein zorniger Ausdruck übers Gesicht huscht – und das ausgerechnet bei Lydia –, und bevor ich weiß, wie mir geschieht, hat sie mich ebenfalls geschubst, und dabei wäre ich fast zu Boden gefallen. Und damit bekommt sie freies Blickfeld bis zum hinteren Ende des Korridors mit dem einzelnen Tisch und auf die Leute, die am Tisch sitzen. Einen Augenblick später klappt ihr der Unterkiefer herunter. Und sie versteht.

Wir haben es gerade noch rechtzeitig geschafft. Wie es scheint, wollten sie doch keinen Kaffee. Sie müssen etwas anderes vorhaben.

Unter den erstaunten Blicken einer Frau am Empfang, kauern wir in einer Ecke der Halle und sehen sie, wie sie langsam, aber würdevoll die Treppe zu den Zimmern hinaufgehen. Mein Vater und Mrs. Forbes White.

Und man glaubt es kaum, hinter uns ist eine Tür mit der Aufschrift *Damen*. Sie muss die ganze Zeit da gewesen sein. Aber Lydia scheint sich nichts daraus zu machen, dass wir schließlich gefunden haben, wonach wir suchten. Ich muss sie hineinstoßen und die Tür hinter uns schließen.

»Geh aufs Klo«, sage ich zu ihr. Aber Lydia rührt sich nicht. Sie steht mit dem Rücken an der Klotür und fixiert die gegenüberliegende Wand.

»Geh aufs Klo«, sage ich erneut. Jemand muss sie daran erinnern, weshalb wir hier sind, weshalb wir überall in einem Hotel herumgerannt und an Stellen gelandet sind, an denen wir nie hätten sein sollen, um Dinge zu sehen, die wir nie hätten sehen sollen.

Sehen Sie, wenn es nicht ihretwegen wäre, wären wir nicht einmal hier.

Aber Lydia bewegt sich noch immer nicht. Sie denkt nach.

Ich habe sie schon früher so gesehen, zum Beispiel in der Mathestunde. Wenn sie an ihrem Pult sitzt und über einem Problem brütet, das sie nicht ganz lösen kann, jedenfalls nicht sofort. Früher ist es fast komisch gewesen, ihr dabei zuzusehen, wie sie die Lippen bewegte und ins Leere starrte, als sie die Alternativen durchrechnete. Und ich bin nicht die Einzige gewesen, die so gedacht hat. Es passiert immer wieder. Allmählich fangen auch andere an, sie zu bemerken, hören mit der eigenen Arbeit auf und stoßen sich gegenseitig an, so dass irgendwann alle in der Klasse zusehen und warten – sogar die Lehrerin –, um zu sehen, ob Lydia es schaffen wird, die Lösung zu finden.

Womit wird sie diesmal aufwarten, frage ich mich. Und was wird sie dazu sagen? Schlaue Leute mögen es nicht, wenn sie das Gefühl haben, hereingelegt worden zu sein. Dann werden sie böse und sinnen auf allerlei Möglichkeiten, es jemandem heimzuzahlen.

Ich muss Lydia zum Tisch zurückbegleiten. Allein hätte sie es nie geschafft. Moira sitzt noch genau dort, wo wir sie zurückgelassen haben. Diesmal starrt sie in Richtung Halle und Treppe, über die Leute hinauf und hinunter gehen.

Was also sieht Moira, wenn sie so starrt? Dinge, die andere Leute übersehen, die sieht sie. Leute, die ein Hotel betreten, zum Beispiel. Sie sieht sie zwar, denkt aber nicht im Traum daran, anderen ein Wort davon zu sagen.

Zeit zu gehen. Moira reicht dem Kellner eine Hand voll zerknüllter Fünf-Pfund-Noten, der sie ansieht, als er sie entgegennimmt, um dann zur Salzsäule erstarrt stehen zu bleiben. Endlich hat er es bemerkt, hat sie schließlich lange genug angesehen, um es zu merken. Die Person, die zahlt, ist schließlich doch nicht unsere Großmutter. Sie ist nur ein junges Mädchen, nichts anderes als wir.

Wenn man davon absieht, dass genau das nicht stimmt. Moira ist nicht wie wir. Sie ist ganz und gar nicht wie wir. Moira ist vollständig anders, und das hat er erst jetzt begriffen.

Als wir das Hotel verlassen, läuft uns Hilary über den Weg. Von Mark ist allerdings nichts zu sehen, auch nicht vom Eulenjungen. Es muss ihr dort im Café aber ganz gut gegangen sein, denn sie ist ganz Lächeln und verschämtes Erröten. Es ist jedoch zwecklos, sie darum zu bitten, uns alles zu erzählen, weil niemand zuhört, am allerwenigsten Lydia. Sie denkt immer noch krampfhaft nach und überlegt sich Alternativen. Ich muss ihr in den Bus helfen.
Schließlich ist es Moira, die fast zurückbleibt. Sie steht auf dem Bürgersteig und will nach uns den Bus besteigen, als sie plötzlich nicht nur still steht, sondern zur Salzsäule erstarrt. Sie hat etwas entdeckt. Wieder einmal. Aber diesmal sehe ich nicht hin. Tatsächlich tue ich sogar mehr, als einfach nicht hinsehen, ich drehe mich um, um sicherzustellen, dass ich nichts sehe, überhaupt nichts. So wie ich es schon vorhin hätte tun sollen.

Als wir halb zu Hause sind, erwacht Lydia wieder zum Leben. Plötzlich beginnt sie, fieberhaft in ihrer Schultasche zu wühlen, um das Buch zu finden. Es folgt ein fieberhaftes Blättern und dann … und dann hat sie es gefunden. Lydia liest, was dort steht, und blickt dann hoch. Ihre Augen leuchten, blicken sogar triumphierend. Und recht friedlich.
Sie scheint nichts dagegen zu haben, als ich ihr das Buch wegnehme, um die Seite selbst zu überfliegen. Und tatsächlich, da steht es, der Absatz über den Gerechten, der über das Urteil anderer erhaben sein muss. Wenn die Leute es für richtig

halten, ihn falsch zu verstehen, bitte schön. Indem sie über ihn richten, richten sie sich selbst. Sie sollten aber daran denken, dass der Herr auf die verschiedenste Weise zu seiner Herde gesprochen hat. Mit anderen Worten: Es kommt auf die Botschaft an und nicht darauf, wie sie überbracht wird. Und dann geht es weiter mit Jesus und der Prostituierten und den Dingen, die die Leute dazu zu sagen hatten.

Aber es ist gar nicht nötig weiterzulesen. Mein Dad hat mit diesem einen Buch alle Eventualitäten abgedeckt und alles im Voraus erklärt. Und jetzt steht alles schwarz auf weiß da, und für alles wird ein Grund geliefert. Lydia braucht sich nicht die Mühe zu machen, selbst nachzudenken. Er hat ihr das Denken abgenommen.

Und sehen Sie sich das Ergebnis an. Sie summt ein Liedchen vor sich hin, als sie aus dem Fenster blickt, und ein kleines Lächeln kräuselt ihr die Lippen. Sie ist wie jemand, dem man ein Geheimnis anvertraut hat, mit der Folge, dass er rundherum glücklich dasitzt und es für sich behält. Nicht wegen der Dinge, die sie weiß, sondern weil man es ihr überhaupt anvertraut hat, weil sie etwas Besonderes ist.

Dämliche Lyddie. Einfältige Lyddie. Irgendwie hat sie das Wichtigste von allem vergessen: dass das, was wir gesehen haben, nicht für unsere Augen bestimmt war. Wir hätten nicht dort sein sollen. Hotels mit ihren dreigängigen Menüs und ihren Zimmern mit Bädern sind für Erwachsene und die Spiele, die Erwachsene spielen. Und für niemanden sonst.

Es dauert lange, bis Dad nach Hause kommt, und als er da ist, wirkt er vollständig ausgelaugt. Das ist natürlich keine Überraschung. Jeder Tag bringt seine eigene Härte, das hat er immer gesagt, aber die Sonnabende sind besonders hart, was der Grund dafür ist, dass er bei seiner Rückkehr unfehlbar so aussieht, als wäre etwas Lebenswichtiges aus ihm herausgesaugt worden. Inzwischen erwarten wir nichts anderes.

Gran springt auf und bringt ihm seinen Teller vom Herd, wo sie sein Essen schon fast drei Stunden lang warm gehalten hat. Dad wirft einen Blick darauf und schüttelt den Kopf.

»Es tut mir Leid, Mutter. Ich könnte nichts hinunterbringen, heute Abend nicht.« Es ist jeden Sonnabend das Gleiche.

»Oh, Mr. Carr, was haben Sie heute bloß gemacht? Sie sehen völlig erschossen aus.« Das ist Hilary, die wie üblich ängstlich darauf bedacht ist, den richtigen Eindruck zu machen.

Umso rührender ist es, dass er selbst da ein Lächeln für ein Mädchen übrig hat, das nichts dazu getan hat, es zu verdienen, da es den ganzen Tag in einem Café gesessen und kleinen Jungen schöne Augen gemacht hat.

»Das willst du eigentlich gar nicht wissen, liebe Hilary. Glaub mir, es würde dir das Herz brechen. Denke einfach nur an bedürftige Menschen, dann kannst du den Rest erraten.«

»Aber Sie haben ihnen geholfen, Mr. Carr? Sie haben alles getan, was Sie können?« Hilarys Augen strahlen.

»Ich hoffe es, liebe Hilary. Ich hoffe es sehr.«

Beim Sprechen blickt er zu Moira hinüber, vielleicht um sicher zu sein, dass sie all das hört – und dann versucht er, sich nichts anmerken zu lassen, als er entdeckt, dass sie ihn bereits anstarrt, wie er es nicht anders erwarten konnte. Doch warum sollte es ihn stören? Lydia starrt ihn genauso an wie Hilary. Gran übrigens auch. Es ist nur natürlich. Wenn Dad sich im Raum befindet, werden die Blicke aller Anwesenden zu ihm hingezogen. Es ist ein Teil dessen, *Es* zu haben, das Geheimnis von allem.

Aber jetzt plötzlich hat er Moira und ihr Starren. Ihretwegen nimmt er die Hände aus den Taschen, muss sich räuspern, an die Decke blicken, dann zu Boden und eine kleine Melodie summen.

Daran ist gar nichts seltsam. Tatsächlich könnte nichts alltäglicher erscheinen. Er könnte wie jeder andere sein. Nur wann ist Dad wie jeder andere gewesen?

Da fragt man sich schon, wie Moira das schafft, wie es kommt, dass sie ihn auf eine Größe zurechtstutzt, die er noch nie gehabt hat, und zwar einfach dadurch, dass sie ihn anstarrt. Da fragt man sich schon, wie sie es schafft, doch dann fragt man sich auch, warum, warum sie das nur mit meinem Vater macht. Was immer ich von Moira und ihrem Starren gehalten habe, mich hat sie nie so angesehen.

Neunzehntes Kapitel

19

Aber mein Dad ist schließlich nicht wie jeder andere.

In der vergangenen Woche hat uns Miss Jamieson von der Hydra erzählt, einer vielköpfigen Wasserschlange, die stärker war als alles, was sich ihr entgegenstellte. Die Griechen wussten es. Wenn man einen Kopf abschnitt, wuchs ein neuer an seiner Stelle nach. Nichts konnte sich mit diesem Ungeheuer messen, und tapfere Männer starben bei dem Versuch. Aber was lässt mich jetzt daran denken?

Eine Minute vergeht, vielleicht zwei, dann hat Dad plötzlich den Kopf gehoben und blickt sie offen an, Moira. Und er lächelt dabei. Und an diesem Lächeln merkt man, dass alles wieder normal ist.

Es ist ein Lächeln, das einem mitteilt, wer hier das Sagen hat.

»Moira, Liebes.«

Plötzlich habe ich das Gefühl, ihn noch nie so munter gehört zu haben. »Wie wär's, wenn du kurz mit mir in mein Arbeitszimmer kommst? Wir könnten ein bisschen plaudern, nur du und ich.«

Lydias Kopf schießt in die Höhe. Plötzlich wird ihr Gesicht von tiefer Röte überzogen, und das schneller als bei einer Springflut. Nun, wir wissen, weshalb. Das ist es, worauf sie gewartet hat, dass sie ins Arbeitszimmer gerufen wird, auf das versprochene Zusammensein. Jetzt ist der Ruf endlich gekommen – aber er ist nicht für sie gedacht. Und das ist inte-

ressant. Denn sehen Sie sich mal ihr Gesicht an. Auf wen wird sie wohl böse sein: auf Dad oder Moira?
Und was ist mit Moira? Dad wartet, doch sie bleibt genau dort, wo sie ist, und lässt ihn nicht aus den Augen.
»Moira?« Er nennt wieder ihren Namen, aber leise. »Moira, Liebes.«
Man kann sich kaum vorstellen, dass hier ein Kampf stattfindet. Was vielleicht daran liegt, dass nur einer der beiden kämpft und dass sein Gesichtsausdruck so sanft ist. Die andere bleibt sitzen, als würde nichts geschehen, überhaupt nichts.
Langsam steht Dad auf. Alle sehen Moira an, da sie erwarten, dass auch sie sich erhebt. Sie tut es nicht. Wieder bleibt Moira, wo sie ist. Jetzt beginnt Dads Gesicht, sich zu verfärben; winzige blutfarbene Pünktchen besprenkeln seine Wangen. Doch er blickt nicht zur Seite. Und hört nicht auf zu lächeln.
Dann geschieht etwas Unerwartetes. Gran steht auf und tippt ihm energisch auf die Schulter.
»Lass sie in Ruhe, Keith, sei ein guter Junge.«
Und das ist ein Beweis – oder etwa nicht? –, welche Vorliebe Gran für Moira hat. Und es beweist noch etwas. Dass sie in Moira etwas erkennt, was ihm entgangen ist, etwas, was er lieber in Ruhe lassen sollte. Doch es macht keinen Unterschied. Dad schenkt ihr nicht mehr Aufmerksamkeit als einer Fliege, die an seinem Arm entlang summt. Weniger sogar. Die Fliege würde er töten.
Jetzt geht er in Richtung Tür, aber nur, um dort stehen zu bleiben, um noch einmal zu zeigen, dass er wartet. Lächelt, während er wartet. Was ein Beweis dafür ist, dass niemand so lächelt wie mein Dad.
Dann blickt Moira ohne Vorwarnung zur Seite; sie tut mehr, als nur einfach wegzusehen, denn sie wendet den Blick von

ihm ab – und zu mir. Und das ist noch nicht alles; noch vor einem Moment waren ihre Augen ausdruckslos. Jetzt sind sie nicht mehr leer. Jetzt zeigen sie eine Frage, die so unerwartet ist, dass ich einen Augenblick brauche, um zu verstehen. Dann trifft mich die Erkenntnis. Moira fragt mich, *mich*, ob sie mit ihm gehen soll, beobachtet mich und wartet auf eine Antwort.

Doch ich kann ihr absolut nichts sagen. Weil er dasteht und Gran auch. Nichts wird unbemerkt bleiben. Aber nichts zu sagen wäre ebenso schlecht. Denn solange ich den Mund geschlossen halte, wird Moira sitzen bleiben, wo sie ist.

Dann regt sich etwas. Nicht Moira, nicht Dad, nicht einmal Gran.

»Moira MacMurray, du dämliche Kuh! Warum kannst du nicht einfach gehen, wenn man dich darum bittet?«

Das ist Lydia, die schließlich explodiert; in ihrer Wut ist es ihr gleichgültig, wie sie sich anhört. Sie sagt Moira, sie soll losgehen und im Arbeitszimmer meines Vaters Platz nehmen, ist deswegen aber voller Zorn auf Moira, die zu dumm ist, zu erkennen, was für ein Glück sie hat.

Doch es funktioniert. Und damit ist der Bann gebrochen. Lydias Stimme zerreißt die unsichtbaren Bänder, die uns verbinden, und Moiras Blick löst sich von meinem. Es gibt eine kurze Pause, woraufhin sie sich wie eine alte Dame langsam aus ihrem Stuhl hochwuchtet und zur Tür trottet, wo er immer noch steht. Ihr Gesicht ist wieder völlig ausdruckslos. Dad strahlt, legt ihr einen Arm um die Schultern und führt sie behutsam aus dem Zimmer.

Und das ist das Letzte, was wir von ihr sehen.

Obwohl ich sie hätte aufhalten können. Ein Wort, ein Blick, und Moira wäre zurückgekommen, wäre bei uns geblieben

und nie mit ihm gegangen. Ich bin diejenige, die sie gehen ließ.
Andererseits: Warum sollte sie *nicht* mit ihm gehen? Das sollte eigentlich auf der Hand liegen. Lydia hat Recht. Moira hat mehr Glück, als sie sich überhaupt vorstellen kann. Dies ist ihre Chance. Der größte Siegerpreis, auf den sie je hat hoffen können. Dad wird alles ändern. Er wird ihr Leben verändern. Das hat er schon früher getan, immer und immer wieder. Bei Alkoholikern, Fischern, Idioten, Dieben, die jetzt alle ein Ziel im Leben haben. Sie lieben ihn alle. So wie Moira ihn von nun an auch lieben wird.
Ich dachte, ich wäre der Grund, weshalb sie hier ist. Doch ich habe mich geirrt. Das hier muss ihm von dem Augenblick an vorgeschwebt haben, als er sie auf dem Bürgersteig entdeckte. Jetzt geht er mit ihr in sein Arbeitszimmer. Und morgen wird der Tag sein, an dem Moira wie alle anderen zu sein beginnt.
Moira wird vor sich selbst errettet werden.
Das ist seine Aufgabe. Ein guter Hirte wird jeden in seinen Pferch bringen, bis hin zum letzten verlorenen Schaf. Tatsächlich ist gerade dieses letzte Schaf am wichtigsten, denn von ihm geht eine Herausforderung aus. Und mein Dad mag Herausforderungen. Er wird auf jede erdenkliche Weise versuchen, sich ihr gewachsen zu zeigen, auf jede nur mögliche Weise. An Dad kommt niemand vorbei.
Wie töricht, wie dumm von mir, dass ich mich daran nicht erinnert habe. Was hätte ich denn tun können, außer Moira gehen zu lassen?
Oben machen sich Lydia und Hilary zum Schlafengehen bereit. Beide sind eingeschnappt, weil sie ausgeschlossen worden sind, und werfen verstohlen mürrische Blicke auf ihre Armbanduhren. Ein paar Augenblicke, hatte er gesagt, aber

Moira ist jetzt schon eine Stunde da unten. Wahrscheinlich denken sie, dass es sich lohnen würde, an ihrer Stelle zu sein, damit auch sie von ihm gerettet werden könnten, von meinem Dad.

Dann vergeht noch eine Stunde. Hilary und Lydia schlafen ein. Lydia gibt leise missmutige Geräusche von sich, die sich selbst in ihren Träumen noch zornig anhören.

Er muss also einige Zeit dazu brauchen, Moira umzudrehen, entschieden länger, als er sonst dafür braucht.

Ich hatte jedoch nicht vor einzuschlafen. Ich wollte wach sein, um die neue Moira zu sehen, die Moira, die er gerade erschaffen hat und die mit der alten keinerlei Ähnlichkeit hat. Wollte mir das Wunder ansehen, was man mit altem Material anfangen kann. Man muss dem nicht unbedingt zustimmen, doch man kann das Neue daran bewundern und die Mühe, die auf die Schöpfung verwendet worden ist.

Ich wollte nichts davon verpassen. Ich wollte wach bleiben. Doch der Schlaf schlich sich an mich heran, als hätte er auf die Gelegenheit gewartet, als hielte er etwas anderes für mich bereit.

Der Schlaf brachte mich dorthin zurück, wohin er mich immer gebracht hat, Nacht für Nacht. Mein Vater hält mich in den Armen, während er mich durch ein Haus trägt. Um uns herum scheint Licht. Aber jetzt heller als je zuvor. Das Licht kommt von ihm, strömt ihm aus dem Arm, als er zwischen knarrenden Wänden dahinschreitet, die einzustürzen beginnen wie Bäume. Er singt aus vollem Hals, eine Hymne an die Macht des Herrn. Es sieht aus wie eine Rettung. Aber ich empfinde es wie …

… Ich empfinde es wie, ich weiß nicht, was. Und es gibt

keine Chance für mich, es herauszufinden, weil der Traum ohne Vorwarnung ins Stocken gerät und zu sich selbst zurückkehrt. Plötzlich verblasst das Licht, und der Lärm verebbt, und mein Vater verschwindet ebenfalls. Der Traum hat sich gewandelt, die Zeit auch.

Jetzt ist alles friedlich. Ich bin allein in seinem Zimmer. Kein Licht mehr, keine Hitze mehr. Und kein Dad mehr. Jetzt muss ich mir wegen nichts mehr Sorgen machen.

Ich brauche nur eines zu tun: warten.

Das ist einfach, weil ich das Warten gewöhnt bin, auch gewöhnt, Stillschweigen zu bewahren. *Tun wir so, als wären wir Mäuse,* sagte sie immer. *Tun wir so, als wäre es ein Spiel.* Wie wichtig es war, nie zu stören. Lärm kann er nicht ertragen. Wenn wir immer daran denken, still und leise zu sein, wird er mit uns beiden zufrieden sein.

So fällt es mir nicht schwer, mich zu erinnern und leise zu sein, während ich warte. Besonders hier, in seinem Zimmer. Sehen statt zu sprechen, ist es nicht das, was ich gewöhnt bin?

Also sehe ich mir die Füße an, zehn rosige kleine Zehen. Und das Bild an der Wand von dem Goldenen Kalb, das glitzert wie polierte Löffel. *Warte*, hatte sie gesagt. In der Zwischenzeit kannst du ja die winzig kleinen, tanzenden Mädchen zählen, mit ihren Tabletts voller Früchten und Rauchopfern, deren dünne Röcke ihnen in durchsichtigen Wirbeln um die Beine fliegen. Sie sehen aus, als könnten sie die ganze Nacht bis zum Umfallen tanzen, bis nichts mehr von ihnen übrig ist, wenn der Morgen kommt. Die gleichen Mädchen, die gleichen mondbeschienenen Gesichter.

Mit einer Ausnahme. Plötzlich befindet sich inmitten all dieser erstarrten Bewegung ein Mädchen, das ich noch nie bemerkt habe – größer und älter als die Übrigen und fast matronenhaft. Als ich sie anstarre und mich zu erinnern versuche, ob ich sie schon mal gesehen habe, dreht sie sich um und sieht mich direkt an. Einen Moment lang starren wir einander an, dann hebt sie langsam einen Finger an die Lippen.

Pst, das sagt sie. Es darf kein Wort gesprochen werden. Ich sollte sie wirklich fragen, was sie tut, wie etwas, das nur gemalt ist, lebendig werden kann. Doch ich habe keine Zeit, nicht jetzt. Ich kann draußen vor der Tür Schritte hören. *Sie* kommt, genau wie sie versprochen hat.

Also ist es Zeit zu gehen. Das Warten ist vorbei, und nichts wird mehr so sein wie zuvor.

Der Türgriff beginnt sich zu bewegen. Ich kann *sie* nach den tanzenden Mädchen fragen. Fragen, was alles bedeutet, das Warten und Beobachten, warum es nötig ist, still zu sein. Warum es so wichtig ist, nie zu stören. Nie laut zu sprechen. Ich kann sie fragen, wohin wir danach gehen werden. Ich brauche nur noch darauf zu warten, dass die Tür aufgeht. Ich kann sie auf der anderen Seite atmen hören. In einem Augenblick werde ich es auf meinem Gesicht fühlen …

… Und wieder wache ich auf.

Jemand weint. Ist es Lydia? Nein, nicht Lydia. Eine andere.

Ich brauche einen Augenblick, um es zu begreifen. Ich bin es, ich weine so, wie ich früher weinte, bevor ich heranwuchs, bevor ich alle möglichen Dinge lernte. Zu Anfang weinte ich, weil ich etwas verloren hatte. Später weinte ich dann, weil ich mich nicht mal mehr erinnern konnte, was ich verloren hatte. Und danach gab es schließlich keine Tränen mehr.

Jetzt hat es wieder angefangen, nach all diesen Jahren. Jetzt weine ich vor Enttäuschung, die sich mit dem Aufwachen einstellt. Jetzt weine ich, weil ich so nahe herangekommen bin. Heute Abend hätte ich sie fast berührt. Noch einen Augenblick mehr, und ich hätte ihr Gesicht gesehen. Es ist so

lange her, seit ich zuletzt geweint habe, dass ich nicht einmal begriff, dass ich es war, die weinte.
Dies ist kein Traum, den ich gern habe, jedenfalls nicht, wenn das Aufwachen so sein muss. Dann ist es besser, nicht zu träumen.
Dann ist es besser, so zu schlafen wie er, schweigend, traumlos. Sicher inmitten der Gerechten.
Noch besser, nicht zu weinen. Denn was sagt er immer über Tränen? Dass es gute Tränen gibt, aber auch schlechte. Weinen aus dem falschen Grund ist fast die schlimmste Sünde, sagt er, weil Tränen einen Protest gegen den Willen des Herrn symbolisieren und dagegen, wie alles sein soll.
Dann such nach einer Möglichkeit, mit dem Weinen aufzuhören. Betrachte von allem die heitere Seite, Kate. Versuch es. Gib dir Mühe. Denk an alles, was er dich je gelehrt hat. All diese Jahre des Lernens, wie man die Welt richtig sieht. Doch es ist schwierig. Wenn es leicht wäre, wäre es nicht nötig gewesen, dass er den Unterricht immer weiter fortsetzt. Ich wäre die Tochter, die er sich vorgestellt hat. Nimm die blinde Intelligenz Lydias, den blinden Glauben von Hilary. Das Schweigen von Moira – und ich wäre fertig: Vollkommenheit. Die Tochter seiner Träume. Das Kind, bei dem er darauf bauen könnte, dass es sein Lebenswerk weiterführt.
Stattdessen hat er mich, die ich immer noch die falschen Träume träume. Kein Wunder, dass ich eine Enttäuschung bin. Kein Wunder, dass ich weinend aufwache. Was würde er sagen, wenn er wüsste, dass ich sogar jetzt weine?
Vielleicht ist es an der Zeit, dass ich mir noch mehr Mühe gebe. An der Zeit, so zu denken, wie seine Tochter denken würde. Ich könnte damit anfangen, dass ich nur die heitere Seite einer Sache sehe. *Seine Tochter*, wohlgemerkt, und folg-

lich gibt es immer eine heitere Seite. Versuch es, Kate, gib dir Mühe …
Und tatsächlich, es ist letztlich doch nicht so schwierig, weil er Recht hat. Es gibt immer eine heitere Seite.
Hör dir die Atemgeräusche im Zimmer an. Außer mir sind nur noch zwei weitere Leute da. Ihr wolltet die neue Moira hereinkommen sehen, aber sie ist nicht da. Was bedeutet, dass sie immer noch da unten ist. Die heitere Seite ist, dass du wach bist, so dass du am Ende das Wunder doch sehen kannst. Und wer braucht überhaupt Träume? Oder Tränen, wenn wir schon dabei sind?
Nur Kinder weinen, weil sie glauben, Träume seien besser als das wirkliche Leben. Ich könnte wetten, dass die Tränenströme kein Ende nehmen, wenn Lydias kleine Schwester aufwacht, nachdem sie davon geträumt hat, sie könnte fliegen oder sei eine Prinzessin, wenn sie entdeckt, dass sie nichts weiter ist als die einfache alte Laura. Dann gibt es Tränen und Wutanfälle ohne Ende.
Träume sind böse. Sie verleiten einen dazu zu glauben, dass das Leben anders sein könnte.
Vielleicht ist es an der Zeit, mit dem Träumen aufzuhören.
Ich könnte es schaffen. Ich bin seine Tochter. Es gibt eine Möglichkeit, dafür zu sorgen, dass ich nie wieder träume. Das würde aber bedeuten, einen Mord zu begehen.
Verstehen Sie, ich weiß, woher die Träume kommen. Es gibt nur einen Ort. Einen kleinen Teil von mir, der nicht von ihm ist. Ich spreche von einer zweiten Kate, einer anderen Kate, die nicht größer ist als ein Babyaal, die sich an einem Ort zusammengekuschelt hat, den er nie berührt hat, tief innen. Einer Kate, von der er nicht einmal wusste, dass es sie gibt. Von diesem Ort kommen die Träume und lösen all diesen Ärger aus.

Ich habe es ihm nie erzählt. Ich hätte auch gar nicht gewusst wie. Aber es ist nicht richtig, oder? Es geheim zu halten, es am Leben zu lassen, damit es seine Fragen stellt, seine Träume träumt, in denen es immer wieder nur um *sie* geht. Zuzulassen, dass es zu allerlei Problemen führt. Doch es ist an der Zeit, dass er es erfährt. Es ist die letzte Kostbarkeit, die ich besitze. Jetzt ist es an der Zeit, sie loszulassen, das Geheimnis preiszugeben. Damit er es dorthin tun kann, wohin es gehört, in sichere Verwahrung.
Oder aber, besser noch, es zu töten. Er hat mir alles gegeben, was ich brauche. Es gibt sonst nichts, was ich mir wünsche. Es gibt sonst nichts, was ich wissen muss. Ich bin, wer ich bin. Seine Tochter.
Und was hat er nach dem letzten Mal gesagt? Als die letzte Praline weg war und mein Körper vor Süße brannte? Jetzt ist es nur noch eine Frage der Zeit, sagte er, bis ich bereit bin. Ich brauche es nur zu versuchen. Brauche nur die Tochter zu sein, die ich sein sollte. Das ist es, wozu der ganze Unterricht geführt hat.
Aber erst muss etwas anderes geschehen. Ich muss erwachsen werden. Keine weiteren Fragen. Nicht mehr wissen wollen, wer mich gemacht hat. Keine weiteren Fragen nach *ihr.*
Und keine Träume mehr.
Also töte es, den Teil, der all den Ärger ausgelöst hat. Es ist einfach, wenn du weißt, wie. Stell es dir wie diesen Aal vor. Etwas, was du unter dem Fuß zertreten kannst. Bring es um, Kate, einfach so, ganz einfach so. Keine weiteren Träume. Keine Tränen mehr. Nie mehr.

Ist es getan? Das muss es sein. Warum sollte ich mich sonst plötzlich so anders fühlen? Wo es früher Fragen gab, ist

jetzt … nichts. Keine weiteren Fragen, nur Frieden. Ich bin randvoll mit ihm angefüllt.
Mit anderen Worten, ich bin glücklich und zu allem bereit. Bereit zu dem, was er geplant hat.
Vielleicht sollte ich es ihm jetzt sagen. Oder weiß er es schon? Er weiß schließlich alles andere über mich. Vielleicht ist das der Grund, weshalb er sich mit Moira so viel Zeit gelassen hat.
Er hat darauf gewartet, dass ich komme und meinen Platz einnehme, um dort an seiner Seite zu sein.
Ist es nicht dies, was er immer versprochen hat? Ich bin die Zukunft. Ich bin das, was danach kommen wird. Warum hätte er sonst ein Kind – wenn nicht dazu, dass es ihm bei seiner Arbeit hilft, damit es einen Unterschied gibt? Um sicherzustellen, dass er in mir weiterlebt.
Ich habe ihm nie wirklich geglaubt, bis heute Abend. Aber ich habe gesehen, wie er es mit Moira aufgenommen hat. Ich habe die Nutzlosigkeit von Träumen gesehen. Ich habe den Teil getötet, der nicht von ihm war. Jetzt habe ich das Gefühl, als würde meine Seele aus mir hervorbrechen. Ich bin seine Tochter.
Ein Platz für alles, und alles an seinem Platz. Ich sollte unten sein, nicht schlafen, nicht träumen, sondern an seiner Seite sein. Ihm helfen, jetzt und für immer.
Raus aus dem Bett, Kate.
Und ich stehe auf. Nichts kann mich aufhalten. Die alte Kate ist tot, zertreten wie dieser Babyaal. Und was jetzt kommt, ist, für sich genommen schon, ein kleines Wunder – die Art, wie ich über die Treppe eher schwebe und fliege statt die Stufen hinunterzulaufen. Ich gehe leiser als ein Gedanke, glücklicher als der Tag, an dem ich geboren wurde. Dies muss das Gefühl sein, das einen überkommt, wenn man Hindernissen

und Widrigkeiten und Träumen Lebewohl sagt und sich dem hingibt, was sein soll.

Ein solches Glück könnte einen Menschen kilometerweit durch den Raum fliegen lassen. Aber heute Abend ist seine Tür weit genug weg. Und hier halte ich inne. Die Tür steht einen Spaltbreit offen und lässt gerade genug Licht durch, um mich zu begrüßen, seine Tochter, und mich zum Eintreten aufzufordern.

Folglich stoße ich die Tür ganz sanft an und stehe lächelnd da.

Und stehe da.

Und alles, was ich denken kann, ist, dass das Wunder ausgeblieben ist. Moira hat sich kein bisschen verändert. Ihre Augen, die auf mich gerichtet sind, als hätten sie mich erwartet, sind ohne Ausdruck, blicken leer. Ihr Gesicht ist vollkommen ausdruckslos. Das einzig Bemerkenswerte an ihr, wie sie so mit dem Gesicht zu mir dasteht, ist ihre Reglosigkeit. Selbst jetzt noch, nach so langer Zeit, kann ich die Schweigsamkeit von Moira nicht glauben.

Neben all dieser Schweigsamkeit jedoch ist Bewegung, eine Art Geschäftigkeit. Dad hat sich vornüber gebeugt und wendet mir den Rücken zu; sein Gesicht ist in Höhe ihrer Brust – wie bei einem Mann, der sich zu einem Schlüsselloch hinunterbeugt und durch eine Tür zu schauen versucht, die ihm verschlossen ist. Sein ganzer Körper ist gespannt und zuckt in kaum wahrnehmbaren Bewegungen, vibriert im Takt mit der Bewegung seiner Hände. Obwohl ich sie nicht sehen kann. Sie stecken tief in Moiras Bluse. Doch man kann leicht ihre Form erkennen, wie sie genau dort, wo ihr Herz sein muss, herumtasten, als suchte er etwas, was verloren wurde.

Doch es ist zwecklos. Er wird nicht finden, wonach er sucht, und weiß es auch. Das merkt man den Geräuschen an, die aus seiner Kehle kommen, verzweifeltes Stöhnen, die gleichen wimmernden Laute, die ein Mann machen würde, wenn er in schlammigem Wasser mit den Armen herumrudert und nach etwas Kostbarem sucht, das in einen Teich gefallen ist und immer tiefer und tiefer im Wasser versinkt und immer unerreichbarer wird.

Natürlich wissen Sie, was passiert ist. Er muss mit Moira schon alles andere versucht haben, und dies war die einzige Möglichkeit, die noch übrig war. Dass er sich durch das Fleisch hindurcharbeitet, um die Seele zu erreichen. So nennt er das. Also muss es wahr sein. Alles, was er sagt, ist wahr. Sagt er.

Doch diese Arbeit führt zu nichts. Er hat sich aufgemacht, Moira zu retten, doch jetzt tastet er nach etwas, das sich selbst retten wird. Und er wird es nie finden. Moira enthält es ihm vor. Moira ist Herrin der Situation.

Unterdessen sieht Moira mich an, als würde hier nichts passieren, als wäre keiner von uns wirklich da, als wäre dies der Traum von irgendjemand anderem. Und dann legt sie langsam, sehr langsam einen Finger an die Lippen.

Doch es ist zu spät. Denn obwohl ich die Wahrheit kennen sollte, obwohl ich alles weiß, was es über Gerechte zu wissen gibt, hat sich in mir plötzlich etwas entschieden, es nicht zu glauben. Der kleine Teil von mir, den ich sterbend zurückgelassen zu haben glaubte, hat eine Stimme gefunden, und die wird nicht schweigen.

Tatsächlich hat sie zu schreien begonnen. Sie schreit und schreit, als wollte sie nie aufhören, als hätten diese Schreie in dieser ganzen Zeit nur auf einen besonderen Augenblick gewartet, um freigesetzt zu werden, um freudig das ganze Haus zusammenzuschreien. Freudig die Toten aufzuwecken.

Freudig? Das kann nicht stimmen.

Freudig. In diesem Haus sind die Toten schon wach. Wie lässt sich sonst Moira und ihr Starren erklären?

Dads Kopf fährt in die Höhe, und er versucht, sich umzudrehen. Doch was kann er tun, da seine Hände sich in Moiras Kleidung verfangen haben? Nichts. Und das Schreien geht einfach weiter.

In mir jedoch, in diesem kleinen Raum, der immer da war, ist trotz der Schreie alles vollkommen ruhig. Ich bin sogar fähig zu denken, das Ereignis mit einem Gefühl zu beobachten, das einem Staunen nahe kommt. Denn die Wahrheit ist, dass es ein Wunder gegeben hat. Moira ist zwar dieselbe, aber Dad – ist vollständig verändert. Und das nicht nur für den Moment, sondern für immer, würde ich sagen. Schließlich hat noch niemand je davon gesprochen, dass der Wein sich in Wasser zurückverwandelt.

Und was habe ich über Schreie gesagt, die Tote aufwecken könnten? Jetzt ist Gran neben mir. Ihr ist der Unterkiefer heruntergeklappt, so dass sie mit offenem Mund dasteht, einem schwarzen Loch, wo ihre Zähne sein sollten. Und die Krause um ihren Hals hat mehr Ähnlichkeit mit einem Totenhemd als je zuvor.

Dann klappt ihr Mund wie eine Falle zu, und sie legt mir die Hand auf die Schultern. Ihre Finger sind wie trockene alte Knochen, als sie mich zu schütteln beginnt, so fest sie kann. Doch das bringt die Schreie nicht zum Verstummen. Ganz im Gegenteil. Das Schütteln verwandelt die Schreie nur in heulendes Gelächter.

Irgendwann ist es zu viel, sogar für sie. Aus heiterem Himmel fängt Gran selbst zu schreien an. Heute Abend muss etwas in der Luft liegen, das Wirkung zeigt, denn sobald sie angefangen hat, scheint sie auch nicht aufhören zu können.

»Hör auf damit, du kleines Miststück. Mach nicht solchen Lärm.«

Doch das bringt mich natürlich nicht dazu aufzuhören. Jetzt wäre schon mehr nötig als Gran, um mich zum Schweigen zu bringen.

Folglich schüttelt sie mich noch fester, und mit dem Schütteln entströmt Grans Mund ein Gewirr hervorgesprudelter Worte, die keinen Sinn ergeben. »Ich sagte, hör auf damit, oder das, was *ihr* passiert ist, wird auch dir passieren. Du wirst deine Lektion genauso lernen wie sie. Hörst du, was ich sage?«

Ja. Ja, natürlich tue ich das. Es war diese Erwähnung des Worts *ihr.* Aber ich höre trotzdem nicht auf zu schreien. Je mehr ich schreie, umso mehr wird Gran nicht mehr über das nachdenken, was sie sagt. Und ich muss hören, was sie zu sagen hat.

»*Sie* hat auch gedacht, sie könnte schreien und Lärm machen. *Sie* dachte, die ganze Welt würde zusammenlaufen, um zu sehen, weswegen sie schreit, wenn sie nur genug Lärm macht.«

»Mutter …« Dies sagt mein Vater, aber seine Stimme klingt seltsam, und Gran hört ihn nicht.

»*Sie* glaubte, sie könnte aus dem Haus laufen, alle diese Lügen hinausschreien und sie verbreiten. Alles ruinieren, was er getan hatte, alles in Stücke reißen, und wofür? Weil sie einen Mann wie ihn und seine Bedürfnisse nicht verstand. All diese Arbeit, all diese Opfer bedeuteten ihr nichts. Dieses Miststück, sie hatte an jenem Abend ihre Koffer gepackt.«

»Mutter …« Dad tut sein Bestes, aber es nützt nichts. Er ist noch immer in all diesen verschiedenen Schichten von Moira gefangen.

»Aber du hörst mich jetzt an, mein Mädchen. *Ihr* wurde an jenem Abend der Mund gestopft, nicht wahr? Sie lernte, o ja, und wie sie lernte. Schließlich hatte sie es mit mir zu tun. Weißt du, was sie in ihrer Tasche hatte? Kinderkleidung. All diese kleinen Socken. Die waren das Erste, worauf ich die Hand legte. Und die schafften es, o ja, bei Gott, die schafften es, sie beendeten die Schreie, machten den Lügen ein Ende. Sie hätte lieber den Mund halten sollen. Ein paar Baumwollsocken haben ihn ihr gestopft. Haben diesem ganzen Radau ein Ende gemacht. Ein kleines Paar Socken dorthin gestopft, wo …«

Doch jetzt ist es Gran, die den Mund hält. Es hat ein anderes Geräusch gegeben, eine andere Bewegung, die keiner von uns erwartet hat und die in einer kleinen Explosion endete. Mein Vater hat sich irgendwie von Moira befreit, und das Geräusch war seine Hand, die Gran mit voller Wucht an der Seite des Gesichts traf. Der Schlag reißt ihr den Kopf zur Seite, so dass jetzt sie ihn anstarrt. Er steht da, die Hand noch immer erhoben, bereit, wieder zuzuschlagen.

»Was?«, schreit sie. »Du hast mir dafür gedankt. Du bist niedergekniet und hast mir gedankt, weißt du noch?«

Dann verstummt sie. Zum ersten Mal hört sie die Stille, erkennt, dass niemand schreit, jetzt nicht mehr. Ihr stockt der Atem, und ihr Mund geht auf und zu wie bei einer Seeanemone, die Kieselsteine schluckt. Dann hebt sie ihre Hand, um ihn zuzuhalten, damit nichts mehr entfliehen kann.

Dad tritt zurück. »Mutter?«, sagt er in einem Tonfall, aus dem hervorgeht, dass er sich ihrer noch nicht sicher ist. Er wird seine Hand wieder benutzen, wenn er es muss.

Gran sieht ihn an und sackt dann zusammen. »Mein Sohn«, stöhnt sie, »oh, mein Sohn …« Dann erinnert sie sich und wirbelt herum, um zu sehen, wer sich sonst noch in dem Zimmer befand. Wer sonst hätte möglicherweise mithören können?

Doch da bin nur ich. Moira ist verschwunden, was plötzlich erklärt, weshalb Dad frei ist. Doch ich habe sie nicht einmal gehen sehen.
»Mein Sohn«, sagt sie erneut, streckt die Hand aus und versucht, seinen Arm zu ergreifen, doch er tritt einen Schritt zurück. Ihr Gesicht legt sich in Falten. Als Nächstes wird sie sich an mich wenden, um zu zeigen, dass kein Schaden geschehen ist. Sie versucht es sogar mit einem Lächeln, was schlimmer ist als alles andere.
»Kate, Liebes.« Da ist ein Tonfall in ihrer Stimme, den ich noch nie gehört habe, schmeichlerisch, fast flehend. »Du musst es nicht so ernst nehmen, wenn deine alte Gran Unsinn redet. Du hast mich nur böse gemacht, das ist alles. Wanderst mitten in der Nacht im Haus herum und machst solchen Lärm. Du ahnst gar nicht, was das bei meinen Nerven anrichtet. Verstehst du?« Ihre Stimme verhärtet sich und hört sich allmählich vertrauter an. »Du hast das verursacht, so dass eine arme alte Frau lauter dummes Zeug redet. Du bist ein unartiges kleines Mädchen, Kate, das bist du wirklich. Sag ihr das, Keith. Sie ist ein unartiges kleines Mädchen. Sie braucht noch eine Lektion, findest du nicht auch, mein Sohn?«
Doch Dad rührt sich nicht. Er starrt mit gerunzelter Stirn auf mein Haar wie ein Mann, der sich zu erinnern versucht, was er zuvor gesehen hat. Ich fühle, wie sich meine Hand hebt, beide Hände, in einem Versuch, das zu bedecken, was da ist. Doch es ist zwecklos. Sein Blick bleibt dort, wo er ruht, bis schließlich das Stirnrunzeln verschwindet. Und damit weiß ich es. Endlich hat mein Vater die genaue Farbe meines Haars bemerkt. Jetzt sieht Dad mich an, aber er sieht eine andere.
»Keith«, bellt Gran.
»Was?« Seine Stimme scheint von sehr weit herzukommen.

»Ich sagte, sie ist ein unartiges kleines Mädchen, das eine Lektion braucht.«

Aber er hört nicht zu. Sein Blick hat sich immer noch in der Farbe von Honig festgehakt. Aber jetzt kommt das Überraschendste. Der Ausdruck in seinem Gesicht ist fast zärtlich. Was ist es nur, woran er sich erinnert? Wen kann er sehen? Würde ich sie auch sehen, wenn ich in einen Spiegel blickte? Wenn ich sein Gesicht betrachte, muss ich für einen Moment denken, vielleicht gibt es eine Antwort, es muss doch nicht so sein …

Dann verschwindet der Ausdruck, so schnell, so abrupt, als wäre ein Fenster zugeschlagen worden, um durch einen neuen Ausdruck ersetzt zu werden, den selbst ich noch nie zuvor gesehen habe. Und das ist der Augenblick, in dem ich weiß, dass es keine Antwort gibt. Die Hand meines Vaters sinkt herab und macht sich an der Schließe seines Gürtels zu schaffen.

Damit weiß ich, was als Nächstes passieren wird. Es wird wieder anfangen. All diese Erziehung. All diese Bestrafung. Aber diesmal bin ich es nicht allein. Eine andere wird auch noch einmal bestraft werden. Im Augenblick sah er *sie* an.

Und wer weiß, wo es diesmal enden wird?

Ich habe ein Gefühl, dass es hier zu Ende gehen wird, in diesem Zimmer. Für mich ist kein Platz mehr da. Es gibt keine Zukunft, nicht für mich. Und plötzlich fühle ich mich sehr müde. So erschöpft, dass sogar das Ende zu weit weg zu sein scheint.

Aber dann erregt etwas seine Aufmerksamkeit, und seine Hand bleibt, wo sie ist. Er lauscht. Jetzt können wir es alle hören. Von der anderen Seite der Tür hören wir Flüstern, schlurfende Füße, die verräterischen Anzeichen einer nervösen Diskussion.

Und schließlich eine bebende Stimme, die nicht einmal sicher ist, ob sie überhaupt gehört werden will.
»Mr. Carr, oh, Mr. Carr. Sind Sie das? Bitte, was hat all dieser Lärm zu bedeuten, Mr. Carr? Ist was passiert?«
Die Stimme ist die von Hilary. Gran sieht Dad stirnrunzelnd an und schüttelt kaum merklich den Kopf. Er seufzt.
Und verschließt den Gürtel wieder, diesmal jedoch enger als vorher, als rüstete er sich für eine neue Herausforderung. Dann hebt er die Stimme.
»Kein Grund zur Besorgnis, Hilary, mein Liebes. Leg dein müdes Köpfchen wieder auf das Kissen, wo es hingehört. Lydia auch.«
Schweigen. Ich kann es nicht sehen, aber ich könnte wetten, dass Hilary sich auf die Lippen beißt. Weil es nicht genügt, oder? Es erklärt überhaupt nichts. Und da fängt sie erneut an.
»Aber das Schreien, Mr. Carr, es war so schrecklich. Wir wussten nicht, was wir davon halten sollen.«
Dad schließt die Augen, und als er sie wieder aufmacht, ist es da. Das Glitzern ist wieder da, genau dort, wo es hingehört. Der Raum scheint plötzlich wärmer zu sein. Er reibt die Hände aneinander und geht dann mit energischen Schritten zur Tür. Auf der anderen Seite höre ich ihn mit dem langen Vorgang des Erklärens beginnen. Er erzählt Hilary und Lydia, was passiert, wenn eine Person, eine instabile Person, schlafwandelt und unerwartet aufwacht. Dann wird sie – *sic* – verängstigt, sogar gewalttätig. Sie hören zu, als er ihnen sagt, dass sie meine Schreie gehört hätten, als ich mir des Unbekannten bewusst geworden sei.
Wieder Schweigen, als Hilary diese Erklärung verdaut. Dann eine letzte Frage, die sich verlegen anhört. »Wo ist sie denn jetzt, Mr. Carr? Wo *ist* die arme Kate?«

Geduldig und liebenswürdig erklärt er, alles sei bestens. Dass ich im Arbeitszimmer so bequem liege, wie es besser nicht sein könnte, und dass er mich mit seiner schönsten Wolldecke zugedeckt hat, damit ich es warm und gemütlich habe. Am besten sei es, fährt er fort, mich nicht mehr zu stören. Und morgen früh sollten sie es mir gegenüber auch nicht erwähnen. Im Grunde niemandem gegenüber. Die Leute könnten sonst denken, mit mir würde etwas nicht stimmen, mit mir sei etwas nicht ganz in Ordnung gewesen.
Oh, jetzt fängt er schon an, in der Vergangenheitsform über mich zu sprechen. Als ob er keine Tochter mehr hätte.
Ich kann seine Stimme auf der Treppe hören. Er bringt die Mädchen selbst wieder zu Bett. Er hört sich so sanft, so beruhigend an, dass sie schon halb schlafen, als sie oben ankommen. Unterdessen dreht unten, auf der anderen Seite der Tür, jemand den Schlüssel im Schloss um und sorgt so dafür, dass ich bleibe, wo ich bin. Gran macht so wenig Lärm, als sie lostrottet, um ins Bett zu gehen, dass man glauben könnte, da trippele nichts Größeres als eine Ratte über den Korridor.
Das ist der Nachteil, nicht wahr, dass alle Mädchen zusammen sind. Dad und Gran werden warten müssen. Wie er immer sagt: Wenn es sich lohnt, etwas zu tun, lohnt es sich auch, es gut zu machen.

Oben hört das Sprechen allmählich auf. Türen werden geschlossen. Im Augenblick ist überhaupt kein Geräusch zu hören. Alle sind zu Bett gegangen. Auch Moira, wie ich annehme. Wird sie auch von dem träumen, was passiert ist? Träumt Moira überhaupt? Irgendwie kann ich das nicht glauben, nicht richtig. Jetzt ist mir etwas klar geworden – oder ich habe es mir nur eingebildet: Moiras ganzes Leben ist nichts als ein Wachtraum, der jemand anderem gehört. Ich glaube das, weil ich soeben ihr Gesicht gesehen habe. Wo immer Moira heute Abend gewesen ist, hier war sie nicht.

Socken. Gran hat Socken erwähnt. Wessen Socken, wenn nicht meine? Wessen Reisetasche, wenn nicht *ihre? Sie* hatte sie schon gepackt und war bereit gewesen, das hat Gran gesagt. Aber sie wäre nie allein aus dem Haus gegangen, nicht mit einem Koffer voller Kinderkleidung. Socken konnten nur eines bedeuten.

Sie hätte mich nie verlassen. Sie hätte mich nie zurückgelassen. Sie hätte mich mitgenommen. Meine Mutter.

Aber meine Socken. Meine Socken und etwas, was Gran mit ihnen gemacht hat, was meiner Mutter den Mund stopfte. Was die Schreie für immer verstummen ließ. Etwas, was meinen Vater niederknien ließ, wofür er ihr dankte.

Was hat Gran …?

Wenn man die Antwort nicht ertragen kann, darf man keine Frage stellen. Aber es ist zu spät, die Antwort ist da. Ich weiß, was sie meiner Mutter angetan haben.

Ich glaube nicht, dass meine Beine noch gewillt sind, mich länger zu tragen. Ich muss mich setzen, auf diesen Stuhl, auf dem ich nie gesessen habe. Und ich kann es nicht glauben – während ich hier sitze, fallen mir langsam die Augen zu, als könnte nichts sie davon abhalten. Dies ist eine Müdigkeit, wie ich sie noch nie gekannt habe. Das muss der Grund dafür sein, dass ich trotz allem, trotz der Worte und der Visionen, das Gefühl habe, dass mich der Schlaf übermannen und forttragen wird.

Es ist, als ob sonst nichts passieren kann, nicht, solange ich wach bin. Eine aufwachende Kate wäre nur im Weg. Ich muss schlafen, mich an einen Ort begeben, an dem keine der üblichen Regeln gelten.

Aber diesmal habe ich keinerlei Art von Traum. Es ist nichts als einfacher Schlaf, leer und ohne Gedanken – wie Moiras Starren. Ein Schlaf, der von anderswo herkommt, der ebenso unerklärlich ist wie Moira.

Der Traum kommt erst später, als ich wach bin.

Ich schlage die Augen auf, und da bin ich wieder, sitze immer noch auf seinem Stuhl. Doch der Schlaf muss mir gut getan haben, weil ich mich plötzlich hellwach fühle, wacher, als ich mich erinnern kann. Hellwach und erwartungsvoll.

Und augenblicklich weiß ich es. In der Zeit, in der ich geschlafen habe, ist etwas passiert. Etwas … Unsichtbares.

Man merkt es allein am Atmen, indem man dem Geräusch des eigenen Atmens lauscht. Und dann, indem man ganz zu atmen aufhört und dem lauscht, was übrig bleibt.

Das Haus ist ruhig, aber gleichzeitig doch nicht ruhig. Hinter der Stille kann man sich fast vorstellen, etwas zu hören wie geflüsterte Laute. Eine Art Rascheln, als wäre die Luft zu Papier geworden, als hätte man dem ganzen Haus ein heimliches Eigenleben gegeben, als würden seine Wände von Leben durchzogen. Aber nicht hier, nicht in diesem Zimmer. Dies ist sein Ort, das Herz des Hauses. Alles darin gehört ihm und hat kein Eigenleben. Ohne ihn könnte es vermutlich kaum ein Geräusch machen.

Der Rest des Hauses aber, das ist eine andere Sache. Ich könnte schwören, dass das Haus außerhalb seines Arbeitszimmers erzittert. Nicht so heftig, dass es jemanden wecken könnte, aber leicht, so dass man es kaum wahrnimmt. Vielleicht wie eine Violine, die noch minutenlang vibriert, nachdem man sie weggelegt hat. Ein stummes Summen der soeben gespielten Melodie.

Und das macht alles so schwierig. Wie soll ich den Unter-

schied erkennen zwischen dem, was wirklich ist, und dem, was nur ein Traum sein kann? Vor mir weiß ich das Bild der tanzenden Mädchen, aber das sagt mir gar nichts. Wenn ich davon absehe, dass ich sie jetzt nicht erkennen kann, das Mädchen, das mir beim letzten Mal ein Zeichen gegeben hat.
Es kann nicht wirklich sein. Häuser zittern nicht. Häuser summen nicht, nicht einmal für sich selbst. Häuser geben einem nicht das Gefühl, in dem toten Herzen von etwas Lebendigem eingeschlossen zu sein. Aber trotzdem kann ich es nicht glauben, nicht, bis ich aus diesem Stuhl aufstehe, über den Fußboden gehe und die Wand berühre.
Und das ist der Moment, in dem ich es fühle. Die Wand ist lebendig. Die Wand fühlt sich warm an.
Da regt sich etwas, nicht im Haus, aber in mir. So etwas wie ein antwortendes Summen. Etwas beginnt aufzuwachen. Ich stehe kurz davor, mich an etwas zu erinnern. Es sagt mir, wohin ich als Nächstes sehen soll, aber nicht, was ich zu sehen erwarten sollte.
Folglich wende ich mich von der Wand ab und gehe zur Tür. Und was ein Schock sein sollte, ist überhaupt kein Schock. Papierdünne Rauchschwaden kräuseln sich langsam durch den Spalt zwischen Fußboden und Tür, schweben und bewegen sich dann nach oben wie graue, behutsam geschüttelte Schals.
Selbst dann verstehe ich nicht. Nicht sofort, nicht einmal als ich aufstehe und beobachte, wie noch mehr Rauch ins Zimmer eindringt und an den Wänden hochklettert, in dem Winkel zwischen Decke und Wänden in hübschen Spiralen entlangzieht. Immer mehr Rauchfetzen, die allmählich an der Decke ein Muster aus Rauch zu weben beginnen.
Ich bin hellwach, aber oh, so langsam. Versuche den Türgriff zu drehen. Sie ist natürlich abgeschlossen. Doch ich erinne-

re mich immer noch nicht daran, wovor ich mich fürchten sollte. Erst als es mir in der Kehle kratzt, das gleiche Gefühl, wie wenn man ein Haar verschluckt, fällt mir alles wieder ein.

Das ist schon mal passiert. Genau in diesem Zimmer oder in einem Raum, der fast genauso aussieht, der fast identisch ist, bis hin zu den tanzenden Mädchen an der Wand. Der Rauch ist so lange her, dass ich es vergessen habe. Alles, woran ich mich je erinnert habe, waren das Zimmer und zehn rosige kleine Zehen, und selbst das nur in meinen Träumen.

Ich versuche es noch einmal an der Tür. Rufe einen Namen. Doch das Kratzen wird zu einem Husten und verschluckt den Laut. So wie es in all diesen vergangenen Jahren gewesen ist.

Versuche zu denken, beobachte den Rauch, sehe, was er bewirkt. Und siehe da, es ist genau so, wie es mir gerade erst wieder einfällt. Mehr Rauch findet jetzt den Weg ins Zimmer, kriecht nicht nur unter der Tür hindurch, sondern auch an den Seiten der Tür entlang; und nicht nur in zarten Schwaden, sondern in gewundenen, geschwungenen Wölkchen wie die langen suchenden Arme eines Geistes. Ich erinnere mich an sie, an Arme, die sich durch den Raum strecken, um nach mir zu greifen. Stattdessen haben sich die Spiralen über mir zu einer zarten, schwebenden Decke vereint, die allmählich unter ihrem eigenen Gewicht sinken wird. Daran erinnere ich mich auch. Muss raus hier, bevor das passiert.

Schlage gegen die Tür. Huste. Schlage und huste. All die gute Luft verschwindet aus diesem kleinen Raum, der im Zimmer noch übrig ist. Drei tiefe Atemzüge, dann füllt sich der Raum, und das Zimmer beginnt zu verschwinden.

Als dies zum letzten Mal passierte, war ich ein kleines Mädchen.

Plötzlich müde, wieder müde.

Ich muss mich hinlegen, so wie ich es beim ersten Mal machte, als ich mich unter seinem Schreibtisch auf den Fußboden legte und mir den Teppich ans Gesicht presste. Dort werde ich warten müssen, es gibt sonst nichts, was ich tun kann. Plötzlich zu müde, um nachzudenken, zu müde, um mich daran zu erinnern, warum ich warte. Das Einfachste ist, einzuschlafen, zu träumen.

Kurz vor dem Einschlafen trifft mich die Erkenntnis, sehe ich den Grund, weshalb ich warte. Natürlich. *Sie* hat mich hergebracht. *Sie* hat gesagt, ich solle warten. Sie sagte, ich solle warten, sie werde mich holen. *Warte nur, Püppchen.* Das sagte sie damals.

Und so habe ich in dieser ganzen Zeit gewartet, jahrelang, wie es scheint. Seit ich zum ersten Mal hier wartete und lauschte und mich über den Lärm wunderte, der überall ausbrach, nachdem sie mich hier gelassen hatte, damit ich auf sie warte. Das Geräusch von Schreien. Es kam von weit her in einem anderen Teil des Hauses, war aber immer noch ohrenbetäubend laut, als wäre es zum ersten Mal einer Frau gleichgültig, wie viel Lärm sie macht. Ich werde sie danach fragen müssen, wenn sie kommt. *Wir* haben immer versucht, ruhig zu sein, sie und ich. Sie sagt, *ihm* gefalle es nicht, wenn wir laut sind. Nicht bei all der Arbeit, die er hat. Folglich sind wir wie Mäuse, kleine Mäuse, und versuchen, das Richtige zu tun, geben uns die größte Mühe, nie zu stören. Damit er mit uns zufrieden ist.

Aber nach dem hier werden wir weggehen, und dann wird alles anders sein. Danach werde ich so viel Lärm machen können, wie ich mag. Das hat sie mir gesagt. Doch bis dahin muss ich warten. Ich darf keinen Muskel bewegen, kein Geräusch machen.

Doch da fragt man sich, warum *sie* solchen Lärm macht,

wenn *ich* still sein soll. Ich habe meine Mutter noch nie anders als im Flüsterton sprechen hören. Ich war fast froh, als es so urplötzlich aufhörte. Wenn sie jetzt nicht mehr schrie, musste alles vorbei sein. Bald würde sie wiederkommen. Ich musste nur noch warten.

Aber ich wartete so lange, dass ich einschlief. Ich war noch klein.

Und als ich aufwachte, war sie immer noch nicht da, und das Zimmer war in einem grauen Nebel verschwunden, der irgendwie bedeutete, dass ich nicht atmen konnte. Wie jetzt. Und es gab nichts, was ich dagegen unternehmen konnte. Außer zu warten. *Du darfst keinen Muskel bewegen,* hatte sie gesagt. *Warte, bis ich komme.*

Also tue ich genau das. Ich warte. Außerdem bin ich inzwischen so müde geworden, dass ich mich wahrscheinlich gar nicht bewegen könnte. Da ist nur dieser kleine Teil von mir, der wach bleibt. Der hellwach ist und wartet.

Doch dann höre ich es endlich, das Geräusch, auf das ich in dieser ganzen Zeit gewartet habe, in all diesen langen Jahren. Schritte auf dem Korridor, die näher kommen, energisch, aber ohne Eile. Verstehen Sie? Da gab es für mich nie einen Zweifel. Sie hat mir ein Versprechen gegeben. Ich brauche nur zu warten.

Und jetzt muss es an der Zeit sein zu gehen. Die Schritte halten inne, sind direkt vor der Tür. Ich wäre gern bereit, aber irgendwie kann ich nicht aufstehen. Ich habe vergessen, warum. Ich kann keinen Muskel bewegen.

Doch das spielt keine Rolle. Ein Aufreißen der Rauchwolke zeigt, dass die Tür aufgeht. Luft strömt herein, so dass sich ihre Gestalt vor der Luft abzeichnet, die mit noch mehr Licht angestrahlt wird. Und da ist es und wartet und streckt mir die Arme entgegen. Es ist ihr Anblick, der mich auf die Beine

bringt und mich durchs Zimmer zu ihr trägt. Und als ich an der Tür ankomme, ergreift ihre Hand meine und hält sie fest. Sie ist zu mir gekommen, um mich zu holen, meine Mutter. Endlich. Es ist Zeit für uns zu gehen. Zusammen.
Aber bevor wir gehen, macht sie den Schreibtisch auf, nimmt etwas Kostbares heraus und drückt es mir in die Hand.

20

Zwanzigstes Kapitel

Hinterher sagen alle, wie schrecklich es sei, dass sich Geschichte so wiederhole. Wie überflüssig.
»Mitternächtliches Fest endet tragisch« lautete die Schlagzeile in einer Zeitung. Sie druckten Moiras Schulfoto ab, auf dem es so aussieht, als hätte der Fotograf sich die allergrößte Mühe gegeben, sie so dick und käsig aussehen zu lassen, wie ein Mensch überhaupt sein kann. Genau die Art Person, die auf die Idee kommt, mitten in der Nacht Pommes frites zu machen.

Dennoch hat sie Wiedergutmachung geleistet, oder etwa nicht, hat fast wieder wettgemacht, dass sie nicht gerade ein Musterbild an Schönheit und nie beliebt war. Bei solchen Dingen pflegen die Zeitungen nicht länger zu verweilen, bei den Dingen, welche die Leser abstoßen könnten. Wer möchte schon von dicken Mädchen lesen, die ohne einen Teller mit Pommes frites die Nacht nicht überstehen können?
Stattdessen nennen die Zeitungen sie eine Heldin. Erst sei sie gekommen und habe eine junge Freundin durch die Flammen eines brennenden Hauses geleitet. Und dann, nachdem sie diese verwirrt, aber in Sicherheit im Freien zurückgelassen habe, sei sie wieder zurück ins Haus gegangen, um ihre beiden anderen Freundinnen zu wecken, und habe auch die in Sicherheit gebracht. Doch auch das war noch nicht das Ende

der Geschichte. Wie die Zeitung es ausdrückte, sei der heroische Teenager, Moira MacMurray, 14, anschließend noch ein letztes Mal ins Haus gegangen. Denn im Obergeschoss hätten noch Keith Carr, ein beliebter Gottesmann, und seine betagte Mutter geschlafen.

Und diesmal schlug Moiras Rettungsversuch fehl. In dem schrecklichen Chaos eines brennenden Hauses musste sie die Schlüssel in den Türen falsch herumgedreht haben. Rauch kann so etwas bewirken, da das Gehirn nicht mehr mit genügend Sauerstoff versorgt wird und einen dazu bringt, sich in die falsche Richtung zu bewegen und das Falsche zu tun. Und so wurden die Türen später gefunden. Verschlossen. Es kam niemand mehr lebendig aus dem Haus heraus, auch Moira nicht. Aber sie hatte ihr Bestes getan.

Kein Wunder, dass die Zeitungen ihren großen Tag hatten. Es machte einen stolz, Britin zu sein. Die Leitartikel trugen ihren Namen und sprachen die Empfehlung aus, ihr Foto solle in jedem Jugendklub und in jeder Wandererhütte des Landes aufgehängt werden. Es wäre völlig falsch gewesen, sich bei der einzigen unglücklichen Tatsache aufzuhalten.

Nämlich dass nichts von allem geschehen wäre, wenn Moira nicht versucht hätte, mitten in der Nacht Pommes frites zu machen.

Nur auf der Frauenseite einer bestimmten Zeitung wurde dieser Frage überhaupt Aufmerksamkeit geschenkt. Dort wurde gefragt, was einige Frauen dazu treibe, insgeheim verbotene Speisen zu essen. Ferner hieß es, was für eine Art Zwang Moira in jener Nacht in die Küche in die Dunkelheit getrieben habe, so dass sie zur Fritteuse gegriffen habe, während alle anderen geschlafen hätten.

Außerdem gab es noch diesen zweiten Aspekt, der von weit größerem Interesse war. Dabei ging es darum, wie sich Geschichte wiederholt und bestimmte Ereignisse auf höchst spektakuläre Manier wieder ans Licht bringt. Einige Journalisten sahen sich alte Zeitungsausschnitte gründlich an und entdeckten, dass noch eine weitere Story für sie bereitlag.

Ein und derselben Familie war das Ganze schon mal passiert, nämlich in einem anderen Teil des Landes. *Meiner* Familie. Ein früheres Feuer, das begonnen hatte, als alle schliefen. Aber damals hatte nur eine Person das Pech gehabt zu sterben, eine junge Frau. Man hatte sie viel zu spät gefunden, wie sie in ihrem Bett lag, die Arme an den Seiten. Die friedliche, unverletzte, vollkommen verbrannte Hülle dessen, was meine Mutter gewesen war.

Zum Glück war Gran damals zur Stelle gewesen. Sie hatte dafür gesorgt, dass alles erklärt werden konnte. Sie erzählte den Journalisten, meine Mutter habe dauernd im Bett gelegen. Erzählte ihnen, wie sie den Kirchgang verschlafen habe, die langen Nächte, in denen *er* gearbeitet habe. Sie habe geschlafen, als sie ihm sein Frühstück hätte machen sollen. Es sei das Trinken gewesen, sagte sie – und insgeheim habe sie auch noch geraucht. So habe das Feuer in ihrem Schlafzimmer angefangen, mit einer Zigarette in dem Bett.

Doch es gibt viele Dinge, die mir jetzt wieder einfallen. Und ich kann mich nicht erinnern, meine Mutter je rauchend oder trinkend gesehen zu haben. Ich weiß nur, dass sie immer versucht hat, das Beste für mich zu tun, dass sie sich bemühte, mich ruhig zu halten. Dass sie versuchte, mir Sicherheit zu geben.

Dies bedeutet, dass noch immer alles in den Akten steht. »Tatsachen« über meine Mutter; zu faul, eine Zigarette auszudrücken, zu betrunken, um aufzuwachen. Das hatte Gran ihnen erzählt. Und sie müssen ihr geglaubt haben. Nachdem

die Flammen sie getötet hatten, war nichts mehr übrig, was das Gegenteil hätte beweisen können.
Mein Vater jedoch, das war eine andere Geschichte. Eine kurze Zeit lang war er berühmt. Dafür berühmt, in dieser selben Nacht mit seiner kleinen Tochter in einem Arm und einem Bild unter dem zweiten durch die Flammen zu laufen. Ein kleines Mädchen, das Glück gehabt habe, nannten mich die Zeitungen damals. Mit Ausnahme der Verletzung meines Beins, natürlich.
Und diesmal hatte ich ebenfalls Glück gehabt.

Das ist das Zeug, das die Leute lesen. Aber so hat es sich ganz und gar nicht abgespielt.
Diese erste Flucht aus einem brennenden Haus, zum Beispiel; ich erinnere mich jetzt wieder. Mein Vater schnappte mich und schritt mit mir durch die Flammen. *Er rannte aber nicht.* Als wir weitergingen, schien er eine eigene Flamme zu tragen, seine höchst eigene, brennende Fackel, die ihm den Weg durch das geringere Licht gewöhnlichen Feuers wies. Wie sich herausstellte, waren wir nicht allein, sondern mit dem Gebet gesegnet, das er aus vollem Hals sprach. Es war laut genug, eine Kirche zu füllen, lauter als das Knistern von Flammen und das Bersten von Balken. Seine Stimme brach erst, als er das *Amen* erreichte und mich in die Arme einer Nachbarin legte.
Kein Wunder, dass ich ihn für Gott hielt.
Mir war jedoch nicht klar, dass die Flammen, die uns folgten, meine waren, dass es mein Bein war, das brannte. Ich hatte die ganze Zeit geschrien, doch das lag daran, dass sie nicht bei uns war. Weil ich nicht gewartet hatte, wie sie es mir befohlen hatte. Jetzt trug er mich weg, und ich ließ sie zurück.
Ich war es. *Ich* verließ *sie.*

Daran erinnere ich mich erst jetzt. In all diesen Jahren glaubte ich, mein Dad sei die Quelle des Lichts gewesen. Und dabei war ich es gewesen. Ich hatte gebrannt.
Später, im Krankenwagen, hielt er meine Hand, streichelte meinen Kopf – bis er sicher war, dass niemand zusah. Dann nahm er die Hand weg. Das sieht schon weniger vollkommen aus, nicht wahr? Ich erinnere mich an alles.

Aber die Zeitungen irrten sich; die Geschichte wiederholte sich nicht. Diesmal war es anders. Diesmal gingen wir so aus dem Haus, wie wir es schon beim ersten Mal getan hätten, so wie *sie* es geplant hatte. Hand in Hand, ohne zu schreien, ohne zu brennen. Nichts berührte uns, und ich kann mich auch nicht erinnern, dass uns überhaupt etwas nahe kam. Ich hörte die Flammen und atmete den Rauch ein, sah aber nichts. Doch das lag daran, dass ich nur für sie Augen hatte. Wir gingen, und ich wünschte, wir könnten ewig so weitergehen.
Draußen zog sie die Hand weg. Bleib hier, sagte sie. Was blieb mir also anderes übrig, als stehen zu bleiben? Zunächst stand ich in dem Regen und spürte, wie mir die kalten Tropfen auf den Kopf fielen, und hörte, wie auf der Straße Autotüren zuschlugen und Menschen riefen. Minuten später kamen Lydia und Hilary draußen an. Sie standen unter Schock und zitterten, aber ich sah sie nicht einmal an. Ich hielt nach ihr Ausschau. Wartete darauf, dass Moira wiederkam.
Aber Moira kam nicht. Ich glaube nicht, dass ich es überhaupt erwartete. Aber sie hätten mich wieder ins Haus lassen sollen, diese Leute, die jetzt angerannt kamen. Sie hätten es mich versuchen lassen sollen. Statt mich festzuhalten, als wäre ich verrückt, als täte ich etwas Falsches. Sie hinderten mich daran, wieder ins Haus zu gehen und sie zu finden. Wieder einmal.

So.
Ich wohne jetzt schon einige Zeit bei Lydia und ihren Eltern. Kein Mensch weiß so recht, was man mit mir anfangen soll. Sie glauben natürlich, ich hätte mich verändert. Aber das habe ich nicht, jedenfalls nicht genug. Noch nicht. Ich sitze auf diesem *Es*, halte es zugedeckt, tue alles, was in meiner Kraft steht, damit es nicht zu sehen ist. Ich habe es von ihm bekommen, verstehen Sie, und es wird mich nie verlassen.
Es hielt mich in diesen ersten Nächten wach, als ich in ihrem zitronenfarbenen Bett lag und mir deswegen Sorgen machte. *Es* zu haben bedeutet, dass er immer noch in mir ist. Wegen mir wird er ewig leben. Ich bin die Zukunft. Das hat er gesagt. Und das habe ich auch gedacht. Er wird in mir lebendig bleiben.
Oder? Jetzt bin ich nicht mehr so sicher. Er hat die Rechnung ohne die Vergangenheit gemacht, nicht wahr, und ohne das, was passiert, wenn man sich zu erinnern beginnt. Und ich erinnere mich jetzt an alles. Dank der Tatsache, dass die Geschichte »sich wiederholt«, erinnere ich mich an immer mehr von dem, wie sie an jedem Tag war, und je mehr mir ins Bewusstsein zurückkehrt, umso weniger gibt es von ihm. Er ist nicht der Einzige, der mich gemacht hat. Er wird nicht durch mich leben. Ich muss ihm das nicht erlauben, jetzt nicht.
Und helfen kann mir das Pferd, das tänzelnde Kristallpferd, das sie für mich aus seiner Schreibtischschublade genommen hat. Ihm fehlt noch immer sein Bein. Aber es ist vollkommen. Absolut vollkommen.

Lydias Mutter weinte bei Moiras Beerdigung, obwohl sie sie kaum gekannt hatte. Sie sagte immer wieder, wie schrecklich es sei, dass eine Mutter nicht zur Beerdigung ihrer eigenen

Tochter komme. Aber Moiras Gran schien das kein bisschen zu überraschen. Sie weinte nicht. Lydias Mutter sagte, sie könne es einfach nicht verstehen, da Moira für sie doch alles bedeutet haben müsse.

Lydias Mutter war nicht bei mir, als ich vor der Kirche zu Moiras Großmutter ging. Und wäre sie es gewesen, hätte sie es selbst dann nicht verstanden, wie ich glaube.

Es regnete, und Moiras Großmutter trug die gleiche Regenhaube aus Plastik, die Moira getragen hatte, als es auf uns regnete. Wenn man hinhörte, konnte man die Regentropfen genauso prasseln hören wie damals. Ihre Augen waren von einem hellen Blassblau und blickten schärfer als die von Moira. Ihr Blick ruhte für einen Moment auf meinem Scheitel, als erinnerte sie sich an jemand anderen. Dann sagte sie: »Ich habe deine Mutter natürlich gekannt. Seit der Zeit, als sie noch ein Mädchen war, seit der Zeit, als sie in deinem Alter war. Damals kam sie fast jeden Abend nach der Schule mit meiner Tochter nach Hause. Das ist schon viele Jahre her.«

Und ich nicke. Als ob nichts mich überraschen könnte. Als wäre dies etwas, was ich schon immer gewusst hatte. Als hätte mir ein Mädchen namens Moira vor Jahren, als ich zum ersten Mal in meine Schule kam, ein Mädchen mit einer langsamen, trägen Stimme genau das erzählt – und als hätte ich es verdrängt. *Sprich nicht über sie. Denk nicht mal an sie.* Das war die Regel. Die Regel, gegen die kein einziges Mal verstoßen wurde.

»Ich wollte nicht, dass sie ihn heiratete. Schon damals hat er die Leute in der Kirche auf Vordermann gebracht. Da hat man sich gefragt, wie er wohl bei sich zu Hause ist. Das habe ich ihr gesagt, und das hätte ihre Mutter ihr auch gesagt, wenn sie noch gelebt hätte. Aber sie wollte nicht hören. Junge Mädchen hören nicht.«

Und wieder nicke ich.

»Sie heiratete ihn, und danach habe ich sie nie mehr gesehen. Kein einziges Mal. Er schloss die Türen ab und ließ sie nie raus. Ich bat darum, sie zu besuchen, aber seine Mutter schickte mich weg und tischte mir einen Haufen Lügen auf. Aber als ich hörte, dass du in der Schule bist, habe ich meiner Moira gesagt, sie soll dich im Auge behalten. Ich dachte, du könntest mich eines Tages vielleicht besuchen. Und ich glaubte, Moira würde sich …«

… gebraucht fühlen. Das war es, was ihre Großmutter für Moira zu tun versucht hatte. Und das ist es, was Moira für mich getan hatte; sie tat, was man ihr aufgetragen hatte. Moira behielt mich im Auge, genau wie ihre Großmutter ihr befohlen hatte. Und dann passierte etwas. Und es war nicht *nur* Moira, die mich beobachtete.

Moiras Großmutter riecht nicht wie Moira. Sie riecht nach losem Puder, Regen und Resignation.

Ich weinte nicht, als Dad und Gran an der Reihe waren.

Anscheinend war es nicht anders zu erwarten. Ich hörte, wie Lydias Mutter ihrem Mann etwas zuflüsterte und ihn fragte, ob er wohl glaube, dass ich mich immer noch in einem Schockzustand befinde. Er nickte, als hätte er das alles schon mal erlebt. Als ob Trompetto-Experten alles wissen. Da habe ich ihn fast angelächelt, mit einem Lächeln, wie ich es ihm früher geschenkt hätte, nur um sein Gesicht zu sehen.

Doch ich tat es nicht. Von meiner Tochter würde ich das auch nicht wollen. Nicht in einem solchen Augenblick, nicht bei einer Beerdigung. Töchter sollen denken, was ihre Mütter wünschen, und versuchen, sich entsprechend zu verhalten.

Das habe ich beschlossen. Da niemand mehr da ist, dem ich gern zuhören würde, werde ich meiner Mutter zuhören.

Das ist der Grund, weshalb ich hier in diesem zitronenfarbenen Bett Nacht für Nacht auf sie warte. Wenn ich leise genug bin, kann ich fast hören, wie sie zu mir spricht, tief in diesem kleinen Raum in mir, den er nie hat erreichen können. Sie ist immer da. Ich bin nicht allein.

Nichtsdestoweniger kann ich nicht ewig hier bleiben und jeden Abend im Bett eines anderen schlafen, zugedeckt mit Decken, die nicht mir gehören. Ich bringe das Gleichgewicht von allem durcheinander. Lydias Vater ist immer noch besorgt, dass ich ihn wieder so ansehen könnte, wie ich es schon mal getan habe. Und da hat er nicht ganz Unrecht. Alte Gewohnheiten sind schwer abzulegen.

Also werde ich ihnen von dem Brief erzählen müssen, der heute Morgen von Moiras Großmutter gekommen ist. Vielleicht sollte ich es ihnen eher schildern als zeigen. Die Rechtschreibung könnte sie entsetzen. Vielleicht würde sie dann in ihrer Achtung sinken, und sie würden ihr Angebot zurückweisen. Manche glauben, man könne nicht denken, wenn man die Rechtschreibung nicht beherrscht. Was falsch sein muss, weil Moiras Großmutter lange darüber nachgedacht haben muss, was sie in diesem Brief zum Ausdruck bringen will.

Sie möchte wissen, ob ich mir vorstellen könnte, bei ihr zu leben, jetzt, wo sie Moira nicht mehr hat und allein ist. Da wir jetzt beide allein zu sein scheinen.

Folglich denke ich darüber nach.

Natürlich weiß ich genau, was er dazu gesagt hätte, mein Dad. *Er* hätte gesagt, das sei eine abstoßende Idee. Moiras Großmutter habe nichts Besonderes an sich, nichts, was einen vermuten lasse, dass sie auserwählt sei – abgesehen von der Tatsache, dass sie bei Moiras Beerdigung nicht weinte. Er würde sagen, eine Tochter von ihm würde sich einen solchen

Vorschlag gar nicht erst überlegen, nicht mal für eine Sekunde.
Und damit hat er natürlich Recht – seine Tochter käme nie auf den Gedanken.

Was vermutlich einer der Gründe ist, weshalb ich am Morgen selbst einen Brief schreiben und Moiras Großmutter mitteilen werde, dass ich komme. Dass ich mit ihr eine Tasse Tee trinken und zuhören werde, wie der Kreis sich schließt.